인문학 연금술

어른을 위한 어린이책 이야기 18

인문학 연금술

2023년 2월 9일 1판 1쇄 인쇄 / 2023년 2월 17일 1판 1쇄 발행

지은이 김민중 / 펴낸이 임은주
펴낸곳 도서출판 청동거울 / 출판등록 1998년 5월 14일 제406-2002-000128호
주소 (12284) 경기도 남양주시 다산지금로 202(현대 테라타워 DIMC) B동 317호
전화 031) 560-9810 / 팩스 031) 560-9811
전자우편 treefrog2003@hanmail.net / 네이버블로그 청동거울출판사

북디자인 서강
출력 우일프린테크 | 인쇄 하정문화사 | 제책 우성제본

책값은 뒤표지에 있습니다.
잘못 만들어진 책은 바꾸어 드립니다.
지은이와의 협의에 의해 인지를 붙이지 않습니다.

이 책의 본문은 친환경 재생용지를 사용해 만들었습니다.

First published in Korea in 2023 by CheongDongKeoWool Publishing Co.
Printed in Korea.

ISBN 978-89-5749-228-4 (03800)

어른을 위한 어린이책 이야기 18

인문학 연금술

책쓰기 지도 방법과 문학적 상상력 키우기

김민중 지음

교학상장의 실천과 문학으로의 자기완성

김민중 작가는 학생들을 가르치는 교단 작가이다. 그래서인지 김 작가의 작품 속에는 언제나 따스한 사랑이 넘친다. 학생들에게 사물의 본질을 바르게 알려주기 위해 최적의 비유와 스토리를 찾아내기 위해 노력하고 있다.

김 작가는 다년간의 국어 교과서 집필 경력을 쌓는 동안 정선된 글쓰기를 연마했다. 따라서 오랜 노력 끝에 펴낸 작품집 역시 문학적 완성도가 높고, 작가만의 독특한 작품 세계가 잘 드러나 의미 있게 읽힌다.

특히 김 작가는 자신만의 창작 활동에 그치지 않고, 학생들과 더불어 시(詩)를 이야기해 왔다. 그 결과 학생들의 가슴 속에 문학적 씨앗을 고이 심어주었고, 그 결과물은 큰 반향을 불러일으켜 이렇게 『인문학 연금술』이라는 책으로 나왔다. 이 책은 학생들에게 시심(詩心)을 길러줄 뿐만 아니라, 시심을 길러주는 방안까지도 제시하고 있어 교육적으로도 그 활용도가 매우 높다. 이는 김 작가가 교학상장(教學相長)을 깊이 실천한 결과이다.

김 작가는 교사이면서 작가이기에 글쓰기를 가르치는 데에도 남다른 혜안을 가진 것으로 보인다. 즉 김 작가는 학생들이 쉽게 실천할 수 있도록 가르친다는 특징이 있다. 그 점에서 이 책은 그대로 따라 하기만 해도 글쓰기 지도를 잘 할 수 있다는 매우 큰 장점을 갖고 있다. 글쓰기 지도가 막막할 때, 그냥 이 책을 펴고 한 부분을 그대로 따라하면 될 것이다.

책에서 특히 돋보이는 것은 스토리텔링 형태의 이야기 자료이다. '이야기'는 '귀로 먹는 약(耳語藥)'이라는 말이 있을 정도로 듣는 사람에게 유익하며, 읽는 사람에게도 유용하여 일거양득이다. 필자 역시 많은 사람들에게 이야기를 들려주며 강의를 하는데, 이야기만큼 사람의 마음을 잡아끄는 것이 없다는 것을 느낀다.

'아이들의 글쓰기는 어떻게 가르쳐야 할까?', '아이들의 눈높이에 맞는 글쓰기 지도법은 어떤 것이 좋을까?' 이런 의문을 가지고 있는 교사에게 이 책은 좋은 해법이 될 것이고, 굳이 글쓰기 지도가 아니라도 학생들과 함께 행복한 추억을 만들고 싶은 선생님들에게도 매우 유용한 책이 될 것이다.

김 작가의 열정은 학생들로 하여금 많은 책을 출판할 수 있게 하였고, 작가 스스로도 큰 성장을 할 수 있었다. 김 작가는 대구 지역뿐만 아니라 전국 아동문학 발전에도 많은 역할을 하고 있다. 혼자 쓰기에 그치지 않고 제자들의 글쓰기를 끌어올려 어린이 문학이 자리 잡게 하는데도 큰 기여를 하고 있다. 그런 진심을 믿기에 더더욱 이 책이 고맙게 느껴진다.

대구광역시교육청에서 학생저자를 기르면서 더불어 교원들의 우수한 책도 출판해주어 이 책이 빛을 보게 되었다. 필자가 교육청에 근무할 때에 시작한 사업이기는 하지만, 교육청의 꾸준한 추진으로 대구문인협회 소속의 우수교단작가가 책을 낼 수 있게 되어 매우 고맙게 생각한다. 앞으로도 이런 책이 많이 나와서 어린 새싹들의 심성을 더욱 아름답게 가꾸어주게 되기를 깊이 소망한다.

2023년 2월

아동문학가 · 교육학박사

대구문인협회장 심후섭

십 년을 경영하여 초려삼간을 지었습니다.

십여 년을 아이들 책쓰기 가르치며 출판도 하고 나름의 노하우도 쌓아왔습니다. 책쓰기에 천착하여 얻은 미력한 기술이나마 꼭 필요한 사람에게는 도움이 될 수도 있겠다는 생각에 이 책을 펴냅니다. 무엇보다 꼭 필요하고 해야 할 말을 넣는데 주력했습니다. 책이라는 것이 쓰다 보면 막상 정말 해야 할 말은 담지 못하고 피상적인 것만 쓰게 되는 경우가 있어서 그러지 않으려고 부단히 노력했습니다.

얼마 전 원로 작가 몇 분에게서 이런 말씀을 들었습니다. 해마다 꾸준히 아이들과 책을 내는 저를 가리켜 "김민중이가 이오덕이네!"라고 하셨습니다. 그 말씀을 듣는 순간 감히 상상할 수 없는 비유에 부끄럽고 민망하여 손을 내저었지만, 내심 고개를 끄덕이지 않을 수가 없었습니다. 왜냐하면 사실은 같은 길을 가고 있는 것이며 무게감은 다르지만 본질은 같기 때문입니다. 그리고 대구의 인문책쓰기가 꾸준히 이어지는 덕분에 학생들이 꾸준히 글을 쓰고 있는 것이며, 그러다 보면 언젠가는 임길택 시인이 키워낸 「딱지 따먹기」나 이오덕 선생이 만들어낸 「엄마의 난닝구」 같은 불후의 명작이 나올 수도 있겠지요.

책쓰기를 가르칠 때 제일 많이 쓰고 가장 효과가 좋았던 방법은 이야기를 들려주는 것입니다. 세상에 널린 게 이야기고 대부분은 있었던 일에 바탕을 둔 것이 많습니다. 그러나 교사가 대충 각색하기도 하고 교사 스스로도 잘 모르는 것을 대충 들려주기도 했습니다. 교사가 들려주는 이야기가 반드시 논리적이고 과학적이고 사실에 한 치도 어긋나지 않아야 하는 것은 아닙니다. 그냥 재미있는 이야기이면 됩니다. 그저 듣고 나서 '그렇게도 할 수 있겠군.', '나도 그렇게 해봐야지.' 이런 마음이 들게 하는 게 제일 중요합니다. 그래서 밑도 끝도 없는 이야기를 재미있다는 이유로 무작정 한 적이 훨씬 더 많습니다.

이거 하나만 믿었습니다. '안 하는 것보다는 낫겠지.' '누군가는 이야기에 감화를 받아서 뭔가 하겠지.' 그렇게 저의 책쓰기는 '낭중지추'가 되었습니다. 다인수 집단을 이끌면서 모두를 다 내 뜻에 따르게 하기는 현실적으로 어렵습니다. 누군가 내 뜻을 알고 깨달아 자기의 뜻을 세워 따라오는 사람이 있으면 되는 것입니다. 그게 현실적이고 교사가 할 수 있는 최선입니다.

『나의 라임오렌지나무』에서 제제는 아리오발도 아저씨를 만나 음악을 얻게 됩니다. 그는 제제에게 '음악을 주는 사람'입니다. 저도 제자들에게 '이야기를 주는 사람'이 되려고 노력했습니다.

이 책은 당장 글쓰기나 책쓰기 지도로 발등에 불이 떨어진 선생님들이 첫 쪽만 펴도 일단 운영할 수는 있게 만들었습니다. 1부는 책쓰기 지도 경험을 통한 운영 방법, 2부는 실제 책쓰기 운영 이야기, 3부는 글쓰기에 대한 생각, 4부는 들려주면 좋은 인문학 이야기 자료, 5부는 문학 창작과 감상 지도법, 그리고 부록은 필자가 써온 글모음입니다. 이 책의 핵심은 4부인데 누구나 쉽게 술술 읽을 수 있으며 제가 평소에 학생들에게 해 주는 이야기를 정리한 저의 노하우입니다. 그런데 별로 어렵지 않습니다. 독자 여러분도 누구나 해줄 수 있습니다. "이 사람도 이렇게 하는데 나라고 못할 게 뭐 있어? 오히려 내가 더 잘할 거야." 그렇게 생각하면 가장 좋겠습니다. 책의 다른 부분을 읽을 시간이 없다면 4부라도 꼭 읽기를 권합니다.

코로나로 얼룩진 시간을 기회로 바꿔 첫 책을 가꾸어 냈던 제자들이 세 번째 책을 내는 시간이 흘렀습니다. 아무도 시키지 않은 힘들고 지난한 길 걸어가는 제자들에게 그저 고맙다는 말 전합니다.

이 책이 나오기까지 도와주신 많은 분들께 감사드립니다. 무엇보다 소중한 식구들과 몸담고 있는 대구서재초등학교 가족들께도 감사 인사 전합니다. 함께 동행하는 김대조 작가님, 심후섭 대구문인협회장님, 은사이신 서울교대 이재승 교수님과 대구교대 양선규 교수님께 특별히 감사드립니다. 참 좋은 청동거울 출판사에게도 감사드립니다. 앞으로도 글 가르치고 글쓰며 초당의 다산 선생처럼 살아갈 수 있는 힘을 얻었습니다.

2023년 2월

김민중

| 차 례 |

4부 _ 이야기로 엮어 가는 책쓰기

5부 _ 문학, 쉽고 재미있게 가르치기

부록 _ 작가 김민중의 글

제1부

책쓰기, 이렇게 했습니다

책쓰기가 무엇인지도 모르고 책쓰기를 시작했지만 무식하면 용감하다고 주먹구구식으로 하면서 함께 책을 만들어가는 기쁨과 보람을 얻었습니다. 겁먹지 말고 여기 제시하는 방법을 참고로 해서 그냥 내 자신의 방식대로 한번 해보면 어떨까요? 하다 보면 되는 게 글이고 책입니다. 단지 조금 더 잘할 수 있게 사실 별 것도 아닌, 알고보면 아무 것도 아닌, 그래도 모르는 것보다는 조금 나은 꿀팁을 알려드립니다.

이야기를 만드는 힘, 창작의 시작

이 책을 시작하는 글로 이것을 먼저 선택했다. 당장 책쓰기를 맡아 지도할 누군가가 있다면 첫 장을 펴서 읽었을 때 당장 도움이 되기를 바라는 마음이다. 그래서 필자의 좌충우돌 스타트업 과정을 소개한다. 누구든지 학생들을 데리고 무작정 글쓰기나 창작활동을 지도할 때 꿀팁이 될 것이다. 이것은 실화다.

2009년 4월, 처음 책쓰기를 시작할 때 아이들을 앉혀 놓고 동아리의 시작을 알려야 했다. 이제부터 우리는 책쓰기를 한다고.

우선 책쓰기가 무엇인지부터 알아야 했다. 흔히 말하는 '글쓰기'와 '책쓰기'는 조금 다르다. 글쓰기는 그냥 글을 쓰면 된다. 글은 한 편이나 여러 편일 수 있다. 그런데 학생들의 책쓰기는 글 한 편으로는 조금 어렵다. 기본적으로 협업 작업이기에 구성원들의 글이 최소한 한 편은 있어야 하고, 글이 모여서 책을 이루어야 한다. 그래서 혼자 글쓰기를 하는 것이 아니고 여러 명의 글이 모여서 책을 만드는 것을 중심으로 한다 글쓰기와 책쓰기를 범박하게나마 이해를 돕기 위해 비교 정의할 필요가 있다.

글쓰기	하나의 주제를 가진 한 편의 글을 완성하는 일련의 과정. 결과로 글을 얻는다. 혼자 할 수도 있고 여럿이 할 수도 있다.
책쓰기	글쓰기를 한 결과물인 글을 모아서 한 권의 책을 완성하는 일련의 과정. 결과로 글, 그림, 사진 등이 모인 책을 얻는다. 이 책에서는 여러 명이 함께 한 권의 책을 완성하는 것을 가리킨다.

책쓰기 시작 전에 반드시 돈을 가지고 있어야 한다. 바로 예산이다. 도산 안창호 선생도 "진정 나라를 사랑하고 독립을 원한다면 말로만 하지 말고 힘을 기를 돈을 모아 달라."고 말한 것처럼 돈은 때로는 모든 것이다. 예산은 책쓰기의 알파와 오메가이다. 돈이 있어야 책을 만들 것이며, 그 전에 책을 쓸 힘을 얻을 도깨비방망이인 '간식'을 구할 수 있다. 책쓰기는 '간식'이다. 입에 뭐라도 물려야 조용한 아이들이 약발 떨어질 때까지는 뭐라도 쓸 수 있다. 제발 교장선생님들이여, '동아리 운영에 무슨 간식이 필요해?'라든지 '간식은 비교육적이야.'란 말씀 좀 하지 말아주시길. 정말 현장을 모르는 말씀. 간식은 책쓰기의 외적 동기유발의 최선책이며 그 무엇도 대체 불가능한 절대지존 아이템이다. 먹고 살자고 하는 짓이지 않은가?

말이 났으니 말인데 비유적 표현을 사용해 예찬을 좀 하면 가히 예산이 연금술이다. 서류 몇 장, 클릭 몇 번, 결재 몇 개, 전화 몇 통(잔소리에 이은 굴욕 모드 몇 번은 덤)이 실제로 피자, 치킨, 초콜렛이 되어 내 눈 앞에 나타나서 아이들의 입으로 들어간다. 정말 그래서 혈세라고 함을 절실히 느낀다. 행정실 선생님들에게 과감히 말했다. 서류를 간식으로 바꾸어주시는 연금술사라고! (좋아하십니다. 한 번 해보세요.)

일단 입이 가득 찬 즐거움에 빠진 아이들에게 뭐라도 설명을 해야 했다. 적어도 책쓰기가 뭔지는 알아야 시작이라도 할 게 아닌가.

"너희들 동화책 많이 봤지? 이야기 말이야. 흥부놀부나 신데렐라도 이야기잖아, 맞지? 잘못 뽑은 반장 읽어봤지? 우리가 그런 걸 써보는 거야. 그게 책쓰기야."

그게 책쓰기가 맞는지 안 맞는지는 모르지만 그렇게 하면 책쓰기가 시작은 된다. 물론 당연한 반문이 이어졌지만.

"우리가 어떻게 이야기를 지어요?"

"응, 잘"이라고 할 수는 없었다. 그러면 내 양심의 직무유기로 잡혀갈 것 같고, 뭐라도 예를 들어야 할 것 같은데…….

"너희들 해리 포터 알지? 그거 되게 유명하잖아? 영화도 있고 암튼 대박났잖아? 그거 쓴 사람도 보통 사람인데 어느 날 그거 써가지고 성공한 거야. 그러니까 이야기는 누구든지 쓸 수 있어."

스스로도 그게 말이 되나 싶었으나 의외로 조용하다. 이게 먹힌 건가? 내친 김에 누가 뭐라 하든 나만의 스토리텔링의 창고를 열었다.

"해리 포터 지은 사람 말이야. 이름이 조앤 롤링인데 이 여자가 원래 되게 불쌍한 사람이었어, 이혼하고 돈이 하나도 없고 한 마디로 그냥 완전 망한 거야. 아기도 있었는데 이혼한 남편이 무슨무슨 핑계를 대서 양육비를 안 줬대. 돈은 한 푼도 없고, 당장 굶어죽을 판인 거야. 그래서 아무 희망이 없으니까 이렇게 된 바에는 가만히 있어도 죽을 판이니까, 이래 죽으나 저래 죽으나 같으니 뭐라도 해보자 싶어서 무작정 글을 쓴 거래."

이 말은 사실이었다. 조앤 K. 롤링의 해리 포터 탄생 비화는 너무도 유명하고 용케도 그것은 괜찮은 동기유발이 되었다.

"우리도 조앤 롤링처럼 글을 써 보자. 어때?"

말이야 좋지. 그게 그리 쉽나. 그럼 할 수 없지. 이야기에 살을 좀 더 붙이자. 대부분 어디서 주워들은 실화를 기반에 두었지만 아이들의 수준에 맞게 흥미 위주로 각색을 좀 했다.

조앤 롤링이 인생 낭떠러지에서 글을 쓰려고 생각하니까 당연히 막막했다. 그러다가 결혼 전 젊을 때 있었던 기억을 떠올렸다. 그녀가 젊은 시절 기차를 타고 여행을 하다가 기차가 고장나서 우연히 어떤 역에 오랫동안 머물게 되었다. 기차 회사는 두 시간 정도 걸린다고 하면서 미안하다고 샌드위치 같은 것을 주며 역 근처에서 기다리다가 다시 오라고 했다. 외딴 마을이어서 다른 방법도 없는 승객들은 간식을 받아들고 역 근처를 산책하기로 했다. 그런데 그 마을이 기가 막히게도 풍경이 너무나 아름다운 것이었다. 마치 윈도우 XP 동산 같이 그림 같은 풍경에 산, 들, 나무, 구름 모든 것이 너무나 아름답고 평화로운 그런 곳이었다. 그런데 거기서 롤링은 갑자기 어떤 이유에선지 '이런 풍경에 마법사가 빗자루를 타고 다니면 참 보기 좋겠다. 마법사가 하늘을 날기에 정말 어울리는 풍경이다.'는 생각을 했다. 어릴 때부터 마법사가 나오는 책을 좋아했고 그런 상상을 자주 했었기 때문일 것이다. 그러면서 언젠가 그런 글을 한 번 써봐야지 하였으나 치열한 삶이 바빠서 새까맣게 잊어버렸는데 이제 기가 막히게도 '그때'가 온 것이다. 하나도 안 바쁘지만 죽기살기로 그런 이야기를 써야만 하는 때.

"알겠지? 그러니까 너희들도 뭔가를 보면 왠지 모르지만 어떤 것이 떠오를 때가 있을 거야. 그걸 잡아서 이야기를 한 번 써보면 어떨까?"

나는 그것을 '번쩍님'이라고 했다. 물론 내가 지어낸 것이 아니었다. 유명한 작가가 한 말을 그대로 아이들에게 전달해 준 것이었다. 너무나 멋지게 한방에 와닿는 말이라 쓸 수밖에 없었고 효과도 정말 좋았다. 그렇게 나의 책쓰기 10년을 지배한 '번쩍님'이 등장했다.

나중에 다시 이야기하겠지만 '번쩍님'은 정말 중요한 것이다. 번쩍님

하나가 안 될 것도 되게 하고 생각지도 못한 엄청난 일을 하기도 한다. 번쩍님을 설명하기 위해서는 예화 하나가 더 필요하다.

뉴턴의 사과, 그 숨은 의미

뉴턴이 만유인력의 법칙을 발견한 계기는 나무에서 떨어지는 사과 하나라는 유명한 일화가 있다. 이것이 사실인지 그냥 지어낸 이야기인지는 모르고 그것은 중요하지 않다. 단지 뉴턴은 어떻게 사과 하나에서(혹은 다른 뭐라도 아주 사소한 것) 그것을 생각해 낸 것인지 그 과정을 살펴봐야 한다. 실제 사과가 아니라고 해도 다른 무엇인가가 영감을 준 것은 있었을 것이다. 단지 그게 사과라고 가정을 해보자.

뉴턴이 뭔가 새로운 법칙을 발견하기 위해서 지구의 숨겨진 힘, 새로운 사실들에 대해서 몇 날 며칠을 밤새 연구했을 것이다. 밥도 안 먹고 잠도 안 자며 오만가지 자료를 다 찾아보고 생각에 생각을 거듭하며 오직 거기에만 매달렸을 것이 분명하다. 그러다가 너무 지쳐서 뒤뜰을 산책하는데 때마침 가을 날씨에 사과나무에서 사과가 떨어지는 것을 보았다. "음. 사과가 떨어졌군." 그러면? 거기서 그냥 끝이면 되는데(사과는 떨어졌고 나는 내 갈 길 가는 거지.) 우연히 뉴턴이 무슨 마음이 들었는지 거기서 끝이 나지 않았다. 처음에는 그냥 '사과가 떨어졌군.' 그렇게 지나가는데 갑자기 한 가지 생각이 번개처럼 머리를 스치고 지나갔다.

"사과가 떨어졌다. 그래, 사과가 떨어졌지. 그런데 왜 떨어졌지? 무슨 이유로 멀쩡한 사과가 떨어진 거지? 어떻게 떨어졌지? 똑바로, 수직으로 떨어졌어. 그렇다면 왜 수직으로 떨어졌지? 왜 흔들리지 않았지? 왜 옆으로 떨어지지 않았지? 왜 위로는 올라가지 않는 거지?"

누가 시키지 않아도 하찮은 사과 하나로 뉴턴은 갑자기 생각이 꼬리에 꼬리를 물고 마구마구 불어나기 시작했다. 몇 날 며칠 연구하던 그 원리가 이 사과 하나에 다 갖다 붙은 것이다. 결국 사과는 수직으로 떨어졌다. 그렇다면 사과가 떨어질 때 지구가 사과를 당기는 힘이 있다는 것이다. 그 힘은 사과가 떨어지려는 힘과 같다... 어쩌구... 복잡한 과학 원리는 잘 모르겠고, 알 필요도 없고, 중요한 것은 사과 하나를 뉴턴은 자기가 생각하는 대로 본 것이다. 자기가 매달린 생각에서 풀리지 않던 실마리가 사과 하나로 화룡점정이 된 것이다. '돼지 눈에는 돼지만 보이고 부처 눈에는 부처만 보인다'고 자기가 좋아하고 관심 있는 것으로 사물이 보인다. 그렇게 뉴턴의 '번쩍님'이 인류 최대의 유산 중 하나인 만유인력의 법칙을 만들어낸 것이다.

이것이 번쩍님의 위대함이다. 이러한 예가 유구한 역사 속에 셀 수 없이 많다. 에디슨도 말하지 않았던가. 천재는 99%의 노력과 1%의 영감이라고. 그 1%의 영감이 바로 번쩍님이다. 즉 영감, 인스피레이션, 번쩍님이 있어야 천재가 되고 완성이 되는 것이다. 당장 오늘부터 그 번쩍님을 찾아야 한다. 그렇다고 그냥 무작정 찾으면 되나? 뉴턴도 그렇고 에디슨도 그렇고 관심 있는 분야를 파고들 때 거기서 번쩍님이 찾아와 빛을 열어 주시는 것이다. 그러므로 번쩍님을 만나기 위해서는 내가 좋아하는 것을 찾아서 거기에 대하여 많이 알고 생각해야 한다. 바로 독서의 출발점이다. 좋아하는 것을 읽자. 좋아하는 것을 찾을 때까지는 그냥 아무 거나 읽자. 책쓰기의 시작은 역시 독서다.

'독서백편의자현'이라고, 책쓰기를 마음먹었으면 일단 읽어야 한다. 책쓰기는 읽고 또 읽고 또 읽고 또 읽어 읽기에 도가 트이고 읽기가 지겨울 정도가 되었을 때 어떤 책을 접하여 '나도 이 정도는 쓰겠다.'라는 생각이 드는 게 출발점이다. 과연 얼마나 읽어야 그런 건방진 생각이 들까? 다산 정약용은 유배지 주막집 골방에 앉아 복사뼈에 세 번씩 구멍이 나도록 앉아서 읽었다고 했다. 그만큼은 못하더라도 마음은 그렇게 가져야 함을 함께 생각했다. 물론 교사도 같이 읽는다. 책쓰기 시간에는 별 일이 없으면 도서관에 모였다. 그리고 일단 무작정 읽었다. 교사도 읽고 학생도 읽고. 읽으면 얼마나 좋은가. 교사는 목도 안 아프고 학생은 지겨운 수업보다 낫고. 도서관 책을 빌리든지 읽고 싶은 책을 가져오든지 그냥 자유롭게 읽는다. 때로는 만화책도 읽고, 무엇보다 이야기를 쓰기로 마음먹었으니 이야기책을 제일 많이 읽었다. 유명한 책, 교과서에 나온 책, 표지가 예쁜 책, 제목이 끌리는 책 등.

시나 이야기로 대표되는 문학은 자연스럽게 읽는 것이다. 자연스럽게 읽다 보면 작품이 주는 의미와 지은이가 하고 싶어하는 말, 즉 주제를 생각하게 되는 것이다. 그러면서 지금 이 작품의 상황이 내 앞에 펼쳐진다면 어떨까, 라는 생각을 하게 된다. 함께 읽은 이야기를 어떻게 읽었는지 소개한다.

키다리 아저씨 (앞부분 줄거리 요약)

J. 웹스터

고아원에서 나이가 가장 많은 제루셔 애벗은 평의원들이 시찰을 나오는 날 다른 고아들처럼 맛있는 간식을 먹지도 못하고 하루종일 날카로운 원장의 명령을 따라 힘든 일을 해야 한다. 어느 수요일, 힘든 일을 끝낸 제루셔를 원장이 불러서 한 평의원이 제루샤의 글솜씨를 높이 평가하여 그녀를 대학에 보내준다고 이야기한다. 그리고 그에 대한 보답으로 이름을 밝히기를 싫어하는 평의원인 가명의 '존 스미드' 씨에게 한 달에 한번 감사의 편지를 보내는 것이 조건임을 알려준다. 제루샤는 얼떨떨하고 너무나 기쁜 마음에 원장의 말을 다 듣지도 않고 나간다. 그녀는 대학에 가서 '존 스미드' 씨를 키다리아저씨라고 부르며 약속대로 편지를 꾸준히 보낸다.

고아원의 다른 아이들에게는 가장 좋은 날이다. 시키는 대로만 하면 그나마 맛있는 간식을 먹고 깨끗한 옷을 입을 수도 있다. 그날만큼은 혼날 일도 없고 겉으로는 평화롭다. 그러나 제루샤에게만은 다르다. 가장 힘들고 괴로운 날이다. 그것은 제루샤가 다른 고아들과 다른 상황이기 때문이다. 다른 아이들보다 나이가 많아서 마치 하녀처럼 집안일을 하는데, 그날에는 보통 때의 두 배도 넘는 일을 하기 때문이다. 이러한 상황을 읽으며 독자는 자연스럽게 '내가 만약 제루샤라면 얼마나 힘들고 고통스러울까? 나이 많은 고아들의 생활은 어떠할까? 고아원 원장은 왜 그렇게 제루샤를 괴롭힐까? 누군가 불쌍한 제루샤를 도와주면 좋겠다.'와 같은 생각들을 하게 된다.

그래서 제루샤가 원장에게 불려가게 되면 어떻게 될까를 궁금해하다가 마침 제루샤가 가진 능력인 글쓰기의 탁월함으로 인해 고아원을 벗어나 더 좋은 곳, 그것도 대학이라는 곳으로 가게 되는 장면에서는 제루샤와 함께 기뻐하며 원장을 내버려두고 나가는 건방진(?) 제루샤에게 통쾌함과 시원함을 느끼게 된다. 더 나아가 어떤 사람은 '글을 잘 쓴다는 것이 이렇게 좋은 것이구나.'를 느낄 수도 있을 것이다.

그런 경우에는 지은이는 제루샤가 글을 잘 써서 대학에 간다는 것을 보여주는 것만으로 읽는이에게 글쓰기의 중요성을 알려주는 셈이 된다.

절대로 '글을 잘 써야 해.', '열심히 노력해.'라고 말하지 않았는데도 그것을 느낀 사람이 생긴다. 그것이 바로 문학의 힘이자 우리가 책쓰기를 시작하는 동기이다.

그리고 문학을 읽다 보면 문학적 표현을 자연스럽게 접하게 된다. 고아원 원장의 성격을 간단하게 소개하는 부분에서 지은이는 색다른 방법을 사용한다. 그냥 원장이 어떠한 사람이다, 어떤 성격을 가지고 있다고 말하지 않고, "원장은 고아원을 시찰하는 이사들 앞에서는 웃음을 보이며 친절하고 온화한 사람이었지만, 보이지 않는 곳에서는 꼭 그런 것만은 아니었다."라고 표현한다. 이 문장은 그 어떤 방법보다도 정확하게 원장의 성격을 설명하고 있으며, 단순히 원장이 어떠하다 보다 더 큰 상상의 실마리를 제공하여 읽는이의 머릿속에서 저마다의 모습으로 인물을 떠올릴 수 있게 만드는 재미가 있다.

이 정도만 짚어 주면 인물과 함께 울고 웃는 것이 충분히 이해가 된다. 자연스럽게 읽으며 인물이 되어 똑같이 상황을 겪고 있다고 상상하는 것, 바로 문학을 접하는 가장 기본적인 태도이다.

시는 많은 경우에 그림을 그리듯이 읽는다. 읽을 때에는 노래를 부르듯이 읽고, 읽으면서 마음 속에 그림을 그리는 것이다. 내 머리에 도화지가 하나 있다고 생각하고 거기에다 시에서 받은 느낌을 생각하여 그림을 그려보면 된다.

박홍근의 「나뭇잎배」를 감상을 해보자. 맑은 시냇가에 나뭇잎으로 만든 배를 띄우고 놀다가 그냥 두고 집에 왔다. 나뭇잎배는 살랑살랑 냇물 위를 떠다닐 것이다. 그러나 곧 뒤집히거나 물에 빠질 것이다. 엄마 곁에 누울 만큼 오랜 시간이 지나도 나뭇잎배가 계속 빠지지 않고 살랑살랑 떠다니기를 바라는 마음이 간절하다. 그렇다면 지금 이 아이의 머릿

나뭇잎배

박홍근

낮에 놀다 두고 온 나뭇잎 배는
엄마 곁에 누워도 생각이 나요
푸른 달과 흰 구름 둥실거리는
연못에서 사알 살 떠다니겠지

속에는 온통 나뭇잎배 뿐일 것이다. 그러면 시를 읽는 우리도 나뭇잎배만 생각해야 한다. 나뭇잎배가 위태위태하면서도 가라앉지 않고 냇물 위를 사알 살 떠다니기를 바라야 하는 것이다. 설령 그렇지 않더라도. 그것이 그림을 그리듯이 시를 읽는 방법이다.

이렇게 문학 읽기를 하면 생각보다 재미있고 시간도 잘 간다. 별로 배운 게 없다 싶은데 가슴 속에 읽은 책이 남아서 책쓰기의 밑거름이 충분히 된다. 이렇게 3주 쯤 하고는 너무 놀면 그것도 눈치보이니까 맨땅에 헤딩으로 제목부터 하나 짓자고 했다.

'내 동생은 왕자', '청와대 습격사건', '순이 이야기' 등 말도 안되는 것들의 향연이었지만 창작은 무죄이니 상관없다. 제목을 쓰고 주인공을 정했다. 그리고 대충 줄거리를 만들었다. 줄거리를 짤 때에는 반드시 주제를 고려해야 한다. 내가 왜 이 이야기를 썼는지는 말해야 하는 것이다. 그리고 가장 중요한 결말을 정했다.

"끝이 좋으면 다 좋다는 말이 있어. 모든 이야기는 끝이 중요해. 해피 엔딩이든 슬픈 결말이든 뭔가 말이 되게 끝나야 돼."

"아무 이야기도 생각 안했는데 끝이 어떻게 있어요?"

"정 어려우면 그냥 네 이야기를 써. 네 가족, 친구, 학교, 선생님 뭐든지 너를 주인공으로 넣어가지고 아무 거나."

이런 무책임한 말이 어디 있으랴. 그러나 첫 창작의 출발점에 그것 또한 정답이었다. 가장 가깝고 쉽고 단순한 것부터 시작해야 한다. 엄마, 동생, 친구 등 늘 내 곁에 있어서 사소하지만 알고 보면 가장 이야깃거리를 담고 있는 존재. 당장 눈에 보이는 쓰기가 시작되었다.

쓰기 전에 읽은 책 중에서 재미있고 기억에 오래 남으며 자기 글에 도움을 줄 만한 글을 생각해보라고 했다. 잘 기억이 나지는 않지만 아이들은 도서관에서 감명 깊게 읽었거나 제목이 인상적인 책을 골랐다.

"선생님, 저는 『방귀 스티커』가 정말 재미있었어요."

최은옥 작가의 『방귀 스티커』는 그 해 푸른문학상을 수상한 동화였는데 재치와 유머가 넘치면서도 이야기의 완성도가 정말 높은 작품이었다. 단편이지만 반향이 큰 반전이 있었고 우리 주변에서 일어날 일을 짜임새 있게 잘 구성한 작품이었다. 그래서 내가 먼저 감명 깊게 읽고 학생들에게 소개와 추천을 많이 해줬다.

"그래? 거기서 어떤 부분이 재미있었어?"

"여자애가 자기가 방귀를 뀌어 놓고 모른 척 하는 거요. 우리 반애도 그런 애가 있거든요."

"그럼 네 이야기에는 방귀 스티커를 어떻게 활용할 거야?"

"저는 일기를 몰래 훔쳐 보고는 모른 척 하는 아이를 만들 거예요."

그 학생이 쓸 이야기의 제목은 「일기 도둑」이었다. 읽은 이야기를 자기 이야기 창작에 활용하는 좋은 예를 발견하였다. 다른 학생들에게도 그 방법을 알려주었다. 따로 선생이 필요한 것이 아니고 책이 바로 선생이 되는 순간이었다.

"각자 자기가 쓸 책에 완전히 베끼지는 말고 참고하거나 바꾸어 쓸 수 있는 부분이 있는 책을 찾아보자."

그러자 읽은 책 중에 기억이 나는 책을 떠올리는 학생이 많아졌다. 『몽실 언니』, 『초정리 편지』 등 학생들이 많이 읽는 인기 좋은 이야기책들이 대세를 이루었다. 각자 자기 주인공을 정해놓고 참고한 이야기의 사건을 변형하여 사건을 만들기 시작했다. 원래 완전한 창작은 없는 것이니 그 자체로 훌륭한 창작이 되었다. 어느덧 이야기의 뼈대가 갖추어졌고, 시작이 반이 되었다. 어떻게 잘 굴러갈 것 같은 좋은 예감이 들기 시작했다.

생각은 구슬일 뿐, 쓰는 것이 보배

학생들에게 글쓰기를 가르칠 때 제일 중요한 것은 일단 당장 무조건 쓰라고 하는 것이다. 정말 말도 안 되는 무식한 소리일지 모르지만 글 '쓰기'니까 그렇게 해야 한다. 글'생각하기'가 아니니까. 글을 쓰는 것이 제일 중요하다. 나 역시 그렇게 한다.

글쓰기의 핵심은 바로 '쓰는 것'이다. 구슬이 서 말이라도 꿰어야 보배이듯 학생들의 머릿속에 호그와트의 신세계가 대서사시로 펼쳐지면 뭘 하나, 당장 종이 위에 글자로 얹어져서 글이 되어야 살아나는 것이다. 나는 경험담 하나로 내가 몰랐던 것을 알게 되어 성취의 근원이 된 꿀팁을 이야기했다.

"선생님이 대학원에서 졸업 논문을 쓰는데 주제를 다 정하고 어떻게 쓸지 계획을 거의 다 했어. 그런 다음에 논문을 쓰기 위해서 자료를 열심히 찾았어. 책도 많이 보고 별별 자료를 다 찾았지. 그렇게 자료를 모으니까 한가득인 거야. 형광펜으로 줄을 쳐놓고 책갈피로 표시해놓은 쪽만 몇 백 쪽이 되는 거야. 이것만 있으면 논문을 쓰고도 남겠다고 생각하고 뿌듯한 마음으로 논문을 쓰려고 했지. 그런데 막상 쓰려고 시작을 하니까 어떤 자료를 어디에 넣어서 글을 만들어야 할지 잘 모르겠더라고. 그래서 고민을 하면서 힘들어하고 있는데 선배가 이렇게 말을 해줬어. 자료를 찾으면 그냥 표시해놓고 모으지만 말고, 무조건 그 자료를 컴퓨터에 넣어서 저장해서 갖고 있으라고."

그래서 그 말대로 자료를 찾을 때마다 바로바로 컴퓨터 한글 워드에 입력해 넣기 위해서 필요한 것이 노트북이었다. 나는 바로 노트북을 샀고, 도서관에서 책이나 논문 등을 뒤적이다 필요한 부분이 나오면 즉시 워드를 쳐서 파일로 저장을 했다. 그렇게 파일이 하나둘씩 쌓이니 그제야 마음이 편안해졌다. 극단적으로는 이 파일을 다 한데 모으면 논문이 되니 두려울 것이 없었다. 글뭉치를 한데 모으고 순서만 바꿔주면 일단 글의 모양과 분량은 갖춰지는 것이다. 그런 결과들이 쌓이면 막연함이 줄어들고 자신감이 커지면서 점차 글이 만들어진다.

글쓰기는 그런 것이다. 머릿속에 펼쳐지는 것은 필요없다. 손으로 써서 종이나 모니터에 얹어지는 글자가 있어야 한다. 그래서 아이들이 글쓰기를 배우기 위해서는 반드시 기본적인 컴퓨터로 글쓰기 기능을 익혀야 한다. 한글을 띄우고 글을 입력하고 저장하고 불러오는 기능만 알아도 모르는 것보다 낫다.

그렇게 글쓰기를 시작하려 하면 아직 이 프로 부족하다. 뭔가 태도랄까, 마음가짐?, 각오?, 출사표? 아무튼 그런 것이 필요하다. 역시 정말 단순한 것이다. 이건 뭐 저작권도 필요 없는 최고의 자료다. 이렇게 이야기해주면 된다.

콜럼버스의 달걀

콜럼버스가 신대륙을 발견하고 돌아와서 많은 돈을 벌고 아주 유명해졌지. 왕도 콜럼버스를 칭찬하며 큰 상을 내리고 어딜 가든 영웅으로 대접받았어. 그러자 콜럼버스를 시기하던 귀족들이 콜럼버스를 깎아내리고 험담을 했지.

"신대륙 발견이라고 해 봐야 배를 타고 나가면 누구나 다 할 수 있는 것 아니냐?"

이 소문을 들은 콜럼버스는 귀족들이 모인 자리에 갔어.

"여기 계시는 분 중 누구라도 이 날계란을 책상 위에 세울 수 있는 분이 계시면 큰 상금을 드리고 제가 존경하겠습니다."

"그래요? 그쯤이야!"

귀족들은 앞다투어 계란을 세우겠다고 나와서 이리도 해보고 저리도 해보고 오만가지 방법을 다 써봤지. 그런데 계란은 어떻게 해도 서지 않는 거야.

"도저히 안 되는데. 이건 사기야!"

그러자 콜럼버스가 말했어.

"이건 사기가 아닙니다."

"그렇다면 당신은 세울 수 있소?"

"예, 세울 수 있습니다."

그렇게 말하고 콜럼버스는 책상 위에 계란을 탁 쳐서 끝을 살짝 깨뜨리고는 세웠어. 사람들이 난리가 났지.

"그게 무슨 짓이오? 그렇게 하면 누가 못 해?"

"그건 계란을 세우는 것이 아니지 않소?"

그러자 콜럼버스가 귀족들을 둘러보며 조용히 말했지.

"제가 계란을 세우라고 했지, 깨지 말라고 한 적이 있습니까?"
그 말을 듣고 사람들은 쥐 죽은 듯 조용해졌어.
"어쨌거나 저는 계란을 세웠고, 여러분은 아무도 못 세우셨네요."
그 후로 귀족들은 콜럼버스에 대하여 더 말을 할 수 없었지.

글쓰기를 비롯, 모든 도전에 대한 진리다. 바로 도전을 무시하지 말라는 것. 특히 어떤 도전이라도 처음은 대단한 것이다. 그 도전을 하지 않은 사람보다는 무조건 앞서 있는 것이다. 콜럼버스의 달걀의 가장 큰 교훈은 '해보지 않고 멋대로 말하지 마라' 쯤 될 것이다. 신대륙을 발견한 콜럼버스는 배는 타보지도 않고 바다에 나가 보지도 않았으면서 신대륙 발견을 폄하하는 귀족들이 얼마나 얄밉고 가소로웠을까. 진짜로 바다로 배를 타고 나가서 망망대해에서 죽음의 위기까지 느끼면서 얻어온 신대륙이라는 결과를 해보지 않은 것들이 무시하는 것을 참기 어려울 것이다. 그럼 우리도 그렇지 않을까.

"책쓰기는 사실 별것 아닌 것일 수도 있어. 다 쓰고 나서 사람들에게 보여주면 재미없다 소리도 할 거고, 이 정도는 누구나 쓴다 그런 말도 해. 그렇지만 생각해 봐. 그 사람들은 직접 썼니? 아니잖아, 그냥 말만 하는 거야. 그건 누구든 할 수 있어. 하지만 너희들은 직접 쓴 거야. 어쨌든 네가 직접 써놓은 이야기가 세상에 나오는 거야. 그게 가장 큰 차이지."

학생들에게 강조했다. 별것 아닌 거라고 생각하지 마라, '니는 해 봤나? 나는 해 봤다.'가 제일 중요한 것이다. 지금 나는 쓰고 있지 않느냐? 지금 안 쓰는 사람도 있다. 그러니까 쓰면 된다. 누구나 마음속에 그럴듯한 구슬은 많다. 그러나 실제로 꿰는 사람은 몇 안 되는 것이 현실이다. 그러니까 네가 꿰면 돼!

학생 책쓰기 지도법 (1)

이야기 쓰기

이야기 쓰기를 가르치기 위해서는 최소한 이야기가 뭔지는 알아야 한다. 이야기를 분류하는 기준은 많고 전문적인 지식도 복잡하여 장르 구분은 다 알기도 어렵다. 처음 하는 학생들에게는 그냥 간단하게 칠판에 이 표만 하나 그려주면 된다.

생활동화	우리 사는 세상에 언제나 있을 수 있는 이야기 —양파의 왕따 일기, 잘못 뽑은 반장, 나쁜 어린이표, 고민을 대신 전해 드립니다, 수상한 시리즈
판타지	있을 수도 있겠지만 사실은 있기 어려운 느낌이 드는 이야기 환상의 세계를 다룬 이야기, 신비로운 존재가 나오는 이야기 —해리 포터, 반지의 제왕, 삐삐 롱스타킹, 이상한 나라의 앨리스, 오즈의 마법사

"뭘 쓸지 하나만 골라 봐. 물론 도중에 바꿔도 돼."

학생들은 처음에 좀 막막해 했지만 곧 별 생각 없이 생활동화나 판타지 동화 중에 하나를 골랐다. 생각이 없다는 것이 이렇게 좋은 겁니다.

"저는 아이돌 가수가 꿈인 여자애를 쓸 거예요."

"저는 타임머신을 타고 미래에서 온 나를 쓸 거예요."

학생들의 장르 선택이 10분 만에 끝났다. 이야기에는 두 종류가 있다고 단순하게 설명한 덕을 본 셈이다. 주인공이 현실 세계에 있느냐, 상상의 세계에 있느냐 혹은 두 세계를 넘나드는 이야기냐에 따라 이야기의 큰 형태가 정해졌다. 예를 들어 현실 세계에서 멀쩡히 잘 살다가 마법 세계로 가서 또 다른 활약을 펼치는 해리 포터는 두 세계를 넘나드는 이야기인데, 판타지의 일종의 공식으로 두 세계를 넘나들기 위해서는 일종의 '관문(gateway)'이 있다. 국어 전공이라 문학에 대하여 이것저것 조금씩은 알고 있고, 작게나마 등단을 해서 신인의 시건방이 하늘을 찌를 때였다. 학생들 앞에서 뭐 좀 안답시고 잘난 체 하는 게 취미였던 때였다.

"관문이 뭐냐면 이쪽 현실 세계에서 저쪽 뭔가 환상의 세계로 가려고 하면 뭔가 하나를 통과해야 하는데 그게 보통 사람에게는 잘 안 보이고 저쪽 세계로 가야 하는 특별한 경우의 사람들만 보이는 거란 말이야. 그러니까 해리 포터에서도 호그와트로 가기 위해서는 9와 3분의 일 이런 이상한 플랫폼에 가야 되잖아. 그래서 선택받은 자만 벽으로 통과해 들어가서 마법 기차 이런 거 타고 가잖아."

그런 별 것 아닌 이야기를 거창하게 하니 듣고 있던 아이들은 대부분 재미있어했다. 어쨌든 그런 이상하고 독특한 이야기를 학교의 다른 교육과정이나 다른 선생님에게 배울 일은 잘 없기 때문이다. 이 선생님은 도대체 뭔가 하면서도 호기심이 생길 만했을 것이다.

그때부터였다. 나는 아이들에게 이야기를 들려주어 이야기를 쓰도록 하는 게 가장 쉽게 가르치고 효과도 좋을 것이라 생각했다.

"여러분이 쓰는 이야기도 그야말로 A4 한 두 장이 아니야. 아무리 짧아도 A4 10장쯤은 될 거라고. 그 긴 이야기를 머리 속에 담아두고 계획대로 한 번에 풀어서 쓸 수는 없어. 그러기엔 한꺼번에 너무 많은 시간이 필요하고 지치게 되지. 결국 조금씩 자주 써서 계속 쓴 양을 늘려야 해. 그래야 지치지 않아."

학생들에게 매 시간마다 종이에 자기 이야기를 쓰게 했다. 분량에 구애받지 않고 자유롭게 쓰되 동아리 시간에는 조금이라도 무조건 쓰게 했다. 실제로 결과물이 눈앞에 있고 손으로 만져져야 지난한 작업이 가능한 것으로 다가오게 되는 것이다. 종이에 연필로 쓴 이야기들은 틈나는 대로 컴퓨터실 등을 이용해 워드 작업을 하게 했고, 바로바로 카페에 올리거나 여유가 없을 경우 나에게 메일로 보내도록 했다. 그렇게 한두 달을 진행하니 아이들의 이야기가 만들어져 갔다.

중요한 것은 완성도가 아니다. 학생이 실제 책쓰기를 할 때 가장 중요한 것은 실제로 쓴 글이 얼마나 있느냐이다. 교사가 학생들의 생각만 가지고 대신 써줄 수도 없고, 학생들의 손글씨를 교사가 일일이 워드 작업을 해줄 수도 없다. 사실상 인쇄된 형태의 눈에 보이고 손에 잡히는 책을 만들기 위해서는 무조건 한글 파일로 글이 있어야 한다. 첫해에는 그 생각을 미처 못 하여 실제 집필을 막판에 몰아서 하다 보니 학생들의 머릿속에 있던 빛나는 생각들이 세상 밖으로 나오지 못하고 용두사미가 되어 흐지부지된 경우가 꽤나 많았다. 시행착오를 겪은 나는 학생들에게 '무조건 쓰라, 그리고 워드로 쳐라'를 강조했다.

책쓰기는 엉덩이가 하는 것이다. 머릿속에 떠오르는 생각과 내용들은 '이것을 어떻게 글로 쓰지?'할 정도로 막연하지만 막상 종이와 펜이나 혹은 컴퓨터 앞에 앉아 무작정 쓰기 시작하면 신기하게도 무엇인가가 된다. 수많은 다양한 수준의 학생들과 함께 책쓰기를 했지만 이것이 완전히 실현되지 못하는 경우는 없었다. 그러므로 앉아서 쓰면 뭐든 된다는 것은 만고의 진리 수준이다. 그러므로 책은 머리가 쓰는 것이 아니고 엉덩이가 쓰는 것이다. 결국 진득하게 앉아서 계속 쓰는 것이 결과를 만들어내기 때문이다.

그러나 글을 그야말로 '맨땅에 헤딩'으로 쓸 수는 없다. 최소한의 준비가 필요하다. 나는 작품계획서를 하나 만들었다. 가장 쉽고 누구나 할 만한 부담 없는 활동으로 작품계획서(34쪽 참고)를 추천한다.

작품계획서를 내고 나서도 매 시간마다 계획서를 조금씩 고쳐나가며 글을 쓰기 시작하면서 동시에 그림도 그려야 한다. 책은 눈으로 보고 손으로 만지는 그야말로 비주얼 덩어리이기 때문에 보기도 좋고 먹기도 좋은 떡이 되어야 한다. 그러려면 당연히 글자만 있는 것보다 그림이 있는 것이 더 좋고 그림도 이왕이면 컬러가 좋다.

책쓰기의 그림에서 가장 강조하고 싶은 것은 자연스러운 학생의 그림이 제일 좋다는 것이다. 어떤 종류의 글이든 그 글을 쓴 작가가 그림을 가장 잘 표현할 수 있다. 아무리 그림을 못 그리고 무성의한 그림이라도 글을 쓴 사람이 그린 그림이 가장 글에 가깝다. 흔히 그림은 중요한 장면, 인상적인 장면, 주제를 드러내는 장면 등을 그리는데 글을 쓴 사람이 생각하는 것이 주제이므로 주제를 가장 잘 표현한 그림은 글을 쓴 사람이 그릴 수 있다. 잘 그리고 못 그리고 그런 것을 생각할 필요가 없는 것이다. 내 이야기의 그림을 내가 그릴 때 가장 정확하고 핵심을 잡는 그림이 나오는 것이다.

글을 쓰기 힘들어 할 때 그림은 시간을 재미있게 보내는 좋은 대안이 된다. 그림은 이야기글이나 시나 마찬가지다. 시에서는 주제를 잘 드러내는 그림이면 된다. 그 주제도 저자가 제일 잘 안다.

그리고 지엽적인 것이지만 그림의 색깔이 진하고 선명해야 한다. 그러기 위해서 좋은 재료는 칼라마카펜이다. 인터넷에서 쉽게 살 수 있고 종류와 색깔도 다양하다. 그림은 스캔을 떠서 들어가는데 네임펜 같은

작품계획서

제목(가제)	
종류 (생활, 판타지) —판타지 : 미래, 상상, 과거, 마법, 동물 등 자세히	
주제 (이야기를 통해 내가 말하고 싶은 것)	
등장인물의 이름,나이,성격	
분량 (양이 얼마나?)	A4 몇쪽?
중요한 일 —어떤 일이 벌어진다	
줄거리	
끝에 어떻게 됨?	
왜 내가 이 이야기를 썼을까? 뭘 보고? 뭘 생각해서? (자유롭게 많이)	

※ 항목은 적절히 변경해서 사용하면 된다.

것으로 진하게 테두리를 그리고 마카펜으로 또렷하게 색칠하면 훨씬 깔끔하고 고급스러워 보인다. 그냥 연필로 그리고 색연필이나 사인펜으로 색칠하는 것보다 훨씬 낫다. 꼭 추천한다.

그림은 책에 넣어야 하기 때문에 스캔 작업이 필요하다. 스캔에 가장 최적화된 종이는 일반적인 A4 종이이기 때문에 그냥 거기에 그리면 된다. 만든 책 크기에 무관하게 A4 사이즈로 스캔한 파일은 필요한 부분만 잘라서 책에 삽입할 수 있다. 아주 쉬운 작업이라 누구든 할 수 있다. 참고로 나는 컴퓨터에 꽝이고 손재주도 지극히 부족한 사람이라 조금이라도 복잡한 한글의 기술이나 엑셀, 파워포인트 등에 완전 울렁증을 가지고 있는데 그림 스캔과 삽입은 어렵지 않게 할 수 있을 만큼 쉬웠다.

과정을 간단히 정리하면 다음과 같다.

1. 작품 계획서를 계속 수정하면서
2. 인물을 계속 입체적으로 만들면서
3. 무작정 사건을 이어나가며 이야기를 쓰면서
4. 동시에 삽화를 그린다

이런 과정이 1학기 내내 거의 반복되었다. 그리고 사실 책쓰기 동아리는 학급이든 실제 동아리든 간에 모집 및 오리엔테이션이 빨라야 4월이고 대개 5월 초순이 보편적이다. 첫 만남에 이어 아직 아무것도 몰라서 얼떨떨한 몇 시간을 보내고 나면 곧 여름방학이 가까워져 온다. 시간이 금인 것이다. 그래서 첫 시간에 오리엔테이션을 할 때 창작 과정과 방향을 명확히 안내하여 '무엇을 쓸 것'인지 알면 그 자체를 생각하는 과정에서도 계속 무엇인가 영감이 생겨서 쓰고 싶은 무엇인가가 생기는 경우가 대부분이다. 그러면 두 번째 만남에서는 바로 작품계획서를 쓰고 실제 집필에 들어가야 한다. 시작이 반이기 때문에 일단 쓰기 시작해야 끝을 볼 수 있다. 만약 쓰다가 처음에 구상한 이야기와 완전히 다른 방향으로 흐르더라도(속칭: 망했어요) 써 온 것을 버리지 말고 그것을 토대로 계획한 이야기를 얹는 것이 좋다. 피땀눈물로 써온 것은 사실 한 글자도 버리기 아깝고 지금 당장은 엉망이고 도저히 못 쓰겠다 싶어도 사실 나중에 보면 정말 스스로 잘썼다고 자부하는 내용과 수준 차이도 '오십보백보'이기 때문이다.

그렇게 창작 과정에 빠져 있다 보면 어느덧 여름방학이고 동아리도 사실상 활동이 어렵다. 방학은 쉬어줘야 한다. 기껏 해봐야 삽화 몇 장 더 그리기지만 그것도 아이들의 특성상 대부분 잃어버리기 때문에 안 하는 게 더 낫다. 집에서 컴퓨터로 글을 쓸 것이다? 꽤나 많은 학교를 다녔지만 그런 학생은 거의 보지 못했다. 강제로 안 시키면 하기 싫은 게 글쓰기다. 프로 작가도 아닌데 글의 재미에 빠져 스스로 쓸 학생은 거의 없다. 여름방학을 창작 및 집필의 집중기라 생각하는 분들도 많지만 나는 그 생각과 좀 다르다. 방학은 그냥 쉬어야 한다.

2학기가 되면 쉬었던 만큼 발등에 불이 떨어진다. 9월 개학 후 얼마 지나지 않아 책축제 공문이 온다. 책축제는 대부분 10월 중순이다. 늦어야 10월 하순. 냉정하게 책 만들 시간이 두 달도 채 남지 않았다. 그런데 역설적이게도 그래야 또 책이 된다. 안 바쁘면 이 귀찮은 걸 누가 하나. 당장 마감이 코앞이고 죽느니 사느니 괴로워야 그 강박감에 책이 만들어진다. 심지어 지금 이 책을 쓰고 있는 나도 마찬가지다. 옆에서는 출판사의 연락이 울리고 머리는 터질 것 같고 그런데 신기하게도 원고는 엮어지는 것이다.

여담이지만 수많은 작가들이나 어떤 글쓰기 상황에서 시작 시간은 마감날 새벽이라는 말이 있다. 마감날 밤 자정이 진짜 그야말로 절체절명의 마감이라고 보았을 때, 그 전날 자정이 되면 하루를 꼬박 새서 일을 한다. 그래서 억지로 마감에 맞춘다. 안 그러면 더할 나위 없이 좋겠지만, 미안하게도 유사 이래로 그것이 사람의 모습이고 창작의 불문율이다. 하물며 학생들의 책쓰기야 말해 무엇하랴?

9월부터 후반기 책쓰기의 가장 중요한 포인트는 학생 결과물 수합 및 보관이다. 개인 파일을 두고 거기에 각각의 글과 그림 등을 모아보았는데 이 방법은 생각보다 불안하다. 누구는 잘 모으지만, 누구는 잘 날린다. 수업 시간마다 개인 파일을 나눠주고 결과물을 담아 다시 받아 보관하는 것도 번거롭다.

그래서 나는 그냥 한 개 덩어리로 모아 보관했다. 나중에 자기 것을 찾으면 되는 것이다. 이름만 써놓으면 되고 설령 이름이 없더라도 자기 것 모르는 학생은 없다. 그냥 시간마다 완성이든 미완성이든 결과물을 다 모아놓고 다음 시간에 다시 다 풀어서 개인별로 진행하면 된다. 지난번에 이어서 쓰고 싶으면 쓰고, 덜 그린 그림은 마저 그리는 식이다. 그렇게 하면 보관도 편리하고 누가 얼마나 했는지 한눈에 알 수 있으며 가장 큰 장점은 분실이 줄어든다는 것이다. 끝나면 그냥 선생님에게 다 주고 가면 되고 나는 그냥 담아두기만 하면 된다. 9월 말이 되면 본격적으로 책 제작에 돌입해야 한다. 중구난방인 자료들을 모아 정돈된 형태로 빚어내는 것이다. 이제부터는 교사가 할 일이다.

학생들의 폴더를 만들어서 작품 한글 파일과 그림 스캔 파일을 모은다. 그러면 '홍길동' 폴더에 한글 파일 하나, 그림 파일 여러 개 형태가 된다. 그 폴더를 다시 모아서 책쓰기 학생폴더에 넣으면 된다. 그림 스캔이 관건인데 초기에는 스캐너가 학교에 많지도 않고 좋지도 않아서 한 장씩 스캔하려면 정말 세월아 네월아였다. 수십 장을 쌓아놓고 스캔하다가 다른 선생님이 오면 미안해서 중단하고 비켜줘야 했는데 그래서 작업이 무척 더뎌졌다. 그때쯤 나는 가뜩이나 학교 스캐너가 부족하고 나도 개인 작업에 필요하고 해서 5만원 주고 프린터 스캐너 복합기를 하나 샀다. 그래서 학교에서 학생들 그림 스캔은 거의 안 하고 집에서 했다. 지금도 그 복합기는 집에 있으며, 스캔을 쉽게 할 수 있는 요즘도 학교에서 하기에는 차마 부끄러운 수준(?)이나 혹은 종이가 찢어지거나 훼손되어(학생들은 글이나 그림 작업 하다가 종이 잘 찢어먹는 게 현실이다. 여전히 학생들의 손길이 거쳐간 종이는 지저분하다.) 기계에 걸릴 소지가 다분한 경우에는 조용히 집에 가져와서 작업을 한다. 학교에 스캔이 되는 대형 복합기가 있는데 일반적으로 스캔이 잘 되지만 훼손된 종이를 넣었다가 걸리면 민폐이기 때문이다.

그렇게 글과 그림이 모이면 한글 파일을 하나 새로 만들어 학생들 글을 다 옮겨 모으고 적절한 위치에 그림을 넣는다. 그리고 맨 앞장으로 가서 표지, 머리말, 목차 등을 갖추면 일단 책의 얼개는 완성된다. 그 다음은 가까운 지역의 인쇄 업체를 검색하거나 인터넷 출판업체를 찾아서 만든 파일을 보내고 책을 만들어 달라고 하면 된다. 사실 말은 쉬운데 실제로 해보면 짧은 시간 안에 하기는 시간과 노력이 많이 들고 무척 자잘하고 성가신 작업이기는 하다. 그러나 책쓰기 지도교사라면 기꺼이 이 정도 불편과 노력은 감수할 것이다. 때로는 초과근무도 할 수 있을 것이며 자리가 사람을 만드는 것이니, 이 자리에 오면 누구라도 그럴 것이라고 자부한다. 어쩔 것인가, 책은 만들어야 하고 마감은 정해져 있으니. 초인적인 힘을 발휘할 수밖에 없다.

학생 책쓰기 지도법 (2)

시쓰기

시쓰기를 해야 하는데 당장 뭘 쓰기는 막막하고 어렵다. 그럴 때 삼국유사에 나오는 이야기 하나를 들려준다. 구어체 그대로 활용하면 된다.

땅바닥에 금을 긋는 마음으로 (삼국유사)

신라를 통일한 문무왕은 아주 뛰어난 왕이야. 당나라의 힘을 빌려 통일을 다 했지만 통일이 사실 완전한 것은 아니었어. 아직도 백제와 고구려의 세력이 완전히 다 멸망하지 않아서 언제든 다시 쳐들어올 수 있는 가능성이 있었어. 그래서 문무왕은 적군을 방어하려고 국경 지역에 성을 다 쌓았어. 백성들은 힘이 들었지만 나라를 지키겠다는 생각으로 튼튼한 성을 열심히 쌓았지. 왕이 가서 보니까 성이 정말 마음에 드는 거야. 그래서 그걸 본 왕은 욕심이 생겼어. 이 좋은 성을 자기 사는 왕궁에도 짓고 싶은 거야. 그래서 사실 외적을 방어하는 목적도 없는데 수도에다가 멋진 성을 쌓게 한 거야.

성을 계속 쌓으니까 백성의 불만이 커졌어요. 성 쌓는 동안 농사를 못 지어서 먹고 살기는 힘든데 나라가 보상은 하나도 안 해주고 힘든 일만 자꾸 시키니까 불만이 점점 커져. 시키는 거니까 하기는 하지만 자기들도 이게 그냥 왕의 욕심인 걸 아는 거야. 신하들도 이런 분위기를 알지만 왕한테 함부로 성을 쌓지 말자고 말을 할 수가 없어. 괜히 말했다가 죽을지도 모르잖아? 그래서 나라가 점점 위험해져가니까 의상대사라고 하는 스님이 겁도 없이 용감하게 왕한테 편지를 보내요.

"임금님, 임금님이 백성을 생각하는 마음이 하늘에 가 닿고 백성들이 임금님을 존경한다면 땅바닥에 금을 긋고 '이게 성이다. 넘어오지 말라.'라고 해도 백성들이 기꺼이 그것을 지킬 것입니다. 그러나 임금님이 백성을 생각하지 않고 백성들도 임금님을 존경하지 않으면, 아무리 좋은 재료로 성을 쌓은들 그것을 성이라 생각하겠습니까?"

그 편지를 받은 문무왕은 크게 깨닫고 당장 성 쌓기를 중지하라고 명령을 내려. 그래서 나라가 멸망하지 않게 되었지.

"시쓰기도 이와 같은 거야. 거창하게 뭘 하려고 하지 말고, 땅바닥에 금을 긋는 마음으로 일상생활에서 뭔가 떠오르는 것을 적어 봐."

그리고는 그냥 하얀 종이 한 장을 주었다. 땅바닥에 금 긋는 마음으로 빈 종이에 번쩍님 떠올려 보라고. 절대로 따로 학습지를 만들거나 워크북을 하거나 하지 않는다. 왜냐하면 사실은... 내가 귀찮으니까! 매 시간마다 어떻게 학습지나 워크북을 만들어서 하나, 사실 현실적으로 불가능하고 사실 양식이래봐야 칸 좀 나눈 게 전부인 학습지 별로 필요도 없다. 흰 종이 하나면 땅바닥에 금 긋기엔 무리가 없다. 아무 부담이 없는 종이를 줘서 못 해도 그만이라고 하는 것이 학생들에게도 더 좋다. 낙서도 하고 그림도 그리면서 떠오르는 거 아무 거나 시로 만들지 말고 어떤 일을 그냥 있는 그대로 써보라고 한다.

그런데 사실 완전히 무에서 유를 창조하는 창작은 너무나 어렵기 때문에, 예전 학생들이 창작한 예시 작품을 몇 개 보여주면 큰 도움이 된다. 학생들은 예시 작품만 봐도 '아, 나도 저런 때가 있었는데.', '저렇게는 쓸 수 있겠다.' 하면서 비슷하지만 새로운 자기만의 상황을 떠올리는 경우가 많다.

"이런 걸로 한 번 생각을 해보자. 제일 자주 보는 사람 엄마, 아니면 가장 자주 쓰는 물건인 스마트폰, 친구나 선생님, 급식, 체육시간, 군것질 등 아주 흔한 걸로 떠올려 봐. 어제 무슨 일이 있었더라? 지난 번에 어떤 일이 있었는데, 그런 걸 그냥 쓰면 돼."

여기서 교사는 학생의 기억을 활성화하고 쓰고 싶은 욕구를 극대화하는 그런 적극적인 유도 발화를 해야 한다. 이런 것 쓰고 싶었던 적 없어? 이런 생각 해 본 적 없어? 지금 생각하니 그때 이런 생각들었던 것 있지?

그리고 예시 작품을 보여준다. 너도 이런 생각 해 본 적 있지 않아?

엄마는 마트로시카 (*까도 까도 계속 나오는 러시아 인형)

"엄마, 나가서 놀다 올게."
"숙제 다 하고 놀아."

"숙제 다 했어. 놀다 올게"
"방 청소 하고 놀아."

"방 청소도 했어 놀다 올게"
"너무 늦어서 안 돼"

궁금해

식당에 오면
"너 좋아하는 거 시켜."
"엄마는요?"
"아들 먹는 것만 봐도 배불러."

나도 그렇게 하면
배가 부를까?

엄마에 대하여 학생들이 자주 겪는 상황에 대하여 솔직한 느낌을 그대로 표현한 실제 학생들의 작품이다. 대단한 기교가 있는 것도 아니고 엄청난 감동을 주려는 것도 아니다. 그런데 읽으면 웃음이 나고 가슴이 뭉클해지기도 하며 공감도 느낄 수 있다.

물론 이 작품들은 최초의 형태가 아니고 학생들이 써온 초고를 내가 지도하며 함께 다듬어 시의 형태에 가깝도록 가공한 작품이기에 학생들이 막바로 이렇게 써낼 수 없음을 알아야 한다.

몇 번이나 강조하지만 번쩍님은 '공감의 순간'에 나타난다. '내가 어느 상황에 이런 생각을 한 적이 있는데, 아마 다른 사람도 이 때 이런 생각을 할 수 있지 않을까?' 이렇게 엄마를 예로 들어, 엄마를 소재로 하여 시를 쓰라고 하면 신기하게도 몇몇 학생은 아무 것도 안 가르쳐줘도 이렇게 써낸다. 일단 학생의 거친 초고를 그대로 옮긴다. 주제에만 주목하면 되겠다.

휴대폰이 아닌 사람

회사를 마치고
엄마가 퇴근했다

엄마에게 말을 걸었는데
"엄마 지금 바빠."

밥을 하면서도
반찬을 덜면서도
밥을 먹으면서도
휴대폰만 쥐고 있다
휴대폰만 보고 있다

집에 왔는데도
회사 사람과
휴대폰으로만 말한다

나를 보세요
나랑 말해요
나는 휴대폰에 없어요

엄마의 두 얼굴

사람의 얼굴은 하나지만
우리 엄마의 얼굴은 두 개다

시험 점수 100점
천사의 얼굴
시험 점수 60점
악마의 얼굴

얼굴이 두 개인데
천사의 얼굴은
자주 못 본다

책쓰기는 낭중지추라서 이렇게 써 내는 학생이 꼭 한 두 명 있다. 그러면 거의 다 됐다. 이제 이 작품을 예시로 해서 학생들에게 보여주고 너희들도 이런 것과 비슷한 경험이 있었을 것 같은데? 라고 하면 된다. 세상에 엄마와 기억에 남는 일이 없는 사람은 없기 때문에 이 정도만 보여주면 분명히 또 뭔가 새로운 것이 나온다. 다시 말하지만 교사가 따로 가르치는 것은 거의 없고 학생 참고 작품을 보고 학생들이 직접 만든 작품이다.

내 얼굴

엄마는 나를 보면
잔소리만 한다

"숙제 했니? 얼굴이 그게 뭐니? 옷은 왜 그래? 청소 좀 해라. 게임 하지 마라."

내 얼굴에 잔소리만 써 있나 보다
칭찬도 있으면 좋을 텐데

속마음

아빠 엄마는 매일 늦게 들어온다
나한테 동생들도 맡기고
사촌동생도 맡긴다

하루종일 동생들과 놀아주면
너무 힘들다

엄마, 나도 아직 어리다구요
아직 덜 컸다구요

말하고 싶지만

그래도
"수경이가 맏이잖아."
"수경이는 다 컸잖아."
"엄마는 수경이를 믿어."

그 말을 들으면
힘이 나서
그냥 한다

엄마만 떠올려도 이렇게 무궁무진한 내용이 있다. 이런 작품을 교사가 아무리 잘 가르치려고 쥐어짜내본들 나올 수도 없고, 만들어주지도 못한다. 내가 무슨 재주로? 세상 모든 엄마가 비슷하다고는 해도 다 제각기 다른 엄마인데, 내가 그 엄마를 어찌 알겠는가. 나도 단지 내 엄마가 있을 뿐이니 '내 엄마' 이야기는 할 수 있겠지. 참고삼아 내 엄마 이야기를 하나 하자.

엄마의 꾸중

김민중

아빠에게 혼나고
내 방문을 쾅!

엄마가 문을 연다.

"왜 아빠 말씀을 안 듣니?"
"아빠가 얼마나 속상하셨는지 아니?"

화도 안 내시고
매도 안 드시고

손에는 귤 두 개
책상에 놓으시며

"방이 춥진 않지?"

엄마 말은
하나도 안 했다.

아기 코딱지

김민중

우리 아기
세수하고
목욕하고
옷 입을 때

엄마 손가락에
동글동글
동글동글

"흥!"할 때
아기 코에서 나왔네요.

얼른 털어 버리려다
동글동글
동글동글

엄마 눈도 동글동글
아기 눈도 동글동글

한참을 들여다봅니다.

이 두 편의 시는 문단에 발표된 작품이고, 부끄럽지만 평이 나빴던 것도 아니었다. 어느 정도 무난하고 무리가 없다는 평을 받은 작품이기에 예시로 보여 줘도 크게 문제가 될 것이 없다. 나는 학생들에게 작품을 보여 줄 때 그래도 완성도가 있고 우리 삶에서 어린이의 눈에도 공감이 쉬운 것을 고른다. 너무 고전적이고 지극히 당위적인 작품은 재미도 없고 공감도 부족하다. 그래서 내 작품이지만 실제로 감상했을 때 반응도 괜찮고 공감도 불러일으킬 수 있어 제시할 수 있었다.

시를 감상해보면 「엄마의 꾸중」에서 엄마는 혼내러 왔으면서도 결국 귤을 먹으라고 하고 방이 춥지 않은지 걱정하는 사람이라는 것이다. 직접 엄마를 찬양하는 말은 없었지만 엄마의 말과 행동으로 엄마의 마음을 읽을 수 있다. 그리고 혼내는 말도 엄마 자신의 감정은 숨기고 아빠의 마음만 말하고 있다. 정작 제일 속상한 사람은 엄마일 텐데 말이다.

「아기 코딱지」는 자식의 코딱지마저도 귀여워하고 사랑하는 엄마의 무한한 사랑을 보여준다. 이 작품은 사실 아내와 아이의 실화에서 번쩍님이 온 것이다. 아기의 목욕을 시키던 아내가 아기 코에서 나온 코딱지를 들고 와 귀엽지 않냐며 나에게 보여 준 것이다. 그 말을 하는 아내의 표정이 엄마의 모든 것을 말해 주고 있었다. 유명한 작품으로 사람들은 누구나 엉덩이 냄새 맡는 걸 더럽다 하면서도 아기의 엉덩이에는 너도 나도 코를 갖다대며 응가했는지를 확인한다는 시가 있는데 그런 것이 아기에 대한 엄마의 마음일 것이다. 직접 아기를 키워 보면 누구나 그것을 느낄 것이다.

이건 내가 바라본, 내가 겪은 나의 엄마와 있었던 일에 대한 번쩍님이다. 이렇게 모든 사람들에게는 자기만의 번쩍님이 있다. 그 번쩍님을 잡냐 못 잡냐 그 차이 뿐이다. 나는 단지 매 순간순간 학생들을 스쳐가는 번쩍님을 잡을 수 있도록 했고, 그것도 망각이라는 장치 때문에 사라져 버릴 수 있으니 잡아놓은 번쩍님을 잘 가두어두도록 했다. 그것이 가장 큰 나의 노하우이니 소개한다.

"번쩍님은 매 순간순간 언제 어디서나 여러분을 찾아와. 여러분은 이제 번쩍님이 무엇인지 아니까 그걸 잡을 수 있어. 모르면 못 잡지만 여러분은 이제 아니까 잡을 수는 있어요. 그런데 하루에도 적게는 몇 번, 많게는 수십 번도 더 번쩍님이 올 수가 있어. 그러면 그걸 지나고 나면 잊어버릴 수가 있잖아. 실컷 잡은 번쩍임을 잊어버리면 아깝잖아. 그러니까 번쩍님이 오면 반드시 그걸 딱 잡아서 가둬놔야 돼. 어디에? 바로 여기에."

나는 스마트폰을 보여주었다. 번쩍님의 순간에 사진을 찍든지, 녹음을 하든지, 메모를 하든지, 영상을 찍든지, 달력에 표시라도 하든지 뭐라도 해서 그 순간을 그냥 버리지 말라고 했다. 작가들에게 메모는 필수다. 언제 어디서 어떤 일을 만날지 모르기에 항상 기록할 준비는 갖추어야 한다. 그런데 요새 누가 종이와 연필을 가지고 다니나? 하물며 우리나라는 꼭 필요할 때 아무도 필기구를 가지고 있지 않다고 하여 '볼펜 부족국가' 라는 우스개도 있는데. 그래서 꼭 필요한 것이 바로 스마트폰이다. 요즘 초등학생들의 스마트폰 보급률은 엄청나며 스마트폰이 아니어도 무슨 휴대폰이라도 보통 하나 정도는 가지고 있다. 어떤 방식으로 메모를 하든 메모만 하면 된다. 콜럼버스의 달걀과 같이 메모를 하느냐 안 하느냐가 결국 천지차이다.

굳이 번쩍님이 온 순간을 메모할 필요가 있냐고? 그렇게 생각할 수 있다. 사실 기록을 해 놔도 사라지는 것이 대부분일 것이기 때문이다, 그러나 실제로는 그렇지 않다. 만약 내가 번쩍님이 와서 무엇인가 사진을 하나 찍어뒀다면, 그 일을 까맣게 잊고 있었다 해도 언젠가 시간을 내어 사진을 다시 보는 순간 그 순간의 생각이 떠오른다. 그러면 잊혀졌던 번쩍님이 활성화되는 것이다. 이것도 나만 하는 것이 아니다. 유명한 작가들도 거의 다 이 과정을 실천한다. 만약 사진이나 기록이 없었다면? 활성화될 기회가 없으므로 번쩍님이 사라질 확률이 훨씬 더 높다. 기록은 자신만의 편한 방법으로 하면 된다. 예를 들어 학교 앞 경찰관을 보고 무언가가 떠올랐다면 스마트폰 달력에 '학교 앞 경찰' 이렇게만 적어 놓아도 그 메모를 보고 그때 무엇을 생각했는지 어렴풋이나마 떠올릴 수 있다. 그러나 하나도 기록하지 않았다면 아마도 아무 것도, 심지어 뭘 떠올린 적이 있었는지도 생각을 못할 것이다. 이것이 바로 기록의 중요성이다.

메모를 배운 학생들은 이제 메모가 생활화된다. 메모가 생활화되면 기가 막힌 수확을 얻을 수 있다.

"선생님, 저 어제 집에서 바퀴벌레 죽은 거 봤어요."

"오, 그래? 그래서 어떻게 했어?"
"잘 모르겠어요. 일단 사진을 찍어 놨어요."
"잘했다. 번쩍님을 잡았네. 다음에 그걸 가지고 뭘 떠올려 봐."
그렇게 잡힌 번쩍님이 시가 되었다.

바퀴벌레

바퀴벌레를 잡았다
죽으면서까지도
알을 낳으려 했다
징그럽고 무서웠지만
왠지
엄마 생각이 났다

아이는 바퀴벌레 시체 하나, 더 정확하게는 시체에서 터진 알주머니 하나를 보고 엄마 생각을 떠올린 것이다. 충분히 가능한 생각이다. 이게 번쩍님이다. 바퀴벌레가 죽으면서까지도 알을 보호하는 모성애를 느낀 순간, 이 징그럽게 흉측한 생명체와는 도저히 연결될 것 같지 않았던 고마운 우리 엄마가 떠오른 것이다. 아마 우리 엄마도 위험한 순간이 오면 나를 위해 이렇게 하지 않을까? 얼핏 말도 안 되는 생각 같지만 시 안에서 자연스럽게 생각이 펼쳐지고 전혀 비약이 없으며 누가 봐도 그럴 것 같다는 공감이 드는 생각이다.

작품 창작을 위한 생각의 흐름

> 바퀴벌레 시체 → 알집이 터짐 → 새끼가 꼬물꼬물 움직임 → 징그럽다 → 무섭다 → 그런데 엄마는 죽었는데 새끼는 살았네? → 바퀴벌레도 엄마구나 → 엄마는 정말 대단하구나 → 자기는 죽어도 자식을 살리는구나 → 혹시 우리 엄마도 이렇지 않을까?

우연한 기회에 안도현 시인의 강의를 들은 적이 있는데 나와 똑같이 '제각기 제 빛깔'을 강조했다. 어린이들이 시를 쓸 때 당위적인 것, 좋은 것, 교훈적인 것에 얽매이지 말고 자기한테 있는 자기만의 생각을 쓰라는 것이었다. 단적인 예로 엄마 시를 쓰면 세상의 어머니 상으로 시를 쓰지 말고 집에 있는 진짜 자기 엄마를 가지고 시를 써야 한다는 것이었다. 그 말을 들었을 때 내가 틀리지 않았다는 것을 한 번 더 검증받은 듯하여 참 기분이 좋았었다. 그러면서 시인은 관찰을 강조했다. 한 초등학교에 가서 "일주일 동안 엄마가 가장 많이 한 말을 써 봐." 하는 그의 주문에 대부분의 학생들은 사랑해, 밥 먹어, 잘했어, 공부해라 이런 말을 적어 왔는데 한 학생이 적어 온 말이 눈길을 끌었다.

"꼴뵈기 싫어."

그러면서 다른 말들은 전부 엄마라면 으레 하는 말로 생각하는 것들이고, 지극히 일반적이지만 이 말은 '나의 진짜 엄마'가 정말로 제일 많이 하는 말이고 그렇기에 특수성, 독창성, 개성이 넘치는 말이라고 했다. 바퀴벌레를 관찰하여 엄마를 생각하면 그것은 온전히 자기만의 생각일 수 있으므로 이 말에 딱 맞는 것이다.

안도현 시인은 관찰을 강조하며 실제로 문예창작과 대학생에게 하는 수업의 일부를 소개해주었다. '멸치'를 관찰하여 시를 쓰기 위해 실제로 집에서 멸치를 가져 오게 하여 첫날, 둘째 날은 그냥 강의실에서 몇 시간 동안 멸치를 들여다보고 있는다. 아무 것도 안하고 그냥 계속 멸치만 보고 있는 것이다. 그냥 단순히 멸치를 보는 것 같지만 이것도 각자 '자기만의 멸치'이다. 내가 가져온 멸치가 친구가 가져온 멸치와 완전히 같지는 않기 때문이다. 그렇게 자기의 멸치를 계속 관찰하면 멸치의 눈이, 멸치의 굽은 등이, 꼬리가, 냄새가, 또 무엇이 어느 순간 영감을 주어 작품을 쓸 수 있다는 것이었다. 바로 내가 가르치는 번쩍님과 상통하는 것이다. 그 멸치는 자기 멸치이고 남과 다른 자기 멸치니까 자기만의 번쩍님이 오는 것이다.

번쩍님은 언제 어디서나 올 수 있지만 내가 관심을 가지는 대상을 정하면 거기에 더 자주 나타날 것이다. 그래서 다음 시간까지 관찰하고 생각해야 할 대상을 숙제로 내주었다.

"오늘은 엄마에 대해서 한 번 써보았어요. 오늘을 계기로 이제 엄마를 더 자주 관찰해서 '내 엄마'에 대한 것을 계속 모아 보세요. 그리고 다음 시간에는 휴대폰에 대하여 생각해볼 거니까 일주일동안 휴대폰에 대한 번쩍님을 최대한 많이 모아 오세요."

이렇게 하면 엄마로 더 쓰고 싶은 친구들은 다음 시간에도 더 쓰고, 휴대폰을 생각한 친구들은 휴대폰에 대하여 다른 눈으로 보려고 계속 노력하게 된다. 물론 첫날 엄마에 대하여 쓴 것은 일단 전부 수합한다. 미완성도 상관없다. 일단 학생의 출발점 수준을 파악하고 지도 방법을 구안하는데 참고해야 한다. 개중에 우수작을 뽑아 선도 학생의 역할을 주어야 한다. 이끌어가는 학생이 있어야 참고 작품도 많이 나오고 다른 학생들의 이해도 돕는다. 진정한 또래 협력학습이다.

다음 시간, 휴대폰에 대한 번쩍님을 모아 보니 재미있는 게 많이 나왔다. 거친 초고를 그대로 옮긴다.

내 손에는 늘
스마트폰이 붙어 있다

거미줄처럼
끈끈하다
잘 떨어지지 않는다

내 손은
스파이더맨이다

어떻게 해야
스마트폰을 닦아낼 수 있을까

일단 스마트폰을 거미줄에 비유했다. 나중에 다루겠지만 비유를 자연스럽게 사용한 것만도 수준급이다. 어떤 대상이나 사물을 깊이 관찰하고 그 특성을 뭔가 표현하려고 애쓰면 비유는 자연스럽게 나온다. 속성을 생각하는 것에서 비유가 출발하기 때문이다. 따로 비유를 배워서 언제 비유를 써먹어야지 라고 생각하지 않아도 어느 순간 표현 과정에서 자기도 모르고 효과적이고 참신한 비유를 쓰고 있는 것이다.

'스마트폰 = 거미줄'이라니 참으로 참신한 비유이다. 스마트폰도 그렇고 거미줄도 그렇고 '손에서 안 떨어지고 끈적끈적하다'는 속성이 쉽게 이해가 된다.

이렇게 학생이 작품을 써오는 과정에서 더 나은 작품을 얻기 위한 지도 과정은 기본적으로 다음과 같다.

1. 다 쓰고 스스로 독자가 되어 읽는다. -〉 마음에 들지 않는 부분을 고친다.

2. 내가 고친 다음 친구들에게 보여주고 감상을 적어달라고 한다.

→동료들이 지적한 부분을 일단 무조건 고친다.

(마음에 안 들어도 일단 내 의견은 접어두고 수정함.)

3. 제목을 확정한다.

4. 교사에게 제출한다.

교사는 1.과 2.의 과정이 부족하면 다시 그 과정을 해오게 해야 한다. 창작에서 가장 중요한 것은 자기 독자와 실제 독자의 감상이다. 창작은 자기만의 '자뻑'이나 감탄이 될 가능성이 매우 크다. 창작품이 자뻑도 안 되면 그것을 뭐하러 하나. 내가 만족하지 않는 작품을 남에게 보여준다는 것은 어불성설이다. 이것은 의무도 과제도 아니다. 적어도 상품화의 과정은 거쳐서 내 마음에는 들어야 한다.

그런데 실제로 학생들은 자기가 쓴 글을 다시 읽지 않는 경우가 대부분이다. 그 점을 간과하면 안 된다. 그러니까 적어도 "네가 쓴 글을 네가 한 번 읽어는 봐라, 그렇게 해서 최소한 스스로는 괜찮은 글이라고 생각하게 만들어라."고 해야 한다. 그리고 작품은 보편타당한 공감의 코드를 가져야 하며, 그러기 위해서는 독자의 실제 반응을 얻어야 한다. 내 친구 정도는 만족시켜야 그 작품이 밖으로 나가서 힘을 가질 것이다. 바로 옆 동료조차 고개를 돌린다면 작품에 무슨 위력이 있겠는가.

이 과정이 모두 충족되었다면 교사가 할 일은 매우 간단하면서도 의미 있는 과정이다. 바로 '작품화'이다. 작품화는 별것 아니다. 학생이 손글씨로 써온 작품을 컴퓨터에 워드 입력하는 것이다. 그대로 옮겨 쓰면 된다. 이 과정에서 아직 행과 연의 개념이 서툰 학생의 시는 교사가 물리적인 행과 연을 좀 다듬어 줘도 된다. 어쨌든 컴퓨터 화면에 옮겨 쓰기가 끝나면 그 화면을 그대로 학생들에게 보여준다. 화면을 본 학생들은 어쨌든 동료 학생의 작품을 처음으로 활자화된 것을 본 것이다. 이것은 신의 한 수다. 학생들이 자신이나 동료의 실제 글을 인쇄된 상태로 본 경험은 많이 없기에 그것만으로도 마치 작가가 된 듯한 착각이나 환상에 빠질 수 있다. 인쇄된 활자로 글을 보면 괴발개발의 손글씨보다 무조건 고급스럽고 깔끔해 보이기 때문이다. 물론 출력해서 종이로 다 나눠줄 수도 있지만 그것은 자원낭비이다. 아직 미완성인 작품을 굳이 제작하여 다 돌려볼 필요가 없기 때문이다.

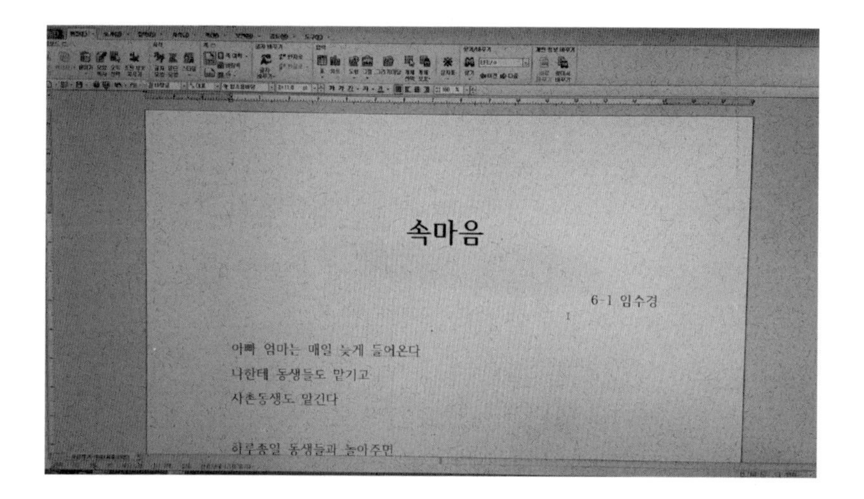

학생이 써온 초고를 이렇게 그냥 워드로 쳐서 화면에 보여주며 공유한다. 그냥 종이에 써놓은 것보다는 깔끔하고 정갈하니까 작품이 있어 보이고 작가가 된 듯한 착각에 젖을 수 있어 기분이 좋아진다. 또 모두가 볼 수 있어 의견 교환도 활발히 되고 아직 덜 쓴 학생들에게는 앞선 발자국이 되어 작품 완성의 자극제도 된다. 방법은 제목을 가운데에 쓰고 저자를 오른쪽 정렬로 하고 작품 본문은 양쪽 혼합으로 하는 것이 제일 보기에 좋다.

이렇게 워드로 제작하여 파일로 저장하는 것은 시쓰기 지도에서는 무엇보다 중요하다. 즉석에서 바로 학생 작품을 파일로 제작해두면 나중에 실제로 책을 만들기 위한 원고를 제작할 때 이 파일을 그대로 '복붙'하기만 하면 일이 훨씬 적어지기 때문에 이것은 생존을 위한 꿀팁이다. 결국 책 제작은 원고를 일일이 손으로 만드는 '노가다'이니 이 과정을 거치면 지도와 원고 제작이 동시에 이루어진다. 날짜별 폴더 하나 만들어서 제목과 이름으로 파일을 정리해두면 실제 책 원고 제작 작업할 때 훨씬 수월하다. 나도 이것을 몇 년 해보고 경험으로 터득했다. 이렇게 파일을 만들어두면 학생 작품 종이도 보관할 필요도 없으니 그야말로 일거리가 확 줄어든다. 요즘은 스마트폰으로 바로 쓰는 학생도 있는데 그것도 좋다. 손으로 쓰는 것은 교사도 보관이 힘들지만 학생도 손이 아픈 것이 사실이다. 게다가 지속가능한 환경을 위해 종이 낭비도 줄이니까 더 좋다.

작품을 형식화하여 감상하는 시간을 가졌다면 앞선 모든 과정에서 분명히 한두 개는 표현이나 내용에서 수정할 부분이 있다. 교사의 수정은 절대 직접적이어서는 안 된다.

"이 부분 말이야. 지금도 괜찮긴 하지만 좀 더 다른 좋은 표현 없을까?"

이 한마디로 학생을 자극하여 스스로 더 좋은 시어를 찾게 만들 수 있다. 간단한 것 같지만 교사의 직접 제안이나 의견 표현이 없이 학생 스스로 수정의 적극성을 가지면서 더 좋은 표현을 찾아내는 원동력이 된다. 교사는 아무것도 가르친 것 없이 깨닫게 함으로써 보는 눈을 가르치고 고치는 손을 가르친 것이다.

글이 책이 되는 과정

1. 글 모으기

학생의 글을 다 모은다. 일단 서둘러 완성하게 한다. 지금부터는 닦달이다. 마감을 정하고 무조건 기한 내에 원고를 수합해야 한다. 출판사가 작가에게 원고를 닦달하듯 매일매일 조르고 졸라야 한다. 당근과 채찍을 함께 써서 좋은 것도 먹이고 선물도 주고 놀러도 데리고 다니면서 동시에 빨리 안 쓰면 책에서 뺀다(!), 교장선생님께 불려간다(?)는 협박을 서슴지 않는다. 충분히 간식비를 책정하고 상품도 뿌리면서 글을 쓰게 해야 한다. 쓰면서 궁금하거나 도움이 필요한 경우에는 언제든지 요청하라고 안내하고 요청이 들어오면 적극적으로 도와주어야 한다. 이때의 공통적인 가장 큰 문제는 결말이다.

"끝을 어떻게 해야 할지 모르겠다."는 말의 가장 좋은 대답은 하고 싶은 대로 하라는 것이다. 해피 엔딩이건 새드 엔딩이건 오픈 엔딩이건 뭔가 작가가 생각하고 있는 것을 하거나 아니면 있어 보이게 끝내라고 조언한다.

조금 책을 많이 읽은 학생은 '에버 에프터'식의 해피 엔딩을 싫어하는 경향이 있다. 그러면 있어 보이게 뭔가 '뺑~ 하게', '벙~ 찌게' 끝내라고 해준다. 그러면 멋진 엔딩을 스스로 고민한다. 또 흔한 경우는 사건이 산으로 가서 끝을 내기 어려워지는 경우이다. 학생 이야기의 영원한 숙제는 끝없는 비약이다. 인물이 잘 나가다가 갑자기 죽고, 말도 안 되는 어떤 일로 어떻게 어떻게 하다가 죽고, 지구에서 잘 살다가 갑자기 우주로 가는 식이다. 아니면 수준 이하의 대화나 사건의 무리한 점프로 말도 안 되게 이야기가 끝맺는 경우이다. 최초 이야기 창작부터 비약은 없도록 강력히 경고해야 한다. 개연성 없는 사건은 만들지 않도록 지도한다.

"예를 들어 천신만고의 노력으로 아이돌 가수가 되었는데 갑자기 암 걸려 죽는다는 이야기면 독자가 뭐라고 생각하겠니? 얼마나 황당하고 허탈하겠냐? 암에 걸린다면 암에 걸릴 이유를 줘야 돼. 너무 힘들어서 잠을 못잤다든지, 스트레스가 심했다든지. 아무 이유나 근거도 없이 갑자기 뭐가 툭 튀어나오는 이야기를 쓰지 말라는 거야."

물론 이름만 대면 다 아는 유명 드라마 작가는 갑자기 아무나 막 죽이는 드라마로도 대박을 냈지만 이야기에서는 원칙적으로 그러면 안 되는 것이다. 주제를 구현하고 의미 있게 전달하기 위해서는 그럴 만한 일이 그럴 듯하게 벌어져야 한다. 그걸 개연성이라고 한다. 이때쯤 학생의 이야기가 몇 개쯤 산으로 가고 있는데 이럴 때는 과감하게 산에서 끌어내리든지 산을 깎아 없애버려야 한다. 비약인 사건을 삭제하거나 비약에서 정상 세계로 빨리 끌어내리면 된다. 이미 써놓은 것을 지우기는 아까우니 대단치 않은 사건으로 깎아내리는 방법이 좋다. 죽은 줄 알았더니 아니더라, 대단한 함정인 줄 알았는데 별 것 아니었다 등 그렇게 하면 어느 정도 상식적인 선에서 엔딩이 만들어진다.

2. 머리말

기본적으로 자기 작품을 소개한다. 작품을 쓴 이유, 의도, 주제를 이야기하는 작가의 말을 쓴다. 작품에 대하여 말하기가 좀 어려우면 그냥 동아리 활동 소감을 모아도 된다. 작가의 말이 있는 책이 없는 것보다는 훨씬 있어보이고 잘 갖추어진 책이기 때문에 한 시간 정도는 작가의 말이나 머리말, 소감 등을 쓰는 시간을 가져서 따로 모은다. 처음에는 무엇을 쓸지 모른다며 막막해하던 학생들도 자기 작품에 대한 이야기를 하라 하면 뭐라도 할 말이 생긴다. 물론 워드 작업을 학생 스스로 하는 것이 좋다. 안 그러면 교사가 수십 개의 글을 워드로 치는 수고를 해야 한다. 그것을 감수할 수 있다면 상관없다.

교사는 학생의 사진을 찍어서 작품 소개와 함께 제시하면 좋다. 단, 칼라로 제작할 경우에만 권장한다. 흑백 책에는 사진이 보기 좋지 않다.

3. 표지

표지는 가장 어려우면서도 쉽다. 학생들의 이야기를 모은 작품집일 경우 제일 그림 잘 그리는 학생더러 하나 그리라고 하면 된다. 학생들에게 공모를 해도 된다. 자기 작품의 삽화나 표지를 생각해서 하나 그리면 멋진 전체 표지가 된다. 이야기마다 작은 표지도 있으면 좋기에 학생 각자 하나씩 그리면 된다. 물론 컬러를 권장한다. 그림을 싫어하는 친구도 있으므로 작은 표지는 강제사항은 아니다. 도저히 표지 그림으로 넣을 만한 그림을 얻을 수 없으면 인쇄 업체마다 기본적으로 갖고 있는 디자인이 있으므로 부탁하면 된다. 추가 비용이 있는 경우도 있지만 많이 비싸지 않다. 대부분은 공짜로 해준다. 인쇄를 맡기지 않는다면? 학생이나 교사가 그려야 한다. 단순해도 좋고 그림이 없는 것도 멋있을 수 있다. 각자의 선택이다. 표지에 맞게 작품집의 제목도 지어야 한다. 실린 이야기의 공통적인 방향성을 고려하여 포괄적인 제목이 좋다. 나는 학교폭력에 관한 글을 많이 쓰도록 해서 그런 글이 많았기에 작품집 제목을 '왕따예방주식회사'로 하였다. 제목만 들어봐도 학교폭력 냄새가 나도록 한 것이다.

앞표지가 그렇게 완성되면 뒷표지와 책날개, 등표지가 남았다. 뒷표지는 따로 그림을 그리는 경우가 별로 없다. 그냥 디자인이나 칼라만 조금 넣고 가장 자랑하고 싶은 우수한 작품의 일부를 넣으면 좋다. 혹은 학생 작가의 말이나 추천의 말, 머리말 등 눈에 띄는 부분을 일부 넣어도 좋다. 뒷표지 일부에 공간을 만들어 그다지 많지 않은 양의 글을 넣어야 보기가 좋으며 부담이 없다. 뒷표지에 글이 많아서 읽기에 벅차면 좋지 않다.

책에는 날개가 있는 것이 좋다. 앞표지와 뒷표지의 연장 부분인 날개는 책을 만들 때 넣으면 보기 좋고 더 고급스러우며 있어 보인다. 그래서 따로 날개를 만드는 것이 좋다. 어떤 사람들은 날개를 책갈피 대용으로 쓰기도 하는데 그러면 나중에 표지가 불룩해져 보기 싫고 쭈글쭈글해져서 나는 권장하지 않는다. 책은 소중히 다뤄야 하기 때문이다. 적어도 작가는 그래야 한다고 믿고 그렇게 가르친다. 날개도 두 개이기 때문에 앞날개에는 보통 저자인 학생들 이름을 다 넣어준다. 그리고 지도교사도 같이 앞날개에 넣어줄 수도 있다. 아니면 교사 이름은 따로 뒷날개에 넣기도 한다(스승의 그림자도…… 후훗!). 날개에 별 내용이 없어도 날개가 있는 것이 좋다. 우리가 만드는 책을 우리 스스로 고급스럽게 할 수 있다.

4. 목차

이야기의 단편집이면 편수대로 목차를 나누면 된다. 다양한 종류의 글 모음집이면 일정한 의도나 계획대로 배열한다. 몇 학년 누구의 무슨 작품, 그 다음 또 누구의 무슨 작품 이런 식이다.

시집이면 크게 두 가지 방법이 있다. A학생 몇 편, 그 다음 B학생 작품 몇 편 이렇게 학생별로 배정하는 것과 섹션이나 챕터를 구분하여 한 개의 공통 주제로 묶어서 배열하는 방법이다. 예를 들어 1부가 엄마에 대한 시라면 A 학생의 엄마 시, B 학생의 엄마 시 이렇게 배정하는 것이다. 장단점이 각각 있다. 학생 수가 적으면 학생별로 구분하는 것이 좋다. 작품집 안에서도 자기만의 공간을 가지는 장점이 크다. 이 책에서 일부는 온전히 자기 작품이기 때문에 성취감이 커진다. 그러나 학생이 몇 십 명이 되면 학생별로 구분해서는 너무 목차가 많고 어지러울 수 있다. 학생 수가 많을 때는 주제별 배열이 안정적이다.

시집 작품 배열하는 방법

개별 배열	A 학생 작품 전부 배열 후 B 학생 작품 전부…… C, D, …… 이런 식으로 전체 학생 작품 배열
주제별 배열	1부, 2부 식으로 각 소제목을 주제별로 배열하고 해당 작품을 학생 순서에 무관하게 배열

5. 추천의 말

어쨌거나 학교 이름으로 만드는 책이기에 맨 앞에 교장선생님의 말씀이 멋지게 들어가는 것이 좋다. 한 쪽 혹은 양쪽으로 하여 교장선생님의 권두사나 추천사를 넣고 교장선생님의 사진이나 사인도 넣으면 좋다. 이것이 가장 큰 문제인데 대부분의 교장선생님에게 책의 추천사를 부탁하면 그냥 담당자가 알아서 하라고 한다. (나는 100%였다.) 그러면 책의 성격을 고려하여 교사가 쓰는 것이 좋다. 다른 누구에게 부탁하기는 마땅치 않을 것이다. 그냥 좋은 말을 쓰면 된다. 학생들 수고했다, 고맙다, 좋은 책이다, 특히 학생들을 작가들이라고 해주면 더 좋다. 학생 작가의 책이니까. 그리고 책의 성격을 말해주는 것이 좋다. 이 책은 학생들이 어떤 주제로 어떻게 글을 써서 어떻게 만든 책이다. 만든 사람이 교사니까 그걸 제일 잘 알 것이므로 그렇게 쓰면 된다. 글이 완성되면 사진이나 사인을 넣는 것이 더 좋은데 따로 받기 어려울 경우에는 사진은 학교 홈페이지에서 캡처해서 쓰면 되고 사인은 없어도 된다. 단지 몇 년 몇 월 (혹은 계절—아름다운 가을에, 수확의 기쁨을 누리는 계절에 등) 무슨 학교장 이름. 이렇게 이름은 정확히 넣는 것이 좋다. 백문이 불여일견, 예시를 하나 제시한다. 어느 정도 분량은 되어야 하기에 참고가 될 듯하다.

프로 정신이 빛나는 작가들

학생들이 책을 쓰는 것은 쉬운 일이 아닙니다. 글 하나를 쓰려고 해도 생각보다 어려운데 책이라면 말할 것도 없습니다. 훨씬 더 많은 노력을 해야 합니다. 그렇다고 아무렇게나 쓴다고 책이 되는 것도 아닙니다.

이제 '작가의 서재' 작가들은 밥 먹듯 숨 쉬듯 책을 내고 있습니다. 벌써 여러 해 책을 내면서 뛰어난 성과도 많이 얻었습니다. 어느덧 세 번째 책을 세상에 선보이게 되었습니다. 그저 놀라운 마음으로 축하와 격려를 보냅니다. 게다가 이번에는 우리가 사는 세상의 여러 가지 문제를 다루면서 '세계시민'으로 고민을 거듭했다 하니 더더욱 대견한 일입니다.

시를 쓰는 학생들에게 물어보면 참 즐겁고 재미있다고 합니다. 시가 재미있고 시를 쓰는 것도 너무 좋아서 자꾸자꾸 쓰고 싶다고 합니다. 그래서 틈만 나면 쓰게 되고 쓴 것을 선생님과 함께 이야기하고 다듬으며 더 좋은 작품으로 빚어낸다고 합니다. 아직 어리기만 한 학생들이 진정한 작가의 길을 가고 있다는 생각이 들어 놀랍습니다.

우리는 흔히 프로 정신을 이야기합니다. 자신의 일에 열정을 가지고 최선을 다하는 것이 프로 정신일 것입니다. 그러나 정확히 말하면 프로란 가치에 맞는 결과물을 내는 사람을 말합니다. 류현진이나 손흥민 같은 선수가 뛰어난 실력을 발휘하면 당연히 몸값을 많이 받습니다. 실력에 비례해 부와 명예를 누리는 것은 절대로 나쁜 것이 아니고 자랑스러운 일입니다. 자랑스러운 우리 학생 작가들도 노력의 결과에 맞는 즐거움을 누리기 바랍니다. 이 책을 독자들이 많이 읽으며 문학의 효과와 예술의 아름다움, 창작의 노고를 높이 사 준다면 우리 작가들에게 최고의 보답이 될 것이라 믿습니다.

결실의 계절에 작가들의 정성어린 작품집을 세상에 내놓게 되어 기쁘고 자랑스럽기 그지없습니다. 수고한 작가들과 불철주야 노력하신 지도 선생님에게도 큰 칭찬과 감사를 전합니다. 덕분에 이렇게 고맙고 좋은 책을 만나게 되었습니다.

역사와 전통을 자랑하는 우리 학교에서 인문책쓰기 동아리 '작가의 서재'가 앞으로도 인문학을 통한 인간성 탐구와 문학 실현의 길을 실현할 수 있도록 작은 힘이나마 보탤 것을 약속하며 교장으로서 자신 있게 이 책을 추천합니다.

2022 가을, 첫 번째 독자로서

OO초등학교장 홍길동

교장선생님 글을 넣으면 지도교사의 글을 넣고 싶을 수 있다. 나는 넣고 싶어서 해마다 넣었다. 사실상 엮은이의 말이고 머리말 역할도 한다.

내가 이런 의도로 이렇게 지도해서 책을 엮었다는 말이다. 이건 100% 선택이니까 알아서 하면 된다. 참고로 따로 지면을 할애하지 않고 뒷표지나 책날개에 지도교사의 말을 짧게 넣는 경우도 많다.

6. 제작

몇 권을 찍을 것인가, 크기, 칼라나 흑백, 종이 질, 하드커버나 소프트커버 등 실제 제작에 결정해야 할 사항은 매우 많다. 예산의 범위에서 결정하면 되는데 책쓰기의 궁극적 목적이자 최종점이므로 책은 충분히 제작하길 권장한다. 책쓰기는 한상 차리기에 비유되므로 결국 결과는 풍성해야 한다. 한 쪽이라도 더 쓰고 한 권이라도 더 만드는 것이 정답이다. 구슬이 서 말이라도 꿰어야 보배이니 책이 더 풍성하고 내실있게 많이 나오는 것이 제일이다. 그와 더불어 책은 비주얼이 생명이라 질이 좋아야 한다. 책의 재질에서 가장 중요한 부분 중의 하나는 종이이다. 종이는 다 거기서 거기지 않냐 라고 생각하는 경우가 많은데 그렇지 않다. 일반적으로 교과서나 소설책 등에서 가장 많이 쓰이는 종이는 백상지인데 백상지는 색깔도 완전 백색과 미색으로 다르며 두께별로도 차이가 있다. 눈이 좀 덜 아프려면 미색도 괜찮고 그림이 선명하길 원하면 백색이 낫다. 두께도 그냥 글만 넣을 경우에는 조금 저렴한 80g이 무난하지만 삽화를 칼라로 넣을 경우에는 종이가 얇으면 뒷장이 비쳐서 보기 좋지 않다. 그럴 때는 조금 비용을 더 들여서 100g이나 120g을 사용하는 것이 좋다. 100g이 일반적인 책인데 실제로 만들 책이 100쪽 이내라면 두께감도 있고 종이 힘도 좋은 120g을 추천한다. 120g을 하면 좀 얇은 책도 두께감이 좀 있어서 훨씬 보기에 좋다. 실제로 80쪽 채 못되는 책을 만들게 되어 120g을 사용했더니 종이도 빳빳하고 그림도 전혀 비치지 않고 깔끔하게 나와서 무척 만족스러웠다.

앞서 말한 대로 책날개도 만들고 앞표지, 뒷표지, 등표지를 어떻게 할 것인가도 결정한다. 기본적으로 제일 자주 보고 좋아하는 책이 있으면 그 형태를 따르면 된다. 그러면 자연스럽다. 책날개는 가급적 하는 것이 좋으며 앞날개에는 학생들 이름을 넣고 뒷날개에는 지도교사를 소개하는 것이 일반적이다. 구성은 자유롭게 하면 되니까 인쇄업체와 의논해서 정하면 된다.

7. 출간

책이 완성되어 내 손에 떨어지면(감격!) 출판기념회를 해야 한다. 우선 교장선생님께 책을 다 보여드리고 손수 학생들에게 하사하시옵소서 라고 권해드린다. 학생들을 교장실에 모아서 교장선생님으로부터 책을 받고 격려도 받고 훈화말씀도 받고 더불어 간식도 좀 받도록 사전에 좀 드려놓으면 좋다. 그러면 평범한 초코칩도 하사품으로 탈바꿈했으니 '로얄 쿠키' 되시겠다. 때깔이 다르고 학생들의 기분이 다르다. 그러면 기념샷 팡팡 찍어서 보도자료(사랑받고 싶은 선생님은 먼저 교장선생님께 말씀드리세요.) 내보내면 1부 끝. 이제 교실에 모여서 책을 끌어안고 울부짖고 뒹굴면서 김 작가, 이 작가 노래를 부르다가 피자와 치킨를 시켜먹으면 된다. 우리들의 출판기념회 끝.

책을 학생 손에 쥐어줘서 하교시키면 당일에 아마 몇 통의 문자를 받을 것이다. "선생님, 우리 애가 이렇게 글을 잘 쓰는 줄 몰랐어요.", "선생님, 정말 작가가 된 것 같네요."와 같은. 그것이 교사의 가장 큰 보람이 아니겠는가.

제2부

나의 책쓰기 이야기

좌충우돌 아무것도 모르던 초기 책쓰기의 우당탕탕 과정을 지나서 어느덧 성숙해진 책쓰기 운영을 하게 되었습니다. 어느 날 갑자기 나타난 코로나가 오히려 전화위복이 되어 동아리가 급성장하고 전국구 수준으로 올라갈 수 있었습니다. 그렇게 성장한 최근 3년간 책쓰기 동아리 이야기를 소개합니다. 실제로 책쓰기를 가르칠 때 바로 참고해서 도움이 되길 바라는 마음입니다.

코로나를 뚫고 첫 출판, 『스파이 가족』

우리에게 코로나가 왔습니다. 어디에서 왜 온 건지 그런 것은 이제 알 필요도 없습니다. 중요한 것은 왔다는 것입니다. 코로나는 온 세상을 암흑으로 뒤덮고 우리의 일상을 파괴했습니다. 당연한 것이 당연하지 못한 시간이 만들어졌습니다. 결국 학교도 문을 닫았습니다. 어? 이렇게 되면 책 못 쓰는데? 그러나 우리가 어떤 민족입니까? 우리는 포기하지 않았습니다. 힘들 때 주저앉으면 삼류, 잊어버리면 이류라고 하지요. 고난을 극복하고 웃음으로 털어낼 수 있어야 진정 일류입니다. 우리는 일류가 되기로 했습니다.

서재초 책쓰기 동아리는 이름을 '작가의 서재'로 지었습니다. 이름부터 예사롭지 않습니다. 그래서 작가가 되었습니다. 우리를 집어삼킨 코로나라는 상황, 그러나 전화위복으로 생각하면 다시 없을 인문학적 기회입니다. 마스크를 쓰고 거리를 두고 밥도 같이 먹지 못하며 살아가는 이런 일이 언제 또 생길까요? 온몸을 뒤틀리게 만드는 코로나 상황을 웃음과 감동의 코드를 섞어 문학적으로 형상화했습니다.

코로나는 좀비 바이러스다.

좀비에게 물리면
좀비가 되듯이
확진자와 닿으면
확진자가 된다.

그래서
밖에 나갈 수가 없다.

—「좀비 바이러스」

마트에 갔다.
아무도 없다.
놀이터에 갔다.
아무도 없다.

아무도 없는데
아직 코로나는 있다.

—「아무도 없네」

마스크를 10분만 써도
습기가 차서
얼굴이 따갑고
입술 주변도 빨개진다.

로봇 마스크가 있으면
리모콘으로 조종해서
선풍기를 틀어주면

습기도 말려주고

참 좋겠다.

—「로봇 마스크」

어찌 보면 누구나 생각할 수 있는 것이며 대단한 것이 아닐지도 모릅니다. 그러나 우리는 누구보다 먼저 썼습니다. 일상을 일상으로 흘려보내지 않고 일상의 순간을 감동으로 바꾸었습니다. 우리의 인문학은 연금술입니다. “시쓰기는 재미없어요.”하던 아이들이 “제가 시를 제일 잘써요!” 하게 되었습니다.

학생들의 일상에는 글로 만들 수 있는 소재가 넘쳐납니다. 코로나 외에도 부모님, 가족, 학교, 친구, 급식 등 사소한 상황 하나하나에는 그냥 넘어갈 수 없는 작은 일들이 가득합니다. 단지 그것을 그냥 흘려보내면 스치는 일상일 뿐이고, 그것을 잡아서 뭔가를 빚어내면 가치 있는 무엇이 되는 것이지요. 그 작은 차이가 명품을 만드는 것 아니겠습니까? 이 책을 통해 평범함을 거부한 학생 작가들의 진면목을 보실 수 있습니다.

일상을 감동으로 바꾸는 인문학 연금술

—작가의 '서재' 이야기

우리 학교는 대구 도심에서 살짝 떨어져 지하철도 없는 외진 곳에 와룡산과 금호강을 접해 있어 말 그대로 배산임수의 고즈넉함에, 도심의 때가 덜 묻어 순수함이 남아있는 아이들이 평화롭게 살아가는 학교이다. 그러나 이곳에도 어김없이 코로나19의 폭풍은 불어닥쳤고, 학교는 갑자기 문을 닫아걸었다. 그것이 2020년 3월, 부임하자마자 겪는 황당함이었다.

새로운 학교에서 어색하지만 반갑게 아이들을 맞아서 늘 하던 대로 책쓰기 전을 펼치자는 계획이 수포로 돌아갔다. 애들이 있어야 물건을 팔지, 이건 개점휴업이다. 그렇다고 그냥 있으면 나만의 직무유기 아닌가. 인생사 새옹지마인데 무슨 수가 있을 것이다.

학교가 문을 닫아걸었다고 교실이 학생을 내쫓을 수는 없다는 생각에 쏟아지는 온라인 플랫폼 속에서 남들 많이 하는 클래스팅을 하나 열었다. 그리고 얼굴 한번 본적 없는 아이들에게 무작정 사랑고백을 날렸다. "여러분, 우리는 작가가 될 겁니다."라는 그럴 듯한 예언도 함께.

'뭔 작가여, 시방 학교도 못 가는디……. 무슨 봉창 두드리는 소리여.' 할 때쯤 약을 팔았다. 그러니까 이게 기회란 거다. 이런 전대미문의 대

혼란, 누구도 예측하지 못하고 상상도 못하던 그런 일이 지금 눈앞에 펼쳐지고 우리에게 현실이 된 이런 말문이 막히는 상황, 그래서 짜증나고 답답하고 화가 나고 심지어 학교에 가고 싶어지기까지 한 이 기막힌 상황을 한번 글로 써보자고. 그것이 우리가 일상을 스쳐 지나가는 것이 아닌 공감과 감동으로 만드는 연금술이라고, 우리가 연금술사라고. 원래라면 입에 떡볶이를 물리고 손에 초콜렛을 쥐어 주면서 집단최면을 걸어야 하는 건데, 뜻하지 않게 당장 돈이 굳었다. 굳은 돈 만큼 최면의 효과가 작아서 교사가 조금 더 부지런하기로 했다. 당장 작년 학생들을 지도했던 작품들을 날마다 게시판에 올렸다. 이건 돈도 안 든다. 그리고 책쓰기를 비롯 모든 창작 활동의 꿀팁인데, 참고 작품은 최고의 지도자료이자 가르침 그 자체이다. 참고 작품은 시범이며 질문이고 발자국이며 길잡이다. 학생은 또래가 쓴 그저 그런 수준의 참고 작품을 보고 '이 정도는 나도 쓸 수 있겠다, 이렇게 쓰는 것이구나.'를 깨닫게 되면서 창작이 시작된다. 글쓰기 한다고 복잡하고 어려운 낯설게 하기, 비유법, 상징 그런 걸 당장 배울 필요는 없다. 저렇게 쓰면 되는구나, 그거면 충분하다.

그렇게 참고 작품과 간단한 해설을 올리면서 아이들과 책에 대해 이야기했다. 물론 온라인 실시간도 아니고 형식적으로 하는 출석 확인에 여기에 주목하는 학생들이 많지는 않았지만, 그래도 역시 세상일은 낭중지추, 누군가 하나는 깊은 뜻을 알고 묵묵히 따르며 개중에서 앞서 나가는 사람이 반드시 있다. 우선 만난 적도 없고 누군지도 모르는 선생님이 담임이라고 나타나서 갑자기 책쓰자 했으니 이건 뭔가 싶은 호기심을 가지는 애들이 생겨났다. 그렇게 어찌어찌 쓰기를 위한 읽기 준비가 갖춰졌다. 잘은 몰라도 누군가는 열심히 읽었고, 읽다 보니 흥미도 생겼을 것이다. 이 정도는 나도 쓰겠다는 자신감은 덤이다. 그런 마음가짐이 시작이자 반이다.

그리고 결국 학교가 문을 열었다. 홀짝 등교니 3부제니 머리가 복잡하지만 많은 아이들이 어쨌든 교실에 오게 되었다. 본격적으로 책쓰기의 전을 깔았다.

"이런 코로나 상황에 우리들은 너무 황당하고 놀랍고 답답합니다. 그래서 누구나 가슴 속에 말하고 싶은 무언가가 있어요. 미처 말하지 못했지만 정말 나누고 싶은 그런 이야기들이 있을 거야. 그것을 그냥 글로 쓰면 됩니다."

그럼, 그냥 쓰면 되지. 다른 거 뭐 필요하겠는가. 제군들이여, 승리의 순간을 향해 쉬지 말고 써라, 그러면 출판이 되리니! 그래서 우리는 썼다.

코로나 전에는
급식 시간에
말하면서 밥 먹었는데

코로나 때문에
말을 못 한다.

말을 못 하니까
예전엔 몰랐던
숨은 맛을 찾아낸다.

—「숨은 맛」

여름이다
수영장 가자

안 돼, 코로나야!

가을이다
산에 가자

안 돼, 코로나야!

코로나

너는 안 가니?

—「가자」

이 글을 보면 별로 대단한 것도 아니고 누구나 쓸 수 있을 것 같은 글이다. 엄청난 문학성이나 완성도가 있는 것도 아니다. 그런데 최소한 글이 나쁘지는 않은 것 같다. 수많은 교사들, 문학가들, 전문가들도 다 어느 정도 괜찮은 글이라고 인정을 했다. 소설가이자 교사인 우광훈 작가는 「숨은 맛」을 재미와 문학성을 다 갖춘 수작이라고 극찬을 했을 정도이다. 그러니까 문학적으로 공인이 된 글이다. 그런데 사실 대단한 것이 아니다. 원래 글은 대단한 것이 아니기 때문이다. 계속 강조하지만 정말 중요한 비밀인데 글쓰기는 진정한 '콜럼버스의 달걀'이다.

코로나 비상 상황이 점차 풀리며 등교는 갈수록 늘어났고 학교도 제자리를 찾아가는 듯 보였다. 그러나 이제 학교는 전과 달랐다. 책상을 둘러싼 가림막에 현장학습도 없고, 급식시간 재잘거림도 사라진 학교는 삭막했다. 쉬는 시간에 함께 모여 놀지도 못하고 화장실도 같이 못 가는 세상, 아이들은 웃음을 잃어갔다. 우리의 글쓰기가 세상에 위로가 되어야 했다.

그리고 기다리던 학생 책 출판 공모전, 우리는 출판에 선정되었고 첫 책이 세상에 선을 보였다. 나중에 들은 이야기로 코로나 상황을 다각도로 그려낸 시도가 독창적이라 좋은 점수를 받았다고 한다. 이게 다 지도교사의 '트렌드 2020' 아니겠는가. 코로나 시대에는 코로나를 써야지. 그렇게 나온 『스파이 가족』(2021, 바른북스)은 지역 언론의 조명을 받으며 화려한 데뷔를 했다. 우리는 유튜브에 나왔고 신문에 나왔으며 우리 책은 나름 유명해졌다. 무엇보다 우리가 작가가 되었다는 것이 가장 기쁜 일이다. 우리 반 전체에게 책을 나눠주는 날에 말했다.

"봐라, 선생님이 약속 지켰지? 분명히 여러분이 작가가 될 거라고 했잖아요?"

교사가 약속을 지켜야지. 화려한 첫책의 기쁨이 이어져 우리는 내친김에 두 번째 책을 냈고 이 책은 더 대박을 터뜨려 이번에는 유튜브에 그치지 않고 텔레비전까지 출연하게 되는 기염을 토했다. 첫해 담임으로 학급 전체와 책을 냈는데 둘째 해는 전담이 되었다. 그래서 열정을 가진 방과후에 시간이 되는 학생들만 모아 소수정예 동아리를 꾸렸다. 딱 명량의 12척이 되었다. 그리고 수요일 오후 우리는 미친 듯이 썼다. 이미 한 권의 책을 낸 몸, 이제는 더 잘 써야 한다는 책임감이 우리를 휘감았다. 아직도 끝나지 않은 코로나 상황, 우리는 답답하지만 살아야 했고 위기에 절망하고 있을 수만은 없었다. 우리는 희망을 이야기했고 서로를 토닥였으며 시시각각 변하는 코로나 시대를 정밀하게 관찰했다. 부모님을 이야기하고 할머니 할아버지를 떠올렸다. 기후변화도 생각했다. 그렇게 두 번째 책 『언제쯤 할 수 있을까』(2022, 청개구리)가 세상에 선보이게 되었다. 그리고 그 책의 작가들이 어린이날 특집으로 대구MBC에 출연하게 되었다. 방송은 엄청난 것이다. 우리는 학교와 지역사회를 빛낸 인물이 되었고 괜히 더 뿌듯했으며 그래서 더욱 열심히 쓰게 되었다.

올해 우리는 또다시 새로운 도전을 준비한다. 이제는 식상해지기까지

한 코로나 상황은 코로나 이후를 생각하는 것으로 바뀠다. 그리고 또하나의 기막힌 상황, 누구도 상상하지 못한 21세기 평화의 시대에 터진 우크라이나 전쟁을 생각했다. 더불어 심각한 기후변화와 지구온난화, 환경 파괴 등 우리 시대의 당면 문제점에 눈을 돌렸다. 우리는 세계시민이 되어 건전한 상식으로 함께 사는 세상을 만드는 의식 있는 작가가 되기로 했다. 우리 앞의 문제를 피하지 않고 함께 고민하는, 고차원적인

문학의 효용성을 시험하기로 했다. 세계시민이란 사실 별 것 아니다. 인권, 다문화, 양성평등, 아동보호, 환경보호, 탄소절감, 공정, 평등, 자유, 배려 등 지극히 당연한 것을 이야기하는 사람이다. 현실 문제에 관심을 가지고 문학적으로 고민하는 작가들은 올해도 복사뼈에 구멍이 나도록 앉아서 쓰고 있다.

"우리가 시를 왜 써요?"에서 "우리가 시를 제일 잘 써요!"가 된 학생작가들의 빛나는 도전과 변화, 아주 사소한 것 하나 가르쳤을 뿐인데 이렇게 잘 해내는 무한한 잠재성의 작가들을 보면서 쓰기에 게을렀던 작가의 탈을 쓴 교사인 나를 반성한다.

전쟁과 평화, 그리고 지구촌을 배우다

연달아 2년 학생 책을 출판했다. 나름 성공적이었다. 첫해는 갑자기 나타난 전대미문의 상황, 코로나19를 주연으로 등장시켜 독자의 마음을 움직였고, 다음해에는 좀더 정선되고 세련된 작품과 주제의 스펙트럼 확대로 기후변화 등을 넣어 완성도 있는 책을 냈다고 자평할 수 있다. 실제로 지역의 원로 작가로부터 이것이 임길택, 이오덕 정신의 계승이지 않냐는 말씀을 들었다. 과분하지만 본질은 맞는 말이라 내심 공감이 되었다.

그러면 연타석 홈런으로 나름 2연패를 했는데 올해도 뭔가 뜻을 안고 시작해야 한다, 그런데 해마다 같은 것을 하면 재미없잖아. 이제 3년째인데 뭔가 좀 쌈빡한 걸 찾아야지.

그런데 마침, 연초에 상상 밖의, 정말 말도 안 되는 사건이 터졌다. 누구도 감히 생각지 못한 말 그대로의 전쟁, 러시아와 우크라이나의 전쟁이다. 아니, 이 시대에 전쟁이라니? 인류가 화성에 가니 못 가니 하는 시대에 전쟁? 이거 실화냐? 그런데 진짜 전쟁이었다. 당장 사람이 죽고 폭탄이 터지고 건물이 무너지고 피란을 가고. 6 · 25 같은 일이 21세기 최정점의 시대에 벌어지고 말았다. 전쟁이 커지니 뭔가 번쩍님이 내 머리를 쳤다. 그래 전쟁이야! 이게 바로 전쟁에서 비롯되는 반전과 평화 교육이지.

나는 세계시민교육을 몇 년 전부터 배우고 연구하며 실천하려 노력하고 있었다. 그런데 세계시민교육의 큰 줄기가 되는 평화와 인권, 평등을 학생들에게 실제로 가르치기가 사실 어려웠다. 뜻이야 다 좋고 좋은 내용에 모두에게 유익한 당연히 유네스코가 만든 위대한 발자국이지만, 그게 지금 현재의 아이들에게 먹혀들지가 않는다. 지금은 어찌 보면 전 세계가 너무나 태평성대이고 우리나라는 선진국 대열에 올라서서 차별, 인권 이런 것들이 크게 와닿을 상황이 없다. 하물며 전쟁이야, 6 · 25가 뭔지도 모르는 아이들이 태반인데 어떻게 가르치나. 그런데, 정말로 전쟁이 터져버렸다!

전쟁을 직접 하는 사람들에게는 미안하지만 이것만큼 좋은 교육자료가 없다. 이제 우리 눈앞에 실제 전쟁 상황이 생중계되었다. 티비를 켜면 우크라이나의 참혹한 상황이 그대로 전파를 탄다. 이런 천재일우의 기회를 놓칠 수는 없다. 올해 '작가의 서재' 3기의 컨셉은 세계시민교육, 그것도 우크라이나 전쟁을 중심으로 한 평화의 메시지이다.

또 하나의 의외성, 전쟁이 이렇게 길어질 거라고도 아무도 생각 못했다. 잘은 몰라도 미국의 적극적 개입으로 뭔가 금방 중재가 되겠지, 하는 척 하다가 끝내겠지 했는데 그렇지 않았다. 정말 사람이 죽고 모든 것이 부서지는 전쟁이 끝없이 계속되었고, 그 여파로 세계가 경제 대불황에 휩싸였다. 밀 생산 세계 6위로 세계의 곡창인 우크라이나가 파괴되자 당장 전세계 곡물값이 뛰었다. 라면, 김밥, 빵 등 우리의 밥상머리 물가로 바로 나타났다. 러시아가 송유관을 독차지한 기름값은 말할 것도 없다. 말 그대로 미쳐 날뛰었다. 전쟁이 남일이 아니게 됐다. 그럼 당연히 가르칠 것도 생각할 것도 쓸 것도 넘쳐나게 되었다.

인생사 새옹지마라고 첫해에는 갑자기 코로나가 터져서 쓸거리가 넘쳐나더니, 이번에는 난데없는 전쟁이 터져 어안이 벙벙하면서도 생각할 거리가 풍부해졌다. 모든 것은 문학적으로 형상화가 가능한 것이다. 그 결과 이번에는 세상 어디에도 없는 책이 탄생했다. 그동안 학생들의 글쓰기 과정도 진화를 거듭하여 처음에는 종이에만 글을 썼는데, 이제는 컴퓨터에 이어 스마트폰에도 글을 써서 생각을 나눈다. 그 모든 과정에 인위적으로 개입하지 않았지만 자연스레 그렇게 되는 것을 보면서 역시 세상은 발전하고 인류는 진화한다는 것을 깨닫는다.

지금부터 우리는 세계시민!

—세계시민교육과 문학 창작 융합 프로젝트

2022년 책쓰기의 시작은 세계시민이었다. 그런데 왜? 세계시민이 무엇이며 왜 하필 세계시민? 그 이야기도 필자의 노하우와 관련되므로 풀어볼 필요가 있다. 책쓰기를 계획하는 교사는 항상 깨어있어야 한다. 시사에 밝아야 하고 어느 정도 세상 돌아가는 것은 읽고 이해하고 있어야 한다. 조금 더 세상에 관심을 가지면 지금 뭐가 어떻게 돌아가는지는 누구나 알 수 있다. 단지 거기에서 조금 더 나가서 지금 이런 상황이면 혹시 학생들이 뭐 쓸 것이 없을까? 이걸 쓰면 어떨까? 그런 생각을 할 필요가 있다. 창작 아이템이 하늘에서 뚝 떨어지는 것이 아니다.

1. 준비

세계시민교육을 다년간 배웠고 할 만큼 해봤다. 충분하지는 않아도 뭔가 가르치면서 함께 고민해볼 정도는 되었다. 그래서 수업에 적용할 생각을 했다. 유네스코가 추천하는 세계시민이 되기 위해서 무엇을 고민해야 하는가 정도는 생각할 수 있다. 할 수 있는 것부터 실천하기로 했다.

나를 따르는 충직한 학생 작가들과 수준 높은 프로젝트를 시작한다.

2. 기획

정말로 별안간 갑자기 그 누구도 상상 못할 일이 벌어졌다. 평화의 시대 21세기 하고도 20여년이 흘러 전 세계에 평화가 정착되어 가는 마당에 갑자기 러시아가 우크라이나를 침공했다. 그야말로 전쟁이 벌어졌다. 살육의 현장이 누군가에게는 현실이 되었다. 말로만 부르짖던 반전과 평화에 이어 난민까지 실제로 배울 기회다. 우크라이나 전쟁을 계기로 전쟁의 참혹함과 평화의 중요성을 생각해 보자.

3. 실천

책쓰기 동아리가 출판을 성공적으로 2연속 하고 올해로 3번째 책 출판에 도전한다. 그래서 당연히 작품을 써야 하는데 늘 같은 것, 비슷한 것만 할 수는 없다. 이제 코로나도 식상한 아이템이다. 혹시라도 1%의 매너리즘에 빠지면 다 죽는 거다. 그래서 세계시민교육을 접목했다. 이름하여 실천하는 세계시민교육! 우크라이나 전쟁으로 본 평화의 소중함과 산불, 가뭄, 폭염, 이상 기후 등 자연의 재앙을 통해 본 지구 되살리기 프로젝트. 문학은 해결하는 것이 아니라 고민하고 생각하고 반성하는 계기를 주는 것이다. 그래서 세계시민교육은 문학으로 뭐든지 풀어볼 수가 있다.

4. 활동

1) 전쟁과 평화

매주 1회 수요일에 모여서 세계시민교육을 배우고 실천하고 연구하며 토의한다. 기본적으로 세계시민정신을 가지기 위한 기초는 영상을 보면서 익힌다. 그리고 활동은 세계시민교육 교과서를 활용했다.

자료 : 우크라이나 관련 전쟁의 참혹함과 비인간성을 보여주는 영상, 전쟁으로 인한 우리나라의 변화, 전쟁으로 인한 전세계의 변화를 보여주는 영상

경험 공유 : 전쟁으로 인한 물가 상승 (특히 유가 상승, 밀가루 등 곡물값 파동, 주식 폭락, 달러 강세 등)

지금, 여기, 나의 경험에서 전쟁의 해악을 느끼고 그것을 다른 사람들과 공유할 수 있는 방법을 연구한다. 전쟁으로 물가가 오른 것은 당장 내가 느끼는 피해이고 전쟁의 아픔이다. 전쟁은 나와 무관한 것이 아니다. 세계는 모두 연결되어 있다.

우리는 세계시민교육을 연구했고 배웠으며 고민했고 실천했다.

2) 기후변화? 기후위기! 지구온난화를 막고 지속가능한 환경을 지키는 지구 회복 프로젝트

기후위기에 대한 것은 잘 알려져 있다. 워낙 언론에 많이 나와서 학생들도 잘 안다. 어렵지 않게 배우고 이해할 수 있다.

자료 : 태평양 쓰레기섬 영상, 기후 협약, 홍수열 박사의 재활용 관련 도서, 그레타 툰베리의 영상, 세계의 산불 영상, 탄소중립 및 환경 보존 노력 영상, 쓰레기를 먹고 죽어가는 물고기와 새 등

경험 공유 : 코로나 때문에 마스크를 쓰는데 이 마스크는 또 얼마나 큰 쓰레기인가. 과연 마스크를 쓰지 않고 살 수는 없을까. 마스크가 쓰레기가 되는데 결국 버리는 것은 인간이다. 마스크가 무슨 죄?

5월 이른 더위에 모두가 힘들어하고, 6월 지독한 가뭄으로 기후위기는 이제 모두가 느끼는 지금 여기의 심각한 문제가 되었다. 페트 병 하나라도 덜 쓰고 덜 버리는 작은 실천이 지구온난화를 막는 열쇠가 된다. 우리는 그렇게 하고 있는가? 과연 어떻게 해야 할까?

인간의 파괴와 코로나까지 겹쳐 더욱 고통받는 지구, 우리가 살아갈 곳은 결국 지구 뿐인데 지구를 이렇게 함부로 해도 될까? 나 하나라도 지구를 위해 할 수 있는 것을 찾아보자. 우리의 목소리를 전달하자.

5. 결과

이렇게 세계시민교육을 연구한 동아리는 4개의 주제(전쟁과 평화, 기후위기, 소중한 가족, 학교폭력예방 등)를 가지고 동시집 『지금 우리가 할게요』를 출간하였다. 세계시민교육의 본질을 생각해서 대단한 것이 아니라 누구나 할 수 있고 해야 하는 가장 기본적이고 옳은 길을 향해 노력하는 과정 자체를 고민했다. 복잡한 이론보다 지금 당장 여기에서 실천하여 하나라도 바꾸어 나가는 실천 의지를 강조했다. 중요한 것은 보고 듣고 느끼는 것을 문학적으로 형상화하여 작품을 만드는 것이다. 무언가를 배워서 어떤 느낌이 들었는데 그것을 그냥 버리지 않고 기록하여 그 기록

을 다시 문학적 가치가 있는 작품으로 만들어 공유하는 과정이 성장을 가져온다. 세계시민교육이 어렵거나 막막한 것이 아니고 그냥 누구나 실천 가능하며, 학생작가들이 세계시민으로 거듭날 수 있게 하는데 작은 보탬이라도 된 것 같아 보람을 느낀다.

시쓰기, 진짜 말도 안 되게 쉽게 가르치기

나는 등단을 동시로 하였고 동시를 가장 자주 쓴다. 학생 책도 동시로 가장 많이 냈다. 사실 가장 큰 이유는 이게 상대적으로 쉽기 때문이다. 이건 거의 천기누설인데, 시는 이야기에 쏟는 노력의 반이면 충분하다. 교사로서 학급을 운영하며 다른 업무도 있을 것이고 책쓰기 하나만 붙잡고 있을 수도 없으니, 현실적으로 가장 쉽고 실현할 만한 정도의 것으로 시쓰기 지도를 추천한다. 쉽고 복잡하지 않으니 결과도 잘 나오고 여러 모로 장점이 많다. 진정한 어린이 작가의 경험을 쌓게 해주는 일은 시쓰기가 매우 적합하다. 적어도 내가 해본 결과는 그랬다.

1. 잘못된 편견 탈피

시를 쓴다고 하면 대부분의 학생들은 막막해하고 답답해한다. 한숨과 탄식에 이은 미움과 증오의 대상이 된다. 그러다가 그래도 열정을 가진 (착한) 학생이 시를 쓰면 이런 결과가 나온다.

가을

빨간 단풍잎이 내리꽂는 가을
감나무에 토실한 감이 열리는 가을
나는, 가을이 참 좋다.

쓸쓸한 듯 차가운 바람이 날 감싼다.
행복한 듯 따스한 햇살이 날 감싼다.
그냥, 마음이 울적해진다.

내 마음을 텅 비게 만드는 가을
나는, 가을이 참 좋다.

이 시는 참 열심히 썼다. 좋은 표현 고르려 애썼고 시의 형태, 요소 등을 어느 정도 알고 있으며 갖추려고 노력도 하였다. 그렇지만 냉정하게 말하면-미안하지만 이 시는 시가 아니다. 그런데도 대부분의 학생들이 이렇게 써놓고 이게 시인 줄 아는 것이 가장 큰 문제이다. 심지어 교사들도 이것이 시라고 생각한다. 상도 주는 경우가 있다. 제대로 시를 배운 적이 없기 때문일 것이다.

시란 무엇인가? 이 고색창연한 질문에 복잡한 정답을 생각할 것도 없이 시에는 최소한 '주제'가 있어야 한다. 시를 읽고 나서 시를 쓴 이가 무엇을 말하고 싶었구나 하는 것을 알아야 한다. 그러나 시는 문학이기에 그냥 무엇을 말하고 싶었다는 것을 그냥 바로 알려주면 안 된다. 최소한 문학이 일상의 글과 다른 특징은 지켜주고 존중해주어야 한다. 그건 쉽게 이야기하면 '은은함'이다.

정리를 하면 시에는 주제가 있어야 하고 주제를 그냥 보여주거나 알려주면 안 된다는 것이다. 모든 시는 그렇다. 따라서 그 약속을 지키지 않은 것을 시라고 할 수 없다. 이 시에도 주제는 있다. 시적 화자가 가을이 좋다고 말을 했기 때문이다. 그런데 그 주제를 그냥 던져 주었을 뿐이고 거기에 전혀 공감이 가지 않는다. '단풍잎'이나 '감' 때문에 가을이 좋다고 하는데 그게 왜 좋은지도 없다. '차가운 바람'과 '따스한 햇살'이 마음을 울적하게 만드는데 그것이 왜 좋은지도 모르겠다. '가을→울적함→좋다' 이런 식의 정리는 어떻게 봐도 이해할 수가 없다.

문제는 학생들이 시를 이렇게 써 왔고 지금도 이렇게 쓰면서 스스로 이 정도면 잘 쓴다고 생각하는 점이다. 이것은 조금도 거짓이나 과장이 아니고 학교 시 교육의 현주소다. 이 시를 쓴 학생은 공부도 잘하고 글짓기 대회에서 상도 받는 학생이다. 누가 봐도 모범생이고 책쓰기 한다고 해서 자원한 보기 드문 인재이다. 그런데 시를 써라 하면 이렇게 해놓는다. 안타까운 현실이다.

다시 돌아가서 시가 무엇인지 좀 근원적으로 생각해보자. 예시로 들 작품은 수도 없이 많지만 우리에게 노래로도 익숙한 「섬집 아기」나 「엄마야 누나야」 같은 것이 참 좋다.

엄마야 누나야

김소월

엄마야 누나야 강변 살자
뜰에는 반짝이는 금모래빛
뒷문 밖에는 갈잎의 노래
엄마야 누나야 강변 살자

시에 대하여 아는 것을 좀 정리해 보았다. 지금부터는 실제 수업이라고 생각하고 학생들에게 설명해주는 교사의 말인 경어체 그대로를 옮긴다.

시는 생각이나 감정을 간결하게 줄여 나타낸 문학 작품입니다. 짧고 단순하게 나타내는 것이 특징이지만 무조건 짧다고 전부 시는 아닙니다. 모든 문학 작품에는 주제가 있는데 시에도 주제가 있습니다. 주제는 시를 쓴 사람이 읽는 사람에게 말하고자 하는 것입니다. 그렇지만 그것은 그냥 글처럼 밖으로 드러나 있지 않고 글을 읽은 사람이 찾도록 감춰두었습니다. 모든 문학 작품에서 주제는 겉으로 쉽게 드러나지 않습니다. 일반적인 글과 문학 작품의 가장 큰 차이입니다.

● 시의 감상 ●

이 시를 읽으면 어떤 느낌이 드나요? 느낌을 생각하기 전에 먼저 시를 읽으며 머리 속에 그림을 그려 봅시다. 떠오르는 장면이 있나요? 아마 조용하고 잔잔한 강변에 고운 모래가 저녁 노을빛을 받아 반짝거리고 갈대밭에 바람이 스쳐서 갈대들이 흔들리며 바람소리를 내고 있는 평화로운 풍경이 떠오를 것입니다. 우리가 아는 강변은 평화롭고 아름다운 그런 곳이지요. 그래서 시에서 말하는 이는 자기 엄마와 누나에게 강변에 가서 살자고 말하고 있는 것입니다. 그러면 지금 살고 있는 곳은 강변인가요? 강변이 아니라면 과연 어떤 곳일까요? 강변보다 더 좋은 곳일까요, 아니면 좋지 않은 곳일까요?

이야기가 뒤죽박죽이 되긴 하지만 내가 시가 무엇인지 제대로 알게 된 것은 나 스스로가 우연히 시를 본격적으로 배우면서부터이다. 나도 그전까지는 시가 무엇인지 잘 몰랐으며 그냥 교과서에 나와 있는 시가 좋은 시라고만 생각했다. 물론 교과서 시가 나쁘다는 것은 아니다. 단지 시가 무엇인지 잘 몰랐다는 것이다.

우연히 시에 관심을 가지게 되어 배우게 되었고 무작정 시중에 나와 있는 동시집을 읽었다. '사랑하면 알게 되고 알게 되면 보이나니, 그 때 보이는 것은 전과 같지 않더라' 관심을 가지면 보이는 것이 다르기에 하찮은 수준의 시각에서도 읽는 시들 중에 시와 시 아닌 것이 조금씩 눈에 보였고 더 나아가 좋은 시와 좋지 않은 시를 나름대로 평가하는 기준도 생겼다. 그것이 정답이나 진리가 아니지만 그냥 읽기만 반복해도 안 하는 것보다 나으며 발전이 있다는 것을 알려주고 싶다. 그렇게 시에 대해 첫 걸음을 떼면서 생각보다 진전이 빨라졌다. 학생들에게 시쓰기를 가르치기 위해서 가장 좋은 방법은 나의 경험을 전해주는 것이었다.

그래서 내가 어떻게 시를 쓰게 되었고 시를 배우게 되었는지를 먼저 정리하고자 한다.

2. 나의 동시 수련기

앞서 말한 대로 시에 대하여 관심을 가지면서 초등교사로서의 위치를 고려하여 동시를 배워보기로 하였다. 성인 문학인 '시'는 어린이들과 살고 있는 나의 바운더리와는 완전히 별도의 세계라 따로 시간을 들여 공부하고 별도 창작 과정을 거쳐야 하는데, 천성이 게으른 나는 도저히 그럴 자신은 없었기 때문이다. 모교인 대학의 평생교육원에서 전문 동시인의 강좌를 들을 기회를 얻었다. 동시의 개념, 역사 등 동시에 대하여 기초적인 것을 조금 배우고 난 뒤부터는 동시집을 계속 읽고 더불어 습작을 했다. 그리고 습작한 작품을 수강생과 강사와 함께 돌려보면서 합평을 했다. 이 합평은 정말 단순해보이지만 사실은 무서운 것이다. 직장의 분주함에 쫓기고 때마침 이룬 가정은 신혼에 아내가 임신도 해서 일주일에 한 번 공부하러 저녁에 나오는 것도 미안한 와중에 그래도 밤을 새워 써간 시를 모두에게 보여줄 때는 정말 내가 발가벗고 서 있는 것 같은 부끄러움이 느껴졌다. (이 표현은 한 수강생이 한 말을 인용한 것인데 정말 그 이상의 표현이 없다고 생각된다.)

내가 써간 작품이 신랄한 비평의 대상이 되어 빨간 칠로 너덜너덜해져 만신창이가 되는 것을 몇 번 경험하면, 부끄러움과 함께 오기가 생겨 창작에 좀 더 노력하게 되는 것이 사실이다. 아무리 직장이 바쁘고 집안일에 시달려도 내 시간이 조금이라도 생기면 나는 좀 더 읽고 좀 더 잘 쓰려 노력했다. 그것이 지금 되돌아보면 가장 큰 발전의 원동력이었다. 문학은 다른 거 없다. 어쨌거나 다작이 명작이다. 다독 다작하면 결국은 경지를 넘게 되는 것이다. 나는 나의 경험을 학생들에게 자신 있게 들려줄 수 있었고, 네가 잘하고 싶은 마음이 있는지는 모르겠지만 만약 잘하고 싶다면 내가 알려준 방법대로 해 보라는 조언을 하게 되었다.

그리고 강사는 나를 비롯한 오합지졸 수준의 수강생들에게 결국 언젠가는 문단에 발을 들여놓게 될 거라고 예언 아닌 예언을 하였고, 결과적으로 몇 년 후 나에게는 사실이 되었다.

나는 2011년 가을에 운이 좋게도 졸작을 높게 평가받아 대구문인협회에 동시로 당선이 되었다. 등단은 끝이 아니라 시작이지만 어쨌든 자격을 하나 얻은 것은 맞기에, 부족한 가운데서도 최소한 시를 쓸 수는 있게 되었다. 그리하여 그때부터 시가 무엇이며 어떻게 써야 하는가에 대한 고민을 하게 되었고 더불어 학생들과도 교학상장, 함께 배우고 가르치며 동행의 시를 만들어갔다.

나의 공부 경험은 일목요연에게 정리되지는 않으나 단편적으로도 모든 시인과 시인을 꿈꾸는 사람, 최소한 시를 쓰려는 사람에게 보편타당한 지식을 갖추는 과정이었다. 즉, 나만 그렇게 하는 게 아니라 시를 쓸 때는 누구나 그렇게 해야 한다는 것이기에 교과서적인 형태로 학생들에게 가르쳐도 크게 문제가 될 것이 없었다.

다년간의 교과서 집필 경험으로 인해 보편타당한 일반화는 위험성도 있지만 동시에 무척 필요하고 중요한 것임을 알게 되었다. 보편타당성이란 쉽게 말해 어떤 지식이나 내용을 각기 다른 환경, 수준, 배경 지식을 가진 다양한 사람에게 똑같이 이해하도록 전달할 수 있는 조건이다.

예를 들어 지하철이 무엇인지 가르친다면 서울에 살며 늘 지하철을 타는 사람과 제주도에서만 태어나고 살아서 한 번도 지하철을 타 본 적 없는 사람에게 지하철의 개념을 똑같이, 최소한 지하철이 무엇인지는 이해할 수 있게 알려주는 것이다. 제주도나 울릉도에 사는 사람도 요즘 같은 환경이면 최소한 텔레비전이나 신문, 인터넷 등 다양한 매체를 통해 지하철을 사진이나 영상 등 시각적으로 본 경험은 있을 것이다. 그렇다면 교과서에 지하철의 모습을 찍은 사진을 게시하면 매일 지하철을 타는 서울 사람은 서울 사람대로 익숙한 지하철 사진 한 번 더 보는 것이 되니까 모를 리가 없고, 제주도 사람은 다른 매체에서 본 지하철의 경험과 제시된 사진을 비교하여 지하철에 대한 개념을 확실히 세울 수 있다. 그것이 보편타당한 지식 전달의 방법이다. 어떠한 경우에도 학습자의 선행 배경 지식이나 환경을 무시할 수는 없다. 그래서 나는 시에 대하여 최소한의 안전한 지식을 정리하여 학생들에게 알려줄 수 있었고, 그것을 이 책에도 감히 담을 수 있다. 내가 한 말이 아니라 오랜 세월 믿어져 왔기에 이제는 거의 진리에 가까운 고전의 지식이기 때문이다. 다시 학생에게 시를 가르치는 시간으로 돌아가는데 수업에 그대로 활용할 수 있게 교사의 언어로 표현하였다.

1) 시의 소재(글감)

시를 쓰려면 시를 쓸 재료가 있어야 합니다. 배가 고프면 무엇을 먹을지 생각해서 음식 준비를 하겠지요. 라면을 하나 끓이려 해도 필요한 것이 많습니다. 라면이 있어야 하고 물과 냄비도 있어야 합니다. 불도 필요하죠. 그리고 라면만 먹는 것보다 계란이나 파를 같이 곁들여 먹으면 더 맛있고 풍성하겠죠. 이와 같이 시에는 다양한 소재가 있습니다. 시를 쓴 사람은 소재를 통해 주제를 드러내려고 합니다.

「엄마야 누나야」의 소재는 무엇일까요? 누구에게 무엇을 말하고 있나요? 엄마와 누나에게 강변에 살자고 말하고 있죠? 그렇습니다. 바로 소재는 아름답고 평화로운 강변에 살자는 것입니다.

2) 시의 주제

시를 쓴 사람은 반드시 시를 통하여 말하고자 하는 것이 있습니다. 그 '말하고자 하는 것'이 바로 시를 쓴 사람의 마음입니다. 앞서 배운 소재를 통해 시를 쓴 이는 진짜 말하고 싶은 것을 보여줍니다. 그렇지만 그냥 대놓고 보여주지는 않습니다. 읽는 사람이 시를 통하여 생각하고 찾아야 합니다.

그렇다면 이 시에서 주제를 찾아볼까요? 시에서 말하는 '강변'은 어떤 곳인가요? '뜰에는 금모래빛이 있고 뒷문 밖에는 갈댓잎이 노래하는' 참으로 아름다운 곳입니다. 그런데 지금 말하는이는 일제강점기에서 힘들게 살아가고 있습니다. '강변'에서 살지 못하고 있죠. 그렇다면 강변은 어디일까요? 그리고 지금 강변에서 살 수가 있을까요? 그리고 왜 엄마와 누나에게 강변에 살자고 하는 것일까요? 엄마와 누나에게 말하는 것을 보면 말하는이는 아마도 남자 어린이 같습니다. 남자 어린이에게 엄마와 누나는 가장 포근하고 따뜻한 사람이죠. 엄마와 누나에게 간절히 강변에 살자고 부탁하는 남자 아이의 마음을 생각하면 이 시의 주제를 알 수 있습니다. 아마 가족과 함께 평화로운 곳에서 행복하게 살고 싶은 마음을 노래한 것이겠지요. 일제의 침략을 벗어난 독립된 우리나라가 그런 곳이겠지요.

이렇게 하면 소재가 무엇인지, 주제가 무엇인지 알게 되고 시에서 소재와 주제를 찾는 방법을 배웁니다. 이것이 시에서 가장 중요한 기초입니다. 시를 읽으면 어느 작품이든 소재를 찾고 소재를 기반으로 주제를 파악할 수 있어야 합니다. 그러지 못하면 시를 읽을 필요가 없지요. 그런데 시는 참 고마운 장르여서 그런 의도를 가지지 않아도 누구나 읽으면 자연스럽게 머리에 그림이 그려지고 마음에 떠오르는 생각이 있습니다. 그렇기에 누구나 자연스럽게 주제를 찾게 되는 것입니다. 이렇게 주제를 찾으며 읽기를 반복하면 어느덧 자신이 시를 쓸 때에도 주제를 구현하려는 마음을 먹게 되고, 주제가 있는 시를 쓸 수가 있는 것입니다. 극단적으로 말해서 시의 형태나 구성 요소를 채우지 못하더라도 주제만 살아 있으면 그것은 시로서 생명을 가질 수 있습니다. 최소한 시가 아닌 것은 아니게 되지요.

주제를 찾는 읽기 방법을 활용할 수 있게 단순하게 정리해 보겠습니다.

연령	방법이나 발문
저학년	시를 읽고 내가 주인공이라고 생각하자. 이 시가 내 이야기(상황)라고 생각하자. 나를 주인공으로 하여 이 시를 읽고 떠오르는 것을 머리에 그림으로 그려 보자. 머리에 떠오르는 그 장면이 어떤지 느낌을 말해 보자. 시에서 가장 재미있는 표현을 찾아 여러 번 읽어 보자. 나라면 이 시에서 어떻게 했을지 생각해 보자. 이 시는 무엇을 중심으로 썼는지 찾아보자.(소재)
고학년	—저학년과 동일하며 추가 시의 상황을 그림으로 그려 보자. 이 시에서 말하는 이가 어떤 인물인지 생각해 보자. 시를 쓴 사람은 무엇을 말하고 싶었을지 생각해 보자. 시를 쓴 사람은 왜 이 소재를 써서 시를 썼는지 생각해 보자. 시를 쓴 사람이 어떤 상황이나 마음이었을지 생각해 보자. 왜 이런 생각을 했을지 생각해 보자. 왜 이 시를 썼을지 쓴 사람의 마음이 되어 생각해 보자.

일단 시에서 가장 중요한 주제에 대한 학습이 어느 정도 되면 다음은 기본적인 형태이다.

3) 시의 형태

시는 누가 봐도, 한 눈에 시인 것을 알 수 있습니다. 그런데 짧은 글이라고 해서 다 시는 아니라고 했습니다. 그러면 어떻게 시를 금방 알 수 있을까요? 바로 시는 행과 연으로 이루어져 있기 때문에 다른 글과 쉽게 구분이 됩니다.

엄마야 누나야를 살펴볼까요?

엄마야 누나야 강변 살자 ← 시에서 줄 바꾸어 쓰기 전의 한 줄이 행입니다.
뜰에는 반짝이는 금모래빛
뒷문 밖에는 갈잎의 노래
엄마야 누나야 강변 살자

→모두 몇 행인가요? 4줄로 이루어져 있으니 4행입니다.

그리고 그 다음에는 시가 더 없으니 이 시는 모두 4행입니다. 그리고 이 4행이 시의 전부니까 이 시는 1연입니다. 따라서 이 시는 1연 4행입니다. 물론 이 뒤에 시가 더 이어질 수도 있으며 그렇게 되면 시는 2연, 3연 늘어나는 것입니다.

이렇게 한 줄을 통째로 띄우기 전까지의 행의 묶음을 연이라고 합니다. 연이 더 이어지려면 반드시 한 줄을 띄우고 이어지게 됩니다.

행과 연은 무엇일까요? 어떻게 나눌까요? 일반적으로 행과 연은 다음과 같이 나뉩니다.

행	같은 대상을 표현하고 있는 한 줄
연	같은 생각이나 같은 내용을 표현한 행의 묶음

실제로 시를 통해 알아봅시다.

달

윤석중

달 달 무슨 달
쟁반같이 둥근 달.
어디어디 떴나
동산 위에 떴지.

달 달 무슨 달
해와 같이 밝은 달.
어디어디 비추나
우리 동네 비추지.

이 시에서 '달 달 무슨 달'은 달이 무슨 달인지, 어떤 달인지 묻고 있는 말입니다. 그래서 한 행이 되지요. 뒤이어서 바로 밑에 이어지는 '쟁반같이 둥근 달'은 어떤 달인지 대답하는 말입니다. 그래서 역시 한 행이지요. 이렇게 같은 대상을 표현하는 줄이 행으로 되어 1연이 모두 4행입니다. 1연의 내용은 '달은 쟁반같이 둥글고 동산 위에 뜬다'는 것입니다. 같은 식으로 생각하면 2연의 내용은 '달은 밝고 우리 동네를 비춘다'는 것이겠지요.

1연: 달이 둥글고 동산 위에 뜬다
2연: 달이 밝고 우리 동네를 비춘다

이렇게 연마다 내용이 정확하게 다릅니다. 그렇게 해서 이 시는 1연이 4행씩, 2연 8행으로 구성되는 것입니다.

● 쉬어가는 코너 ●

시에서 연과 행은 반드시 있어야 할까요? 모든 시는 시가 있음으로 인해 1연과 1행이 반드시 만들어집니다. 물론 정말 달랑 한 줄만 있는 시도 있습니다. 그래도 1연 1행이지요.

예전에 서양의 유명 시인은 예수님과 포도주에 대하여 시를 쓴 적이 있는데 그 시는 단 1행이었습니다.

"물이 그 주인을 만나자 얼굴이 붉어졌다."

만약에 딱 한 글자만으로 시를 썼다면? 그런 시야 없겠지만 그것도 1연 1행이 됩니다. 한 글자를 씀과 동시에 1행이 만들어지고 그 1행이 바로 1연이 되니까요.

시에 따라 행은 구분하지만 연은 구분없이 띄우지 않고 계속 이어쓰는 시도 있습니다. 연과 행을 구분하는 것은 기본적으로 시의 내용을 나타내는 데 있어 지은이의 선택이기 때문이지요.

특히 현대시에서 행은 형태적으로 중요하지만, 연은 상당히 자유롭고 제약이 적습니다. 파격적인 것도 매우 많고요. 연은 호흡을 쉬어 가는 중요한 포인트가 되므로 작가의 의도에 따라 얼마든지 끊을 수 있는 것입니다.

국

김민중

할머니가 돌아가시고

아빠는 국을 먹을 때마다 웁니다.

외할머니 돌아가시고

엄마는 국을 끓일 때마다 웁니다.

할머니들이

국에 엄청 매운 걸 넣었나 봅니다.

출처 : 김민중, 『꿀잼』, 2022, 청개구리.

이 시는 겨우 6줄에 불과해 사실 1연 6행으로 만들 수도 있는 시이지만 작가의 의도를 반영하여 1개 행을 전부 연으로 구분하여 자그마치 6연 6행의 시가 되었다. 굳이 그럴 필요가 있나, 지면 낭비가 아닌가 생각할 수도 있어 1연 6행으로 만들 수 있습니다.

국

김민중

할머니가 돌아가시고
아빠는 국을 먹을 때마다 웁니다.
외할머니 돌아가시고
엄마는 국을 끓일 때마다 웁니다.
할머니들이
국에 엄청 매운 걸 넣었나 봅니다.

훨씬 좁아져서 간결해졌는데 왠지 뭔가 이상한 느낌이 듭니다. 호흡이 조급해지고 감정을 느끼기에 여유가 없습니다. 누가 막 쫓아오는 듯한 느낌이 드는 겁니다. 1개 행마다 연으로 나눌 때와 천지차이가 느껴집니다. 이게 바로 작가가 마음대로 연을 조종하는 이유입니다.

흔히 시는 행간을 읽는다고 말하는데 여백이 없으면 시가 아닙니다. 그냥 산문이지요. 시에서 연과 행만큼이나 중요한 것이 여백입니다. 여백을 따로 안 가르치고 이렇게 시 하나만 비교해서 보여줘도 뭔가를 이해할 수 있습니다. 앞의 시는 천천히 느긋하게 읽으며 감정을 느끼고 감상할 수 있는 여유가 있는데, 뒤의 시는 감정을 느낄 새도 없이 다음 감정이 물밀 듯이 밀려와서 숨이 가쁘고 답답합니다. 행을 연으로 만들어 쉬어 읽어 주는 것만으로 이렇게 큰 변화가 생기는 것입니다.

부족하나마 이렇게 시의 가장 기본적인 것을 배우고 나면 당장 시를 쓸 수 있습니다. 이렇게만 해도 시를 쓰는 마음가짐이 달라집니다. 엄청난 변화는 아니지만 안 배운 것보다는 무조건 낫습니다. 그 다음에는 아이들이 좋아하는 시의 음악적 성격으로 넘어가면 됩니다.

4) 운율을 만드는 요소

시에는 운율이 있습니다. 시는 노래와 비슷하기 때문에 노래처럼 부를 수 있지요. 노래에 리듬과 가락이 있듯이 시에는 운율이 있는 것입니다.

운율은 시를 이야기와 다르게 만드는 가장 중요한 요소입니다. 운율이 있어야 시가 됩니다.

운율을 만드는 가장 대표적인 방법은 반복입니다. '아리랑'만 하면 아무런 재미도 흥겨움도 없습니다. 그러나 '아리랑 아리랑 아라리요', '아리아리랑 스리스리랑' 이렇게 같은 말을 반복해주면 운율이 살아나 재미있어집니다. 그래서 운율을 만드는 말은 대부분 재미있는 말이나 흉내내는 말입니다.

재미있는 말은 대부분 2글자씩 같은 말이 반복되는 4글자의 말이 많고, 흉내내는 말은 재미있는 말과 비슷한 모양입니다. 그리고 흉내내는 말은 크게 모양을 흉내내는 말(의태어)와 소리를 흉내내는 말(의성어)로 나뉩니다.

모양을 흉내내는 말 (의태어)	와글와글, 포슬포슬, 한들한들, 살랑살랑, 깡충깡충, 엉금엉금, 살금살금
소리를 흉내내는 말 (의성어)	보글보글, 사각사각, 후루룩후루룩, 퐁당퐁당, 휘잉휘잉, 첨벙첨벙

흉내내는 말은 시에서 필수불가결 요소지만 과하면 보기 싫습니다. 철저한 과유불급입니다. 굳이 없으려면 없어도 되는데 너무 많은 것보다

는 오히려 없는 것이 낫습니다.

학생들의 가장 큰 오해가 흔히 시라고 하면 알록달록 재미있는 흉내내는 말이 넘쳐나야 한다고 생각하는 것인데, 극단적으로 말해서 없어도 됩니다. 시는 엄연히 내용 중심의 콘텐츠 문학 장르입니다. 형태로 재미를 못 줘도 내용이 감동을 준다면 그게 더 좋은 시일 수 있습니다.

저의 가장 큰 노하우 중 하나는 현대 문단에서 꾸준히 활동을 하기에 계속해서 트렌드에 있는 작품을 만나기 때문에, 지극히 전형적인 표현이나 형태 중심의 고리타분한 작품을 클래식이라고 학생들에게 강요하거나 주입하지 않는다는 것입니다. 그렇게 시에서는 형식보다 내용이 중요하다는 것을 깨닫게 하는 것이 이해에 큰 도움이 됩니다.

흉내 내는 말이 없어도 엄연히 시 자체에서 다른 말을 반복하여 강조와 운율을 줄 수 있습니다. 예시를 봅시다.

볶음밥

4학년

엄마가 볶음밥을 만든다
고소하고
향긋하고
맛있는 냄새 가득

"볶음밥 먹어라. 아참! 간을 안 봤네."

맛본다고 한 입

간 본다고 한 입

소금 넣고 한 입

간장 넣고 한 입

또 한 입

엄마

나 뭐 먹어?

여기서 보글보글, 지글지글, 자르르 등 우리가 흔히 생각하는 볶음밥 만드는 소리나 모양을 흉내내는 말은 하나도 없습니다. 그게 들어가면 내용이 너무 많아져서 군더더기가 되니까 안 넣는 게 더 좋아요. 그렇지만 운율은 있습니다.

고소하고

향긋하고

'하고'가 반복되면서 운율이 생깁니다.

맛본다고 한 입

간 본다고 한 입

소금 넣고 한 입

간장 넣고 한 입

또 한 입

여기서도 '~고 한 입' 이 반복되면서 (더불어 글자 수도 비슷하고) 간

략한 생략미와 더불어 같은 말의 반복으로 운율이 형성됩니다. 반복만 가지고도 충분히 운율을 만들 수 있고 조금도 형태적 아름다움이나 음악적 요소가 부족하지 않습니다. 이제 과감하게 의성어, 의태어, 귀엽고 오밀조밀한 말잔치를 버리고 내용에 집중하는 운율을 만들어 볼 수 있습니다.

잠깐! 학생들에게 계속 시 이야기만 들려주면 지겨울 수도 있습니다. 잠깐 쉬면서 외도가 좀 필요할 때입니다. 지극히 고전적인 이야기로 들어가볼까요?

5) 시의 종류

시에는 기본적으로 시와 시조가 있습니다. 시는 다시 시와 동시로 나뉘고, 시조도 시조와 동시조로 나뉩니다. 시와 시조는 어른들이 어른들을 대상으로 쓰고 읽는 문학의 종류입니다. 따라서 우리들이 쓰거나 읽는 경우는 거의 없고 학교에서 시를 말할 때는 거의가 동시를 말합니다. 따라서 우리는 시 자체를 동시라고 할 수 있습니다.

시조에는 다음과 같은 작품들이 있습니다.

훈민가

정철

어버이 살아 계실 때 섬기기를 다 하여라 ←초장
지나간 후면 애달프다 어이하리 ←중장
평생에 다시 못 할 일이 이뿐인가 하노라 ←종장

이고 진 저 늙은이 짐 벗어 나를 주오 ←초장

나는 젊었으니 돌인들 무거우랴 ←중장

늙기도 서러운데 짐조차 지실까 ←종장

시조에도 동시조가 있지만 학교에서는 동시조를 따로 배우거나 써보지는 않습니다. 단지 우리 조상들의 고유한 문학 작품인 시조를 배우며 조상들의 자랑스러운 문학적 감성을 느껴보는 것이지요.

감동적인 동시조 하나 보면서 마음을 가꾸어 볼까요? 이 시조는 학생들과 함께 읽으면 아주 좋습니다.

분이네 살구나무

정완영

동네서 젤 작은 집
분이네 오막살이

동네서 젤 큰나무
분이네 살구나무

밤사이 활짝 펴올라
대궐보다 덩그렇다

나중에 다시 다루겠지만 이 작품은 그야말로 감동의 폭풍우이면서 시가 가야 할 지향점을 말해주고 있습니다. 바로 낯설게하기로 대표되는 은은함과 다르게 생각하기입니다.

젤 작은 집이 젤 부자일 수는 없겠죠? 오히려 그 반대는 자연스럽습니다. (기억하세요. 저는 부자의 반대말은 아예 꺼내지도 않았습니다. 그렇지만 다들 아시죠? 다 아는 바로 그겁니다.)

그런데 그 제일 작은 집에 참 희한하게도 동네에서 '제일 큰 나무'가 있습니다. 부잣집이 아니라 해서 큰 나무를 가지지 못하는 법은 없으니까요. 그런데 제일 작은 집과 제일 큰 나무는 완전 반대죠. 이렇게 반대되는 상황의 대조를 통해서 젤 작은 집인 분이네 '오막살이'의 아쉬움이나 허전함, 불쌍함 등이 사라지게 됩니다.

분이네가 가진 것	분이네가 가진 것의 의미	숨은 의미
오막살이	제일 작은 집	분이네의 형편
살구나무	제일 큰 나무	분이네의 형편에도 불구하고 분이네를 넉넉하게 보이게 만드는 마음의 재산

시의 끝부분에서는 더 멋진 비유를 보여줍니다. 그 제일 큰 살구나무가 활짝 핀 모습이 마치 '대궐 같은'도 넘어서 '대궐보다' 더 덩그렇게 보인다고 합니다. 시의 마지막 부분은 분이네 '오막살이'를 한순간에 '대궐보다' 더 크고 좋은 집으로 만들어주었습니다. 이런 마법 같은 일이 있을까요? 왜 이렇게 되는지가 궁금할 텐데 그건 바로 정말 자연의 마법입니다. 꽃이 활짝 핀 살구나무를 본 적이 있나요? 만약 그것을 보았다면 누구나 무릎을 치며 공감할 것입니다. 활짝 핀 살구나무는 정말로 누가 보아도 덩그렇답니다. 얼마나 덩그런지 '대궐보다' 더 크고 화

려한 듯한 느낌으로 '대궐'이 부럽지 않거든요.

이왕 샛길로 샌 김에 조금 더 재미있게 그림을 그려 봅시다. 상상을 해볼까요? 아마도 분이네는 살구나무를 정성껏 가꾸었을 것입니다. '오막살이'로 살아가지만 누구보다 더 정성을 들여 살구나무를 크고 멋지게 키워냈을 것입니다. 그에 대한 보답일까요, 살구나무는 분이네 '오막살이'를 '대궐보다' 좋은 집으로 보이게 만들어 주었습니다. 이쯤 되면 동네에서 제일 작은 집에 살아도 전혀 부끄럽거나 부러울 것이 없겠네요. 대궐보다 덩그런 나무를 가졌으니까요. 눈에 보이는 형편만 중요한 것은 아닐 겁니다. 분이네 살구나무는 무엇과도 바꿀 수 없는 보물이겠지요. 시인은 그러한 따뜻한 마음으로 분이네를 바라보고 있는 것이죠. 그러면 당연히 이 시의 주제도 떠올릴 수 있을 것입니다.

시의 주제가 제일 중요하다는 것 알 수 있겠지요? 이렇게 또 한 편의 동시조를 감상하면서 시를 읽는 눈을 키웠습니다. 누구도 빤한 이야기를 하지 않았지만 사실은 빤한 정답을 알고 있죠. 그러니까 이 낯선 시치미 떼기가 재미있는 겁니다.

시는 완전히 자유로운 모양을 가지고 있습니다. 행과 연의 구분도 지은이 마음이지요. 지은이의 생각을 담은 작품이기에 모든 것을 지은이가 결정하면 됩니다.

그러나 시조는 조금 다릅니다. 정해진 틀과 모양이 있어서 그것을 반드시 따라야 합니다. 가장 기본적인 틀로는 초장, 중장, 종장의 세 부분으로 나뉘어져 있다는 것과 종장의 시작은 반드시 세 글자여야 한다는 것입니다. 그것만 지키면 시와 마찬가지로 자유롭게 내용을 담을 수 있습니다. 그러면 시조도 재미있게 배워 보았어요.

3. 시쓰기에 적용하기

이것만 배우고 무슨 시를 쓴다고? 웬걸, 쓰면 됩니다. 안 될 게 뭐 있어요. 시를 3편이나 읽었으면 됐지.

사실 책쓰기는 거창한 계획이나 체계적인 단계로 하는 것이 현장에서는 조금 어렵습니다. 지극히 즉흥적으로 시작하는데 이쯤 되면 충분히 번쩍님이 나옵니다.

"생활에서 아, 이거 뭔가 좀 이상하다. 이게 왜 이렇지? 어? 누구나 이런 적은 있을 것 같은데? 이거 뭔가 왠지 시가 되면 좋겠다 하는 그런 순간을 찾아보자."

없을 것 같죠? 있습니다. 누구나 다 나름의 생활이 있고 거기에서 비롯한 경험이 있어요. 학생들도 마찬가지입니다. 단적인 예를 들어봅시다.

"저는 화장실에서 늘 슬리퍼를 벗어서 바닥에 두는데 다시 화장실에 가면 엄마가 늘 문턱에다 걸쳐놔서 슬리퍼를 신으려면 꼭 손으로 들어서(발만 움직여서 바로 신지 못하고) 다시 신는 게 너무 귀찮아요."

유레카! 이건 정말 멋진 발견이죠. 그리고 누구나 그런 적이 있을 겁니다. 저도 늘 이것 때문에 같이 사는 사람과 신경전을……. 교과서에도 실린 시 중에 아들과 아빠가 서서 소변을 보지 않으면 좋겠다는 엄마의 생각이 나옵니다. 어느 집에나 있는 인류 고유의 갈등이잖아요. 그런 것처럼 이 화장실 슬리퍼도 인류 고유의 갈등입니다.

엄마는 슬리퍼에 고인 물을 빼려고 비스듬히 얹어두지만 아이는 화장실에 들어가면 손은 벽에 짚고 발로만 슬리퍼를 신고 싶습니다. 이것이 소위 귀차니즘의 극치지요.

슬리퍼

화장실 바닥에
벗어두고 온 슬리퍼

다시 가면
문턱에 걸쳐져 있다

엄마 또……

이러면 진짜 훌륭한 시가 탄생되었습니다. 주제 있고, 공감되고, 재미있고, 장면이 머릿속에 그림으로 떠오를 만큼 실감나고, 그러면서도 찬반의 논쟁 빌미도 제공해주는 완벽한 문제작이지요. 이거 하나 쓰는데 10분도 안 걸립니다.

우연히 화장실에서 번쩍님이 오면 이거 만드는 데는 5분이면 넘쳐나지요. 그런데 만약 번쩍님이 안 왔으면? 없지! 아무 것도 없습니다. 이건 그냥 있고 없고의 차이가 아니라 천지차이예요. 만약 이 화장실 슬리퍼를 보고 번쩍님이 떠올랐는데도 시가 번쩍님의 표현이란 만고의 진리를 몰랐다면 이건 그냥 찰나의 소멸이지요. 아무도 안 썼거나 아니면 나 말고 다른 사람이 썼거나 입니다. 어쨌거나 내 건 아니지요. 만약 이 번쩍님이 정말 잘되어 우연히 신춘문예나 위대한 문학상을 받고 베스트셀러가 되었다면? '설마'가 사람 잡지요. 그럴 가능성이 어찌 없겠습니까? 읽는 사람 누구나 공감이 되는데. 제가 이런 번쩍님을 잡아내는 학생들을 몇 백 명 봐온지 아십니까? 그 중에 수 십 개는 진짜로 아까운 게 "아, 저걸 내가 먼저 잡았어야 했는데, 나도 늘 그랬는데 왜 그걸 생각 못했지?" 할 정도의 것이었어요. 이 화장실 슬리퍼도 그 중 하나지요. 그래도 명색이 교사이고 작가인데 학생의 아이디어를 도용할 수는 없잖아요? 이건 누가 뭐래도 처음 생각한 그 학생 겁니다. 제가 여태껏 꽤나 많은 작품을 봐왔지만 화장실 슬리퍼의 번쩍님이 아직 세상에 빛을 본 게 없습니다. 이 학생은 별 것 아닌 책쓰기 수업 하나로 불멸의 역작을 탄생시킬지도 모르게 되었습니다. 동시에 저는 얼마나 아까운지…… 나도 글 써서 벌어먹는 작가인데 저걸 빼앗기다니……(원래부터 내 건 아니지만!).

그 정도로 평범한 학생들에게 번쩍님이 넘쳐난다는 겁니다. 안 해서 못하는 거지, 세상에 이 정도도 생각 못하는 사람이 어디 있겠습니까? 단지 "니는 해 봤나, 나는 해 봤다.'란 거죠. 그것이 조금만 가공되면, 조금만 숙성의 단계를 거치면 바로 좋은 시가 될 수 있습니다. 시를 절대로 어렵게 생각하지 마세요. 누구나 언제든지 쉽게 바로 쓸 수 있는 것입니다.

창작하기, 색다른 시각으로

1. 시쓰기의 우연한 시작

글을 쓸 때 꼭 필요한 번쩍님은 언제 어떻게 나타날지 모르기 때문에 항상 준비를 해야 합니다. 늘 사물을 시가 되게 바라보고 그들의 말을 듣고 있어야 어느 순간 머리를 스칩니다. 그래도 번쩍님을 아예 모르는 것보다는 일단 믿고 기다리는 것이 더 확률이 높습니다. 그리고 언제 어디서든 눈과 귀가 열려 있어야 합니다. '저게 되겠어?' 하는 그것이 꼭 됩니다.

예1) 가족들과 여행을 갔다가 밤길 운전으로 돌아오던 길이었습니다. 모두 지쳐 잠들었는데 운전대를 잡은 저도 잠이 쏟아지는 겁니다. 큰일이 나겠다 싶어 라디오 소리를 조금 더 높였는데 마침 무슨 내용인지 모르겠는데 톱밥이란 말이 나왔습니다. 그때 무슨 생각을 했는지 잠도 오고 배도 고프고 하니까 평소 같으면 그냥 넘겼을 그 말이 '밥'에 중심을 두고 들려왔습니다. 톱밥도 밥이구나, 밥이라고 하는구나. 그런데 왜 밥이라고 하지? 톱가루나 찌꺼기라고도 할 수 있는데 밥인

이유가 뭘까? 톱밥에서 밥의 특성이 무엇일까? 밥은 따뜻하다, 맛있다, 필요하다, 톱밥도 그럴까? 그렇다면 톱밥을 어떻게 쓰나? 이렇게 생각이 꼬리를 물고 이어졌지요. 따지고 보면 라디오에서 들은 톱밥이란 말이 평소와 다르게 생각 속으로 들어온 그 순간이 시작이었습니다. 그 순간이 바로 번쩍님이었습니다. 그 순간에 '톱밥도 밥인가 보다' 그 생각 하나로 시 써서 보냈고 장관상 타고 상금 받았어요. 번쩍님이 돈이 되어 내려왔습니다.

예2) 우리 학교 화장실이 좀 지저분한 편입니다. 오래 되어 낡아서 그렇다는데 사실 아이들이 물 내리기를 너무 안 해서 냄새가 심해 난리였습니다. 칸칸마다 물 꼭 내리자고 써붙여 놓을 정도입니다. 아이들이 너무 물을 안 내린다, 그러면 왜 안 내릴까? 거기서 번쩍님이 오셨습니다. 만약 어떤 상황이면 물을 꼭 내리게 될까? 지금과 무엇이 달라지면 될까? 그렇게 생각하다가 왜 내 똥과 방귀는 냄새가 스스로는 견딜만 할까? 거기에 이르렀습니다.

제발

김민중

자기 똥냄새가
자기 방귀냄새가
제일 지독해야 해

자기 냄새는 참을 수 있다는데
그러면 안 돼

코를 싸쥐고도
도저히 못 참아
빨리 보내버리고 싶어야 해

그래야
화장실 청소할 때
물 안 내린 놈을 안 만나지

그래야
이불 안에서
아빠가 방귀를 안 뀌지

1) 초고쓰기

일단 번쩍님이 와서 메모해 놓은 것을 종이에 그대로 옮깁니다. 뭐든지 막 써놓습니다. 밑그림을 그려놓고 다듬을 때 지우고 정리하면 되니까요. 중요한 것은 꼭 해야 할 말, 주제를 반드시 드러내는 방법을 생각하는 것입니다. 무엇을 말하려고 이 시를 쓰는가 하는 것입니다. 이 주제는 시가 완성될 때까지 확고하게 밀고 나가야 합니다. 이 시를 통해 정말로 말하고자 하는 그것이 무엇이냐는 것이 시를 결정합니다.

2) 다듬기

시는 시각적 심미성이 강한 문학입니다. 간결하고 단순한 형태라는 것은 그만큼 변형이 중요하다는 뜻이지요. 긴 글은 내용이 우선이고 가장 중요합니다. 형태는 내용을 담는 그릇일 뿐이지요. 그러나 시는 겉으로 보기에도 예뻐야 합니다. 글자도 예쁘고 배열도 예쁘고 형태도 예뻐야 합니다. 그러려면 적재적소에 행과 연을 배치하고 최적의 시어로 시를 구성해야 합니다. 거기에서 가장 중요한 것이 세련된 어휘와 표현입니다. 즉, 이 시를 누가 돈을 주고 사 보라고 해도 사 볼 정도의 가치가 있게 만드는 것입니다. 그래서 무엇보다 중요한 것은 감동입니다. 재미든 웃음이든 눈물이든 놀라움이든 시로 인해서 뭔가 마음에 변화가 일어나고 공감이 되고 와닿는 것이 있어야 합니다. 학생들이 학예회 때 쓰는 시에 부족한 것이 바로 감동입니다. 가을에는 단풍잎이 어쩌고 하늘이 어쩌고 계절이 옷을 갈아입네 어쩌고 하는 것은 어린 아이들의 눈에 중요한 것이 아니고 누군가의 다른 이야기일 뿐입니다. 그런데 죽자고 그것만 써라 해대니 자기 시를 못 써서 감동이 없는 것이죠. 내가 내 이야기를 할 때에 감동이 생깁니다. 다듬을 때는 내 이야기를 펼쳐서 그것을 돈 받고 판다는 느낌으로 해야 합니다. 정말 가치가 있도록 생판 모르는 남이 주머니를 열 수 있어야 합니다. 그게 프로지요.

3) 자아도취

시를 완성하면 가장 먼저 저자가 독자가 되어야 합니다. 간과하는 경우가 많은데 내가 쓴 내 시를 내가 안 읽어보고 누구한테 읽으라고 합니까? 나도 안 읽는 내 시가 무슨 의미가 있을까요? 쓰고 나서는 반드시 읽어봐야 합니다. 읽다보면 조금 부족한 곳을 발견할 수도 있고, 자랑스러운 곳을 찾을 수도 있습니다. 그렇게 내 시에 대한 감상이 '자뻑'이 될 정도가 되어야 비로소 세상 빛을 볼 수 있습니다. 내가 만족하지 않는 도자기는 과감히 깨버려야 하니까요.

4) 출판하기

학생이 작품을 완성했다면 완성되고 고정된 형태로 세상의 빛을 보게 하는 것이 좋습니다. 그러지 않으면 시나브로 'out of date'가 되는 수가 많은데 그러면 너무 아깝습니다. 어떻든 한 번 빚어진 작품은 단 몇 명이라도 독자가 있어야 합니다. 그러려면 책의 형태로 만들어지는 것이 좋습니다. 링제본, 학급문집 등 단순한 형태라도 책이 되면 됩니다. 책이 되려면 시만 있는 것보다는 직접 자기 시에 어울리는 그림을 그려 같이 넣는 것이 더 좋습니다. 그러면 아이들에게 소중한 자기만의 책이 되지요.

2. 시 쓰기 방법

무엇이든 세상 모든 것으로 다 시를 쓸 수 있습니다. 소재는 무궁무진하고 그에 따라 시인이 하고 싶은 말, 즉 주제도 무한합니다. 뭐든지 잡아서 하고 싶은 말을 하면 되지요. 그러나 기본적인 방법은 있습니다.

1) 간결성

시는 간결해야 합니다. 했던 말을 쓸데없이 반복하거나 할 필요 없는 말을 구구절절 넣을 필요가 없습니다. 꼭 필요한 말만 최대한 간결하게, 또한 거기에서 리듬을 살릴 수 있게 들어가 있어야 합니다.

2) 심미성

시는 비유로 시다워집니다. 가장 기본적인 직유, 은유 등을 활용하고 시 전체에서 활유와 의인법이 살아 있는 것이 좋습니다. 동시의 특성상 물활론에서 더 나아가 모든 것을 사람으로 생각하는 경향이 있기에 거기에서 아름다움이 출발합니다. 그래서 사물을 따뜻한 눈으로 봐야 하고 살아있다고, 나에게 말을 걸고 있다고 생각하는 것이 좋습니다.

3) 공감

공감을 주는 시는 감동을 만들기 쉽습니다. '아, 나도 저랬는데.', '저 기분 알 것 같다.'라는 반응을 가져오면 재미가 생기고 감동이 됩니다. 그러니까 표현에서 독자가 공감할 수 있고 재미를 느낄 수 있게 신경을 써야 합니다. 나만 아는 이야기를 아무런 맥락도 없이 늘어놓는 경우가 많은데 그렇게 하면 독자에게는 생소하고 가치가 없어집니다. 누가 언제 읽어도 이해가 되고 공감이 가도록 독자를 상정하며 써야 합니다.

4) 바른 언어

시에 감정을 싣는다고 이모티콘을 남발하거나 단순한 재미로 신조어, 외계어, 은어 등을 쓰는 경우가 많은데 전부 시의 가치를 떨어뜨립니다. 문장은 표정 없이 감정을 전달할 수 있으며, 바른 어휘 가운데 얼마든지 재미있는 시어를 찾을 수 있습니다. 특히 시어는 원석을 발견하여 갈고 닦아 만든 최적의 언어를 사용하는 마음으로 써야 합니다. 그것이 가장 기본적으로 시를 쓰는 자세입니다. 그렇게 쓰면 쓸수록 시어는 점점 더 세련되어지고 고급화가 됩니다. 결과적으로 얼마나 더 고급스러운 어휘를 적절하게 사용하느냐가 시의 수준을 결정합니다.

3. 시쓰기 실제

1) 무작정 쓰기

주제를 하나 주면서 거기에서 경험을 관련하여 무작정 번쩍님을 이끌어내는 것입니다. 일단 흰 종이를 마주하고 어떤 소재에 관해 생각을 떠올리며 넓혀가면 어느 순간 시 비슷하게 만들어집니다. 그러면 그것을 가지고 고민하고 또 고민하면 결국 시가 되는 것이지요. 좋은 소재를 잡아서 무작정 쓰게 하는 것이 기본입니다. 학생들에게 친숙한 소재를 활용합니다. 엄마, 밥, 친구, 공부, 선생님, 게임 등 가깝고 구체적인 것부터 생각해야 합니다. 꽃이니 자연이니 이렇게 포괄적이고 서정성이 넘치는 소재는 일단 미뤄둡니다. 제공해주는 것은 소재이지 주제가 아닙니다. 엄마를 갖고 무엇을 생각해서 무엇을 쓰는가는 작가의 자유지요. 단지 재료가 엄마라는 것뿐입니다.

2) 함께 읽기

학생이 쓴 시는 먼저 스스로 읽어봐야 하고, 그다음은 함께 읽어야 합니다. 교사도 읽고 학생끼리도 돌려읽고 서로 의견을 나누는 합평 과정이 필요합니다. 그것이 바로 협력입니다. 전문 작가들도 합평을 거칩니다. 그걸 반복하면서 있는 그대로의 나를 보여주고 때로는 부끄러움과 자괴감을 극복하면서 작품 하나를 빚어내는 것입니다. 학생 작품도 독자가 있어야 의미가 살아나고 저자의 의도에 대한 오해와 이해를 바르게 알 수 있습니다. 그러면서 서로 고쳐주기 과정도 실현되어 작품이 다듬어지게 되지요.

3) 솔직하게 쓰기

일단 시에 대한 개념이 정립되면 시작은 솔직하게 쓰기부터입니다. 부끄럽거나 해서는 안 될 말이라고 생각하여 자신의 감정을 숨겨버리면 시에 진심이 담기지 않고 그러면 결국 껍데기뿐입니다. 수위는 나중에 조절하더라도 일단은 솔직하게 써야 합니다. 그렇지만 시는 일기와는 달라야 합니다. 뭔가 독자에게 전달하고픈 주제를 강조합니다. 이 말은 꼭 하고 싶다는 것이 들어있으면서 그것이 솔직하면 됩니다.

4) 베껴쓰기

모방은 창작의 가장 좋은 연습입니다. 기존 작품을 그대로 베껴 써보고 그러다가 일부를 바꾸어보기도 하고, 그렇게 하다보면 그 작품과 조금 다른 내 생각을 찾고 그러면서 생각의 폭이 넓어집니다. 제일 좋은 방법은 지도교사나 기성 작가의 작품을 통해 기본을 익히고 동료 학생의 작품을 읽으면서 조금 다른 생각을 해보는 것입니다.

5) 재미있게 쓰기

누가 봐도 재미있고 누가 봐도 공감이 되게 쓰는 것이 글쓰기입니다. 공감의 순간을 잡아내어 '봐라 재미있지?' 할 수 있어야 됩니다. 나 혼자 웃고 즐거울 게 아니라 남에게 보여주었을 때 그것 정말 재미있다는 반응을 얻을 수 있어야 합니다. 그래서 '저자의 의자'는 외롭습니다. 나 혼자 남을 설득하는 힘을 만들어내야 하니까요. 그러니까 반드시 원고료가 필요합니다. 작은 것이라도 글에 대한 정당한 대가가 있어야 동기부여가 됩니다. 어린이 작가에게도 존중하며 원고료를 주세요.

어쩌라고요

밥 먹다가 엄마한테 혼났다.
눈치를 보며 안 먹고 있으니
“기껏 차려줬는데 왜 안 먹니?”
눈치를 보다가 다시 먹으면
“혼나면서 밥이 넘어가니?”
엄마……

끙끙끙

할머니는 아파서 끙끙끙

아빠는 돈 때문에 끙끙끙

엄마는 집안일로 끙끙끙

나는 공부 때문에 끙끙끙

모두 머리를 싸매고

끙끙끙

사랑의 매

어머니는 내가 잘못을 할 때마다
사랑의 매를 듭니다.

아무리 아파도
어머니는
사랑하니까 화내는 거라고
사랑하니까 때리는 거라고

어머니,
진짜
사랑하는 거 맞죠?

수학 시간

분수를 배우는데
맛있는 피자가 칠판에 척 붙었다.

다른 아이들은
몇 분의 몇 말하기 바쁜데

나는
군침 삼키느라 바쁘다.

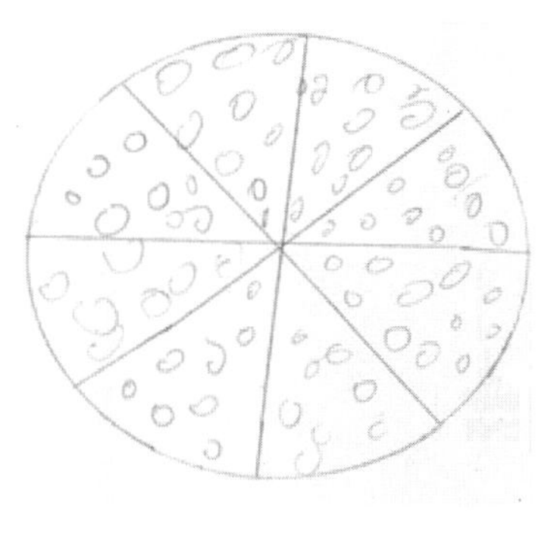

4. 실천

시쓰기를 어떻게 접근할지는 여러 방법이 있을 수 있습니다. 단지 교사가 조금 더 시에 관심을 갖고 조금 더 시를 사랑한다면 학생들은 자연스레 거기에 따라오게 될 것입니다.

한 가지만 강조하고 싶은 것은 학생들의 생활과 거리가 먼 백일장이나 예술제의 소재(가을, 하늘, 낙엽, 운동회 같은 것)를 던져주며 쓰라고 해서 시를 더 멀어지게만 하지 않았으면 좋겠습니다. 그러기만 해도 아직 때 묻지 않은 아이들의 영혼이 얼마든지 기발한 시를 빚어낼 수 있습니다.

제3부

글쓰기에 대한 생각

책쓰기를 가르치려면 책을 구성하는 글쓰기에 대한 기본적인 개념 정립과 함께 글쓰기 지도법도 알아야 합니다. 적어도 글이란 이런 것이고, 이렇게 쓰면 좋다는 것 정도는 알려줄 수 있어야 합니다. 그래서 글쓰기가 무엇이냐고 물으면 대답해줄 수 있는, 글쓰기를 하거나 글쓰기를 지도하는 마음가짐을 알려주는 글을 써 보았습니다. 편안하게 읽으면서 글쓰기에 대해 함께 고민해보면 좋을 것 같습니다.

글쓰기의 시작

글쓰기가 무엇인지 사뭇 고민해봤습니다. 왜 글을 쓰며 왜 글을 써야 하는 걸까요? 글쓰기가 왜 필요한 걸까요? 밥 먹듯이 글을 쓰는 저 같은 사람은 이런 고민을 사실 별로 할 겨를이 없습니다. 늘 써왔고 쓰고 있으며 가장 큰 고민은 '왜 잘 안 써질까' 밖에 없기 때문입니다. 글쓰기가 왜 필요할까? 그래도 가장 먼저 드는 생각은 역시 사람이기 때문에, 생각을 하는 사람이니까, 사람이니까 생각을 해야 해서 그것이 기본인 것 같습니다. 사람이 글자를 배우고 글자를 아는데 글쓰기를 안 해서야 되겠는가 그런 생각입니다.

읽고 쓰기는 사실 한 덩어리입니다. 제가 글을 쓰게 된 이유도 글을 읽다 보니, 많이 읽고 반복해서 읽고 또 읽고 또 읽다보니 어느 순간에 나도 모르게 '이 정도는 나도 쓸 수 있겠다.' 하는 막연한 자신감이 생겼기 때문입니다. 근자감이라고 하지요. 근거는 없는데 그래도 왠지 될 것 같은, 허황하지만 버릴 수 없는 자신감, 그것이 글쓰기의 출발점이었던 것 같습니다.

돌이켜보면 아주 어릴 때부터 쓴 일기에서 몇 번은 잘썼다는 칭찬도 받은 적이 있었어요. 그런데 또 이상한 것은 그 일기가 정직하고 알차고 진솔한 내용이 아니라, 쓸 게 없어서 억지로 꾸며 쓴 그런 내용에 더 칭찬을 받았다는 것입니다. 왜 그런가 생각해보니 쓰기는 써야겠는데 쓸거리를 찾지 못해 고민하다가 뭘 막 지어내는데, 그게 또 너무 말도 안 되면 선생님에게 들킬 것 같으니까 좀 말이 될 것 같은 내용을 넣어야 한다고 생각해서 꾸민 내용을 더 꾸몄기 때문인 것 같습니다. 이게 원래는 하면 안 되는 건데 거짓말이 거짓말을 부른 아주 안 좋은 경우이죠.

그런데 일기에 거짓말은 사실 누구나 다 하는 것이고 그 자체가 엄청난 문제는 아닙니다. 어차피 매일 쓰는 일기, 거짓을 좀 써서 만약 들키면 혼 좀 나면 되는 거지, 여기 거짓말 좀 했다고 막 나쁜 어린이가 되는 건 아니거든요. 그래서 예를 들어 삶은 감자를 먹었는데 실제로는 두 개 먹고 배가 불렀으면서 스스로 생각했을 때 좀 더 먹을 수 있었는데, 좀 더 먹고 싶었는데 왜 이것 밖에 못 먹었지 그런 생각이 드니까 일기에 네 개를 먹었다라고 쓰고 네 개를 먹으니까 배가 너무 불러 숨을 쉬기 힘들었다, 움직일 때마다 땀이 비오듯 흘렀다라고 네 개를 먹은 상황을 상상해서 꾸며서 쓴 겁니다. 그러니까 일기가 내용이 풍부해지는 결과가 생겼어요. 두 개 먹은 것만 쓰면 맛있었다, 배가 불렀다, 그걸로 끝일 텐데 네 개 먹지도 않았으면서 네 개 먹은 상황을 써야 하니 엄청나게 배가 부른 상황을 상상해야 하는 겁니다. 그러다보니 자연스럽게 표현이 풍부해져요. 원래 거짓말이 말이 많은 거니까요. 그래서 그 일기를 냈더니 선생님이 배가 부른 것을 정말 실감나게 잘 표현했다고 칭찬을 해 주신 겁니다. 왜냐하면 다른 아이들은 그냥 솔직하게 배가 부른 상황에서 배가 부르다만 썼는데, 나는 상상을 더 해서 배가 너무 부른 상황을 실감나게 잘 꾸몄거든요. 그러면 안 되지만 거짓말의 승리였습니다. 그게 글쓰기의 출발점이라고 생각됩니다.

글은 말과는 달라야 합니다. 아무리 솔직하게 생각을 있는대로 쓰는 게 좋은 글이라고 하지만 글은 완전히 솔직할 수는 없습니다. 읽는 사람에게 재미를 주려면 적당히 꾸미고 상황을 그린 듯 실감나는 표현이 있고, 글쓴이의 마음에 공감이 되고 그래서 글이 읽히고 글 내용이 머리에 그려져야 합니다. 그것이 말과 글의 가장 큰 차이점입니다. 말은 바로 그냥 즉석에서 나오니까 정리가 힘들고 한 번에 잘해야 하는데, 글은 쓰는 시간 동안은 얼마든지 자유가 있으니까 가장 좋은 결과가 나와야 해요. 제일 재미있는 것만 뽑아내기 위해서 모든 능력과 노력을 다 쏟아부어야 합니다. 나의 모든 것을 다 쏟아부어서 가장 좋은 것을 만들어 남에게 보여주는 것이 글입니다. 시간과 노력을 다 해서 나의 생각을 잘 정리해서 세상에 내놓습니다. 그러니까 내가 가장 하는 상태로 내어놓은 나의 잘난체, 나의 뛰어남 자랑입니다.

무엇에 대해서 내가 할 말이 있는데, 이게 좀 멋져 보여서 내 글을 읽는 사람들이 고개를 끄덕끄덕하고 맞장구를 치고 공감이 되게 만들고 싶은 것, 남보다 조금 더 괜찮아 보이게 내 생각을 전하는 방법을 생각하는 것, 그것이 글쓰기의 시작인 것 같습니다.

글쓰기의 필요성
—가장 사람다운 재능의 계발

꽤 오래 전 세계 최고의 지성, 하버드 대학교에서 재미있는 연구 결과를 발표한 일이 있습니다. 비슷한 능력, 비슷한 경력을 가진 비슷한 두 사람이 있다면 그 중에서 글쓰기를 조금 더 잘하는 사람이 훨씬 성공할 가능성이 높다는 결과였습니다. 무릎을 탁, 칠 수밖에 없었지요. 세계 최고의 대학이 세계 최고로 옳은 말을 한 것입니다. 결국 글쓰기만 잘해도 더 나은 삶을 산다는 단순한 이야기입니다.

왜 그럴까요? 글쓰기가 뭐길래, 글만 잘 써도 잘 산다는 것일까요. 그 말은 반대로 하면 글을 잘 쓰기가 그만큼 어렵다는 말입니다. 글쓰기를 잘하기나 글쓰기를 좋아하는 것이 그만큼 어렵기 때문입니다. 그러면 그 또한 왜 그럴까요? 글쓰기는 기본적으로 막막하고 지루하고 하기 싫은 것이기 때문입니다. 우리는 글이 그런 것으로 알고 있기 때문입니다. 그러나 사실 그렇지만은 않습니다.

우리나라의 역사에서 조선 시대와 그 이전의 시대에도 나라의 지배계층인 양반이나 귀족들은 태어남과 동시에 책만 읽어야 했습니다. 네 살 무렵부터 천자문으로 한자의 기본을 익히고 기본 한자를 알면 그때부터 중국의 고전을 수백 권씩 읽고 달달 외워야 합니다. 오로지 스무 살무렵에 벼슬을 얻는 시험을 치르기 위해서입니다. 그런데 재미있는 것은 그렇게 십 몇 년을 책만 읽는데 막상 시험 문제는 책에 있는 것은 많이 나오지 않는다는 것입니다. 시험의 대부분을 차지하는 것은 오직 시쓰기입니다. 그것도 아무 주제를 던져주면 거기에 맞게 몇 개의 지정된 글자를 가지고 시를 짓는 것입니다. 그럼 문제는 시쓰기인데 왜 그리 많은 책을 달달 외우듯이 공부를 했을까요? 읽은 책의 내용과는 상관도 없는 시쓰기가 왜 합격을 결정할까요? 그 이유는 시를 쓴 것을 보고 독서 능력이 판단이 되기 때문입니다. 책을 읽지 않았으면 제대로 시 짓기가 안 되기 때문이지요. 시험장에 모인 전국의 수천 명 비슷한 능력을 가진 사람 중에서 제일 뛰어나려면, 읽은 책이 제일 많아야 하고 내용을 잘 이해하고 내 것으로 만들어 적용할 수 있어야 합니다. 필수적으로 글은 읽은 것에서만큼 나오니까 못 읽고 모르는 것은 쓸 수 없습니다.

그래서 그 수많은 독서가 쌓여 내 글이 되고 그 글이 남보다 더 잘 쓴 글이 되는 것입니다. 책 내용을 시험에서 묻지 않아도 누가 책을 제일 많이, 깊이, 잘 읽었는지 짧은 시 하나로 판별이 됩니다. 그것이 글쓰기입니다. 책을 많이 읽은 사람이 글을 못 쓸 리가 거의 없지요. 반대로 책을 많이 안 읽어놓고 글을 잘 쓰는 것도 거의 불가능합니다. 그래서 시험에서 시 하나만 잘 쓰면 장원급제하고 높은 벼슬을 얻어 편안하게 살 수 있습니다. 글쓰기를 잘한 사람이기 때문입니다.

지금도 크게 다르지 않아요. 어디서든 글을 잘 쓰는 사람이 못 쓰는 사람보다는 훨씬 대접받고 쓸데가 많습니다. 우리는 사람이라 말하기를 필수로 합니다. 그래서 글도 거의 필수로 하고 살아가는데 말 잘하기는 쉽지 않아요. 늘 하는 말이라고 생각하지만 우리가 하는 말 중에 정말 다른 사람에게 큰 영향을 주는 말은 많지 않지요. 그런 것을 공적인 말하기라고 하는데, 그것을 잘하기 위해 우리는 말도 다 할 줄 알고 글자도 다 쓸 줄 알지만 초등학교부터 고등학교에서 이르기까지 십 몇 년을 국어를 배우는 것입니다. 이왕 하는 말과 글, 조금 더 잘 하자고요. 그래서 그동안 책을 더 많이 읽고 최대한 많이 써보게 합니다. 읽은 만큼 써봐야 생각이 정리가 되기 때문입니다. 그냥 읽기만 하고 넘어가면 대부분은 사라져 버리기 때문입니다. 기록이 기억을 만드는 것이기 때문이지요. 그렇게 글을 쓰다 보면 어느덧 재미도 느낄 수 있습니다. 쓰는 순간부터 뭔가를 만들어서 남에게 보여줄 준비가 되었기 때문입니다.

글은 읽는 사람에게 큰 영향을 줍니다. 우선 최소한 글에는 읽는 사람이 있습니다. 아무도 듣지 않는 말도 나는 듣는 것처럼 글도 최소한 나는 읽습니다. 제일 먼저 이 글을 내가 읽고 만족해야 합니다. 내가 만족하고 좋아하지 않는 글을 어떤 누가 읽어줄까요? 내가 온 정성을 다해 만든 내 글을 내가 만족해야 그 다음으로 독자에게 선보일 수가 있습니다. 그래서 글쓰기는 시간과 노력을 들여서 얼마든지 고치고 다듬어 최선의 것만 보여줘야 합니다. 나는 내 생각을 정리한 내 글을 읽으면서 생각을 더욱 가다듬게 됩니다. 내 글을 읽을 때 쓴 사람인 나의 입장에서도 읽지만 다른 사람의 글을 읽는 독자의 입장에서도 읽게 됩니다. 그러면 내가 쓸 때 못 보던 문제점을 찾고 고치게 됩니다. 그 반성의 과정에서 발전을 가져오게 됩니다. 나는 이런 것을 보여줄 수 있다, 나는 꾸준히 생각하는 인간다운 사람이다, 그런 자부심, 성취감, 노력이 글에 고스란히 드러납니다. 지금부터 당장 SNS에 사진보다 글을 조금 더 신경 써 올려보세요. 단순한 감정을 표현하더라도 단어 선택을 고민하며 노력하는 순간 내면의 아름다움이 서서히 보일 것입니다.

쉽게 접근하는 글쓰기, 삶의 인문학적 성찰

글쓰기가 무엇인가에 대한 고민으로 이렇게 한 적이 있습니다. 초등학교 2학년 아이들에게 시를 가르치는데 시를 쓰라고 하면 당장 잘 쓰지 못합니다. 시가 싫어질 수도 있고 글 자체를 무서워할 수도 있어요. 아직 시가 뭔지도 모르는데 쓰기만 하면 그렇게 될 겁니다.

그런데 "오늘 아침밥 뭐 먹고 왔는지 발표해볼까?"라고 한 다음 30초만 생각할 시간을 주면 누구나 쉽게 말합니다. "저는 오늘 아침에 밥과 된장국과 김을 먹었습니다." 정도는 누구나 할 수 있습니다. 그러면 거기에서 한 발짝만 더 나가 봅니다. 아침이 무슨 맛이었나, 먹으면서 어떤 생각을 했나, 어떤 느낌이 들었나, 혹은 조금 더 나아가 먹을 때 무슨 일이 있었나, 누가 만들었나, 만들어 준 사람에게 어떤 생각을 했나 등을 생각하게 하면 이제 그 아침밥이 단순한 밥으로 끝나지 않습니다. 그 순간부터 단순했던 아침밥에 생각이 이어지고 의미가 달라붙어 어느 순간 자연스럽게 글로 만들어집니다.

가령 계란말이를 먹은 아이가 있었어요. 계란말이는 너무나 흔한 것이기 때문에 이 자체에서 글이 나올 뭔가 '건덕지'가 없다고 생각하기 쉽습니다. 그런데 계란말이를 먹다가 마침 무슨 일이 생길 수도 있는데,

그건 사람마다 다를 겁니다. 그런데 마침 나에게 생긴 일이 있으면 그것을 글로 쓸 수가 있습니다. 다시 생각해보면 아침밥을 떠올리지 않았으면 쓸 것이 아무 것도 없는데, 마침 생각을 떠올리라고 해서 아침밥을 돌이켜 생각을 하게 되었으니 쓸 것이 생긴 겁니다.

그런데 마침 이런 일이 있었어요. 계란말이를 할머니가 해주셨는데 성질이 급한 누나가 예쁘게 썰어서 접시에 옮겨 담기도 전에 후라이팬 위에서 허겁지겁 먹으려다가 계란말이가 부서지게 되었습니다. 계란말이 가운데가 뚝 끊어져 밑으로 흐르고 고운 자태가 부서져 버리는 그런 상황인데 누구나 쉽게 상상이 됩니다. 그리고 왠지 안타깝고 같이 머리를 부여잡게 될 것 같습니다. 그러면 할머니가 곱게 썰어서 접시에 담아주시면 케첩을 뿌려 예쁘게 먹으려 했던 계획이 다 틀어져 버렸기에 사태를 이 지경으로 만든 누나에게 분노와 원망이 갈 수밖에 없습니다. 누나는 누나대로 좀 미안하고 머쓱하고 속상할 수 있고요. 그래서 이런 시가 쉽게 만들어집니다. 그야말로 어리기만 한 '아홉살 인생' 2학년짜리가 이렇게 쓸 수가 있습니다.

끊어진 계란말이

할머니가
계란말이를 만들었다.

누나가
아직 덜 되었는데
먹으려고 해서 끊어졌다.

속상했다.
나는 완성된 것을 먹고 싶었는데
누나가 망쳤다.

망친 것은 누나가 먹고
나는 새로 해주면 좋겠다.

이 어려운 걸 2학년이 해냅니다. 이런 방식으로 만들어진 몇 개의 글이 더 있습니다. 함께 보기에도 부끄럽지 않은 수준입니다. 대단한 글이라는 것이 아니고 이렇게 쓸 수 있다는 것 정도만 생각해보면 어떨까요.

시간

아침에 짜장밥을 먹었다.
너무 맛있다.

그런데 학교에 가야 한다.
더 먹고 싶은데!

어떻게 하면
학교에 안 가고 더 먹을까?

미역고기국

생일이라
미역국을 먹었는데
미역밖에 없다.

난 고기가 좋은데.

엄마는
생일에는 미역국이지, 미역고기국이 아니야.

내 생일에는 미역고기국을 주면 안 되나?

이런 상황은 누구에게나 있을 수 있고 조금도 특별하지 않으며 생각을 하지 않았으면 아무 것도 아닌 것으로 지나가고 말, 그야말로 일상에 불과합니다. 그런데 여기에 생각을 집중하면 아무 것도 아닌 일이 글감이 되고 글이 될 가능성이 생깁니다. 그리고 중요한 것은 그렇게 만들어진 글이 "이게 뭐야, 너무 유치해!", "이런 걸 글이라고 할 순 없어." 수준이 아닌, 누가 봐도 "재미있네." 정도의 수준은 확보했다는 겁니다. 세상의 어느 독자라도 아이의 이런 글을 보고 너무 유치하고 가치 없다고 생각하지는 않을 것입니다. 가장 큰 이유는 상황이 실감나게 전달이 되어서 쓴 사람의 감정이 생생하게 느껴지면서 충분히 거기에 공감할 수 있기 때문일 겁니다.

독자에게 공감을 줄 수 있을 때 글은 생명력을 갖게 됩니다. 이렇게 되면 따로 글을 가르친 것이 없어도, 시가 뭔지 하나도 몰라도 아이의 마음은 생생하게 시로 나타났고, 독자에게도 가치가 있는 하나의 작품이 되었습니다. 다시 말하지만 아침밥을 떠올리지 않았다면 그래서 평범하기만 했던 계란말이를 떠올리고 거기에 할머니, 누나와 있었던 일이 꼬리를 물고 이어지지 않았다면, 그 평범하고 아무 것도 아닌 것이 이렇게 작품성을 갖춘 시로 만들어질 일이 아예 없었을 것입니다.

그렇게 일상을 그냥 지나치지 않고 다시 보는 눈을 가지게 되면 자연스럽게 내 일상에 대한 성찰과 반성이 시작됩니다. 그렇게 하루를 돌아보는 것은 인간을 성장하게 합니다. 그것이 글쓰기가 만드는 인문학적 삶의 성찰이지요. 돌이켜 보면 그거 뭐 별거 있나요? 그러니까 원래 그건 사실 '아무 것도 아닌 것'이었으니까요.

볶음 밥

시인 : 옹연아

히히, 엄마 께서 맛있는
볶음 밥을 해 주신 대요!

아이쿠! 냄비를 떨어뜨
렸네! 아이쿠!! 손이 미
끄러워서 떨어뜨렸네.

에휴

어쩔 수 없이
딸기 빵과 우유를
먹었다...

난 볶음 밥을 먹고 싶었는데!

끊어져 버린 계란 말이

김도현

계란말이를 먹었다.

계란말이를 익히고 있었다

정말 계란말이가 맛있겠다. 부드럽다.

그런데 누나가 급하다고

손으로 먹어 버리는 순간

쩍 소리와 함께

반쯤이 끊어졌다.

누나가 혼났다 오빠까지

엄마한테 혼날거 같다.

그리고 끊어진 계란 말이는

누나가 멕을 거다.

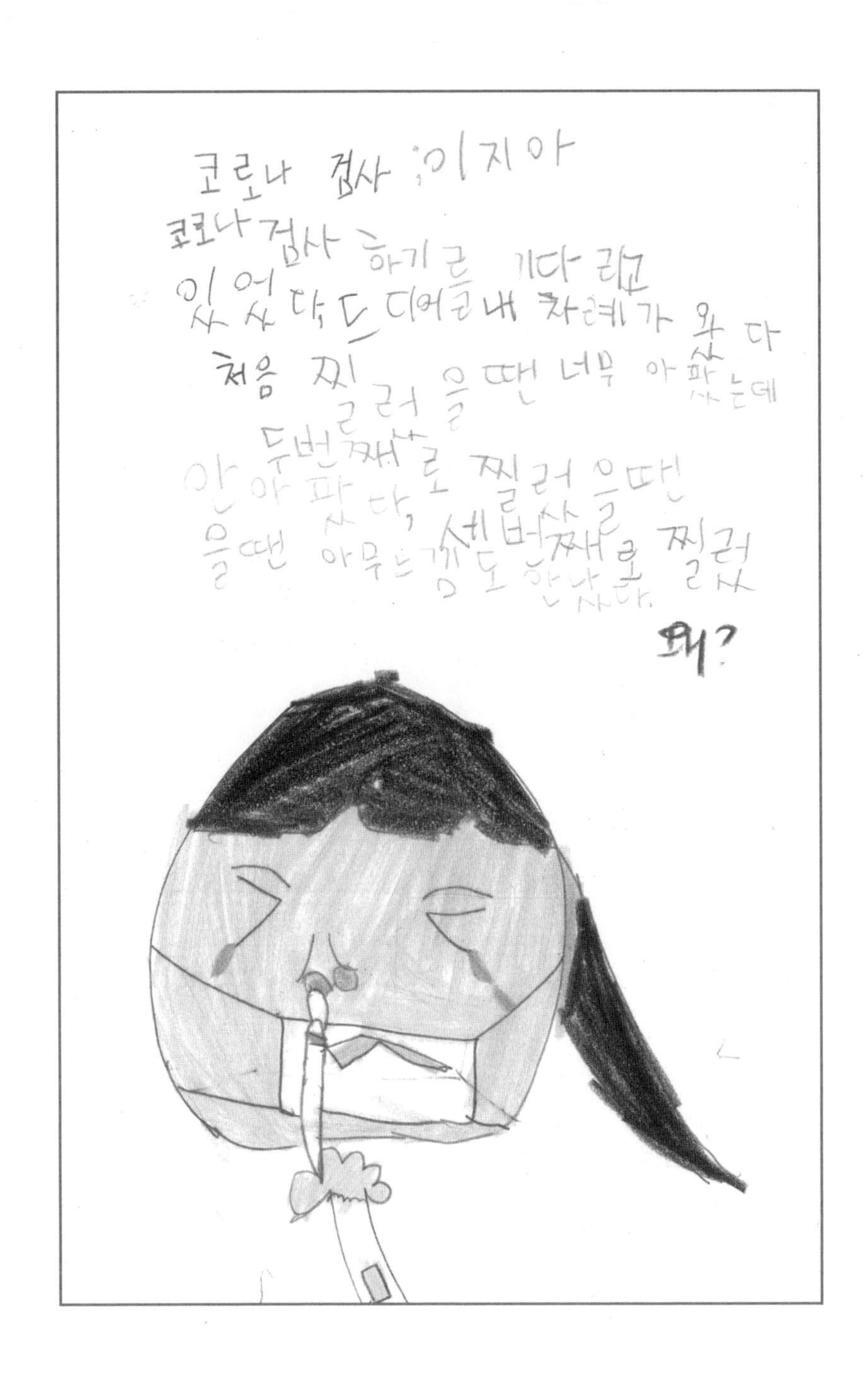
코로나 검사 ;이지아
코로나 검사 하기를 기다리고
있었다; 드디어 내 차례가 왔다
처음 찔렀을 땐 너무 아팠는데
두번째로 찔렀을땐
안 아팠다; 세번째로 찔렀
을땐 아무느낌도 안났다.
왜?

코로나 검사
이채민
차례를 기다리다가
콧구멍을 찌른다
쏙~~
먼저 눈물이 흘린다
콧구멍을 찌른데
지렁이가 드러가는
거 같다.
처음에는 아파지만
한번두번 해보니까
별로 안아파졌다.

● 솔직하고 실감나는 표현 지도의 예

계란찜

5학년

엄마가 만든 계란찜
바나나우유 500개 때려넣은 색깔

고소하고 담백하고
속까지 따뜻해진다

보름달 같은 색
엄마 얼굴 같다

이 작품은 아침밥을 떠올리며 시를 쓰는데 한 학생이 계란찜을 써온 것을 옮긴 것이다. 내가 실감나는 표현을 강조했더니 계란찜 색깔을 '바나나우유 500개 때려넣은 색깔'이라고 써왔다. 누가 봐도 장난기 가득하고 농담 따먹기 하자는 시도였는데, 나는 그것을 역이용해 정말 참신하고 독창적인 표현이라고 입이 마르도록 칭찬했다. 바나나우유가 한 개든 백 개든 색깔이 다르지는 않겠지만 500개를 때려넣었으니 얼마나 노랗겠느냐, 그렇게 느껴지지 않느냐, 이것은 계란찜의 노란색을 강조하는 아주 독창적이면서 실감 나는 표현이라고. 킬킬대던 아이들이 일순 조용해졌다. 장난으로 이것을 써왔던 아이도 '이게 아닌데?'하는 표정을 지었다. 조금 거칠지만 색다른 표현임에는 틀림없고 재미도 있다.

그것을 혼내기보다 새로운 시도를 칭찬함으로써 시의 재미를 느끼게 하고 싶었다. 내 의도대로 시가 쓰기 싫어서 장난을 쳤던 녀석은 이 칭찬 한 번에 시를 고쳐서 뒷부분을 따뜻하게 마무리하고, 이후로 시를 열심히 쓰게 되었다.

글쓰기, 무작정 읽고 무작정 쓰는 것

유명한 학자의 유명한 말 한마디가 있습니다. 너무도 유명한 추사 김정희 선생의 말입니다. "가슴 속에 만 권의 책이 흘러넘쳐야 그것이 글씨도 되고 그림도 된다." 그냥 듣는 순간에 가슴 속에 뭐가 막 흘러넘칠 것 같은 느낌이 들지 않나요? 읽은 책은 얼마 안 되지만 뭐 다른 거라도 막 넘칠 것 같은 그런 느낌으로 가슴이 웅장해지는 것 같습니다. 저만 그런가요?

흔히들 1만 시간의 법칙이라고 하지요. 원래 내용은 누구라도 1만 시간을 노력하면 한 분야의 경지에 오르기 때문에 1만 시간을 투자하지 못하는 사람에게는 할 수 있도록 여건을 제공해주라는 것을 간과해서 좀 안타깝긴 하지만, 어쨌든 1만 시간을 투자하면 뭔가 엄청난 결과를 얻을 수 있다는 것입니다. 낙숫물이 주춧돌을 뚫는다는 것과 같은 이치겠지요. 타고난 재능도 물론 중요하지만 노력이 더 중요하다는 것입니다.

그러면 글을 잘 쓰려면? 당연히 노력을 해야지요. 여기서 반문이 가능합니다. 왜 글을 잘 써야 해? 지난번에 언급했던 대로 글 잘 쓰면 좋거든요. 더 나은 삶을 영위할 가능성이 훨씬 높아지고 실제로도 거의 그렇다고 하버드 대학에서 보여주었잖아요. 이왕이면 잘 사는 게 더 낫고 그래서 글 잘 쓰면 좋지요. 따지고 보면 그렇게 대단한 노력도 아닌데.

그러면 시원하게 간단한 해답을 드립니다. 첫 번째는 책을 많이 읽으면 됩니다. 그게 그렇게 쉽나 하시겠지요. 물론 쉬운 일은 아닙니다. 그렇지만 그렇게 어렵지도 않아요. 누구나 자기가 좋아하는 분야가 있습니다. 없는 경우는 거의 없어요. 못 찾아서 그렇지 다 있습니다. 과학, 수학, 운동, 노래, 악기, 컴퓨터, 미술, 댄스, 게임…… 분야를 따지면 끝도 없지요. 내가 거기에 꽂혀 있는, 좋아하는 그런 분야를 책으로 만나면 됩니다.

그런 점에서 그 유명한 영어로 된 '왜?' 시리즈가 왜 대박을 쳤는지 알 수 있죠. 뭔가 분야는 계속 나오고 더 쪼개지니까 분야별 책은 계속 만들 수 있고 읽을 수 있습니다. 그래서 유튜브가 판을 치는 세상에서도 꾸준히 독자를 확보했지요. 조금 거슬러 가면 해리 포터를 빼놓을 수 없지요. 게임만 하던 아이들이 책에 빠지게 되었다는 광고가 인상적이었습니다. 사실이니까요. 그렇게 좋아하는 분야의 책은 누구나 읽게 됩니다. 거기서 독서가 시작되는 것이고 그것이 더 넓어지게 됩니다.

단적인 예로 한동안 일본에서 만든 단순한 콘텐츠의 탐정 추리물이 대유행을 한 적이 있습니다. 지금도 인기가 괜찮은데 귀여운 캐릭터가 나와서 사건을 해결하는 책으로 마치 만화 같지만 만화가 아닌 엄연한 이야기책입니다. 단지 이야기 중간중간에 게임, 퍼즐, 퀴즈 등이 나와서 재미를 더하기는 합니다.

이 책의 성공 비결은 이것입니다. 요즘 아이들은 긴 줄글 좋아하지 않고 읽지 않지요. 그러니까 줄글을 줄이고 내용의 일부를 만화처럼 그림으로 제시해서 흥미를 떨어뜨리지 않고 서사를 이어지게 하는 것입니다. 글을 읽지 않을 것이지만 캐릭터가 귀여워서 책을 집어든 독자들은 쉬어가는 코너 같은 게임이나 미로 찾기, 숨은그림찾기 등만 해도 됩니다. 책을 하나도 안 읽고 그런 놀이만 해도 아무런 문제가 없습니다. 그러다 보면 우연히 바로 앞뒤에 있는 책 내용에 눈이 가고 한 번쯤 읽게 되겠지요. 자연스러운 독서 유도가 이루어집니다. 별로 책 좋아하지 않는 우리 집 꼬마도 그러니까 많이들 그럴 것 같습니다. 증명된 것은 없지만 그렇게 책 읽기 늘려가는 경우는 많이 봤습니다.

두 번째는 실제로 쓰는 것입니다. 그런데 그냥 어떻게 쓰나요, 당연히 쓸 것이 없습니다. 그러면 쓸 거리를 만들기 전에 먼저 있는 글을 따라 쓰면 됩니다. 글을 그대로 베껴 쓰는 것입니다. 이것을 필사라고 하는데 단순히 베껴쓰기, 따라쓰기일 뿐입니다. 그걸 왜 할까요? 따라쓰기만으로도 그 반복 과정에서 문장을 내 것으로 만들 수 있기 때문입니다. 내가 보고 마음에 든 글이라면 어쨌든 나에게는 잘 쓴 좋은 글입니다. 그럼 그 글을 그대로 따라 써보는 과정에서 나도 이렇게 쓸 수 있겠다는 생각을 자연스럽게 하게 됩니다. 그렇게 그대로 베껴 써보다가 어느 날인가 되면 베껴 쓰는 게 너무 지겨워지게 될 것입니다. 그러면 그때는 문장의 일부를 내가 내 마음대로 내 스타일대로 한번 바꿔보는 겁니다. 몇 번 베껴 쓴 경력이 있기 때문에 자동적으로 기억에 남는 부분도 있어서 글이 쉽게 바뀝니다. 즉 'A'글의 일부를 'B'로 바꾸는 것이 가능해집니다. 그 표현을 반복해서 쓰다보면 상황에 따라서 글이 또 바뀔 겁니다. 그러면 그것은 어느덧 내 글이 되어 있는 것입니다. 원래는 남의 것이었는데 내가 쓰면서 어느 순간 내 걸로 만든 겁니다. 표절이 아니냐고요? 정말로 독창적인 완전한 내용을 그대로 가져온 것이 아니면 표절이 될 수가 없습니다. 밥을 먹는다. 잠을 잔다라는 표현에 주인이 있습니까? 누구나 쓰면 되죠. 마찬가지로 밥 한 그릇을 뚝딱 비웠다. 꿀 같은 잠에 빠져들었다라는 문장도 누구나 쓸 수 있는 것입니다. 안 써서 문제인 거지 내가 쓴다면 무슨 문제가 될까요? 내가 본 글에서 "밥이 꿀맛이어서 밥인지 꿀인지 모르겠다."란 표현을 보고 그 말을 내 글에서 그대로 써도 아무 문제가 없습니다. 그런데 단순히 밥이 맛있었다보다는 훨씬 실감이 나고 밥맛이 상상이 되면서 군침이 흐르는 문장이 됩니다. 그러면 문장 하나를 내가 접수한 것이 되잖아요? 그렇게 내가 쓸 어휘와 문장을 늘려나가면 내 글이 풍성해집니다.

글쓰기를 고민하면서 뭘 어떻게 할지 모르겠고 그저 잘하고만 싶다고 생각하면 평생 잘 쓸 수 없습니다. 당장 아무 책이나 펼쳐들고 거기의 문장을 베껴쓰기부터 시작해보세요. 실천이 힘이 됩니다.

예의 바른 사람이 성공합니다, 예의 바른 사람이 글 잘 씁니다

사람됨의 기본, 바른 인성의 바로미터인 예절로 이야기를 시작하겠습니다. 저는 지금 높임말, 존댓말로 글을 쓰고 있죠. 읽는 사람이 누구든 저를 낮추고 예의를 차려서 말을 하고 있는 것입니다. 저보다 어리거나 심지어 많이 어린 어린이 독자도 있을 텐데, 많이 어린 독자도 있을 텐데 그런 건 아랑곳하지 않고 단지 존댓말만 씁니다. 누가 읽든 독자를 우대하고 존중한다는 뜻입니다. 바로 예의 바르게 말하기입니다.

글 잘 쓰면 성공한다고 누차 이야기했습니다. 하나 더 추가할게요. 예의 바른 사람이 성공합니다. 거기에 더해서 예의 바른 사람이 글도 잘씁니다. 그건 또 왜 그럴까요?

얼마 전에 글쓰기에 관심을 가지고 공부하고 있는 대학생을 만났어요. 대학 내 글짓기 대회나 백일장 같은 곳에서 입상도 하고 나름 글 좀 쓴다는 친구였습니다. 무작정 한 수 가르쳐달라기에 우선 독자를 고려하는 것이 중요하다고 했습니다. 그랬더니 이런 반응이 날아옵니다. "독자에게 맞추라는 말인가요? 독자에게 맞추기보다는 필자의 개성이 더 잘 드러나야 하지 않나요?" 당돌한 반박에 내심 놀랐지만 태연한 척 진리를 전했습니다. "개성을 표현하지 말라는 것이 아닙니다. 단지 내 개성을 누구나 좋아하게 만들어야 한다는 것이지요." 짐짓 있어 보이는 척하니 눈빛이 좀 흔들리는 게 느껴졌습니다. 글도 상호작용입니다. 나 혼자의 말을 나 혼자 줄줄 읊어서 나만 좋자고 쓰는 게 아닙니다. 누구도 알아듣지 못하고 좋아하지 않을 글을 왜 쓰나요. 낙서가 아니라면 필연적으로 독자를 고려해야만 합니다. 내가 할 말을, 나의 잘난체를 독자에게 먹히게 만드는 게 글입니다. 개성 마음껏 부리고, 제멋에 겨워도 좋습니다. 단지 그런 의도가 독자에게 먹혀서 공감을 이끌어내고 재미를 얻고 더 나아가 감동을 주어야 합니다. 나 혼자 재미있고 낄낄거리려고 글을 쓰는 게 아닙니다.

글쓰기를 예술이라고 생각해도 마찬가지입니다. 어느 그림이 음악이 조각이 작가 혼자 보려고 만든 것이 있을까요. 만든 사람만 좋아하는 작품이 명작으로 남는 경우가 있나요? 예술은 반드시 감상이 되어야 합니다. 예술가가 제멋에 겨워서 막 휘두르는 것 같아도 그 속에는 내 마음을 알아달라는 호소가 숨어 있습니다.

미술에 대한 모독으로도 생각되었던 뒤샹의 변기는 왜 〈샘〉이라는 제목을 달고 결국 예술이 되었을까요? 결국은 그것이 변기이지만, 변기 맞지만, 다르게 보면 샘으로 볼 수도 있다는 것이고 그것을 작가가 설득력 있게 내놓았기 때문입니다. 얼핏 더러운 소변기이지만 달리 보면 소변을 씻으러 끝없이 솟는 샘물 같은 물이 나오는 대상이니까요. 그러니까 예술이 되는 것입니다. 개성을 마음껏 표현하면서도 받아들이는 사람에게 공감을 불러일으키는 장치를 제공하니까요. 개성을 표현하고 싶다면 전달하는 과정을 반드시 생각하라는 제 뜻이 그제야 그 학생에게가 닿아서 고개를 끄덕끄덕하게 되었습니다.

글이란 예술의 종류로 생각할 때 영감을 표현하는 방식이 글자인 것입니다. 가령 달을 보고 밝다거나 예쁘다거나 어떤 감정을 느꼈다면, 고호는 그것을 그림으로 표현하고 베토벤은 〈월광소나타〉를 작곡하고 이

태백은 시를 읊는 것으로 그 감상을 표현하는 것이 예술입니다. 그러니까 글은 생각을 글자로 표현하는 예술이지요. 예술은 종류와 무관하게 공통점이 있습니다. 만든 사람의 생각과 의도가 반드시 들어간다는 것입니다.

고호가 〈별이 빛나는 밤〉을 그릴 때의 마음을 우리는 그림을 보고 알 수 있습니다. 뭔가 어둡고 무섭고 어지러운 분위기가 불안한 소용돌이로 그림 안에 가득합니다. 그러니까 고호는 보이는 별밤을 그린 것이 아니라 그 별밤을 보고 떠오른 자신의 생각을 그린 것입니다. 음악도 시도 마찬가지입니다. 실제 있는 것을 표현하는 것이 아니고 대상에 자신의 감정과 마음을 집어넣어서 내 느낌을 만들어내는 것입니다. 그런데 그것이 나 혼자 만족하는 게 아니고 누군가 감상하는 사람의 마음에 와 닿을 때 예술이 되고 가치가 생깁니다.

예술은 내 마음을 남에게 예의 바르게 보여주는 과정입니다. 방법이나 과정과 무관하게 생산 자체의 목적이 아름다움이나 감동을 나누는 것이기에 나누는 사람을 절대로 무시할 수 없습니다. 진정 수요자 중심의 생산이 예술입니다.

그래서 글쓰기는 기본적으로 독자를 고려합니다. 가장 첫 번째 실천이 바로 내가 쓴 글을 내가 다시 읽는 것입니다. 내 글을 내가 안 읽는데 누가 읽어 줄까요? 적어도 나한테는 만족스러운 글이 되어야 세상에 나갈 수가 있습니다. 그 다음은 가까운 사람을 독자로 삼아서 읽혀야 합니다. 그리고 마지막으로는 내 글을 누군가 기꺼이 돈 주고도 사서 읽도록 완성하는 것입니다. 내가 쓴 글이 돈이 될 정도의 가치를 가진다면 그게 바로 프로지요. 프로페셔널이란 엄연히 경제 논리입니다. 직업이 된다는 것은 그만큼의 가치를 얻는다는 것입니다. 세상 모든 책은 거의 돈을 주고 사서 읽는 것입니다. 남의 글을 돈 주고 사서 읽는다, 그것이 글의 최종 지향점인 '출판'입니다.

글을 쓸 때 이 글을 나 혼자 보는 것이라고 생각하지 마세요. 누군가 반드시 독자가 있기에, 내 글이 내 마음에 들듯 독자 마음에도 들어야 함을 염두에 두어야 합니다. 거기서부터 독자를 상정하는 진짜 글쓰기가 시작됩니다. 그러니까 누군지 모르는 독자를 위해 예의를 갖춰야 하겠지요? 처음 보는 사람이 내 글을 이해하려면 친절해야 합니다. 자세할 부분은 자세하고 정확하게 알려 줄 것은 정확해야 합니다. 그래서 글의 기본이 육하원칙입니다. 육하원칙은 초등학교 때 배우고 지나가는 것이 아닙니다. 신문이나 뉴스 기자가 기사를 작성하는 기본이 육하원칙입니다. 정확한 내용을 자세하게 말하는 게 육하원칙이니까요. 누가 언제 어디서 뭘 어떻게 왜 했는지 말하는 게 기본입니다. 물론 내용에 따라 적절히 몇 개 뺄 수 있습니다. 그렇지만 그 기본이 안 서 있으면 글을 아예 쓸 수 없습니다.

육하원칙을 염두에 두고 친절하고 예의 바르게, 내가 하고 싶은 말을 남이 인정하도록 전달하는 것이 글입니다. 얼굴도 모르는 독자와 상호작용은 그렇게 해야 무리가 없습니다.

'지금, 여기, 나'의 경험이 좋은 글의 밑거름

가끔 글이 막히고 글을 써야 하는데 잘 안될 때가 있다면 스스로를 기자가 되었다고 상상해보면 어떨까요? 기자의 일과가 아주 재미있습니다. 실제로 대부분의 신문 기자들은 자기가 기사를 써야 하는 것과 관련있는 곳에 가서 거의 하루종일을 기다립니다. 필요한 사람을 만나면 많은 것을 물어보고, 주변 어디서라도 아무에게나 질문을 하면서 정보를 모아서 쓸거리를 만들어냅니다. 그렇게 만드는 게 신문기사입니다.

그렇지만 직업이 기자가 아닌 사람이 그렇게까지 할 필요는 없습니다. 대신 우리 주변을 찬찬히 둘러보는 정도는 할 수 있겠지요. 내 주변을 살펴서 거기에서 뭔가를 찾아내는 데에서 글이 출발하는 것입니다. 누구나 가장 가까운 것에서부터 글을 쓰고 작은 것에서부터 시작해서 크고 넓은 것으로 넓혀 나갑니다. 처음부터 크고 대단하고 복잡한 것을 쓰기는 너무 어렵고 그래서 아무도 그렇게 하지 않습니다. 사실은 처음에는 그냥 일상을 말하듯이 쓰는 것입니다. 일기, 독후감상문, 생활문, 시 등 거의 모든 글이 그렇습니다.

요즘은 누구나 스마트폰을 가지고 있으니까 일상을 누구나 사진이나 영상으로 찍을 수가 있습니다. 머리가 다 기억하지 못하기 때문에 사진이나 영상으로 찍어 보관해 놓으면 그것이 나중에 글이 됩니다. 몇 번이나 강조하지만 실제 작가들도 사진이나 영상, 기록 그런 것에서 글을 찾습니다. 갑자기 글이 툭 튀어나오나거나 뚝 떨어지거나 하지 않아요. 평소에 내가 기록해놓은 상황, 시간, 장소, 인물 등이 그걸 보는 순간 그때가 떠오르면서 뭔가 쓸거리가 생각날 때가 있습니다. 생각이 안 나면 그냥 또 덮어놓으면 됩니다. 다음에 다시 보면 되거든요. 당장 급하게 뭘 생각할 필요가 없습니다. 다음에 다시 보면 오늘은 생각나지 않던 무언가가 더 생각날 수 있으니까 그때 그걸 쓰면 됩니다. 그런 과정을 많은 작가들이 거칩니다. 그것을 숙성이라고 할 수 있습니다. 생각난 것을 그냥 바로 쓰지 말고 계속 생각하고 있다가, 거기에 생각에 생각을 더해서 뭔가 정말 가능성이 있다고 완성되면 좋겠다는 느낌으로 떠오를 때 그것을 쓰는 것입니다.

그런데 학생들의 글쓰기는 그렇게 여유가 있는 경우는 잘 없지요. 학생은 보통 학교나 가정에서 당장 무엇을 써내야 할 때가 많습니다. 그런 글쓰기를 많이 하지요. 시험 같은 경우는 시간 제한도 많습니다. 주어진 시간 안에 뭘 써내야 하는 것입니다. 그럴 때는 어떻게 하면 잘 쓸 수 있을까요.

그것도 간단합니다. 우선 내 주변의 일부터 쓰는 것입니다. 어떤 주제가 있다면 그것에 대한 내 경험을 떠올리는 것이 가장 먼저입니다. 내가 그것과 관련해서 어떤 일을 겪었는지 그리고 그 일에 대하여 누구와 어떤 대화를 나누었는지, 어떤 일을 했는지, 보고 들은 것이 무엇인지 그렇게 경험을 정리한 다음에 그것에 대한 내 생각을 쓰면 됩니다. 그런 경험을 통해 나는 이렇게 생각하고 이런 말을 하고 싶다 하면 되는 것입니다.

경험을 표현하는 글을 생동감 있게 쓰기 위해 가장 중요한 것은 대화입니다. 실제 대화나 실제의 말을 따옴표 안에 넣어 쓰는 것이 대화인데 글을 실감나고 재미있게 하는 가장 중요한 요소입니다. 그냥 줄글로 줄줄 쓰는 것보다 중간중간 대화를 넣어주면 훨씬 더 재미있고 읽기에 부담이 적으면서, 그 순간의 장면이 독자의 머릿속에 그려져서 상상력을 자극합니다. 별것 아닌 것 같지만 실제로 학생들이 글에 따옴표를 쓰는 경우가 생각보다 많지 않습니다. '엄마는 빨리 숙제하라고 말했다.'보다 '엄마가 말했다. "당장 숙제해!"' 이렇게 표현하는 것이 훨씬 생동감 있습니다. 쉽게 읽히고 장면도 쉽게 떠오릅니다. 한 가지만 더, 느낌표는 한 개만 쓰세요. 괜히 느낌표 여러 개 쓰면 글이 촌스러워집니다. 한 개면 충분해요. 당장 지금부터 글에서 누구의 말이라고 생각되는 부분이 있으면 그 부분을 그냥 누가 어떤 말을 했다로 쓰지 말고 따옴표를 써서 그 말을 그대로 옮겨보세요. 따옴표는 문장을 줄바꾸기해서 강제로 문장을 분리하기 때문에 문장이 길어지면서 늘어지는 것을 막고 글을 재미있게 만드는 가장 쉽고 단순한 방법입니다.

그리고 무엇보다 글에 경험을 쓰는 것이 어려울 수 있는데 그것도 쉽게 해결됩니다. 글을 쓰는 주제가 내 주변의 경험과 거리가 먼 내용이라면 그것을 내 경험에 적용할 수 있게 연결고리를 만들어 끌어오는 것입니다. 아주 어렵고 거리가 있어서 잘 모르는 주제라도 내가 겪은 일이 그와 관련된 것이 있을 수 있습니다. 그러면 내가 아는 범위에서 그것에 대해 보고 듣고 겪은 것을 쓰면 됩니다.

예를 들어 환경오염에 대해서 글을 쓴다면 환경오염의 심각성이나 환경 문제에 대해서 일반적인 내용을 쓰지 말고 내가 겪은 오염의 실체에 대해서 쓰는 것입니다. 누구나 쓸 수 있는 것을 쓰는 것이 아니라 내가 겪은 내 이야기를 쓸 때 글이 재미있어집니다.

결국 경험이 아닌 것도 경험으로 만들 수 있는데, 사실 사람들의 삶에 경험이 아닌 것이 별로 없습니다. 그러니까 다 글이 될 수 있는 것이고 막상 실천해 보면 별로 어렵지 않다는 것을 느낄 것입니다.

제4부

이야기로 엮어 가는 책쓰기

책쓰기의 연금술을 익히는 가장 좋은 방법은 스토리텔링입니다. 가르치는 사람은 언제 어디서나 이야기를 들려 줄 수 있어야 한다고 생각하며 여러 번 강조했습니다. 저의 책쓰기 교육의 시작도 이야기로 했습니다. 언제 어디서나 이야기가 필요할 때 누구든 바로 쓸 수 있게 누추한 저의 이야기 보물창고를 열었습니다. 조금은 부끄럽기도 하고 사실은 '좀 많이' 아깝기도 하지만 기꺼이 제 책을 읽는 분께 꼭 드리고 싶은 저의 선물입니다.

이야기를 만드는 귀

어니스트 헤밍웨이는 세계적인 소설가입니다. 더 말이 필요 없는 미국의 위대한 작가이고 노벨상에 빛나는 소설가입니다. 그런 그가 한눈에 매료되어 머문 곳이 바로 쿠바라는 나라의 수도 아바나입니다. 그는 거기에서 자주 가던 단골 술집이 있는데 쿠바의 명물인 '모히또'를 기가 막히게 맛있게 하는 곳이었습니다. 모히또는 영화 〈내부자들〉에 나온 '모히또 가서 몰디브 한 잔'이라는 이병헌의 대사로 국민 칵테일이 되었는데, 본토 쿠바에서 먹어보면 진짜 온몸에 전율이 이는 맛입니다. 그래서 헤밍웨이도 모히또를 정말 즐겼습니다.

어느 날, 헤밍웨이는 그 술집에서 어부 한 사람이 친구들과 이야기를 하는 것을 우연히 들었습니다.

"내가 말이야, 50일 넘게 물고기를 구경도 못 했어. 정말 한 마리도 못 잡아서 굶어죽을 판이었지. 그런데 어제는 웬일인지 튼실한 놈으로다 여섯 마리나 잡아서 신나게 싣고 오는데 글쎄, 망할 상어란 놈들이 몰려들어서 다 뜯어먹더라니까. 몇 마리 같으면 그놈들을 물리치겠는데 정말 끝도 없이 몰려오니까 도저히 못 이기겠더라구. 그래서 그냥 어제도 빈손이었지 뭔가."

헤밍웨이는 그 이야기에서 엄청난 번쩍님을 만납니다. 이걸 쓰면 정말 재미있겠다! 그래서 당장 어부에게 달려가 소설로 쓰게 이야기를 자세히 해달라고 졸랐습니다.

"그럼 내 자세히 이야기해 주지. 대신 자네가 술 한 잔 사게."

여부가 있나요, 술이 아니라 뭐든지 사지요. 헤밍웨이는 그래서 그 이야기를 다 듣고 자세하게 기록을 해서 술집을 나옵니다. 그리고 시대를 관통하는 위대한 명작 「노인과 바다」가 탄생하게 됩니다.

이야기는 세상에 다시 없을 대박을 터뜨립니다. 가난하지만 자존심 감한 어부의 의연한 이야기는 고기가 있든 없든 한 마리도 못 잡아도 나는 강한 어부니까 그냥 계속 고기잡이를 갈 뿐이며, 기껏 잡은 고기를 상어에게 다 빼앗겨도 그냥 의연하게 생각한다는 주제를 명확하게 드러내서 인간의 존엄성을 극대화시킨 작품으로 '승리하는 인간'의 표상을 확립합니다. 당연히 작품은 돈방석을 만들었고 헤밍웨이는 이 한 편으로 노벨 문학상을 받으며 세계 최고의 작가가 됩니다.

헤밍웨이는 작품이 대성공을 거둔 뒤 어부를 찾아갑니다. 그리고 이야기에 대한 사례로 엄청난 2만 달러라는 거금을 내놓습니다. 당시에 집을 두 채 이상 살 수 있는 큰돈입니다. 그런데 그 어부는 그 돈을 단칼에 거절합니다. 평생 못 만져볼 돈인데도요.

"그때 자네가 내 이야기 값으로 술을 거나하게 샀잖아. 그거면 됐지, 뭘 또 돈을 받아? 이건 자네 돈이지, 내 돈이 아니야."

물론 헤밍웨이는 어부의 거절에도 불구하고 돈을 주고 오지만 우리는 그 어부에게서 헤밍웨이 소설의 진정한 주제를 다시 한 번 느낄 수 있지요. 어부는 정말 그런 사람이었던 겁니다. 소설 속의 노인과 조금도 다르지 않은 사람이지요. 정말로 '승리하는 인간' 그 자체입니다. 그러니 작품의 진정성이 더 크게 다가옵니다.

쿠바는 그런 곳이며 쿠바 사람은 그런 사람입니다. 그래서 헤밍웨이가 쿠바를 좋아했지요. 미국처럼 돈과 욕심으로 얼룩진 세상과 사람이 아니라 정말 순수하고 인간적인 사람들이 가난을 벗삼아 살아가는 지상 낙원입니다. 쿠바의 밤하늘은 진정한 〈별이 빛나는 밤〉으로 하늘보다 별이 더 많습니다. 그런 곳에서 흥겹게 엉덩이를 흔들며 살사 춤을 추는 낭만이란……. 이건 제가 쿠바에 가봤기 때문에 아는 것으로 제 경험을 공유하는 것입니다.

헤밍웨이는 어부의 이야기에서 영감을 받아 글을 썼지만 어부의 이야기를 그대로 옮긴 것은 아닙니다. 글 전체에 미국 메이저리그 야구 이야기를 녹여 넣어 승리하는 인간이 야구에 심취한 것을 강조합니다. 가장 남자답고 정정당당한 승부를 좋아하는 늙은 어부이기에 물고기를 다 잃어도 의연할 수 있다는 것을 보여줍니다. 보는 독자는 가슴이 미어지지만 노인은 여전히 '별일 있었나?' 하는 식으로 살아가지요. 그것이 작가의 역할이 아닐가 싶습니다.

헤밍웨이는 「노인과 바다」를 몇 백번 고쳐 썼는지 모른다고 했습니다. 우리는 헤밍웨이를 통해 고쳐쓰기의 중요성을 다시 한번 깨달을 수 있습니다. 글은 그냥 초고를 써놓고 끝내는 것이 아니고 읽고 또 읽으며 최고의 글을 만들기 위해 고치고 또 고치는 것입니다. 헤밍웨이는 「노인과 바다」를 하도 많이 고쳐 써서 나중에는 진절머리가 났다고 했습니다. 그렇게 노력을 한 작품이라서 노벨 문학상을 받은 것입니다.

우리에게는 날마다 수많은 이야기가 스쳐 지나갑니다. 그 어부도 그런 대단한 이야기를 아무렇지 않은 것처럼 했습니다. 왜냐하면 그건 진짜 어부에게는 아무 것도 아닌 일이었기 때문입니다.

'살다 보면 만선인 날도 있고, 빈손인 날도 있는 것이지. 모처럼 만선이었는데 올 때는 빈손이 돼서 안타깝고 분하기는 하지만 뭐 어쩌겠어? 나는 어부니까 고기를 잡든 못 잡든 그냥 매일 고기잡이를 나가는 거지. 좀 아깝지만 별 수 없잖아. 내일은 정말 많이 잡을지도 모르니까. 또 못

잡으면 어때. 나는 늘 가난하니까 그런 것도 별 문제가 아니야.'

그렇게 생각하는 어부의 의연한 자세는 그렇게 살지 못하는 세상 거의 모든 사람의 마음을 흔들었습니다. 명작은 그렇게 만들어지는 것입니다. 헤밍웨이가 어부의 이야기를 듣고도 마치 그 어부처럼 '그럴 수도 있지, 그게 뭐 대수라고?'라며 쓸데없이(!) 의연하게 대했다면 「노인과 바다」는 세상에 나오지 못했을 것입니다. 저 어부는 보통 사람과 뭐가 좀 많이 다르다, 이렇게 다른 생각이 있다는 것을 세상에 알려야 한다, 그리고 이런 마음이 오히려 정말 가장 인간적인 것이다, 그런 작가적 사명감과 의무감이 「노인과 바다」를 쓰게 한 것입니다.

우리도 어부의 이야기를 귀기울여 듣는 귀를 가져야겠습니다. 어느 순간 명작의 기운이 몰려올 것입니다.

연금술의 의미

중세 유럽에서는 연금술이 대유행을 했습니다. 연금술은 간단히 말해서 세상에서 가장 비싸고 귀한 금속 중 하나인 금을 만들어 부자가 되겠다는 허황되고 허무맹랑한 기술입니다. 과학의 발전을 좀 맛봐서 이것저것 기술이 통하니까 오만해진 인간이 돈에 눈이 멀어 금을 만들겠다는 만용을 부린 것입니다. 해서는 안 될 짓이었어요. 그런데 이 연금술은 의외로 선한 부작용을 만들어 냅니다. 어찌 보면 기가 막힌 우연의 일치이자 말도 안 되는 부차적 결과입니다.

금을 만들기 위해 제일 기본이 된 것은 납입니다. 납은 성질이 연하고 물러 금과 모양이 제일 비슷합니다. 그런데 색깔은 완전히 다릅니다. 성질도 많이 다릅니다. 그런데도 금을 만들려고 납에다가 이것저것 오만가지 것들을 다 섞기 시작합니다. 납에다가 이것도 넣어보고 저것도 넣어보면서 결과들을 기록합니다. 당연히 실패의 연속이지만 이것이 오히려 체계적인 기록이 됩니다. 예를 들어 납에다가 A를 얼마큼 넣고 몇 도의 온도에서 몇 시간을 끓였더니 어떻게 되었다. 내일은 A를 또 다르게 어떻게 해보자, 모레는 B를 넣어 보자, 이런 식의 기록입니다. 당연히 금은 안 되지만 대신 기록이 날마다 쌓여 갑니다. 그리고 금을 만들려고 한 건데 금은 안 나오고 이상하게 의도하지 않은 뭔가 다른 것은 만들어집니다. 이것저것 오만 가지 실험을 다 하다보니 별의별 결과가 다 나오겠지요.

그리고 역설적이게도 이 과정에서 과학이 발달합니다. 과학은 가설을 세우고 실험을 통해 새로운 원리를 발견하는 것이 가장 중요한 학문인데 연금술은 거기에 딱 맞습니다. 오직 금 하나 얻어보겠다고 금이 될 거라는 고정된 가설 하나에 끊임없이 실험을 해대니, 당연히 수반되는 수많은 실패는 발견을 넘쳐나게 해서 과학이 발전하지 않을 수가 없습니다. 그래서 서양의 과학은 연금술 때문에 급속도로 발전합니다. 금은 영원히 못 얻겠지만 대신 다른 것들을 무수히 많이 얻게 된 겁니다. 납을 갖고 해보다가 그게 잘 안 되니 철도 해보고, 구리도 해보고 세상 모든 것을 다 해보았겠죠. 용량, 온도, 압력도 수억만 가지의 조건으로 변형시켜 보았을 것입니다. 오직 금 하나 얻겠다는 일념으로 안 해본 게 없을 테니 그것이 수많은 실험의 결과로 남아서 자료가 된 것입니다. 그 과정에서 우연히 얻어진 기술로 총알도 만들고 대포도 만들고 인쇄술도 만들고 하게 된 것입니다. 금은 못 얻었지만 뜻하지 않은 갖가지 기술을 얻어냈지요. 서양의 앞선 과학기술은 결국 연금술이라는 천하의 무지하고 어리석은 도전이 낳은 의외의 결과입니다. 금 대신 결국 인류를 좌지우지할 수많은 기술을 얻었지요. 금속 위주로 실험을 하다보니 현재 우리가 활용하고 있는 화학의 대부분은 서양에서 그때부터 얻어진 것입니다. 연금술이 화학의 아버지가 된 셈입니다. 의도는 정말 불순했는데 길고 긴 시간 그치지 않고 시도하여 결국은 인류의 문화유산으로 돌아온 참으로 역설적인 일입니다.

연금술을 강조하는 이유는 우리의 글이 연금술과 같기 때문입니다. 그냥 지나치는 일상일 뿐인데 누구에게나 있는 일이고 조금도 특별해 보이지 않는 것 같은데, 그것을 가지고 이리저리 계속 굴리다 보면 그것이 달라집니다. 있는 일에 뭔가를 더 넣거나 빼거나 하면서 가공을 하다보면 무엇인가 되기 시작합니다. 물론 금이 되면 제일 좋겠지만, 금이 못 되어도 대신 총알이 되는 것처럼 하지 않는 것보다는 나은 무언가를 얻을 수 있습니다. 헤밍웨이의 「노인과 바다」도 연금술이고, 『해리 포터』도 연금술입니다. 그냥 지나치면 아무것도 아닌 것일 수도 있는 순간을 사람들에게 감동을 주는 이야기로 바꾸었잖아요.

우리의 글쓰기는 연금술이 되어야 합니다. 그래서 이것을 인문학 연금술이라고 부르려고 합니다. 아무 것도 아닌 것, 저게 뭐가 되겠어? 하는 것이 무엇이 될 줄 아무도 모릅니다. 그리고 이것은 조금도 불순하거나 나쁜 것이 아닙니다. 사람들에게 감동을 주겠다는데 그게 왜 나빠요? 내가 나한테 오는 내 일상을 모두가 느끼는 감동으로 바꾸겠다는데 그게 뭐가 나쁘겠습니까? 실패해도 그만이고 성공하면 대박이 될지도 모를 최고의 투자가 아닐까요? 금을 못 얻어도 다른 무언가는 얻은 것처럼 오랜 시간 오랜 노력으로 별의별 짓을 다 해본 결과 과학이 발달한 것처럼 말입니다.

우리도 우리의 일상으로 별의별 것을 다 생각해서 충분히 누구나 감동을 만들 수 있습니다. 일상은 누구에게나 있는 흔한 것이고 그냥 두면 사라질 뿐이며 아무 것도 아닙니다. 그런데 그 일상을 재발견하여 뭔가 의미를 찾는 순간, 그 순간의 메시지를 느끼고 뭔가 말할 것을 찾는 순간 그 일상은 재미가 되고 감동이 되어 금보다 귀한 것이 될 것입니다.

그러나 물론 금이 못되어도 좋습니다. 연금술 역시 목적은 금이었지만 결국 금은 그 누구도 평생 얻지 못하는 불가능한 목적이었던 것입니다. 그 과정에서 얻어진 다른 것들이 훨씬 가치있는 것이었습니다. 우리도 완전한 목표에 다다르지 못해도 됩니다. 일단 그냥 지나칠 일상의 순간을 멈추어서 뭔가를 해 봤다는, 그래서 뭔가 달라질 가능성을 만들고 찾을 수 있다는 그것이 우리가 추구하는 인문학 연금술입니다. 우리는 기꺼이 그 일을 재미있게 하는 인문학 연금술사들입니다.

작은 변화가 가져온 큰 성공, 추파춥스

아이들은 누구나 사탕을 좋아합니다. 아주 예전에도 마찬가지입니다. 사탕의 원료는 대부분 설탕이고 예전에는 서양에서 사탕을 만들 때 설탕을 굳혀 둥글게 만 다음에 크게 뚝뚝 떼어내니까 덩치도 크고 넙덕한 원 모양이 되었습니다. 그걸 손에 들고 핥아 먹으니까 당연히 사탕 국물이 줄줄 흘러 손이고 옷이고 찐득하게 다 버립니다. 게다가 빨아먹다가 잘 안되니까 덩어리를 홀랑 삼켜버려 목에 걸리는 일도 많았습니다. 그래서 엄마들이 잘 안 사줬습니다. 스페인의 사업가 엔리크 베르나트는 그걸 보고 사탕을 손으로 들고 먹지 않으려면 어떻게 해야 할까 고민하다가 사탕에 막대 손잡이를 달기로 했습니다. 그래서 사탕에다가 나무막대기 하나를 꽂아 팔았더니 대박이 났습니다. 날개 돋친 듯 팔렸어요. 사탕을 손에 잡지 않아도 되니까 손에 덜 묻잖아요. 그런데 얼마 지나지 않아 다시 안 팔리기 시작합니다. 별 인기가 없었어요. 사탕은 몸에 안 좋고 이가 썩으니까 당연히 많이 사 먹지 않습니다.

낙심한 사장은 화가인 친구에게 고민을 털어놓는데 친구는 그 자리에서 바로 식당의 냅킨에다가 로고를 하나 그려줍니다. 원래 흰색 동그라미 안에 글자가 있는 형태였는데 그 동그라미를 데이지 꽃모양으로 단순하게 바꾸고 노랑색으로 칠해서 글자를 그대로 넣어줍니다. 그리고 그것을 주면서 말하지요. "반드시 사탕 통 가운데 잘 보이게 꽂아놓게." 그리고 그 로고는 초대박을 만들어 냅니다. 바로 지금도 전 세계 어린이들이 가장 많이 먹는 사탕 중의 하나인 추파춥스입니다. 사탕 통 가운데 꽂힌 둥근 판의 노랑 꽃모양을 누구나 쉽게 떠올릴 수 있습니다. 개별로 포장한 사탕 포장지 가운데에도 데이지꽃이 선명한 노랑색으로 새겨져 있습니다. 아이들은 사탕과 한께 그 로고를 정말 좋아합니다. 정말 단순한 꽃모양일 뿐인데 말이지요.

그 화가가 바로 초현실주의의 거장, 세계적인 화가 살바도르 달리입니다. 누구나 한번쯤 보았던 흘러내리는 시계 그림의 주인공입니다. 그런 초현실주의의 복잡한 그림을 그리는 화가도 변화는 단순하게 했습니다. 원을 꽃모양으로 바꾸고 노랑색을 칠했을 뿐입니다. 단지 별 것 아닌 것 같은 주문을 강조했지요. 반드시 사탕 통의 가운데에 잘 보이게 꽂으라고 한 이유는 아이들이 직접 그 로고를 보고 사탕을 고르게 하기 위한 것입니다. 그림이 통의 한가운데 제일 높은 곳에 있어야 잘 보여서 저절로 손이 가기 때문입니다.

잘 먹히는 것은 단순합니다. 단순하게 써야 잘 먹힙니다. 단순한 글에서 주제가 선명하게 드러나서 저자가 뭘 말하고자 하는지 명확하게 알 수 있습니다. 복잡하게 쓰면 뭘 말하고자 하는지 몰라서 제대로 읽지 못하게 되고 따라서 재미가 없게 됩니다. 모르는 것이 재미있을 수는 없습니다. 단지 지루할 뿐이지요. 달리 같은 거장은 그것을 간파합니다. 사람들은 복잡한 것을 좋아하지 않고, 선명하고 깔끔하고 눈에 확 띄는 것을 좋아합니다. 그러면서도 조금은 독특한 것, 단순한 동그라미 아닌 꽃모양의 동그라미가 더 예쁘니까요. 노란색은 밝고 귀엽고 기분이 좋아지니까요. 글은 그렇게 써야 합니다. 남들 다 쓰는 동그라미 말고 조금 더 귀엽고 눈이 가는 데이지 꽃모양을 찾는 것이 글입니다. 단순하지만 명확한 차이, 글을 만드는 원동력이 됩니다.

「가재미」로 일약 스타덤에 올라 명성이 높아져 국민 시인급이 된 문태준 시인은 시를 쓰기 위해서 시어를 떠올리면 그냥 바로 쓰지 않고 반드시 숙성한다고 합니다. 예를 들어 우연히 '조타수'라는 단어가 머리에 꽂혔는데—순전한 우연입니다. '톱밥'처럼 번쩍님은 대부분 우연히 오는 것입니다. 그 조타수라는 단어를 곰곰이 생각한다고 합니다. 원래 조타수의 뜻은 배의 방향을 조종하는 사람인데 계속 생각하다보면 조타수가 굳이 물 위에만, 배 안에만 있을 필요가 없다는 생각에 이른다고 합니다. 그럼 조타수라는 말을 어디에 어떻게 쓸까를 계속 고민하게 된다는 겁니다. 이걸 하늘에 쓰면 어떻게 될까, 조타수가 어울리는 다른 곳이 없을까, 마음의 조타수는 어떨까, 무슨 말 대신에 조타수를 넣을까 이렇게 몇날 며칠을 두고 계속 고민하다보면 조타수가 숙성되어 결국 무언가가 나온다는 겁니다. 그것이 숙성의 힘, 생각의 힘이라는 겁니다.

글을 성급하게 쓰지 마세요. 번쩍님이 오면 그것을 계속 고민하고 고민해서 최적의 사용법을 찾아야 합니다. 언젠가 딱 맞는 곳이 떠오르게 될 것입니다. 그러면 아주 작은 변화, 단순하지만 먹히는 변화를 시도해야 합니다. 가장 중요한 것은 공감입니다. 독자 누구나 그렇게 생각할 수 있었던 것, 그러나 막상 그렇게 하지는 못했던 것을 생각하는 것이 작가가 할 일입니다. '아, 나도 이런 생각 한 적 있는데, 왜 나는 이걸 안 썼지?' 이런 반응이 나오도록 써야 합니다.

정약용의 '서울을 떠나지 말라'

우리가 잘 아는 다산 정약용 선생은 위대한 실학자이자 수원 화성을 만든 과학자이기도 하지만 사실 그의 본업은 유학자입니다. 그는 군신, 부자, 사제의 관계를 정말 중시했고 천주교에 대한 믿음은 오직 학문 연구에 대한 호기심으로 시작했다가 믿음이 깊어진 것입니다. 그 당시 나라에 하도 탐관오리들이 많아서 이대로 가다가는 정말 나라가 망할 것 같은 위기감에 공직자들의 청렴을 강조한 천주교의 교리에 마음이 끌린 것이 컸습니다. 그래서 『목민심서』도 지어서 탐관오리가 되지 않도록 경계하고 백성의 피를 그만 좀 빨아라고 강조했지요. 정말 나라가 망할 지경으로 탐관오리들이 설쳐대서 백성의 삶이 말도 아니었기 때문입니다. 그래서 관료가 되면 백성을 다스리고 최소한의 아랫사람을 배려하는 마음을 가져서 제발 어느 정도 살 수는 있게 좀 해주라는 간곡한 부탁이었습니다. 자신도 양반이고 어느정도 백성의 피를 빨아먹고 사는 지배층이지만, 이건 해도 너무 한 정도라서 이대로 가다가는 남아나는 백성이 없고 나라가 망할 판이었기 때문에 도저히 안 되겠어서 『목민심서』를 쓴 것입니다.

그리고 그는 정말 권력도 중시하고 높은 관직에 오르고 잘 사는 것을 좋아했습니다. 특히 실학자답게 경제를 정말 중요시했습니다. 강진으로 유배를 가서 집안이 풍비박산이 나고 두 아들이 방황하고 있을 때도 절대로 공부를 게을리하지 말 것을 주문하면서, 동시에 닭 키우고 누에 치고 과일나무 심는 소득을 얻는 경제활동을 반드시 하라고 강조합니다. 집안이 망했다고 허송세월 보내면 결국 재산까지 탕진하고 말 것이니 절대 손 놓고 있지 말라고. 공부를 해놓아야 만일 기회가 닿아서 관직에 나가거나 어떤 기회가 생길 때 시험에 도전할 수 있고, 집에 재산이 있어야 생활이 힘들지 않음을 알고 있었기 때문입니다. 그런 준비하는 자세와 더불어 다산이 정말 강조했던 것이 한 가지 더 있는데 바로 '서울' 입니다.

자신이 관직을 얻어 매일 궁에 출퇴근할 때는 서울이 이토록 중요하고 소중한 곳인지 미처 몰랐는데, 유배를 와 보니까 서울은 정말 중요한 곳임을 깨닫게 된 것입니다. 그래서 두 아들에게 마르고 닳도록 강조하는 말이 있습니다. 절대로 서울을 떠나지 말라는 것입니다. 쉽게 말해 잘 나가든 못 나가든 서울에 붙어 있어야 뭐라도 된다는 것입니다. 지방에는 아무런 희망이 없다는 것입니다. 너희들이 운 좋게 서울에서 태어났으니 어떤 일이 있어도 절대 서울을 떠나지 말라고 강조하고 또 강조합니다. 유배지 시골의 제자들에게는 절대 그런 말을 하지 않지만 두 아들에게는 말끝마다 서울을 떠나지 말라고 합니다.

관직에 있든 집안이 풍비박산이 나든 굶어죽어도 서울에 살아라, 서울을 떠나지 말라는 말은 정약용의 경험에서 우러나온 간절한 진심이자 그만의 꿀팁이었던 것입니다. 서울은 정치, 경제, 사회, 문화의 중심지이기 때문에 그만큼 어떤 일이 생길지 모를 기회의 땅이라는 것입니다. 그걸 알고 나니 절대 서울을 떠나면 안 된다는 것이 진리가 된 것입니다. 지방에는 혹시 모를 그럴 일이 아예 안 일어나는데, 서울은 그런 일이 자주 일어나니까 서울에 있기만 하면 그런 변화나 기회를 잡을 수 있는 것입니다.

그런데 지금도 그렇습니다. 서울 사는 사람들은 지방 사람을 하찮게 보는 경향이 지금도 많습니다. 우스개로 서울 사람은 주소를 말할 때 서울시를 빼고 '구'부터 말한다고 합니다. 그래서 전국에 중구는 수십 개인데 중구만 써서 주소를 알 수 없다는 하소연도 들어 보았습니다. 당연히 다른 사람도 서울에 살 것이라 생각해서 서울을 빼도 다 통할 거라 여깁니다. 서울 아닌 사람을 만나본 적이 별로 없거든요. 서울 아니면 다 시골이라는 말도 심심찮게 듣습니다. 어이가 없고 화가 나기는 해도 어찌 보면 사실입니다. 그래서 기회가 되면 미래 세대의 주역은 반드시 서울에 살아야 합니다.

정약용은 그걸 알았기 때문에 절대로 다른 데는 말하지 않고 두 아들에게만 전한 것입니다. 그리고 과연 정약용의 생각대로 이십여 년이 지나 정약용은 서울로 복귀하고 아들도 벼슬을 얻게 됩니다. 아버지의 선견지명이 아니었다면 없는 일일 수도 있었습니다. 아들이 절망에 빠져 공부를 버리거나 경제활동을 접거나 아버지를 보살피겠다고 유배지 근처로 왔다면 그런 기회가 아예 오지 않았을 수도 있습니다.

이 이야기를 하는 이유는 그런 위대한 학자도 그렇게 서울을 중시했다는 것은 서울이 정말 다른 곳이라는 것을 알아야 하고, 정말 귀한 꿀팁은 가족에게만 전해준다는 것을 알아야 한다는 것입니다. 유배지의 제자가 아무리 소중해도 당장 여기를 떠나서 서울에 살라고 말해주지 않았습니다. 이렇게 가족이 소중한 것입니다. 하물며 부자, 아버지와 아들은 모든 이야기를 다 터놓고 최선의 방법을 찾는 사이가 되어야 합니다.

또한 준비하는 사람이 되어야 합니다. 글은 준비입니다. 내가 어떤 주제로 생각해서 써놓은 게 있어야 어떤 기회에 왔을 때 거기에 맞게 손을 봐서 글을 낼 수가 있습니다. 준비가 없다면 기회가 와도 그냥 지나쳐버리기 쉽습니다. 그런 기회는 생각지도 못한 시간에 오는 경우가 많습니다.

그리고 덧붙이자면 지금은 교통과 통신이 발달해 굳이 서울에 안 살아도 됩니다. 그러나 서울에서 일어나는 일에는 늘 눈과 귀를 열어야 합니다. 서울에서 뒤처지면 안 됩니다. 정치, 경제, 사회, 문화가 전부 서울을 중심으로 돌아갑니다. 내가 어디에 살더라도 서울을 바라보고 있어야 합니다. 거의 모든 기회가 서울에서 생깁니다. 미리 챙기지 않으면 지방까지 기회가 잘 오지 않습니다. 늘 서울을 주시하고 있어야 그런 기회를 놓치지 않고 내것으로 만들 수 있습니다. 다산은 이 단순하고 위대한 발견을 하자마자 오직 가족에게만 이 비법을 전수해 주었습니다. 왜 그랬을까요? 별것 아닌 것 같지만 사실은 그렇지 않습니다. 이것은 미래를 준비하고 실력을 키우고 운을 내것으로 만드는 가장 좋고 중요한 방법입니다. 그래서 이렇게 다시 전해주며 강조하는 것입니다. 기억하세요. 서울을 떠나지 마세요!

엉뚱발랄 머스크의 상상이 만든 테슬라

일론 머스크라는 사람이 있습니다. 어렸을 때부터 부자여서 좀 마음대로 하고 살았습니다. 그러다 학교에서 왕따를 당하기도 하고 성격이나 사회성은 별로 안 좋았습니다. 그러나 책을 엄청나게 많이 읽었습니다.

머스크가 세상 돌아가는 것을 가만히 보니 지구가 곧 멸망할 것 같은 느낌이 들었습니다. 진짜 심각한 이야기로 인류가 지구를 너무 함부로 써서 북극의 빙하가 녹고 오존층이 뚫리고 기후변화가 일어나고, 아무튼 지구가 완전 몸살이 난 것입니다. 이대로 가다가는 안 되겠다, 진짜 지구가 멸망할지도 모른다, 다른 행성을 찾아야 한다, 여차하면 지구를 버리고 다른 데 가서 살아야 한다, 이런 생각을 하자 화성이 눈에 보였습니다. 지구가 만약 끝장나더라도 인류가 멸망하면 안 되니까 화성에 가서 어떻게든 살아야 한다는 그야말로 영화 같은 생각을 한 겁니다. 그러기 위해서는 화성에 가봐야 하고 화성을 연구해야 하는데 그러려면 엄청난 돈이 듭니다. 그래서 머스크는 돈을 벌기로 결심합니다. 뭘로? 자동차로!

자동차로 돈을 벌려고 생각을 하니 화석 연료를 사용하는 자동차도 미래가 없다는 것을 알게 되었습니다. 무엇보다 석유가 대부분인 연료가 엄청난 오염 물질이라 자동차 때문에 지구 멸망이 앞당겨지겠다는 생각을 하게 됩니다. 그러면 석유를 안 써야 하는데 그럼 뭘로 자동차를 움직이지? 그렇지, 전기가 있었지!

그래서 그는 전기 자동차를 연구합니다. 중동의 석유 재벌들의 영향으로 세계는 아직 화석 연료 엔진에만 매달려 있는 상황인데 난데없이 전기차를 만들겠다고 선언합니다. 세상은 그를 비웃지만 그는 멀리 앞을 내다봤습니다. 곧 화석 연료를 쓰는 내연 기관의 시대는 끝날 것이다. 그래서 전기 모터로 차를 움직이는 기술을 연구했고 결국 성공해서 엄청난 돈을 벌니다. 그리고는 머스크는 더 멀리 앞을 내다봅니다. 멀지 않아 전기차가 대세가 될 거라고 생각하고 피땀흘려 연구한 테슬라의 전기 자동차 기술을 감추지 않고 전세계 사람들 모두에게 풀어버립니다. 누구든 전기차를 만들 수 있게 해준 것입니다. 거기에는 엄청난 자신감이 숨어 있었습니다. 그 누구도 나만큼 전기차를 만들지 못할 것이라는.

과연 그 생각대로 몇 년 안 지나서 테슬라는 전 세계 모든 자동차 회사를 꺾고 당당히 1위가 되어버립니다. 규모도 상상을 초월해서 거의 상위 회사 전체를 합친 것보다 더 큰 회사가 됩니다.

그런데 머스크의 야심은 그것이 아니었습니다. 앞서 말한 대로 화성에 가기 위한 돈을 모으려고 자동차를 만들어 판 것이기 때문입니다. 머스크는 화성에 가겠다는 계획을 착착 진행시킵니다. '스페이스 X'라는 프로젝트로 회수하여 재사용 가능한 우주선을 제작하고, 최초로 나라에서 쏘는 것이 아닌 개인이 쏘는 우주선에 사람을 실어 달에 보냅니다. 지금도 화성에 가기 위한 머스크의 계획에는 변함이 없습니다. 이 순간에도 다음 단계를 향해 가고 있습니다. 우리의 바람과 다르게 결국 지구가 오염을 못 견디고 멸망해버릴지도 모르는데, 그때 오직 화성이 당장 제2의 지구가 되어 우리를 구원해줄지 모릅니다. 그런 때가 오지 않으리라는 보장이 없기에 머스크의 엉뚱한 상상이 가치가 있는 것입니다.

머스크가 테슬라로 성공을 거두자 그다음 한 일도 바로 어린 시절 상상으로 꿈꿨던 희한한 모양의 자동차 '사이버트럭'을 만든 것입니다. 비록 아직 대량 생산은 못 하고 있지만 그것도 멀지 않았습니다. 기괴하고 요상한 모양으로 이게 자동차가 맞나 싶지만 머스크의 상상이 현실이 되었다는 것이 중요합니다. 이렇게 허무맹랑한 상상이 이루어지는 것이 우리가 사는 세상인 것 같습니다. 사실 처음에 코로나19가 생겼을 때도 아무도 믿지 않았고 이런 일이 생길지 꿈에도 몰랐으며, 마스크를 쓰고 3년이 넘도록 살게 될지는 더더욱 상상조차 못 했기 때문입니다.

뭐든지 상상할 수 있고 뭐든지 만들 수 있습니다. 그것이 글이라는 세계입니다. 우리는 책을 쓰는 것이니까 글과 그림이 함께 어우러져 안 될 것이 없습니다.

테슬라 사이버트럭. 출처 : 테슬라 홈페이지

이순신의 길목 지키기

우리가 이순신 장군을 존경하고 위대한 분으로 여기는 것은 이순신 장군이 너무나 위대한 승리를 거듭한 장수이기 때문입니다. 이순신은 전투에서 한 번도 진적이 없었고 목숨을 잃던 마지막 노량 해전에서도 심지어 이겼기 때문입니다. 무엇보다 '13대 133'의 불가능한 전투를 승리로 이끈 명량대첩으로 그 위대함을 입증했습니다. 출정 전날 장군이 모두에게 했던 '죽고자 하면 반드시 살고, 살고자 하면 반드시 죽는다'는 '생즉필사 사즉필생'은 모두가 기억합니다. 죽고자 한다는 것은 죽을 각오로 하는 것을 의미합니다. 즉, 최선을 다하라는 말입니다. 최선을 다하면 원하는 결과를 얻을 것이니 그러면 죽지 않고 산다는 것입니다.

그러나 그에 못지 않게 중요한 말 한 마디가 있는데 우리는 그것은 좀 많이 지나칩니다. 바로 '한 사람이 길목을 지키면 천명도 두렵게 할 수 있다'입니다. 이 말은 명량 해전의 모든 것을 설명해줍니다. 적은 몇 백 척의 배인데 우리는 겨우 열 몇 척이 전부일 때 넓은 바다에서는 당연히 절대 이길 수 없습니다. 몇 백 척이라도 그 배들을 넓게 펴지 못하는 길목에서 싸워야 승산이 있는 것입니다. 넓게 펼치고 있는 수많은 배들이 넓게 들어오지 못하는 좁은 길목을 만들어 그 입구를 막으면 몇 백대의 배들도 조를 나누어 줄을 서서 줄줄이 들어올 수밖에 없습니다. 모양도 빠지고 어설프지만 승리한다는 망상에 도취되어 그런 것도 안중에 없습니다. 그것이 명량의 승리 방법입니다. 우리에게는 먼 거리를 쏠 수 있는 총통이라는 대포가 있으니, 줄지어 오는 적선에 포탄을 퍼부으면 좁은 곳에서 배들을 부술 수 있습니다. 왜군의 배는 가벼워서 장거리 대포는 실을 수 없기에, 가까이 가서 널빤지를 얹어서 우리 배에 올라타서 직접 사람과 전투를 벌이는 마치 해적 같은 전법으로 싸웁니다. 그러니까 멀리 떨어져 대포를 쏘면서 하나하나 부숴나가면 우리 배의 피해를 줄이면서 적을 섬멸할 수 있다고 생각한 것입니다. 어쨌든 일본이 우리 배에 올라타지만 못하게 하면 지지는 않으니까요. 그것이 이순신 장군이 한 사람이 길목을 지키면 천명도 두렵게 할 수 있다고 말한 이유였습니다. 우리가 길목을 지키면 몇 백 척의 배도 수적 우위를 점하지 못하니까요.

싸움에 임하면서 죽고자 하면 반드시 산다는 마음가짐도 물론 중요하지만 정말 중요한 것은 작전을 잘 짜서 전투에 이기는 것입니다. 흔히 이겨놓고 싸운다고 하지요. 이순신 장군은 거의 모든 전투에서 이겨놓고 싸웠습니다. 백전무패하는 전략을 세우고 나갔으니 당연히 백전백승의 결과를 얻은 것입니다.

명량은 길목과 더불어 물길을 읽었기에 가능했던 대승이었습니다. 물살이 우리 쪽으로 오는 시간에 우리가 멀리 떨어져 대포로 적선을 하나씩 물리치다 보면, 시간이 흘러 바다의 조류 방향이 바뀌어 물살이 적선을 밀어내고 우리는 앞으로 나아갈 수 있다는 것을 미리 계산했습니다. 불리한 조류에는 가만히 있다가 유리한 방향이 되면 돌격하여 적을 일망타진할 전략인 것입니다. 그 전략은 그대로 맞아떨어져 물살이 반대로 바뀌자 왜군은 앞에 있던 아군의 배가 뒤로 밀리면서 부서진 배의 파편들에 부딪혀 뒤쪽의 배는 전투 한 번 못해 보고 부서지는 피해를 입게 됩니다. 앞서 나갔다 먼저 죽은 배들이 뒤편에 기다리고 있는 우리 편을 공격하는 웃지 못할 상황이 연출된 것입니다. 그런 황당한 장면을 눈으로 보고 있으면 그 상황이 믿기지가 않아서 어이없는 웃음이 나고 결국 전투 의지를 상실해 버립니다. 용감하게 앞으로 가서 적과 싸우고 싶은데 길은 좁아 갈 데는 없고, 앞에서는 부서진 우리 배들이 자꾸 밀려와서 거기랑 부딪혀 내가 침몰하는 '웃픈' 상황이지요. 그래서 왜군은 후퇴합니다. 어떻게 싸워볼 수가 없으니까요. 어이가 없는 상황인데 도저히 더 싸울 수는 없고, 시간이 흐르면서 피해만 계속 늘어나니까요. 길목을 막고 버티고 서서 오는 적들을 차례차례 물리치다가, 물길이 반대가 되면 물살이 우리 편이 되어 준다는 이순신의 이기고 싸우는 전략이 승리를 거둔 것입니다.

글은 이기고 싸우는 전략으로 쓰는 것입니다. 글을 몇 번 쓰다보면 어느 순간 자신의 글에 점수를 매길 수 있게 됩니다. '이 글은 어디에 보내면 뭐가 좀 되겠어.', '이 글은 내가 봐도 좋은데?', '아, 이 글은 아직 많이 부족해.' 이런 식으로 자기의 글을 객관적으로 보는 눈이 길러집니다.

좀 더 나아가면 주제나 소재를 잡을 때부터 이런 것을 판단할 수 있게 됩니다. 이걸 쓰면 뭔가 되겠다, 이건 안 되겠다 하는 것이 대충 그려져서 이기는 기술 하나를 잡을 수 있게 됩니다. 내 글에 점수를 매기고 평가하며 가치를 부여하는 사람은 결국 다른 사람입니다. 독자든 심사위원이든 다른 사람이 보기에 좋은 글이 성공합니다. 내가 이겨놓고 싸워야 이깁니다. 내 글로 어떻게 하면 독자를 감동의 도가니에 빠뜨리고 재미를 느끼게 하고 공감을 얻어내서 계속 읽고 싶게 만들 것인가, 나의 경험을 어떻게 전해서 재미있는 글이 될 것인가 항상 고민하면서 써야 합니다.

세계 최초의 배달 피자, 도미노 피자

이게 글쓰기랑 무슨 상관일까 싶지만 이것도 훌륭한 이야기가 됩니다. 바로 생각의 전환, 다르게 보는 눈, 그것이 불러오는 성공의 좋은 예시입니다.

피자는 알다시피 이탈리아의 음식입니다. 이탈리아에서 피자는 고급지거나 값비싼 요리가 아닙니다. 서민들의 평범한 음식입니다. 유명한 〈자전거 도둑〉이라는 이탈리아 영화에서 자전거를 도둑맞아 결국 못 찾고 마지막에 모든 걸 포기하고 맛있는 것이나 먹으려고 고급 식당에 간 주인공 아버지와 아들이 피자를 찾으니까 고급 식당에서는 피자를 취급하지 않는다고 해서 할 수 없이 다른 것을 시킵니다. 그러니까 피자는 서민들에게는 좀 더 나은 음식이지만 부자들은 거의 먹지 않는 요리입니다.

그런데 이 피자가 미국에 건너와서 큰 성공을 거둡니다. 2차 대전으로 인해 세계 여러 나라 음식을 맛본 미국인들은 돈을 많이 벌게 되면서 세계 각국의 요리를 즐기는데 대표적인 것이 일본의 초밥인 스시와 이탈리아의 피자, 그리고 중국 요리입니다. 미국에서 중국 요리는 처음부터 배달 요리였습니다. 원래 배달이라는 개념이 없었던 서양에서 중국의 배달 문화를 보고 신기하고 좋아 보여서 배달을 가져오게 됩니다.

그래서 미국의 차이나타운에서 중국 요리 배달을 시작하게 되고 미국인들은 값싼 배달 음식으로 중국 요리를 시켜 먹게 됩니다. 물론 우리나라의 중국 음식처럼 짜장면, 짬뽕 이런 것은 없고 대부분 탕수육 같은 고기 요리와 만두, 각종 면 요리 등이 있습니다. 그렇게 배달 요리로 중국 음식이 성공을 거두자 다른 음식도 점차 배달로 눈을 돌리기 시작하는데 막상 해보니 잘 안 되었습니다. 대부분의 요리가 따뜻할 때 제대로 먹어야 하는 것이라 미국처럼 넓은 땅에서 식지 않고 배달 음식을 받기가 쉬운 일은 아니었기 때문입니다. 피자도 마찬가지였습니다. 그래서 미국인들은 특별한 날에 피자를 먹으러 식당에 가는 것이 일상이었습니다. 본토에서는 그만한 음식이 아닌데 미국에 와서 격이 높아진 것입니다. 그리고 한 사람이 피자 배달을 생각해냈습니다.

'피자가 일요일에 가족들이 외식으로 많이 먹는 음식인데 늘 나가서 먹으려면 번거로울 수 있어. 피자를 집에서 편안하게 먹으면 어떨까?'

그렇게 만들어진 것이 세계 최초의 배달 피자인 '피자 도미노'입니다. 1960년 미시간 주에서 세계 최초의 배달 피자가 폭스바겐 자동차로 배달되었습니다. 그 이후로 피자는 배달 음식의 대명사로 자리잡았습니다.

뭔가가 불편하거나 이상할 때 그것을 '그냥 늘 그랬는데 뭐 어때?' 식으로 넘기면 아무런 변화를 가져올 수 없습니다, 지금 이 상황이 뭔가 이상하고 불편한데 더 좋은 방법을 찾을 수 없을까? 거기에서 뭔가 시작되어 발전이 있는 것입니다. 글쓰기는 그런 것입니다. 어? 이거 뭔가 이상하다. 왜 이럴까? 다른 방법은 없을까? 그렇게 생각하다보면 뭔가 번쩍 떠오르게 됩니다. 그것을 놓치지 않고 쓰는 것입니다. 피자를 늘 나가서 사 먹는 것은 불편한데도 그것을 그냥 넘기면 배달 피자를 생각할 수 없습니다. 뭔가 불편한 것을 바꾸고 더 나은 방식을 찾아가는 데서 새로운 것이 싹트는 것입니다. 우리가 지금 집에서 편안하게 피자를 배달시킬 수 있게 된 것은 그런 생각과 도전이 있었기 때문입니다.

아카데미상에 빛나는 영화, <록키>

예전 미국에 실베스터 스탤론이라는 무명 배우가 있었습니다. 지금도 살아 있는 배우입니다. 언젠가 뜰 날을 꿈꾸지만 그런 날은 오지 않고 무명의 설움만 쌓여가고 있었습니다. 춥고 배고픈 시절에 결혼을 해서 설상가상 아내는 임신도 한 상태였지만, 여전히 일거리는 없었습니다.

어느 날, 우연히 길을 가다가 전파상의 텔레비전에서 권투 경기를 보게 되었습니다. 무명의 신인 선수가 유명한 챔피언과 싸우는 경기였는데 피투성이가 되고 처절하게 얻어맞으면서도 결코 경기를 포기하지 않았습니다. 오랫동안 대등하게 경기를 풀어나가다 결국 아쉽게 지기는 했지만 많은 사람들이 그 선수에게 박수를 보냈습니다.

스탤론은 그 경기에 큰 감명을 받았습니다, 자신도 권투를 좀 좋아하고 해본 적도 있었기에 그 신인 선수에게 감정이입이 되었습니다. 그는 그길로 집에 와서 그 경기를 가지고 영화 대본을 썼습니다. 방금 본 권투 경기에 영감을 받아서 결말만 바꿉니다. 가난한 신인 선수가 챔피언과 싸워서 천신만고 끝에 결국 이긴다는 감동의 줄거리를 완성합니다. 피투성이가 되었지만 승리한 주인공이 마지막에 아내의 이름을 외쳐 부르는 것은 자신의 아내에 대한 미안함과 사랑으로 넣었습니다. 그리고 그 장면은 영화의 최대 명장면이 됩니다. 만삭의 아내는 밤을 새워 그 대본을 타자로 쳐서 영화사로 가져갈 수 있게 해줍니다.

몇 군데에서 퇴짜를 맞았지만 한 영화사가 그 대본을 눈여겨봅니다. 줄거리가 괜찮아서 조금 고치고 다듬어 싸구려 영화로 만들면 본전은 하겠다는 계산이었습니다. 영화사는 스탤론에게 꽤나 거액의 대본료를 제안합니다. 그러나 스탤론은 그 제안을 거절합니다. 대본만 팔지는 않겠다는 것입니다.

"반드시 제가 영화의 주인공을 맡아야 합니다."

어디서 굴러들어온지도 모를 개뼈다귀 같은 무명 신인의 대찬 헛소리에 영화사는 코웃음을 치며 대본 값이나 먹고 떨어지라고 하지만 스탤론은 굽히지 않습니다.

"대본료는 받지 않겠습니다. 출연료도 가장 적게 받겠습니다. 하지만 만약 영화가 잘 되면 그만큼 저의 몫을 제대로 주세요."

주연은 어렵고 조연으로 타협하려 했던 영화사는 끝까지 고집을 꺾지 않는 스탤론에게 두손을 듭니다. 스탤론의 완강한 태도에 못이긴 데다 대본을 얻는 것은 손해가 아니기에 영화사는 마침내 제안을 수락합니다. 그렇게 1975년, 영화 〈록키〉가 만들어지고 이 영화는 그야말로 대박을 터뜨립니다. 얼굴도 잘생기지 않았고 내세울 게 하나도 없던, 누군지도 모르는 무명의 신인배우를 일약 스타로 만들고 영화는 아카데미상까지 거머쥡니다. 스탤론은 〈록키〉 하나로 스타덤에 올라 후일 모두가 아는 세계적인 근육질 스타의 대명사 '람보'가 됩니다.

게다가 스탤론은 흥행에 따른 수익금 계약을 했기 때문에 그야말로 돈방석에 앉게 됩니다. 지금 당장의 계약금은 적은 대신 잘 되면 팔린 만큼 달라는 스탤론의 생각이 적중한 것입니다. 역시 당장 눈앞의 돈만 보고 나중을 생각하지 않았다면 그만큼 많은 돈을 벌 수 없었을 것입니다. 스탤론은 결국 출발을 잘 했기에 평생을 돈 걱정하지 않는 배우가 된 것입니다.

만약 스탤론이 눈앞의 돈에 혹해 대본을 넘겼다면, 영화에 출연하지 않았거나 조연으로 그쳤다면, 오늘의 스탤론은 없었을 것입니다. 자기가 쓴 대본이니 자기가 제일 연기를 잘 이해하기에 가장 잘할 것이라는 자신감이 스탤론의 고집을 만든 것입니다.

최선을 다했기에 성공이 예견되는 결과물에는 자존심이 필요합니다. 이것은 내가 봐도 잘쓴 것 같으니까 여기에는 확신을 가지고 하고 싶은 대로 해보겠다는 자신감이 성공의 열쇠입니다. 포기하지 말고 기회가 오면 놓치지 말고 미래를 내다보는 약속을 할 수 있어야 합니다. 내 글에 자신감을 가지세요. 감동을 주는 글은 반드시 성공합니다. 무명이라고 해서 자존심을 굽힐 필요가 없습니다. 누가 봐도 잘될 것 같은 것은 결국 잘됩니다.

원효대사의 '민중 속으로'

원효대사의 해골물 이야기는 너무나 유명합니다. 굳이 말하지 않아도 애들도 이미 다 압니다. 해골물이 말하는 메시지는 '일체유심조', 즉 모든 것은 마음 먹기에 달렸다는 교훈입니다. 그와 동시에 해외 유학의 무용성도 나타냅니다. 천축국이라고 하는 인도나 중국의 당에 가지 않고, 우리나라 안에서 불교를 연구해도 얼마든지 할 수 있습니다. 게다가 우리가 따르는 대승불교의 궁극적 목적은 공부 많이 해서 나 혼자 해탈하는 것이 아니라, 한 사람이라도 더 중생을 구제하는 것이기 때문에 막말로 본토에 가서 더 배운다고 중생 더 구제하는 데 별 도움도 안 된다는 것입니다. 가뜩이나 무식한 중생이 더 복잡하고 어려운 불교의 교리에 포섭되어 따를 리가 없잖아요. 그러니까 어려운 학문 배워봤자 막상 쓸 데가 없습니다. 그것이 해골물 사건의 또 하나의 요체입니다. 그러니까 원효대사는 크게 깨닫고 인도나 당으로 가지 않은 것입니다. 그때 원효대사가 크게 깨달은 것이 바로 쉽게 말해 '브나로드(민중 속으로)'입니다. 심훈의 『상록수』에 나오듯이 무지몽매한 백성들에게 뭘 좀 가르쳐서 적어도 자기 이름은 쓸 줄 알고, 세상 돌아가는 것을 대충이라도 알아야 사람 구실을 합니다. 그래야 나라도 되찾고 뭔가 좀 제대로 사람답게 살게 되는 것입니다. 그래서 학교에 다녀야 되고요. 그렇게 만들어야 하기에 필요한 것이 브나로드 정신입니다.

원효는 해골물 이후로 철저히 그것을 지켰습니다. 대표적인 것이 승려에게 금기로 여겨졌던 결혼을 하여 자식을 둔 것입니다. 스스로 봐도 자기가 대단한 걸 아니까 자기가 후계자 없이 죽으면 자신의 학문적 성취가 사라지니까 너무 아깝고, 그렇다고 학문을 물려줄 제자를 기르기에는 구름에 달 가는 길 위의 인생이라 현실적으로 어렵고 부담이 크니까 최선의 방책으로 자식을 낳아 자신의 능력을 물려주고 싶었던 것입니다. 그래서 '누가 자루 빠진 도끼를 주려나, 하늘 바칠 기둥을 찍어내려네.'라고 노래를 부르면서 여자가 좀 못나도 내가 워낙 잘나서 뛰어난 아들을 낳을 것이니 여자 좀 구해달라고 광고하고 다닌 것입니다. 조금 상스러울지 몰라도 자루 빠진 도끼에는 구멍이 나 있고, 하늘 바칠 기둥은 굵고 단단히 서 있으니까 성별이 정확히 짐작이 되는 것을 이용했습니다.

신라 시대에는 사실 동성애도 많아서 노래가 혹시 오해를 불러 동성이 접근하면 안 되는 것도 큰 이유였습니다. 신라의 화랑도가 미소년의 동성애로 변질된 것이 공공연한 비밀입니다. '모죽지랑가' 같은 향가를 보면 같은 남자끼리 '죽어도 같이 있고 싶다'고 대놓고 이야기하는 아주 '어우야'한 시대거든요.

그래서 원효대사는 노래의 숨은 뜻을 알아차린 왕의 혜안으로 요석공주를 만나게 됩니다. 그리고 첫날밤을 치르기 위해 일부러 물에 빠져 옷을 젖게 합니다. 그래도 승려인데 체면이 있지 대놓고 여자랑 같이 지낼 수는 없으니까요. 물에라도 빠져야 그 핑계로 씻고 갈아입고 해야 되니 억지로라도 같이 있을 수밖에 없잖아요. 그리고 약속대로 하늘 바칠 기둥, 아들인 설총을 낳습니다. 설총은 그야말로 천재입니다. 아버지의 모든 재주를 물려받은 언어 영재라서 한자가 불편한 것을 알고 어떻게든 글을 좀 쉽게 쓰기 위해 혼자서 이두를 만들어내니 사실상 세종대왕 급입니다. 완전히 글자를 만든 것은 아니지만 한자의 음을 빌려 우리말로 소통하는 기술은 가히 놀라운 수준입니다. 원효가 반드시 아들을 낳을 이유가 있었지요.

그러고는 원효대사는 부인과 아들을 다 버립니다. 얼핏 보면 피가 거꾸로 솟을 천하에 나쁜 남자이지만, 사실 여기도 큰 뜻이 있습니다. 부인과 아들은 태생부터 왕족이니 당연히 살아가는데 아무런 지장이 없이 풍족하고 편안하게 일생을 보낼 것입니다. 그러나 원효가 거기에 머물러 등 따스고 배부르게 풍족함을 누리게 되면 아니, 제일 중요한 중생구제는 누가 합니까? 그래서 눈물을 머금고 토끼 같은 자식과 여우 같은 마누라를 버리는 것입니다. 그리고는 최대한 많이 돌아다니면서 온 나라에 절을 짓습니다. 중생이 불교를 믿으려면 어디나 가까운 데 절이 있어야 하니까요. 그래서 요즘도 이름난 절에 가보면 십중팔구는 통일신라 때 원효대사가 지었다고 되어 있습니다. 직접 지은 곳도 많지만 짓지는 않았어도 뭔가 조금이라도 영향을 주었다는 사찰도 부지기수입니다. 이름을 지어주거나, 위치를 정해주거나, 보물을 주거나, 하다못해 잠이라도 하루 자고 갔다거나 등 뭐라도 조금이라도 영향을 줬다는 기록이 있습니다. 바쁜 일정에 몸은 하나라 온 나라의 절을 다 짓지는 못하지만, 워낙 명성이 크니 그 네임밸류를 이용해 뭐 하나라도 이름을 꼭 얹어서 어느 절이라도 원효의 영향이 없지 않게 만든 것입니다. 그래야 중생들이 원효 이름 듣고 찾아올 것 아니겠습니까. 방탄소년단 급의 인기였으니까요. "여기가 그 유명하신 원효대사가 다녀간 절이라면서요?" 이게 목적이거든요. 자기가 인기가 좋은 것을 정말 교묘하게 그리고 오직 중생을 위해 이용한 것입니다. 그래서 부지런하게 전국을 다니면서 불국토를 만들기 위해 닥치는 대로 절을 짓고 절에 영향력을 끼쳤습니다. 그것이 불교의 대중화라고 믿었고 또한 사실이었습니다.

그리고 가장 중요한 것, 드디어 직접 브나로드를 실천합니다. 그러기 위해 역시 승려에게는 파격적인 변신을 시도합니다. 바로 삭발을 버리고 머리를 기른 것입니다. 삭발한 승려는 아무래도 직접 백성에게 다가가기는 거리감이 있으니까요. 누가 봐도 승려인 걸 알면 불자들은 서로 모시려고 안달이 나 괜히 싸움이 날 것이고, 불교에 관심 없는 백성들은 색안경을 끼고 은근히 피할 것 아닙니까. 그래서 머리를 기르고 스스로 소성거사라 칭하며 가는 곳마다 아이들에게 노래로 자연스럽게 불교를 가르칩니다. 앞으로의 미래가 될 아이들이 불교인지도 모르고 불교를 접하면, 그들의 부모들과 주변 어른에게 자연스럽게 전파가 될 것이고 그렇게 되면 불교의 대중화가 이루어지리라 믿은 것입니다. 즉, 혼자 산중에 처박혀 위대한 스님입네 득도하고 잘난체하면 뭐하나, 그래봐야 백성들에게는 거의 영향을 미치는 것이 없는데. 저만 구제받으려고 산중에서 도 닦는 쓸데없는 짓을 한다고, 그럴 바에는 차라리 동네로 나와서 길거리 아이들에게 노래라도 하나 가르치라고, 그게 진정한 부처의 가르침이라고 승려들을 비판한 것입니다.

백성들이 직접 불교를 알도록 노래로 거부감이 없게 접근하고, 재미를 느껴 불교인 줄도 모르고 부르고 다녀야 그게 진짜 중생의 구제가 아니겠습니까. 우리가 교회에 다니지 않고 예수님을 믿지 않아도 크리스마스나 산타클로스는 믿고 좋아하잖아요. 그거랑 같은 원리입니다. 불교가 재미있고 만만하고 누구나 좋아하는 것으로 만들어야 불교가 보급되고 불국토가 되는 것 아니겠습니까. 직접 백성 안으로 들어간 불교의 대중화, 우리가 원효대사를 가장 위대한 승려 중의 한 분으로 생각하는데는 그런 이유가 있는 것입니다.

인문학도 마찬가지입니다. 학자랍시고 혼자 어려운 책 쌓아두고 읽고 온갖 어려운 말 쓰고 잘난체하면 무슨 발전이 있겠습니까. 그들만의 리그는 될지언정 일반 대중의 삶에 아무런 영향을 끼치지 못하잖아요. 원효대사처럼 인문학도 우리의 미래인 아이들을 가르치는데 힘써야죠.

그러니까 우리는 이렇게 아이들과 함께 책 읽고, 시 쓰고, 이야기 쓰고, 함께 맛있는 것 먹으면서 함께 책 내는 이 과정을 실천합니다. 바로 생활 인문학의 보급이자 확산입니다. 원효대사의 마음으로 아이들과 함께 울고 웃고 우당탕탕 하면서 책쓰기를 해나가는 것입니다. 원효대사를 따르는 아이들이 싫은데도 강제로 끌려다닌 것 아니잖아요. 그래서 우리도 원효대사의 마음으로 그렇게 하고 있으며 그렇게 해야 합니다. 이것이 바로 인문학의 대중화입니다.

화약왕 노벨은 왜 문학상을 만들었나?

스웨덴의 알프레드 노벨은 알다시피 다이너마이트로 유명한 세계적인 화약왕입니다. 그는 니트로글리세린이라는 강력한 폭약이 엄청난 파괴력으로 인해 꼭 필요해서 자주 쓰일 수밖에 없는데, 너무나 불안정해서 이동, 가공, 사용 등의 과정에서 사고가 빈번한 것에 큰 안타까움을 느꼈습니다. 사고로 동생까지 잃고 사업을 포기할 생각까지 했던 노벨은 우연히 규조토라는 흙에서는 니트로글리세린이 폭발하지 않는다는 것을 알게 되어, 오늘날까지도 가장 안전한 폭약인 다이너마이트를 발명합니다.

다이너마이트란 규조토로 감싼 니트로글리세린에 불을 붙이면 폭발하는 뇌관을 꽂아 만든 막대 모양의 폭탄으로, 불을 붙이기 전에는 절대로 폭발하지 않는 안전한 폭탄을 말합니다. 그전까지 폭약들이 불을 붙이지 않아도 외부 충격으로 저절로 폭발하는 경우가 많아 인명피해의 위험이 항상 있었는데, 다이너마이트는 어느 누가 마구 만져도 불이 없으면 절대 폭발하지 않아 100퍼센트 안전한데다, 위력은 엄청나서 가장 뛰어난 폭탄이라 할 수 있습니다. 그래서 다이너마이트 덕분에 사람들은 뭐든 편리하게 폭파시킬 수 있게 되어 공사가 빨라지고, 위험한 상황에서 장애물 등을 빨리 없앨 수 있게 되어 생활이 훨씬 안전하고 편리해졌습니다.

그러나 화약은 누가 봐도 무기이기에 다이너마이트는 노벨의 바람과는 반대로 결국 전쟁에 사용됩니다. 자신이 인류의 편리와 발전을 위해 만든 폭약이 반대로 인류의 생명을 위협하게 되자 노벨은 절망하지만 이번에는 주저하지 않습니다. 평생을 결혼도 하지 않고 엄청난 재산을 모은 노벨은 죽기 전, 자신의 뜻을 세계 만방에 영원히 안착시키기 위해 평생 모은 돈을 전부 털어 자신의 이름을 딴 상을 만듭니다. 그것이 바로 전세계인의 워너비가 된 세계 제일의 상, 노벨상입니다. 노벨은 상을 만들기 전에 상의 분야를 어떤 것으로 할까 오랫동안 고민했습니다. 그 결과 분야를 정하게 되는데 과학자이자 화약왕이기에 노벨상의 대부분은 당연히 과학, 의학 등 자연과학 관련 상이 됩니다. 그리고 노벨의 가장 강력한 의지인 화약을 전쟁에 사용하지 말 것을 지키기 위해 전쟁을 막기 위해 노력하고 인류의 평화를 지킨 사람의 뜻을 기리는 평화상도 만듭니다. 그리고 문학상을 만듭니다.

그런데 가장 권위 있고 가장 영광스러운 대표적인 분야이지만 어찌 보면 조금 뜬금없이 '네가 왜 거기서 나와?' 같은 문학상은 도대체 왜 만들어진 것일까요? 문학은 화약이나 과학, 의학, 전쟁 등과도 직접 관련이 없으니까 좀 이상합니다. 그러나 이유를 알아보면 너무나 타당합니다. 첫째는 노벨이 어린 시절부터 문학에 심취한 문학 소년이었다는 것입니다. 부끄러운 이불킥 수준이라도 직접 만든 자작시를 읊으며 글을 쓰고 노래하는 것을 즐겼다고 합니다. 복잡한 화약을 연구하며 밤을 새워 일을 할 때에도 머리를 식혀주고 마음을 안정시키는데 문학이 최고였다고 합니다. 거봐요, 역시 훌륭한 사람은 어릴 때부터 글을 쓰잖아요. 그게 중요한 게 아니고 가장 중요한 이유는 역시 '펜의 힘'을 믿기 때문입니다. 노벨이 평생을 걸려 이룩한 업적인 화약에 대한 기록을 남기는 것도 글이며, 노벨이 평생에 걸쳐 노력한 전쟁 반대에 가장 큰 파급력을 미치는 것도 글인 문학입니다. 그 예로 헤밍웨이는 소설 『무기여 잘 있거라』로 노벨 문학상을 받았습니다. 당연히 노벨의 평생 숙원이었던 반전을 주제로 내건 작품이었으니까요. 소설의 힘으로 전쟁을 막는다면 얼마나 강력한 힘이며 그보다 좋은 게 어디 있을까요.

노벨은 자신의 뜻을 전세계에 알려줄 그런 뛰어나고 고마운 사람으로 문학 작가를 꼽았습니다. 특히 사람의 마음을 움직이는 가장 큰 것으로 문학을 꼽았습니다. 그래서 문학상을 만들어 그 수고에 감사를 표하고 싶었습니다. 그 누구보다 문학의 힘을 믿었기에 만들어낸 노벨의 의지입니다. 그래서 노벨은 지금도 많은 사람들의 존경을 받고 노벨상은 여전히 세계 최고의 상으로 인정받으며, 특히 노벨 문학상은 정말로 고귀하고 받기 힘든 만큼 최고의 영광으로 생각하는 상입니다.

아쉽게도 우리나라에는 아직 노벨 문학상 수상자가 없습니다. 노벨상 전체를 통틀어도 수상자는 오직 평화상을 받은 김대중 전 대통령밖에 없습니다. 과학 관련 수상자도 없는 것입니다. 이웃나라 일본, 중국 등에는 노벨 문학상 수상자가 적지 않습니다. 우리도 더욱 분발해서 언젠가 꼭 노벨 문학상을 받는 날이 오기를 바랍니다. 자, 잘 들었지요? 그러니까 이제 여러분이 그 차례가 되는 겁니다.

가장 현실적인 것이 가장 강한 것
—도산 안창호의 솔선수범 리더십

독립운동가인 도산 안창호 선생은 우리 민족에 다시없을 선지자입니다. 안창호 선생의 말 한마디로 세계를 넘나드는 독립운동의 불씨가 만들어졌습니다. 그러나 안창호 선생의 독립운동 시작은 정말 단순한 것이었습니다.

소년 안창호는 시골에 살다가 평양에 심부름을 오게 되는데 거기서 우연히 청일전쟁의 처참한 광경을 보게 됩니다. 우리나라가 아닌 외국이 벌인 전쟁에서 이상하게도 우리나라 사람들이 가장 많이 죽는 처참한 전쟁이었습니다. 소년 안창호는 궁금증이 생겼습니다. '왜 우리나라에서 외국인들이 전쟁을 하지? 그런데 왜 전쟁도 하지 않는 우리나라 사람이 가장 많이 죽는 거지?'

결국 그 답을 얻은 안창호는 깊은 절망에 빠집니다. 정답은 우리나라가 힘이 약해서 그렇다는 것이기 때문입니다. 우리나라가 힘이 약해서 우리나라를 차지하려고 일본과 청나라 등 다른 나라들이 싸우는 것이고, 우리의 의지와는 상관없이 이긴 쪽에 나라를 빼앗긴다는 것입니다. 기가 찰 노릇이지요. 나라가 힘이 없고 약해서 국민이 이런 수모와 고난을 겪는 것임을 깨달은 안창호는 가슴이 터질 것 같은 비통함에 앞뒤 잴

것이 없이 그길로 서울에 가 무작정 미국인 선교사를 만나고 공부에 몰두합니다. 나라가 너무 약하니 나 하나라도 좀 더 배우고 강해져서 나라를 지키겠다는 순수한 일념이었습니다. 점점 약해지는 나라에 뒤가 없는 삶을 예감한 안창호 선생은 나라를 지키기 위한 방법은 결국 공부밖에 없다고 생각하고 미국 유학길에 오릅니다. 결국 17세 소년 안창호가 목격한 청일전쟁의 참혹함과 거기서 가장 많은 피해를 입는 우리 국민을 본 의문이 안창호 선생을 위대한 민족 지도자로 이끈 것입니다.

미국에 도착해서도 안창호 선생은 또다른 삶의 전환을 맞게 됩니다. 이것 역시 의도하지 않은 방향으로 흐른 사건입니다. 공부에 목마른 안창호 선생은 미국인의 입주 가정부가 되어 궂은일을 하면서 나이까지 속여 가며 미국의 초등학교를 다니면서 영어의 기초부터 배우기 시작했습니다. 그러다가 우연히 한인 마을을 들렀는데 그곳의 비참함에 또한번 큰 충격을 받습니다. 지저분하고 무례하며 위험한 슬램가, 그야말로 인간 말종들만 사는 곳이 한인 마을이었던 것입니다. 빈곤, 음주, 싸움, 폭력, 거리에 나뒹구는 오물과 쓰레기, 한인들은 미국에서 거의 인간 이하 수준이었습니다. 안창호 선생은 이 상황에서 나 혼자 공부를 한다는 것은 조국에 조금도 보탬이 안 되겠다는 생각으로 고심 끝에 학교를 그만두었습니다. 그리고 매일 혼자 한인 마을의 쓰레기를 치우고 깨진 유리창을 갈고, 길가에 꽃을 심으며 변화를 꾀했습니다. 철저한 자기희생이었습니다. 처음에는 별 이상한 사람 다 보겠다며 무시하던 한인 동포들이 안창호 선생의 쉼없는 자발적 노력에 조금씩 변해 갔습니다. 훌륭한 뜻을 깨닫고는 어느덧 함께 청소를 하고 꽃을 심고 싸움을 멈추고 술주정을 하지 않으며 사람들이 변하기 시작했습니다. 안창호는 누구에게도 같이 하자고 권유하거나 자신의 노력을 내세우지도 자랑하지도 않고, 그저 묵묵히 누구도 알아주지 않고 돈도 한 푼 안 나오는 일을 계속했을 뿐인데, 시간이 지나자 사람들이 그것을 알아봐 준 것입니다. 한인 동포들은 어느 순간 누가 먼저랄 것도 없이 안창호를 선생님이라 부르며 지도자로 모시기 시작했습니다. 처음에는 손사래를 치며 거부하던 안창호는 동포들의 끈질긴 부탁에 할 수 없이 "우리의 자랑이고 미국인이 좋아하는 인삼 장사할 때 서로 싸우지 말고 안 좋은 물건을 속여 팔아서 나라 이름에 먹칠은 하지 말아 달라."는 부탁으로 한인을 지도하기 시작했습니다. 안창호는 한 번도 스스로를 높이거나 자신의 일을 알아달라고 한 적이 없었습니다. 그저 묵묵히 쓰레기를 치우고 꽃을 심는 일을 누가 뭐라거나 멈추지 않은 것뿐입니다. 그런 노력으로 그는 자연스럽게 한인의 지도자가 되고 미국인들이 한인을 다르게 보게 만들었습니다. 지도자란, 리더란 그런 것입니다. 내가 지도자라고 먼저 나서면 아무도 따르지 않지요. 똑같이 보통 사람이지만 겸손하고 앞장선 리더십을 보여줄 때 비로소 리더가 될 수 있습니다.

안창호는 결국 미국 내 한인 동포를 모두 지도하는 지도자의 위치에 올랐으며, 지도자가 되고서도 한 번도 목에 힘을 주거나 권력을 부리지 않았습니다. 그저 다른 동포들과 똑같이 오렌지 따는 노동자였고 "조국을 위하는 마음이라면 오렌지 하나를 따도 일본인보다 더 잘 따라, 그래서 조선이 좋은 나라이며 조선인이 성실한 사람인 것을 미국인이 알게 하라."는 말과 함께 몸으로 솔선수범을 보였습니다. 당시 미국은 세계 최강대국이었고, 우리의 독립에 조금이라도 보탬이 되는 존재였습니다. 미국까지 와서 조국을 살리려던 안창호 선생은 조선인 하나하나가 바뀌어야 세계가 조선을 달리 보고 결국 독립을 이룰 수 있다고 생각했습니다. 냉철하게 우리의 힘만으로는 독립이 어렵다는 것을 깨닫고, 현실적으로 가장 좋은 방법을 찾은 지도자의 혜안이었습니다. 안창호 선생은 실용주의를 신봉하는 미국에서 독립운동을 시작하며 미국의 생각이 결국 옳고 그것이 세계의 생각임을 깨달은 것입니다. 미국의 실용주의는 철저한 경제적 원칙으로 실현가능한 것에 최선의 투자를 해서 최대의 결과를 얻는 것이었습니다. 그래서 독립운동이라고 해서 무모하게 할 필요가 없다고 강조했습니다. 안창호 선생의 판단으로는 3 · 1운동도 취지와 정신은 존중해 마지않으며, 그 열망은 십분 이해하지만, 그렇다고 해서 총칼 앞에 맨몸을 내던지는 유관순 열사 같은 희생은 보여주는 것에 비해 피해가 너무 크다고 안타까워하였습니다. 세계에 조선의 열망과 기개를 보여주는 것은 좋지만, 그 때문에 소중한 생명이 너무나 많이 희생되었기에 그것은 감당할 수 없는 비극이었습니다. 그래서 안중근 의사의 하얼빈 의거에도 통쾌함보다 안타까움을 먼저 말했습니다.

"그자 하나 죽인다고 독립이 되는 것도 아니고……." 안창호 선생의 이 말 한마디는 그의 독립운동 방향을 확실하게 알 수 있게 합니다. 사실이지요. 이토 히로부미가 죽는다고 일본이 우리나라 지배를 포기할 것도 아닌데, 이토를 죽인 대가로 너무나 당연히 안중근 의사도 목숨을 잃을 것이기 때문에 어찌 보면 결과 없이 귀한 목숨을 희생만 하는 셈입니다.

내일이 없는 식민지의 현실에서 우국충정의 희생은 그 자체로 가치를 논할 수 없을 만큼 숭고하고 아름다우며 존경스러운 행동입니다. 그러나 사실 한 발짝만 뒤에 서서 냉정히 돌아보면 수많은 애국지사들이 소중한 목숨을 버리는 희생은 없었어야 가장 좋았을 일이었습니다. 애국지사 본인의 소중한 생명이야 말할 것도 없거니와, 가족들의 비통함은 말로 다 할 수 없는 슬픔이자 앞을 내다볼 수 없는 비극입니다. 당장 일본 지도자 몇 명 죽인다고, 일본 건물 몇 개 폭파한다고 독립이 되는 것도 아닌데 너무나 젊은 목숨을 비통하게 내던지는 것은 너무 아까운 일입니다.

그렇다고 해서 안창호 선생은 말로만 독립운동을 하는 사람은 아니었습니다. 그는 무엇보다 실천을 강조하는 현실주의적인 독립운동가였습니다. 상하이 임시정부에서도 독립운동을 위해 당장 필요한 게 돈임을 강조하며 한 푼이라도 더 모으려 애썼고, 군인을 키우고 비행기도 사들

도산공원 내 도산 안창호 선생의 묘

이며 현실적인 독립전쟁을 준비할 정도로 행동으로 보여주는 독립운동을 실천했습니다. 그는 늘 강조했습니다. "진실로 나라를 사랑한다면 말로만 하지 말고 행동으로 보여라. 그것은 바로 돈이다. 돈이 있어야 군대를 기르고 학교를 세우고 결국 독립을 할 수 있다." 직접 독립운동에 가담하지 못하는 백성들을 향해 얼마라도 독립운동에 직접 쓰일 자금을 달라고 간곡히 부탁했고 돈이 모이는 곳이면 어디라도 달려갔습니다. 그리고 그 돈들이 모여 실제 독립의 가능성을 키웠습니다. 지극히 현실적이며 강력하고 실현 가능한 독립운동, 그래서 일본은 사람들 마음에 불을 붙이며 가능성이 크고 합리적인 독립운동을 계획하는 안창호 선생을 가장 무서워했습니다. 냉정한 판단과 신속한 결정으로 현실적인 독립을 차근차근 계획하는 지도자가 있는 한 한국을 마음대로 할 수 없었기 때문입니다.

서울 강남 한복판에 안창호 선생을 기리는 도산공원이 있습니다. 열일곱 소년의 충격과 안타까움이 세계의 중심 미국을 만나 가장 합리적이고 강력한 독립운동을 펼친 도산 안창호 선생이 우리에게 영원히 위대한 지도자로 잠들어 있습니다.

제5부

문학, 쉽고 재미있게 가르치기

책쓰기의 기본은 글쓰기이며 학생들이 글을 쓰게 되는 것은 대부분 문학 장르를 중심으로 합니다. 따라서 문학의 기본적인 표현법은 교사가 필수적으로 알고 있어야 합니다. 교사가 직접 글을 쓰는 작가는 아니라 할지라도 작가를 길러내는 과정에서 어느 정도의 문학적 소양은 기본입니다. 그래야 더 좋은 글을 쓰도록 안내할 수 있습니다. 학생들은 문학적 표현을 정확히 모르면서도 문학적 표현을 사용하는 경우가 많습니다. 그럴 때 교사가 이것은 어떠한 문학적 표현이라고 알려주면 개념을 알아서 더 잘 쓸 수가 있습니다. 그렇게 하나씩 표현 방법을 늘려가면 글이 정선되고 세련되어집니다. 그리고 그렇게 문학을 익히게 되는 것입니다.

6학년 학생들과 시쓰기를 하면서 막간을 이용해 비유법을 조금 가르쳐줬는데 반응은 "왜 이걸 이제야 가르쳐줘요? 미리 알았으면 더 잘 썼을 텐데."였습니다. 그리고 정말 재미있다는, 이걸 배우니까 시를 어떻게 써야 할지 알 것 같다는 대답이 돌아왔습니다. 그러니까 꼭 필요한 게 맞겠네요.

문학의 표현 방법 (1)
—비유

문학은 문학다운 표현을 썼을 때 문학다워져서 읽을 맛이 살아나고 재미가 있게 됩니다. 문학의 표현 방법에는 수많은 것이 있기에 그것을 다 다룰 수는 없고 학생 지도에 꼭 필요한 기본적인 몇 가지만 소개합니다. 필연적으로 예시 작품이 필요한데 시 작품은 대부분 동시 작가인 필자의 작품을 활용하고 이야기 작품 등은 현재 국어 교과서에 수록된 작품을 중심으로 하여 이해를 돕고 적용을 쉽게 하도록 하겠습니다.

우리는 화장실에서 이런 글과 마주합니다. '남자가 흘리지 말아야 할 것은 눈물만이 아닙니다.' 그러면 거기에서 눈물 말고 다른 것을 흘리지 않기 위해서 노력합니다. 그 '다른 것'이 무엇인지 글에는 전혀 나와 있지 않는데도 다들 그것을 알고 있죠. 신기하게도 누구도 말하지 않았는데 알고 있습니다. 말하지 않아도 아는 것, 그것이 비유의 힘입니다.

비유는 문학에서 빠질 수 없는 것입니다. 비유가 없다면 어떤 대상을 설명하기가 힘들고 설명한다해도 너무 복잡하거나 지루해질 것입니다. 실컷 설명을 했는데 어떤 느낌인지 감도 오지 않을 수도 있습니다. 그리고 그것을 알기도 전에 지루하거나 단조로운 느낌이 들어서 알고 싶지도 않을 수도 있습니다.

바로 그럴 때 비유가 필요합니다. 화장실에서 '○○을 흘리지 않게 조심해주세요.'하면 그냥 늘 듣는 말이어서 눈이 가지 않는데, '흘리지 말아야 할 것이 눈물만이 아니다'하면 '아, 그렇구나!' 하면서 더욱 조심하게 됩니다. 그러면서 재미있기도 하고 기분도 더 좋아지죠.

비유
어떤 사물이나 대상을 비슷한 속성을 지닌 다른 것에 빗대어 나타내는 것을 말합니다.

1) 직유법

'호랑이 같은 선생님', '천사 같은 엄마'라고 하면 어떤 선생님인지 어떤 엄마인지 대충 알 것 같습니다. '말처럼 뛰었다', '돼지 같이 먹는다.' 하면 어떻게 뛰었는지 어떻게 먹었는지 대충 짐작이 갑니다. 이렇게 어떤 사물을 다른 대상에 직접 빗대어 표현하는 비유의 방법을 직유법이라고 합니다. 직유법은 빠르고 명쾌하게 가리키는 대상을 이해할 수가 있습니다. 왜 그럴까 고민한다면 다음 시를 '번개처럼' 한 번 읽어볼까요?

책만 읽으면 다냐?

김민중

책 많이 읽었다고 자랑하는 친구

맨날
새치기하고
친구 놀리고
선생님 모르게 딴짓해도

독서왕
바른 어린이상

쳇!
거짓말하면 코가 길어지는 피노키오처럼
나쁜 독서왕은
바른 어린이 안 되는 게 맞지!

'거짓말하면 코가 길어지는 피노키오처럼'에서 '피노키오처럼'은 직유법입니다. 이 시에서 말하는 사람은 나쁜 친구가 벌 받는 피노키오처럼 벌 받기를 바라고 있습니다. 친구는 실제로 피노키오가 아니기에 피노키오의 특징을 가진 것으로 해서 직유법을 쓸 수 있습니다. 친구가 잘못된 행동에 제재를 받길 바라는 마음을 피노키오가 코가 길어지는 데

빗댄 것입니다. 그러면 단순히 친구가 나쁘니까 벌 받아야 한다는 것이 아니라 거짓말하는 피노키오와 같다고 이해할 수 있습니다.

2) 은유법

'별은 초인종이다', '아기 웃음은 꽃이다'처럼 한 대상을 다른 대상을 빌려서 'A=B' 라고 말하는 것이 은유법입니다. 직유법은 대상을 직접 비교하는 형태인데, 은유법은 두 대상의 공통점을 이용하여 그 부분을 그대로 나타냅니다. 즉 'A의 어떤 면이 B와 거의 같기 때문에 그러한 부분에서는 A=B이다'라는 식입니다. 아기 웃음도 예쁘고 꽃도 예쁘고, 아기 웃음도 활짝 피는 것 같고 꽃도 활짝 피었으니까 그러한 느낌을 살려 '아기 웃음 = 꽃'이 될 수가 있는 것이지요. 우리가 흔히 부르는 별명도 은유법의 한 가지입니다. 어떤 사람을 별명으로 부를 때 우리는 그 사람의 어떤 특성 때문에 별명을 만들어 부르니까 그 별명이 곧 그 사람이 되는 것이지요. 키가 크면 키다리, 동작이 느리면 느림보, 무서우면 호랑이, 이런 식이지요.

아기 웃음

김민중

우리 아기 웃음은
밤하늘 별똥별

젖 먹을 때 반짝

하품할 때 반짝

하루 종일
머리맡을 지켜야

아주 잠깐 볼 수 있지요

'A=B이다'가 은유법이라고 했습니다. '아기 웃음=밤하늘의 별똥별'이니까 은유법 공식에 딱 맞아떨어집니다. 그러면 이 두 개는 엄연히 다른데 왜 다른 것을 같다고 말할 수 있느냐. 같은 속성이 있기 때문입니다. 별똥별도 아주 잠깐 보이다가 사라지고 아기 웃음도 아주 잠깐 보이다가 사라지니까 닮은 속성이 있네요. 그래서 아기 웃음을 별똥별이라고 해도 억지스럽지 않습니다. 이것이 은유의 효과이자 재미입니다.

은유는 약간의 강제 결합이기에 은유를 만들 때 독자가 이해할 수 있도록 설명을 해주는 것이 좋습니다. 설명은 너무 자세할 필요가 없고 그렇게 하면 오히려 길게 늘어져서 좋지 않으니까 이런 이유로 A를 B라고 불러도 될 것 같다, 이런 식으로 살짝 암시만 주면 됩니다. 그러면 거기에 독자의 상상이 더 붙어서 재미가 커지게 됩니다.

직유법은 시에서도 많이 쓰이지만 이야기에서도 많이 쓰입니다. 실제로 우리 생활에도 많이 쓰이죠. 가끔 뉴스에서 흉악한 범죄자가 나오면 아나운서들도 '짐승 같은 사람'이라고 하는 경우가 있습니다. 반대로 착하거나 남을 잘 돕는 사람들은 '천사 같은 사람'이라고 합니다. 아빠들은 '토끼 같은 자식'을 위해 열심히 일하고 계시지요. 학생들은 '개미와 베짱이'의 '개미처럼' 열심히 공부를 하고 있지요. 그래서 '시계추처럼'

매일 학교를 다니고 있습니다.

손연자의 「방구 아저씨」에서는 분위기나 이미지를 생생하게 표현하는데 직유법을 적절하게 쓰고 있습니다.

방구 아저씨 (일부)

머리에 난 부스럼 자국처럼 둥그스름하던 구름들이 잿빛을 띠자 하늘은 금세 찌푸리듯 얼굴을 구겼습니다.

이장은 새우 눈꼬리처럼 샐쭉해 가지고 염소수염을 바르르 떨며 사립문을 나갔습니다.

방구 아저씨는 산처럼 꿈쩍을 안했습니다.

나비처럼 팔랑거리는 자식들의 손짓을

여기에서 구름의 모양을 그냥 둥글다고 하지 않고 머리에 난 부스럼 자국처럼 둥글다 한 것은 그 당시 아이들이 실제로 형편이 어렵고 위생 상태가 좋지 않아 머리에 둥그스름한 부스럼이 많이 났기 때문입니다. 그러니까 단순하게 구름 하나를 묘사해도 아이들의 생김새에 비유하여 그 당시 우리나라의 어려운 상황을 같이 묘사할 수 있는 것입니다. 얼굴을 구겼다는 표현은 사람이 아닌 것을 사람처럼 말하는 의인법입니다. 하늘은 사람이 아니니까 얼굴이 없는데 사람처럼 얼굴이라고 표현했습니다. 그래도 조금도 어색하지 않고, 더욱 실감이 나지요. 그것이 비유의 효과입니다. 새우 눈꼬리처럼, 산처럼, 나비처럼도 전부 원래 말하고자 하는 뜻을 더욱 실감나게 하는 효과를 가져옵니다. 이처럼 이야기에 직유가 적절하게 잘 쓰이면 이야기 전체가 살아나는 듯한 느낌을 줍니다.

은유법은 광고에서 많이 볼 수 있습니다. 대상을 은은하게 비유하며 읽는이의 상상력에 더 기대기 때문에 주목과 관심을 끌 수 있기 때문이지요.

"미소가 친절입니다."

"OO(옷 상표)는 자유다."

"보험은 사랑입니다."

같은 것이 바로 은유입니다.

이 작품에서는 아무것도 입지 않은 맨몸을 '만년 샤쓰'라고 했습니다. 맨몸 자체는 입을 수도 벗을 수도 없고 늘 그대로 있으니 '영원히(만년동안) 입고 있는 옷'이라고 생각할 수도 있겠지요. 그런 상상과 비유가 만년 샤쓰라는 재미있는 표현을 만들어낸 것입니다.

> "선생님, 만년 샤쓰도 괜찮습니까?"
>
> "무엇이라고? 만년 샤쓰? 만년 샤쓰가 무엇이야?"
>
> "맨몸 말입니다."
>
> 「만년 샤쓰」, 방정환

3) 활유법—살아있는 것처럼 말하기

시에서는 실제로 살아 있지 않은 것이 살아있는 것처럼 나오는 경우가 많습니다. 때로는 사람이 아닌 것이 마치 사람처럼 표현되는 경우도 있습니다. 살아 있지 않은 미역이 '춤을 추고', 파도가 돌을 '핥고', 꽃잎이 '소곤소곤'하거나 꽃들이 '미소짓기'도 하지요. 시는 아름다움과 생동감을 주기 위하여 실감나는 표현을 많이 쓰는데 그 중 한 가지 방법으로 살아 있지 않은 것을 살아 있는 듯이 표현하거나 혹은 사람이 아닌 것을 사람처럼 표현하는 것이 있습니다.

활유법은 실제로 움직이지 않고 살아있지 않은 것을 살아있는 것처럼 말하는 방법입니다. 돌이든 나무든 책상이든 의자든 실제로는 움직이지 않고 아무런 변화가 없는 사물을, 살아있는 동물이나 생물로 생각하여 마치 살아있는 것처럼 표현하는 방법입니다.

새치기

김민중

원래는 푸른 하늘이었고
예전엔 앞산이 보였는데

아파트 들어서고
고층 빌딩 올라가서

산 하늘 다 가리며
그 앞자리에 새치기했다.

산과 하늘은
새치기 당해도
선선히 자리 내주는데

아파트와 빌딩은

온몸으로
먼저 있던 것들을 막아섰다.

새치기한 것들이
염치도 없이

이 시에서 실제로 살아있지 않은 산, 하늘, 아파트, 빌딩은 전부 살아있는 것처럼 표현되었습니다. 새치기도 하고 자리도 내주고 막아서고 하니까요. 그러면 원래 살아있는 것이 아닌데 살아있다고 표현하니까 어색한가요? 그렇지 않습니다. 오히려 아파트나 빌딩이 산과 하늘을 가리고 그 앞에 세워지는 것이 더 실감나게 느껴지고 그래서 더 잘못된 것 같다는 것을 느낄 수 있습니다. 우리가 산과 하늘을 봐야 하는데 그 앞을 가린 높다란 건물들만 보고 있어서 답답하다는 마음이 절실하게 다가옵니다.

4) 의인법

의인법은 사람이 아닌 모든 것들을 사람처럼 생각하여 표현하는 방법입니다. 대부분 사람이 아닌 것을 사람처럼 말하거나 행동하거나 성격을 가지고 있다고 표현합니다. 특히 시에서 많이 사용합니다. 동물이든 식물이든, 돌과 먼지조차도 사람처럼 말하고 생각하며 행동한다는 상상을 하는 것입니다. 그러면 상상이 훨씬 풍부해지고 친근해져서 다양한 사물을 쉽게 표현하고 또한 사물의 숨겨진 면을 찾기도 쉬워집니다.

의인법은 특히 시에서 생동감을 주고 이해를 쉽게 하며 감동을 만들기 위하여 자주 사용됩니다.

구멍 난 양말

김민중

지각한 아침
양말에서 바람이 분다

조금 해어져 있는 거 봤지만
시간이 급해 그냥 신었는데
구멍이 났다

친구들이 볼까봐
감추려 애써 보지만
더 커지는 구멍

지각한 거
선생님도 모르는데
양말에게 들켰다

양말에게 내가 지각한 것을 들켰다고 하네요. 양말이 마치 사람처럼 내가 지각한 것을 알고 뭐라고 할 것 같습니다. 사물일 뿐인 양말을 나를 감시하는 사람처럼 표현하고 있습니다. 바로 의인법입니다.

문학의 표현 방법 (2)
—돌려 말하기

문학 작품에서는 보이는 대로, 있는 그대로를 말하기를 별로 좋아하지 않습니다. 왜냐하면 있는 그대로는 재미가 없기 때문입니다. 눈에 보이는 것을 뻔하게 있는 그대로 말하는 것은 누구나 할 수 있습니다. 조금도 특별할 것이 없지요. 문학은 같은 것을 봐도 남들과 다르게 보는 새로운 눈과 창의성을 가장 중요하게 생각합니다. 그래서 작은 표현 하나하나에도 일상생활과 다르게 돌려서 바꾸어 말하려고 노력합니다. 그렇게 하는 데에 풍자, 역설, 우회 등의 다양한 방법을 사용합니다.

1) 풍자

풍자란 기본적으로 기존의 것이 잘못되었다고 생각해서 그것의 잘못된 점을 웃음을 넣어 비판하는 것입니다. 잘못된 점을 이야기하는 것은 맞는데 직접 이야기하기보다 웃음으로 풀어나간다는 특징이 있습니다. 조선 시대 연암 박지원은 풍자의 대가였습니다.

옛날 강원도 정선에 가난한 양반이 있었는데 그는 정직하고 열심히 글을 읽으며 살아가는 사람이지만 벼슬을 못해 전혀 돈을 벌지 못했다. 그래서 관아에서 곡식을 빌려다 먹고 살았는데 조금도 갚지 않아 빚이 너무 많이 쌓였다. 그 사실을 안 강원도 관찰사는 당장 그 양반을 잡아 가두라 하였는데 양반의 형편과 인품을 잘 아는 정선군수는 도저히 그러지 못해 고민이었다. 군수가 난처해 할 때 마침 그 마을에 재산은 많으나 양반이 아닌 부자가 있어서 가난한 양반에 부자에게 양반 신분을 팔아서 빚을 갚고 감옥에 안 가도 되게 되었다.

군수가 부자에게 양반이 되었음을 인정하는 증서를 만들어주었는데 처음에는 양반이 새벽부터 일어나 글공부에만 전념해야 하며 온갖 형식적으로 지켜야 할 허세만 잔뜩 적혀 있었다. 부자가 듣던 것과 달리 양반이 너무 별로이니 증서를 고쳐달라고 해서 군수는 이번에는 양반의 높은 권세와 횡포, 일도 안하면서 사람들을 업신여기고 함부로 하는 특권 등을 잔뜩 적어주자 부자는 양반이 도둑놈과 다를 바 없다며 양반되기를 거부하였다.

「양반전」, 박지원, 줄거리 요약

당시 양반은 어떻게 보면 허례허식에만 매달려 있는 답답한 사람이고, 또 어떻게 보면 양반이란 이유만으로 사람들을 괴롭히고 횡포를 부리는 도둑 같은 존재임을 알려줍니다. 그렇지만 직접 대놓고 양반의 어리석음이나 횡포를 표현할 수는 없으니까 '배고픈 것을 참고 아무리 추워도 가난을 입 밖에 내지 않는다.'같은 표현으로 어리석고 불쌍한 신세를 나타내고 '이웃 사람을 잡아다가 코에 잿물을 들이붓고 상투를 잡아매어 벌을 줘도 누가 뭐라 하지 못한다.'라는 말로 횡포를 표현했습니다.

그리고 그런 양반의 권력을 탐내지 않고 오히려 비판하는 부자를 등장시켜 양반의 권력이란 가치 없는 허세이자 도둑과 다름없는 횡포임을 드러냈습니다. 이것이 바로 양반을 풍자하는 것이지요.

잘못된 상황이나 그러지 말아야 하는 일이 벌어졌다면 당연히 그것이 잘못되었다고 말해야 합니다. 그러지 않는다면 양심에 어긋나는 일이 되겠지요. 그러나 문학 작품은 경찰서에 고발하려는 목적으로 쓰는 것이 아닙니다. 그리고 이미 지난 일이거나 사람들이 잘 모르는 일일 수도 있지요. 혹은 뭔가 답답하고 억울하지만 어디에 하소연할 곳은 없는 경우도 있습니다. 그럴 때 문학은 풍자를 이용합니다. '이렇게 하면 안 되는데 마치 옳은 것처럼 하고 있다.' 하는 것이죠. 그래서 직접 잘못되었다고 말하는 것보다 훨씬 더 강하고 날카롭게 잘못된 것을 드러내어 모두가 다시 생각해보게 합니다.

2) 역설(패러독스)

주어진 상황을 다르게 말함으로써 원래 상황을 더 절실하고 적나라하게 드러내는 경우가 있습니다. 그리스의 크레타 섬에서 한 크레타 인이 "크레타 인은 모두 거짓말쟁이다."라고 말했습니다. 그렇게 말한 그 사람도 크레타인입니다. 그렇다면 도대체 이 사람의 말은 참일까요, 거짓일까요?

중국의 한 무기 상인이 창을 들어 보이며 이 창은 어떤 방패든 뚫을 수 있다고 소리쳤습니다. 그리고는 방패를 들어서 이 방패는 어떤 창이든 막을 수 있다고 했습니다. 그걸 지켜보던 한 사람이 상인에게 "그 창으로 그 방패를 찌르면 어떻게 되나요?"라고 물었습니다. 과연 어떻게 될까요? 어떻게 되어야 말이 맞는 것일까요? 여기서 도저히 어떻게 해도 말이 안 될 것 같은 상황을 창 모(矛), 방패 순(楯) 자를 따서 '모순(矛盾)'이라고 부르게 되었습니다. 아무도 결과를 상상하지 못할 것 같은 상황입니다. 이러한 상황을 역설이라고 말합니다.

역설은 너무나 놀랍거나 당황스러워 어이가 없고 도저히 일어나서는 안 될 일이 일어날 때를 말하는 경우가 많습니다. 작품 안에서 살펴보면 이해가 쉽습니다.

"아따, 이놈아 사십 전이 그리 끔찍하냐? 오늘 내가 돈을 막 벌었어. 참 오늘 운수가 좋았으니."

"그래 얼마를 벌었단 말인가?"

"삼십 원을 벌었어, 삼십 원을! 이런 젠장맞을 술을 왜 안 부어……. 괜찮다 괜찮다, 막 먹어도 상관이 없어. 오늘 돈 산더미같이 벌었는데."

"어, 이 사람 취했군, 그만두세."

"이놈아, 이걸 먹고 취할 내냐, 어서 더 먹어."

[…중략…]

"우리 마누라가 죽었다네."

"뭐, 마누라가 죽다니, 언제?"

"이놈아, 언제는. 오늘이지."

"에끼 미친놈, 거짓말 말아."

"거짓말은 왜, 참말로 죽었어, 참말로……. 마누라 시체를 집에 뻐들쳐 놓고 내가 술을 먹다니, 내가 죽일 놈이야, 죽일 놈이야."

하고 김첨지는 엉엉 소리를 내어 운다.

치삼은 흥이 조금 깨어지는 얼굴로,

"원 이 사람이, 참말을 하나 거짓말을 하나, 그러면 집으로 가세, 가."

하고 우는 이의 팔을 잡아당기었다.

치삼의 끄는 손을 뿌리치더니 김첨지는 눈물이 글썽글썽한 눈으로 싱그레 웃는다.

"죽기는 누가 죽어."
하고 득의가 양양.
"죽기는 왜 죽어, 생떼같이 살아만 있단다. 그 오라질 년이 밥을 죽이지. 인제 나한테 속았다."
하고 어린애 모양으로 손뼉을 치며 웃는다.
"이 사람이 정말 미쳤단 말인가, 나도 아주먼네가 앓는단 말은 들었었는데."
하고, 치삼이도 어느 불안을 느끼는 듯이 김첨지에게 또 들어가라고 권하였다.
"안 죽었어, 안 죽었대도 그래."
김첨지는 홧증을 내며 확신 있게 소리를 질렀으되 그 소리엔 안 죽은 것을 믿으려고 애쓰는 가락이 있었다.
[…중략…]
"이 눈깔! 이 눈깔! 왜 나를 바라보지 못하고 천장만 보느냐, 응."
하는 말끝엔 목이 메었다. 그러자 산 사람의 눈에서 떨어진 닭의 똥 같은 눈물이 죽은 이의 뻣뻣한 얼굴을 어룽어룽 적시었다. 문득 김첨지는 미칠 듯이 제 얼굴을 죽은 이의 얼굴에 한데 비비대며 중얼거렸다.
"설렁탕을 사다 놓았는데 왜 먹지를 못하니, 왜 먹지를 못하니. 괴상하게도 오늘은, 운수가 좋더니만……."

「운수 좋은 날」, 현진건

아침에 병든 아내가 그날따라 일 나가는 것을 만류합니다. 어제오늘 아픈 것도 아닌데 왜 하필 오늘따라 그랬을까요? 순간 스치고 지나갔던 불길한 예감이 제발 틀리기를 바랄 뿐입니다. 그날따라 일도 너무 잘됐습니다. 평소보다 훨씬 더 돈벌이가 좋았지요. 굶기를 밥 먹듯 하고 조밥도 겨우 먹는 형편인데, 오늘은 아내가 먹고 싶다던 설렁탕도 사주고 아들 개똥이에게 맛있는 것도 사줄 수 있겠습니다. 이렇게 운수 좋은 날이 있을까요? 아침에 들었던 불길한 예감은 역시 틀린 거였다고 생각하는 순간, 아니 끊임없이 그렇게 생각하고 싶었기에 술집에서는 위험한 농담까지 했었는데도 그 불안한 예감은 지독한 현실이 되어 찾아옵니다. 아침에 본 아내가 그만 마지막 모습이 되고 만 것입니다.

그런데도 왜 제목은 '운수 좋은 날'일까요? 실제로 겉보기에 운수가 좋았던 것은 맞습니다. 평소보다 훨씬 많이 돈을 벌었으니까요. 가난한 살림에 얻기 힘든 큰 수확이었습니다. 그러나 그 운수는 소중한 아내에 비하면 형편없는 가치인 돈에 불과한 것이었습니다. 실제로는 아내를 잃은 최악의 운수 나쁜 날이었지요. 그런데도 어쨌든 그 사실을 몰랐던 시간에는 돈을 많이 벌었으니 그 점에서 운수 좋은 날인 것은 맞습니다. 이것이 역설입니다.

역설은 상황을 반대로 이야기하여 오히려 주어진 상황을 더 절실하고 강하게 묘사합니다. 거기에 감정이 이입되어 큰 감동을 얻기도 합니다.

> 가난한 부랑자 소피는 겨울이 닥쳐오자 당장 먹고 입을 것과 지낼 곳이 걱정이다. 그래서 고민 끝에 따뜻한 겨울을 보낼 방법을 생각한다. 바로 감옥에 가는 것이다. 그래서 소피는 감옥에 가기 위하여 식당에서 밥을 먹고 돈을 내지 않고, 남의 물건을 훔치고, 길거리에서 소란을 피우고, 지나가는 아가씨를 놀리는 등 어떤 짓을 해도 이상하게 경찰관은 그를 잡아가지 않는다. 절망한 소피는 길에 멈춰서서 어떤 집의 창밖에서 단란한 가족이 찬송가를 부르며 즐거운 시간을 보내는 것을 보고는 마음을 고쳐먹고 성실하게 일하기로 결심한다. 그러나 바로 그 순간 지나가던 경찰관이 소피를 체포한다. 남의 집을 무단으로 들여다 본 죄로 소피는 3개월간 감옥에 가게 된다.
>
> 「경찰관과 찬송가」, 오 헨리, 줄거리 요약

얼마나 어이없는 일입니까? 무슨 수를 써도 갈 수 없던 감옥이었는데, 그래서 그만 감옥은 포기하고(어차피 좋은 곳도 아니니까) 새롭고 바른 삶을 시작하려는데 왜 하필 지금 감옥에 보내는 걸까요? 이제 새롭게 마음을 바꾸고 감옥에 가지 않겠다고 결심하는 순간에 감옥에 가게 되다니! 그렇지만 세상을 살다 보면 그런 황당하고 어이없는 일도 있겠지요. 세상이 전부 내 마음대로 되는 것은 아니니까요.

기가 막힌 우연의 일치, 혹은 어이없는 결과도 인생의 한 부분입니다. 삶의 매 순간을 소중하게 여기라는 메시지를 느낄 수 있나요?

3) 상징

상징은 하나의 것이 다른 무언가를 더 나타낼 때 쓰입니다. 원래 의미 안에 다른 의미를 더 담고 있는 것이 상징입니다. 예를 들어 비둘기를 보고 자유의 상징이라고 합니다. 사실 비둘기는 자유와 별 상관이 없어 보이지만, 흰비둘기가 깨끗하고 숭고하게 보여서 자유의 상징으로 굳어져 비둘기만 보면 자유를 말하게 되는 거지요. 사랑을 의미할 때 하트(♥)를 쓰는데 하트의 원래 의미는 '심장'입니다. 심장 자체가 사랑이 될 수는 없습니다. 그런데 왜 하트(♥)가 사랑이 될까요? 사랑을 하면 누구든 가슴이(심장이) 두근두근 뛰게 되고 피가 빨리 돌고 몸이 들뜨게 됩니다. 즉, 사랑에는 심장의 큰 변화가 반드시 따라옵니다. 그래서 사랑을 심장(♥)으로 표현해도 충분히 의미가 통하지요. 이것이 바로 상징입니다.

상징은 비유와는 조금 다릅니다. 비슷한 속성의 것을 빗대는 비유와 달리 비슷하지 않아도 얼마든지 어떤 것을 상징할 수 있습니다. 거기에서만 어떤 역할을 하여 연관되는 다른 무엇을 생각할 수 있게 유도해주면 되는 것입니다. 이야기에서 상징이 어떻게 쓰이는지 알아볼까요?

소년이 참외 그루에 심은 무밭으로 들어가, 무 두 밑을 뽑아왔다.

아직 밑이 덜 들어 있었다. 잎을 비틀어 팽개친 후, 소녀에게 한 개 건넨다. 그러고는 이렇게 먹어야 한다는 듯이, 먼저 대강이를 한 입 베물어 낸 다음, 손톱으로 한 돌이 껍질을 벗겨 우쩍 깨문다.

소녀도 따라했다. 그러나 세 입도 못 먹고

"아, 맵고 지려."

하며 집어던지고 만다.

"참, 맛없어 못 먹겠다."

소년이 더 멀리 팽개쳐 버렸다.

「소나기」, 황순원

소년은 참외를 먹고 싶어 하는 소녀에게 참외 대신 무를 건네줍니다. 지금은 참외 철이 아니어서 아주 맛이 좋은 참외지만 도저히 구할 수 없기 때문에, 지금 구할 수 있는 것 중에 가장 좋은 것인 무를 소녀에게 선물로 주면서 마음을 표현하려 한 겁니다. 그런데 도시 생활에 젖어서 시골의 맛을 모르는 소녀는 무를 조금 먹다가 맛이 없다면서 버립니다. 마치 소년의 마음을 무시한 듯한 행동이지요. 그러나 소년은 조금도 화를 내거나 서운해하지 않고 자기도 맛이 없다며 소녀보다 더 멀리 무를 던져 버립니다. 시골 사람인 소년은 아마도 평소에는 맛있게 먹었을 무지만, 지금은 소녀가 싫다는 걸 자기만 좋다할 수는 없습니다. 얼마나 촌스러워 보일 것이며 게다가 좋아하는 사람과 마음을 같이 하고 싶은 것은 당연한 일이니까요.

여기서 같은 무지만 소년과 소녀에게 다가오는 느낌이 다릅니다. 그리고 무는 소년과 소녀의 마음 모두를 담아 두 가지 뜻으로 이야기에서 나타나는데, 무가 나타내는 의미가 상징입니다.

상징	의미
무	소녀: 소년의 사랑에 부족함을 느낌
	소년: 소녀에 대한 정성을 다하는 마음

상징	의미
무를 던지는 행동	소녀: 서울 출신의 세련된 생활 방식에 젖어 있음. 소년의 소극적인 마음에 불만이 있음을 보여주려 함.
	소년 : 소녀와 같은 마음임을 강조하려 함. 시골 사람 답지 않고 세련된 방식으로 살고 있음을 뽐내려 함. (그래서 더 멀리 던짐.)

소녀는 소년이 정성을 다해 구해 온 선물을 내팽개칩니다. 아직 소년의 마음을 받을 준비가 다 안 되었고, 소년의 소극적인 마음과 행동이 못마땅하기 때문입니다. 앞서 소녀가 소년에게 '바보'라고 했듯이 서울에서 자란 소녀는 소년이 좀 더 적극적으로 다가와서 마음을 표현해주기를 바라고 있는데, 부끄러움이 많은 시골 소년은 그러지 못하고 있는 것입니다. 그래서 '겨우 무 따위로 여자의 마음을 얻겠다는 것이냐? 나는 이래 봬도 세련된 도시 소녀다.'라는 것을 보여주기 위해 무를 내던져 버립니다. 그러나 소녀의 속마음을 모르는 소년은 그냥 서운하기는 하지만 참고 모든 것을 소녀에게 맞추겠다는 생각 하나만으로 평소 같으면 맛있게 먹었을 아까운 무를 과감히 포기하는 것입니다. 거기에 남자다운 자존심을 내세우기 위하여 일부러 소녀보다 더 멀리 던집니다. 진짜로 자기도 맛없다고 느낀다는 것을 보여주는 것이지요. "나 촌스러운 사람 아니야." 이런 마음입니다.

상징은 「소나기」 전체에서 많이 나오는데 소녀가 다쳤을 때 소년이 자기도 모르게 달려가 상처의 피를 빠는 것도 상징입니다. 헌신적인 사랑, 자기보다 소녀를 더 소중히 여기는 소년의 마음을 절실히 느낄 수 있죠. 그리고 더 나아가 소녀의 상처인 신체 부위에 소년이 자기도 모르게 입을 댔다는 것은 어쨌거나 갑작스럽지만 속으로 간절했던 입맞춤의 의미를 담고 있습니다. 사랑하는 사람끼리 나누는 아름다운 입맞춤의 의미야 더 설명할 필요가 있을까요?

"그날 어디서 이런 물이 들었는지 잘 지지 않는다."

소녀가 분홍 스웨터 앞자락을 내려다본다. 거기에 검붉은 진흙물 같은 게 들어 있었다.

소녀가 가만히 보조개를 떠올리며,

"그래 이게 무슨 물 같니?"

소년은 스웨터 앞자락만 바라다보고 있었다.

"내 생각해냈다. 그날 도랑을 건너면서 내가 업힌 일이 있지? 그때, 네 등에서 옮은 물이다."

소년은 얼굴이 확 달아오름을 느꼈다.

[…중략…]

"글쎄 말이지. 이번 앤 꽤 여러 날 앓는 걸 약도 변변히 못 써 봤다더군. 지금 같아선 윤 초시네도 대가 끊긴 셈이지……. 그런데 참, 이번 계집앤 어린 것이 여간 잔망스럽지가 않아. 글쎄 죽기 전에 이런 말을 했다지 않아? 자기가 죽거든 자기 입던 옷을 꼭 그대로 입혀서 묻어 달라고……."

「소나기」, 황순원

소녀는 소년과 즐거운 소풍을 떠났던 날, 갑작스런 소나기를 만나 몸이 많이 아프게 되고 돌아올 때는 소년의 등에 업혀 오게 됩니다. 그리고 거기서 소년의 옷에 있던 흙탕물이 자신의 예쁜 옷에 묻어 지워지지 않게 됩니다. 그 이야기를 듣는 순간 소년은 부끄러움에 얼굴이 확 달아오르지만 웬일인지 소녀의 마음은 그게 아니었습니다. 그 증거로 소녀는 죽기 전에 얼룩이 진 그 옷을 그대로 입혀 묻어달라고 했습니다. 소년의 소중한 마음을 영원히 간직하고 사랑했던 소년을 영원히 잊지 않겠다는 뜻이지요. 소녀의 옷에 물든 소년의 흙탕물 자국, 바로 상징입니다.

상징	의미
소녀의 옷에 물든 지워지지 않는 자국	소년 : 더러운 옷을 입었다는 것이 부끄럽지만 소녀를 업어주었다는 것이 자랑스러움. 소녀에 대한 사랑
	소녀 : 소년과의 만남에서 얻은 영원히 지워지지 않을 소중한 추억. 소년에 대한 사랑

여기서 무나 흙탕물 자국 등은 원래 특별한 것이 아닙니다. 그냥 있는 그대로 보면 아무 것도 아니지요. 단지, 이야기 안에서 모든 상황과 인물에게 벌어지는 사건 안에서만 특별한 의미나 역할을 가지게 됩니다. 그러면 단순한 원래의 의미에서 벗어나서 이야기 안에서 많은 뜻을 담고 쓰이게 됩니다. 이것이 바로 상징의 역할이자 의미입니다.

「소나기」와 아주 비슷한 이야기로 알퐁스 도데의 「별」이 있는데 여기서도 별은 상징이 되어 이야기 전체를 이끌어 나가고 마지막에 은은한 의미로 다가옵니다.

우리들의 머리 위에서는 수많은 별들이 양떼처럼 조용한 운행을 계속하고 있었다. 나는 이따금 생각했다……. 그 별들 가운데서 가장 아름답고 빛나는 별 하나가 길을 잃고 내려와 지금 내 어깨에 머리를 기댄 채 잠들어 있는 것이라고.

「별」, 알퐁스 도데

여기서 별은 무엇을 상징할까요? 그렇지요, 바로 스테파네트 아가씨를 상징합니다. 하늘의 별처럼 눈부시게 빛나고 아름답지만 절대로 닿을 수 없고 만질 수 없는 머나먼 곳의 존재, 바로 누구에게도 말하지 못하고 혼자서만 사랑하는 마음을 달래야 하는 스테파네트 아가씨입니다. 너무나 아름다워서 잠시도 못잊고 못견딜 만큼 사랑하지만 실제로 곁에 다가왔어도 차마 만져볼 수도 가까이 할 수도 없음을 알고 애써 참으며 안타까움과 아쉬움을 지우기 위해 아가씨를 별이라고 생각하는 것입니다. 주인공에게만큼은 아가씨는 별이 되는 것이기에 이제 밤하늘의 가장 아름다운 별은 그냥 별이 아니라 지금 이 순간 주인공의 어깨에 기대 잠들어 있는 스테파네트 아가씨인 것입니다. 따라서 별은 스테파네트 아가씨를 상징합니다.

앞에서 이야기한 대로 상징은 비유와 달리 비슷하지 않고 전혀 다른 것이라도 얼마든지 의미가 연결되어 새롭게 주어진 의미를 떠올릴 수 있습니다. 흙탕물 자국이 사랑이 될 수도 있고, 별이 사랑하는 사람이 될 수도 있는 것입니다.

상징은 은은한 뒷맛을 남깁니다. 생각하면 할수록 의미가 살아납니다. 직접 말하거나 보여주지 않아도 뜻하는 것을 쉽게 짐작할 수 있습니다. 그리고 재미가 있습니다. 또한 고급스럽게 느껴지기도 합니다. 작품을 읽으며 상징을 찾아보고 무엇을 나타내려고 하는지 생각해보는 것은 큰 재미가 있으며 내용을 깊이 있게 이해하는데 도움이 됩니다.

4) 반어(아이러니)

아이들이 잘못을 저지르거나 실수를 하여 부모님이나 어른들에게 혼이 나는 경우가 있습니다. 그럴 때 혹시 어른들이 '잘한다.'라고 하거나 실수로 뭘 깨뜨리면 "잘하네. 다 부수지 그러냐?", "어이구, 시험 점수가 너무 좋아서 학교가 안 가도 되겠네." 이렇게 말하는 경우가 있습니다. 지각을 한 사람에게 "너무 빨리 온 거 아냐?" 이런 말을 하기도 합니다. 분명히 혼나는 상황이고 잘못한 것이 확실한데 어른들은 잘했다고 앞으로도 그렇게 하라고 하십니다. 그렇다면 그게 정말 잘해서 잘했다고 칭찬하는 것일까요? 앞으로 정말 그렇게 계속 하라는 말일까요?

실제 상황과 반대로 말해서 실제 상황을 더욱 명확하게 그려내고 강조하는 것이 반어입니다. 어떤 일에 대하여 실제와 반대로 말하면 실제 상황이 더 확실하게 강조가 됩니다. 그리고 겉으로 말하는 것이 실제 시각의 반대이기 때문에 엄연히 겉으로는 다른 의견을 말하고 있어서 속뜻을 한번 더 생각하게 되는 특징이 있습니다.

반어는 역설과는 비슷하지만 조금 다릅니다. 역설은 상황이 잘못되었음을 알지만 반어는 상황이 잘못된 것은 아니고 그냥 실제 뜻과 반대로 말한다는 것뿐입니다.

진달래꽃

김소월

나 보기가 역겨워 가실 때에는

말 없이 고이 보내 드리오리다

영변에 약산 진달래꽃
아름 따다 가실 길에 뿌리오리다

가시는 걸음 놓인 그 꽃을
사뿐히 즈려밟고 가시옵소서

나 보기가 역겨워 가실 때에는
죽어도 아니 눈물 흘리오리다

정말 죽도록 사랑하는 사람과 헤어졌는데 꽃을 깔아줄테니 밟고 가라고 하고, 죽어도 눈물은 안흘리겠다고 말하는 것은 무슨 뜻일까요? 설마 벌써 사랑이 식었나요? 알고 봤더니 별 것 아닌 사람이었을까요?

그게 아닙니다. 여기서는 반대로 생각해야 합니다. 오히려 정말 헤어지기 싫으니 내가 꽃을 깔아주면 당신이 차마 그 꽃을 밟고 갈 수 있겠느냐는 것이지요. 그러니까 아마 도저히 못 갈 거라는 것입니다. 그리고 정말 죽을 만큼 슬프고 힘들지만 눈물을 참음으로써 내가 정말 슬퍼하는 것을 더 강하게 보여주겠다는 그런 무시무시한 경고로 받아들여야 합니다.

즉, 너무나 슬프고 힘들어서 차라리 쉽게 보내준다는 말로 마음을 속이는 것이지요. 그러니까 속마음은 죽어도 헤어질 수 없으니 제발 나를 버리고 가지 말라는 것입니다. 속마음을 감추고 반어로 이야기해서 그 절실함이 더 배가되는 것입니다.

5) 낯설게하기

문학은 일상의 말과는 다릅니다. 실제로 우리가 평소에 쓰는 말을 쓰고 우리가 살아가는 세상과 같은 부분도 있을 수 있지만, 그래도 분명히 조금 다릅니다. 겉으로 보기에는 같을지 몰라도 작품 안에서는 평소와 다르게 쓰이는 말이 많습니다. 그렇게 만드는 문학만의 특징이 '낯설게하기'입니다. '낯설게하기'는 러시아의 시크로프스키라는 학자가 처음 쓴 말인데, 익숙한 일상의 말을 문학 안에서 새롭게 바꾸거나 배열을 다르게 하여 신선함과 즐거운 충격을 주는 것을 뜻합니다. 우리가 흔히 쓰는 표현도 문학으로 만들어지면 새롭게 보이고 신기할 때가 있습니다.

『어린왕자』를 보면 처음에 그림이 나옵니다. 누가 봐도 단순한 모자일 뿐인데 사실은 모자가 아니라 커다란 코끼리를 삼킨 보아뱀을 그린 것입니다. 그림에는 없어도 상상을 하면 보일 텐데 상상을 하지 않으면 모른다는 것을 말하기 위해서 마치 모자처럼 보이는 뱀의 모습을 그려서 보여주는 것입니다.

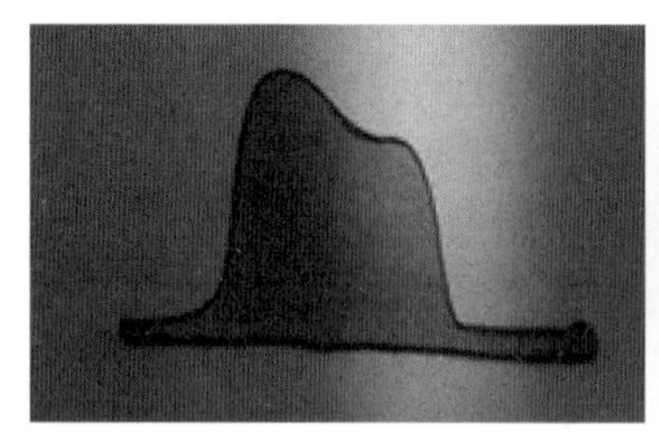

『어린왕자』는 아예 드러내놓고 낯설게하기를 설명해주는 것이나 마찬가지입니다. '전혀 새롭지 않은' 평범한 모자 그림은 새로운 상상력이 더해지면 코끼리를 통째로 삼킨 보아뱀이 되어 '무시무시한' 그림이 되

는 것입니다. 여기서 화자는 어린 아이들은 코끼리와 뱀을 볼 수 있는데 어른들은 모자만 본다고 꼬집습니다. 모자에 머물지 않는 눈이 바로 낯설게하기를 만들 수 있는 능력과 의지입니다.

낯설게하기는 시에서 비유, 역설 등을 통하여 사용됩니다. 우리가 시를 읽을 때 한번 더 생각하고 머리 속에 장면을 떠올리게 되는 것은 낯설게 되었기 때문입니다. 그래서 시를 읽고 감상하면 창의성이 길러지고 상상력이 커지게 되는 것입니다.

함께 쓰는 우산

박방희

친구와 나눠 쓴 우산

우산 밖
반은 비 맞고

우산 속
반은 안 맞고

비 안 맞은
반 때문에
더 따스해진
반 때문에

> **비 젖은 반도 따뜻하고**
> 시린 반도 훈훈하고

차가운 비를 맞았으면 당연히 따뜻할 수가 없습니다. 비 안 맞은 부분이 따뜻한 것은 이해를 쉽게 할 수 있는데, 비 맞은 부분이 따뜻하다는 것은 어찌 보면 억지스러운 거짓말입니다. 과학적으로 그럴 수가 없으니까요. 그래도 우리는 시를 읽으면서 '비 젖은 반도 따뜻한 게 맞겠네.' 라고 이해하고 공감하게 됩니다. 왜 그럴까요? 실제 몸은 차가울지 몰라도 마음이 훨씬 더 따뜻하고 포근하고 행복해졌기 때문입니다. 그러니까 비에 젖은 반이 따뜻하다고 해도 틀린 말이 아닌 겁니다. 원래는 안 그런데 문학에서는 충분히 그럴 수 있다고 생각되는 것, 바로 낯설게 하기입니다.

6) 공감각

특히 시에서는 낱말과 표현을 이용하여 감정을 적절히 나타내어야 하는데, 그런 감정 표현에는 기본적으로 인간의 감각이 많이 사용됩니다. 즉 우리 몸의 5감이라 하여 눈으로 보는 시각, 냄새를 맡는 후각, 소리를 듣는 청각, 만져 보는 촉각, 맛을 보는 미각 등의 5개 감각을 말합니다. 이 5개의 감각은 필요할 때에 하나씩 사용하는 것이 일반적입니다. 예를 들어 눈에 보이는 것을 볼 때는 눈만 쓰면 되지 코로 냄새를 맡을 수는 없습니다. 귀에 들리는 것을 눈으로 볼 수도 물론 없습니다. 그러나 시에서는 때에 따라서 감정의 절실한 전달과 상상력의 발휘를 위하여 이런 것이 가능합니다. 즉 2개 이상의 감각을 함께 쓴다고 생각하는 것이지요. 실제로는 그럴 수가 없지만 시에서는 얼마든지 가능합니다.

향수

정지용

넓은 벌 동쪽 끝으로
옛 이야기 지줄대는 실개천이 휘돌아 나가고,
얼룩백이 황소가
해설피 금빛 게으른 울음을 우는 곳

시에서 밑줄 친 부분을 살펴볼까요? 울음은 당연히 '소리'입니다. 소의 울음을 눈으로 볼 수는 없습니다. 볼 수 있는 것은 우는 소의 모습일 뿐이지요. 그러나 이 시에서는 울음을 듣기와 동시에 눈으로 보기도 했습니다. '금빛'을 귀로 들을 수는 없으니까요. 귀에 들리는 소의 게으른 듯한 울음소리가 '금빛'으로 '보이는' 것입니다. 실제로는 말이 안됩니다. 울음이 금빛이라니? 그러나 시에서는 가능합니다. 그렇게 생각하고 시를 읽으면 소의 울음소리에 금빛을 입힌 모습을 상상하게 됩니다. 읽는 이의 머리 속에는 게으르고 평화로운 울음을 우는 '금빛' 소가 떠오르게 됩니다. 또한 '금빛'으로 빛날만큼 소중하고 아름다운 울음소리도 떠오를 것입니다.

공감각	시각	청각	효과
금빛 게으른 울음	금빛	게으른 울음	누렁 소의 느릿느릿한 울음소리가 실감난다.

각자 떠오르거나 느낀 것은 달라도 이 '금빛' 하나가 소의 울음소리를 한층 더 빛나게 해준 것은 분명합니다. 이럴 때 '공감각'이 절묘하게 사용되는 것이지요.

이야기 이해하기 (1)
—사건과 구조

이야기를 쓰기 위해서는 특히 이야기의 기본 구조와 구성요소, 특징을 이해할 필요가 있습니다. 역시 초등학생 수준에서 재미있게 이해할 수 있는 이야기의 기초만 소개합니다. 전부 다 활용할 필요는 없고 학생들과 함께 생각해볼 수 있거나, 흥미를 일으킬 수 있는 부분만 골라서 함께 활동하기를 권장합니다. 필요한 부분을 그대로 수업에 활용하도록 수업에 적합한 표현으로 제시했습니다.

1. 사건

사건은 이야기에서 발생하는 가장 중요한 일입니다. 흔히 가장 중요한 인물인 주인공에게 발생하고 주인공이 그 사건의 중심이 되어 해결해 나가는 과정을 겪습니다. 사건은 수도 없이 다양한 종류가 있고, 사건 자체가 지은이의 메시지이며 상상의 핵심이 되는 경우가 많습니다.

사건에는 인물과 인물이 만나서 발생하는 사건이 가장 많고, 드물게는 인물이 어찌할 수 없는 자연이나 초자연적인 힘이 인물에게 영향을 미치는 경우도 있습니다.

> 자신이 탄 배가 폭풍을 만나 침몰하여 가까스로 목숨을 건져 무인도에서 살게 된 로빈슨 크루소가 외롭고 무서운 무인도에서 살아남기 위하여 용기를 가지고 모험을 한다. 무인도에서 만난 식인종을 물리치고 우연히 표류해 온 사람을 구조해 그와 친해지며 함께 식인종을 혼내주기도 한다. 우연히 만난 배에서 반란이 일어나자 반란을 해결하고 다른 나라에까지 가서 사람들을 도와준다. 그리고 모든 위험을 극복하고 결국 살아서 고향으로 돌아가게 된다.
>
> 『로빈슨 크루소』, 다니엘 디포, 줄거리 요약

주인공은 인간인 자신의 힘으로는 어떻게 할 수 없는 폭풍으로 인해 무인도에 혼자 살아남게 됩니다. 따라서 최초의 사건은 인물이 조절할 수 없는 자연이 만든 것이었습니다. 그러나 이후로 무인도에서 살아가면서 벌어지는 수많은 사건은 모두 주인공이 중심이 되어 해결하는 일입니다. 그리고 풍랑을 만났지만 운좋게 살아남게 되는 과정이 중요한 것이 아니라, 살아남은 이후 어떠한 어려움에도 포기하거나 용기를 잃지 않고 노력하여 결국 무사히 구조되었다는 것이 더 중요한 사건입니다.

누구나 풍랑을 만나 무인도에 혼자 남을 수는 있습니다. 그것은 사람의 의지와 노력이 그다지 필요 없는 사건입니다. 그러나 그 이후에 무인도에서 살아남는 방법은 사람따라 다를 것입니다. 사람에 따라서 결국 살아남지 못할 수도 있겠지요. 그러니까 사람마다 다를 그 사건을 주인공이 어떻게 해결하느냐가 이야기의 중심인 것입니다. 우리는 그 과정을 지켜보며 주인공을 따라 사건의 중심으로 뛰어들게 됩니다.

비슷한 경우가 또 있습니다. 헤밍웨이의 「노인과 바다」에서는 약 두 달간 물고기를 구경도 못해본 늙고 가난한 어부가 어느 날 어마어마한 대어를 사투 끝에 낚아 올리게 됩니다. 물고기가 너무나 커서 배에 싣지를 못하여 배 옆에 매달고 돌아오게 되는데 상처 입은 물고기의 피 냄새를 맡고 무시무시한 상어가 덤벼들어 물고기를 뜯어먹습니다. 노인은 상어에게 물고기를 빼앗기지 않기 위해 전력을 다하지만 결국 기진맥진하여 물고기를 잃고 뼈만 매달고 돌아오게 됩니다. 겉으로 보이는 사건은 노인이 물고기를 잡았지만 상어에게 전부 잃은 것입니다. 결국 물고기는 노인 손에 들어오지 못하지요. 그러나 그것이 전부는 아닙니다. 노인이 물고기를 잡는 과정에서 끊임없이 자기와의 승부를 벌이며 하는 혼잣말, 상어와 싸울 때도 끊임없이 자기를 다독이는 혼잣말, 그 안에 사건은 숨어있습니다. 그리고 결국 물고기는 잃었지만 상어를 이겼습니다. 인물이 상어를 물리치는 과정 그 자체가 가장 중요한 사건이 되는 셈이지요.

1) 사건의 역할

사건은 이야기 전체를 이어가고 결국 끝을 맺습니다. 사건이 끝나면 이야기가 끝납니다. 그리고 사건이 진행되는 동안 인물은 갈등을 겪고, 갈등을 해소하기 위하여 노력합니다. 이야기의 결말은 어쨌든 갈등이 사라지고 사건이 어떤 형태로든 끝을 맺습니다. 그 사건의 끝맺음이 지은이가 가장 말하고 싶었던 부분입니다. 곧 주제가 되지요.

하근찬의 분단 소설 「수난이대」의 줄거리에서 사건은 두 가지입니다. 만도가 일제에 끌려간 전쟁터에서 팔을 잃는 것과 만도의 아들이 6·25전쟁에 참전하여 다리를 잃는 것입니다. 몸이 성한 사람이라 해도 아들이 다리를 잃어 왔다면 슬픔과 분노가 참을 수 없을 지경일 텐데 공교롭게도 만도는 스스로도 남의 전쟁에 끌려가 불구가 된 아픈 기억이 있습니다. 따라서 아들의 부상이 견딜 수 없을 만큼 슬프고 화가 납니다. 무슨 죄를 지었길래 자신에 그치지 않고 더 소중한 아들까지 전쟁에 끌려가 장애인이 되었는지 참을 수 없을 정도입니다.

그래서 만도는 애꿎은 아들에게 분노의 화살을 돌립니다. 만도가 아들과 극한 갈등을 하게 되지요. 그러나 차차 마음이 풀리고 결정적으로 아들의 절망을 오히려 위로해주면서, 그리고 다 큰 아들을 업고 다리를 건너면서 갈등을 해소합니다. 갈등이 해소되면서 사건은 마무리를 짓고 수난을 당한 부자는 위태롭지만 무사히 외나무다리를 건널 것입니다. 그 모습을 용머리재가 바라보지요.

상징을 이해한다면 외나무다리가 상징하는 것과 용머리재가 상징하는 것을 아마도 쉽게 떠올릴 수 있을 것입니다.

외나무다리 : 인생의 고난, 어려움 등
용머리재 : 부자의 용기와 도전을 응원하는 대자연

2) 사건과 주제

이야기에는 주제가 있습니다. 주제는 사건과 많은 관련이 있습니다. 이야기의 사건은 대부분 주제를 담고 있습니다. 사건은 인물의 성격과 배경의 영향을 받아 만들어지는데, 그 사건은 다른 사건과 맞물려 계속 사건이 이어지면서 이야기 전체를 구성하고 그 속에 주제를 담고 있습니다.

> 가난한 화가인 수와 존시는 힘들지만 그림을 포기하지 않고 예술인 마을에서 어렵게 살아가는데 어느 날 존시가 심한 폐렴에 걸려 삶을 포기하는 지경에 이른다. 수는 정성껏 간호하였지만 존시는 창밖의 담쟁이 잎을 바라보며 얼마남지 않은 잎이 다 떨어지면 자기도 죽을 거라고 말한다. 수는 절망감에 괴로워하며 늘 일생의 걸작을 남기겠다고 입버릇처럼 말하는 이웃에 사는 가난한 늙은 화가인 버만 노인에게 이 일을 이야기한다. 버만 노인은 어리석은 소리라고 화를 내며 걱정 말라고 존시는 반드시 살아날 것이라고 확신한다. 결국 잎이 하나밖에 남지 않은 날, 폭풍우 치는 밤이 지나도 담쟁이 잎이 떨어지지 않자 존시는 삶의 희망을 얻어 다시 살기로 마음먹는다.
>
> 존시가 회복한 후 수는 존시에게 그 잎은 폭풍우 치는 밤에 버만 노인이 존시를 위해 그린 일생의 걸작임을 이야기한다. 그리고 버만 노인은 존시 대신 폐렴으로 세상을 떠났음을 알려준다.
>
> 「마지막 잎새」, 오헨리, 줄거리 요약

병으로 약해진 존시의 마음은 아무 것도 아닌 나뭇잎에게 자신의 생명을 거는 지경에 이릅니다. 존시가 병에 걸린 사건이 마음이 약해지는 결과를 가져와 담쟁이 잎이 떨어지면 자신도 죽을 것이라는 허탈한 생각을 하는 사건이 생깁니다. 존시의 친구인 수는 견디지 못하여 이웃집의 괴팍한 버만 노인을 찾아가게 되고, 버만 노인은 존시를 살려야겠다는 일념으로 평생의 역작을 그려냅니다. 그리고 결국 노인은 존시 대신 생명을 잃게 됩니다. 수의 힘으로는 도저히 어쩔 수 없었던 존시의 잘못된 생각을 죽음으로써 막아준 버만 노인의 사건은 주제를 명확하게 보여 줍니다. 일생일대의 걸작과 함께 말이지요.

2. 이야기의 구조

'기-승-전-결'이라는 말을 들어봤나요? 우스개소리로 다른 것은 말하는 흉내만 내면서 결국 말하고자 하는 것만 강조할 때 '기-승-전-무엇'이라고 많이 하는데요. 예를 들어 한 아이가 말끝마다 엄마만 찾는다면 '기-승-전-엄마'라고 한다는 셈이죠. 청소를 중요시 여기는 사람의 말에는 '기-승-전-청소'가 들어있습니다. 우스개로 이 말이 통할 수 있는 이유는 그만큼 마지막에 오는 '결'이 중요하기 때문입니다. '끝이 좋으면 다 좋다'는 말이 있듯이 이야기도 결국은 결말이 가장 중요합니다.

이야기가 시작을 하여 결말을 향해 달려가는 것을 이야기의 구성이라고 합니다. 크게 방금 말한 '기-승-전-결'의 4단 구성과 여기에 한 단계를 더한 5단 구성이 있습니다. 기본적인 이야기의 구성을 알아보는 것은 이야기를 깊이 있게 감상하고 바꾸어쓰기나 뒷이야기 이어 쓰기 등의 활동에 큰 도움이 됩니다.

1) 4단 구성

이야기의 가장 기본적인 4단 구성은 '기-승-전-결'이라고 하는데 요즘은 말을 조금 쉽게 바꾸어서 발단, 전개, 절정, 결말로 쓰고 있습니다. 각 단계를 간단히 설명하면 다음과 같습니다.

단계	내용
발단	작품이 시작되어 등장 인물이 소개되고 배경이 제시되며 사건의 실마리가 나오는 부분
전개	사건이 시작되고 점점 복잡하게 얽혀 가며 인물 사이에 갈등이 일어남

절정	갈등이 격렬하게 일어나고 사건이 최고조에 이르지만 동시에 사건 해결의 가능성과 방법이 제시됨. 주제가 결정될 방향이 보임.
결말	사건이 마무리되고 갈등이 끝나며 주인공이 어떻게 되는지 명확하게 밝혀줌.

4단 구성은 일반적으로 잘 알려지고 오랫동안 이어져 내려온 옛날 이야기에 많이 쓰이고 있습니다. 구성이 단순하고 명확하여 주제가 선명히 드러나고 이해가 쉽습니다. 예를 들어 우리가 잘 아는 신데렐라의 이야기를 살펴볼까요.

단계	내용	등장인물
발단	신데렐라가 행복하게 살다가 엄마가 돌아가시고 계모와 언니들이 온다	신데렐라 친어머니 (등장 후 사망) 계모, 새언니
전개	무도회가 열리지만 일이 많아 가지 못하다가 마법사의 도움으로 무도회에 간다. 12시 이전에 오라는 말을 듣는다.	마법사
절정	유리구두를 떨어뜨려 왕자님이 전국의 여자들을 찾는다.	왕자
결말	언니들은 거짓말을 해서 벌을 받고 신데렐라는 왕자님과 행복하게 산다.	

평화로운 신데렐라의 삶이 엄마의 죽음으로 고난이 시작되고 새엄마와 언니들의 구박을 받게 됩니다. 어느 날 무도회가 열리는데 신데렐라도 가려 하지만 새엄마와 언니들이 일거리를 쌓아두며 못 가게 하죠. 울고 있는 신데렐라에게 마법사가 와서 무도회에 보내줍니다. 그런데 가장 중요한 부분은 절정입니다. 신데렐라가 왕자님과 행복한 시간에 빠져서 그만 열 두 시를 넘겨버렸고 그래서 유리구두 한 짝을 떨어뜨리고

는 사라지게 되지요.

이야기는 유리구두에서 절정을 맞습니다. 유리구두를 떨어뜨렸기 때문에 왕자님은 신데렐라를 찾을 수 있었고, 못된 새언니들에게 벌을 내릴 수 있었지요. 이렇게 4단 구성에서는 가장 중요한 부분이 절정입니다. 가장 긴장감이 크고 거대한 사건이 생기며 이후에 어떻게 될지 궁금해지는 단계지요. 절정이 있어서 결말이 만들어집니다.

홍부전도 한 번 살펴볼까요?

단계	내용	등장인물
발단	놀부가 홍부를 쫓아내서 홍부는 거지 신세가 된다.	놀부, 홍부
전개	홍부가 제비 다리를 고쳐주고 박씨를 받아 부자가 된다.	제비
절정	놀부가 홍부를 따라 제비 다리를 부러뜨리고 고쳐주어 박씨를 받아 벌을 받는다.	
결말	놀부는 잘못을 뉘우치고 홍부가 놀부를 불러 함께 산다.	

이렇게 보니 이상한 점이 있습니다. 생각과 달리 놀부가 벌을 받는 것이 결말이 아니군요. 물론 놀부는 제비 다리를 부러뜨린 벌로 패가망신합니다. 그런데 그 부분은 절정입니다. 그럼 결말은 뭘까요? 홍부가 거지꼴이 된 놀부를 버리거나 업신여기지 않고 함께 살자고 하며, 놀부가 그때서야 잘못을 뉘우치고 눈물을 흘리는 부분입니다. 결말이 가장 중요하다고 했으니 신데렐라와 다르게 놀부는 벌을 받고도 마지막에 용서를 받고 평화로운 생활을 하게 됩니다.

이런 점에서 우리나라의 이야기는 서양의 그것보다 벌을 약하게 주고 용서는 더 많이 하는 것 같다는 느낌을 줍니다. 왜 그럴까요? 그 이유는 나쁜 행동을 하면 안 된다는 것과 나쁜 일을 하면 반드시 뉘우치고 반성해야 함을 알려주는 것이 우선이지 죄인에게 너무 무거운 벌을 주거나 아예 반성할 기회도 주지 않는 것은 너무 가혹하며 교훈을 주기에도 적절하지 않다는 생각을 하기 때문입니다.

2) 5단 구성

간단히 말해서 4단 구성에 한 개의 단계를 더 집어넣은 것이 5단 구성입니다. 새로 들어간 단계의 이름은 '위기'입니다.

위기 : 사건의 새로운 부분이 보이거나 새로운 사건이 발생함. 사건이 절정으로 가려는 낌새를 보임.

위기는 말그대로 '폭풍전야'입니다. 위기가 있으면 절정이 더 자연스러워집니다. 전개에서 이야기가 잘 흘러가다가 갑자기 상황이 바뀌면서 절정을 맞는 것 보다는 뭔가 불안불안하고 이렇게 가면 큰일이 벌어질 것 같은 예감을 주다가 결국 일이 터지는 것이 더 자연스럽고 이해가 쉽습니다. 예를 들어 흥부가 제비 다리를 고쳐주고 부자가 된 것을 안 놀부가 무작정 제비를 잡아 다리를 부러뜨리기보다는 흥부를 관아에 고발하거나 흥부의 재산을 훔치거나 하는 방법으로 흥부를 끊임없이 괴롭히다가 실패로 돌아가자 제비를 잡는 것이 놀부가 벌을 받을 것 같다는 생각이 더 들겠지요. 게다가 놀부는 동생은 흥부를 지나치게 구박하며 쫓아내고 조금도 돌봐 주지 않았으니까요. 그러니 놀부의 평소 행동을 보고 '정말 나쁜 짓을 많이 했으니 벌을 받을 만하다.'는 생각이 더 크게 들 겁니다. 사실 제비다리 하나 부러뜨렸다고 도깨비들에게 흠씬

두들겨 맞고 재산을 다 빼앗겨서 패가망신한다는 것은 조금 너무하다는 생각이 들 수도 있으니까요.

이렇게 위기는 사건에 이유를 만들어주고 사건을 안정화시킵니다. 그래서 절정이 더욱 크고 강하게 다가오게 만들죠. 『노인과 바다』를 살펴볼까요

단계	사건
발단	노인은 몇 달간 고기 구경도 못해서 형편이 어려워져서 큰 곤경에 빠진다. 그러면서도 고기를 잡을 것이라는 희망을 가진다.
전개	노인은 바다에 나가 사투 끝에 큰 고기를 잡고 돌아간다.
위기	노인은 고기가 흘린 피로 상어가 공격할 것을 예감하는데 부상이 심해 위험을 느낀다.
절정	상어가 공격하여 노인은 사력을 다하여 상어와 맞서 싸우지만 힘에 부친다.
결말	노인은 뼈만 남은 고기를 싣고 집으로 온다.

■ **복선**

노인은 몇 달간 고기를 못 잡다가 마음먹고 나간 고기잡이에서 정말 엄청나게 크고 좋은 고기를 낚아올립니다. 그러나 그 고기를 잡는데 너무나 큰 힘과 노력을 쏟은 나머지 탈진하고 부상도 입게 됩니다. 게다가 고기는 피를 흘려서 상어 떼를 불러오게 됩니다. 노인은 고기가 피를 흘릴 때부터 불안한 예감에 휩싸입니다. 당연히 피 냄새를 맡고 상어 떼가 올 것을 예감하지요. 그리고 고기를 잡느라 소진한 체력과 크고작은 부상으로 상태가 좋지 않음을 느끼고 불안해합니다. 여기가 위기입니다. 고기를 잡아올린 기쁨에 마냥 즐겁게 집으로 가는 것이 아니기 때문에 큰 사건이 일어날 듯한 불안감이 느껴집니다.

노인은 고기를 잡다가 손을 다치고, 또한 고기가 너무 커서 배에 싣지 못해 배 옆에 묶는 과정에서 작살에 매달린 밧줄도 소진합니다. 상처, 밧줄 등 모든 상황이 결국 상어가 오면 이기지 못할 것임을 가리키며 이를 노인도 알게 됩니다. 여기에서 노인이 입은 상처, 다 써버린 밧줄, 피를 흘리는 고기 등을 '복선'이라고 합니다. 복선이란 다가올 다른 사건을 예측하게 해주는 장치입니다. 만약 노인이 몸이 멀쩡하고 도구도 정상적으로 갖추었다면 상어가 공격해왔어도 그다지 큰 어려움 없이 이겨낼 수 있었을 것입니다. 그리고 만약 고기가 피를 안 흘렸다면 상어가 오지 않을 수도 있지요. 그러나 고기는 피를 많이 흘리고 있으니 아마도 상어는 올 것이고, 이미 거대한 고기에 모든 것을 쏟아부은 노인은 상어를 도저히 이겨낼 상황이 못됩니다. 이 때 독자는 복선을 통해 '상어와의 싸움이 쉽지 않겠구나.'를 느낍니다. 그렇게 독자는 정말 '위기'를 온몸으로 느끼게 되지요.

그런데 절정에서 어김없이 상어가 공격을 합니다. 불안한 예감은 딱 들어맞았습니다. 그러나 절정의 가장 큰 의미는 '노인이 결국 고기를 다 잃었다'가 아니라 '노인이 상어와의 싸움을 끝까지 포기하지 않았다'입니다. 사실 고기를 잃는 것은 뻔한 결과였습니다. 수많은 복선이 그것을 말해주었죠. 중요한 것은 노인이 상어와 맞서 싸웠고 그 싸움에서 이겼다는 것입니다. 모든 것을 잃은 노인이 상어와의 싸움에서 포기하지 않고, 죽을힘을 다하여 상어를 물리친다는 것입니다. 우리는 거기에서 감동을 느끼게 됩니다.

고기야 사실 원래 잃을 수밖에 없었던 것이고 그게 중요한 게 아닙니다. 그것보다 중요한 것은 노인이 끊임없이 덤벼드는 상어 떼들을 최선을 다하여 막아내고 결국 하나하나 물리쳤다는 것입니다. 엄청난 위기의 순간이 와도 강인한 정신력으로 버티며 결국 상어로부터 자신을 지켜낸 것입니다. 이쯤 되면 이야기의 주제가 충분히 짐작이 되지요. 또한 왜 제목이 '노인과 바다'인지도 알 것 같습니다.

5단 구성의 예를 하나 더 들어보겠습니다. 김유정의 소설 「봄봄」입니다.

단계	내용
발단	장가를 들려는데 장인은 자꾸 딸이 어리다며 허락하지 않는다.
전개	딸도 허락을 못받아내는 것이 어리석다며 무시하고 재촉한다.
위기	딸을 믿고 장인에게 장가를 보내 달라고 계속해서 조르고 시비를 건다.
절정	장인을 힘으로 제압하여 결혼 승낙을 받아내려 한다.
결말	딸이 장인의 편을 들어 결혼 승낙에 실패한다.

주인공은 데릴사위로 와서 주인집의 딸에게 장가들 것을 약속받았다고 생각하는데 장인은 자꾸 키 핑계를 대고 딸을 주지 않으려 합니다. 가뜩이나 속상한데 딸까지 자기를 바보 취급하여 화가 난 주인공은 장인을 힘으로 제압하려 합니다. 마음 속으로는 딸이 당연히 결혼을 하고 싶을 테니 자기 편을 들어줄 것이라 굳게 믿었습니다. 그런데 이게 웬일, 어이없게도 딸이 아버지 편을 드는 것이 아니겠습니까? 맥이 풀린 주인공은 장인을 놓아줄 수밖에 없었고 장인은 득달같이 화를 냅니다. 이제 완전히 결혼은 물 건너간 셈이 됩니다.

여기서도 위기의 중요성을 알 수 있습니다. 딸로 인해 용기를 얻은 주인공은 전보다 조금 더 강하고 적극적으로 장인을 압박합니다. 분명히 딸이 자기를 도울 것이라 믿었기 때문입니다. 그래서 급기야 늙은 노인을 힘으로 위협하는데까지 이르게 됩니다. 그러나 막상 장인을 위협하여 승낙을 얻어내려 하자 믿었던 딸이 배신을 합니다. 자기편을 들 줄 알았는데 장인의 편이 되어 자기를 비난한 것이죠. 여기에서 주인공은 너무 놀라고 실망하여 의지가 완전히 꺾입니다. 딸만 믿고 일을 벌였는데 딸이 내편을 들어주지 않았으니까요.

그러니까 딸이 주인공의 생각과 완전히 반대로 행동하여 주인공의 의도가 실패한 것입니다. 이렇게 생각지 못한 결말을 흔히 '반전'이라고 하는데 읽는이에게 신선한 충격과 이해가 잘 안되는 어리둥절함을 주어서 결말의 재미를 크게 만드는 효과가 있습니다. '이렇게 될 줄 알았는데 이상하게 요렇게 되었네?' 같은 반응이 나오는 것이죠.

● 쉬어가는 코너 ●

반전으로 유명한 이야기로 『맹진사 댁 경사』가 있습니다. 한 졸부가 딸을 시집보내려고 명문가를 찾습니다. 결국 아주 권세 있는 집안에 사윗감을 구했는데 들리는 소문에 절름발이라고 하는 겁니다. 그래서 꾀를 내어 몸종을 대신 시집보냈는데 알고 보니 멀쩡한 미남 신랑이 착한 몸종 처녀에게 장가들려고 거짓말을 한 것이었죠. 읽는이는 절름발이에게 시집가는 불쌍한 몸종이 어떻게 되나 생각하는데 갑자기 신랑이 절름발이도 아니고 멋진 미남이었다니 깜짝 놀라게 되죠. 이렇듯 반전은 숨은 의도를 잘 드러내는 좋은 방법입니다. 오 헨리의 「경찰관과 찬송가」 역시 훌륭한 반전입니다. 설마 그렇게 될 줄은 상상도 못했으니까요.

이야기의 가장 튼튼하고 일반적인 구성은 5단 구성입니다. 사건이 자연스럽게 펼쳐지고 꼭 생겨야 할 일이 생길 타당한 이유가 주어집니다. 마른하늘에 날벼락이 치면 모두가 당황하여 어쩔 줄 모르겠지만, 먹구름이 끼고 바람이 불어오면 누구라도 우산을 준비할 것입니다. 위기는 절정을 강력하고 탄탄하게 만들어주는 좋은 준비 단계입니다.

3) 절정

앞서 살펴보았듯이 이야기에서 가장 집중이 되고 긴장을 하게 되는 부분이 바로 절정입니다. 절정을 클라이막스라고 합니다. 클라이막스에서는 사건이 가장 높은 곳까지 올라갑니다. 대개 인물의 죽음이나 엄청난 변화, 충격 등이 나옵니다. 사건이 그야말로 최고점을 찍으면서 주제도 강하게 보여주게 됩니다. 이야기에서 클라이막스는 읽는이를 한순간 집중하게 만들어 도저히 이야기에서 빠져나갈 틈을 주지 않고 주제를 넌지시 알려줍니다.

「동백꽃」에서 점순이가 주인공을 안고 동백꽃에 파묻히는 부분이 클라이막스입니다. 점순이의 주인공을 향한 마음이 그야말로 터져 나온 순간이지요. 클라이막스는 대개 강력한 사건의 전환이 이루어지기에 지은이의 마음이 급해지고´ 표현도 더불어 급하고 짧아집니다. 지은이는 메시지를 전달하기 위해서 온갖 노력을 다 합니다.

「노인과 바다」에서 온힘을 다해 거대한 물고기를 잡은 노인은 상어가 물고기를 먹으려고 덤비자 정말 죽을힘을 끌어모아 상어와 맞섭니다. 상어는 떼로 몰려들어 노인이 상대하기 무척 버겁지만 노인은 작살, 그물, 몽둥이에 이어 배의 부속품까지 빼서 상어를 두들겨패며 온몸의 힘을 다 소진하고 결국 상어를 모두 물리칩니다. 지친 노인은 뼈만 남은 물고기를 배에 매달고 돌아와 죽음 같은 잠에 빠지지만 다시 큰 물고기를 낚을 것이라는 희망을 버리지 않습니다.

노인이 상어와 사투를 벌이는 부분이 바로 절정, 클라이막스입니다. 목숨을 잃을 정도의 처절한 싸움을 벌이는 노인을 보면 물고기를 지키기 위해 최선을 다하는 모습을 생생히 느낄 수 있고, 상어가 얼마나 무섭고 노인이 얼마나 커다란 위기에 처했는지 짐작할 수 있습니다.

4) 몰입

이야기에서 무엇인가를 느끼는 게 있고 가슴이 벅차오르거나 내가 마치 주인공이 된 듯한 느낌을 주는 부분은 대개 절정입니다. 절정에서 인물의 말과 행동은 읽는이에게 큰 공감을 줍니다. '나라도 저렇게 할 것 같다.', '역시 그렇게 될 것 같았다.' 그러한 반응이 마음 속에서 일어나게 됩니다. 그리고 거기에서 감동이 만들어집니다. 흔히 이야기에서 감동을 받거나 큰 재미를 느끼는 이유는 클라이막스에 있습니다. 그리고 클라이막스에 이르면 손에 땀을 쥐고 이야기 속의 인물의 말 한 마디 한 마디, 동작 하나하나에 집중하게 됩니다. 그것이 바로 몰입입니다. 그럴 때 마치 자기가 이야기 속의 인물이 된 듯한 느낌이 들고, 이야기의 배경과 사건을 자기 주변에 있는 것에 넣어 생각을 하게 됩니다. 그리고 그러한 클라이막스가 끝나고 결말에 이르면 클라이막스를 통해 겪은 일에 대하여 뭔가 뿌듯하면서 시원하고 개운한 느낌을 가지게 됩니다. 그것을 '카타르시스'라고 합니다.

카타르시스는 원래 고대 그리스에서 아리스토텔레스가 비극를 보거나 읽을 때 느껴지는 마음이 깨끗해지는 느낌이라는 뜻을 가진 말입니다. 인물에 대한 안타까움과 동정심이 생기고 거기서 비롯하여 인간에 대한 애틋한 마음과 뭔가 마음이 씻기는 듯한 느낌이 바로 카타르시스입니다.

바스콘셀로스의 『나의 라임오렌지나무』에서 모두가 고개를 설레설레

흔드는 말썽쟁이 주인공 '제제'를 정말 가슴으로 사랑해준 '포르투가'가 불의의 사고로 죽게 되는데, 그 안타까운 사건은 독자에게 발을 동동 구를 정도의 안타까움과 답답함을 주고, 이야기에서도 제제는 그 일로 인해 엄청난 마음의 병을 얻습니다. 그러나 결국 제제는 슬픔을 딛고 일어서며 포르투가를 위해서라도 다시 용기를 내게 되는데, 그와 비슷한 감정의 흐름이 독자에게도 나타납니다. 그것이 바로 카타르시스입니다. 사람이 비극을 통해서 마음이 성장해가는 원리라고 볼 수 있습니다.

이야기 이해하기 (2)
—갈등

우스갯소리로 아무것도 없는 사람은 '방황'하고, 너무 많이 가진 사람은 '갈등'한다고 합니다. 그 말처럼 갈등은 뭐가 있어야 생깁니다. 갈등이란 인물과 인물 사이, 혹은 인물과 배경 사이에서 뭔가 이해가 맞지 않아 사건이 생기는 것을 말합니다. 갈등을 할 만한 사건이나 인물이 없으면 갈등이 없죠.

갈등 인물과 인물, 혹은 인물과 배경 사이에 생각이 달라서 생기는 미움이나 좋지 않은 일, 혹은 생각이 다르다는 것 자체.

김유정의 「동백꽃」에서는 갈등할 만한 좋은 핑곗거리(?)가 보이네요.

오늘도 또 우리 수탉이 막 쫓기었다. 내가 점심을 먹고 나무를 하러 갈 양으로 나올 때이었다. 산으로 올라서려니까 등 뒤에서 푸드득푸드득 하고 닭의 횃소리가 야단이다. 깜짝 놀라며 고개를 돌려보니 아니나 다르랴, 두 놈이 또 얼리었다.

[…중략…]

고놈의 계집애가 요새로 들어서서 왜 나를 못 먹겠다고 고렇게 아르렁거리는지 모른다.

나흘 전 감자 쪼간만 하더라도 나는 저에게 조금도 잘못한 것은 없다. 계집애가 나물을 캐러 가면 갔지 남 울타리 엮는데 쨍이질을 하는 것은 다 뭐냐, 그것도 발소리를 죽여가지고 등 뒤로 살며시 와서

"얘! 너 혼자만 일하니?" 하고 긴치 않는 수작을 하는 것이었다.

어제까지도 저와 나는 이야기도 잘 않고 서로 만나도 본척만척하고 이렇게 점잖게 지내던 터이련만 오늘로 갑작스레 대견해졌음은 웬일인가. 항차 망아지만한 계집애가 남 일하는 놈 보구…….

[…중략…]

게다가 조금 뒤에는 제 집께를 할끔할끔 돌아보더니 행주치마의 속으로 꼈던 바른손을 뽑아서 나의 턱밑으로 불쑥 내미는 것이다. 언제 구웠는지 아직도 더운 김이 확 끼치는 굵은 감자 세 개가 손에 뿌듯이 쥐였다.

[…중략…]

"너, 봄감자가 맛있단다."

"난 감자 안 먹는다. 너나 먹어라."

나는 고개도 돌리지 않고 일하던 손으로 그 감자를 도로 어깨 너머로 쑥 밀어 버렸다.

그랬더니 그래도 가는 기색이 없고, 뿐만 아니라 쌔근쌔근하고 심상치 않게 숨소리가 점점 거칠어진다.

「동백꽃」, 김유정

짐작이 어렵지 않게 점순은 갑자기 나에게 관심을 보이며 살금살금 다가와서 말을 겁니다. 그리고 갓 구운 따끈따끈한 감자도 주네요. 아하, 선물공세. 어제까지는 본체만체 하던 사이인데 갑자기 왜 그럴까요?

주인공이 꽤나 멋있어졌나 봅니다. 그러나 점순에게 아무런 감정도 느끼지 못하는 주인공이 점순의 호의를 무시하자 당황함과 부끄러움으로 점순은 어쩔 줄을 모릅니다. 급기야 주인공의 수탉을 괴롭히는 복수전을 펼칩니다. 요즘으로 치면 발렌타이 데이에 큰맘먹고 고백하는 초콜렛을 무례하게 거절한 셈이니 이정도 복수는 당연한 결과 아닐까요?

그리하여 갈등이 시작됩니다. 참으로 안타까운 사랑의 갈등이지만 엄연히 인물 사이에서 서로 미워하고 이해하지 못하는 관계가 만들어졌으니 당연히 갈등 상황입니다.

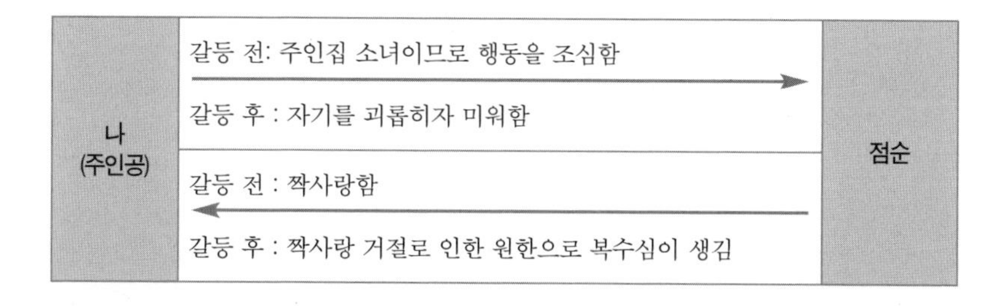

이 갈등에는 속사정이 있습니다. 실제로 주인공은 점순이를 좋아하지도 싫어하지도 않지만 그래도 '일 잘하고 얼굴 예쁜 계집애'라고 생각할 정도의 감정은 가지고 있습니다. 그러나 자신은 점순네 집에 땅을 얻어 먹고 사는 신세여서 어머니로부터 절대 점순이를 만나면 안 된다는 명령을 받습니다. 혹시 점순이와 사귀기라도 한다면 쫓겨난다면서요. 그래서 주인공은 일부러 점순이에게 더 쌀쌀맞게 대하고 거리를 둡니다. 그런 사정을 모르는 점순이는 좋아하는 마음에 큰맘 먹고 선물을 안겼는데 차갑게 거절당했으니 당연히 주인공이 밉지요.

점순이의 분노는 갈등이 되고 갈등은 계속 커져서 사건을 키웁니다. 주인공의 수탉을 괴롭히고 암탉의 알주머니를 쥐어박고 하며 애꿎은 주인공의 닭을 점점 심하게 괴롭힙니다. 점순이가 닭을 괴롭히는 사건은 위기에 이르러 주인공의 닭이 거의 죽을 지경이 되고, 이를 본 주인공도 안타까움과 화를 참지 못하고 그만 점순이의 닭을 때려죽이는 절정에 이릅니다.

위기	점순이네 수탉의 일방적인 공격으로 나의 닭이 죽음의 위기에 처한다.
절정	나는 나도 모르게 지게 작대기로 점순이네 수탉을 때려 죽인다. 나는 쫓겨날 생각에 울고 점순이는 닭 죽은 것을 이르지 않을 테니 자기의 마음을 받아 달라고 한다.
결말	점순이가 나를 안고 넘어져 동백꽃에 파묻힌다.

'나'가 주인집 닭을 때려죽였으니 이대로 가면 내쫓길 것이 뻔합니다. 당황함과 절망감에 울음을 터뜨리는 '나'에게 점순은 이때가 기회다 싶어 자기의 마음을 받아달라고 합니다. '나'는 다음에는 그러지 말라는 말이 뭔지도 모르고 알았다 하는데, 그 말을 들은 점순이는 얼마나 기뻤을까요. 갈등이 완전히 풀리고 기쁨에 어쩔 줄 모르는 점순이는 과감하게 나를 안고 바닥에 눕히기까지 합니다. 이렇게 갈등이 사라지면서 사건이 끝나고 이야기는 결말을 맺습니다. 이렇게 갈등은 사건의 대부분을 차지하고 이야기를 만들어 가는 역할을 합니다.

「만년 샤쓰」는 어려운 집안 형편에도 굴하지 않고 조금도 구김살 없이 호탕하며 넉살 좋은 창남이의 가슴 아프지만 따뜻한 진면목을 보여주는데 선생님과의 갈등이 큰 역할을 합니다.

창남이의 집안 형편을 자세히 알 리가 없는 선생님은 체육 시간에 셔츠를 입지 않은 것만으로 창남이에게 꾸중을 하지만 속사정은 셔츠를 입지 못할 정도로 창남이의 형편이 어렵다는 것입니다. 그냥 창남이가 가난하여 옷이 없다고 하면 별로 실감이 나지 않겠죠. 그래서 체육 시간을 이용해서 다른 친구들은 다 셔츠가 있는데 창남이만 없다고 하고, 그것 때문에 선생님과 갈등을 만들어주었습니다. 갈등이 창남이의 가난한 사정과 성격을 잘 보여주는 수단이 되었습니다.

다르게 말하면 창남이의 갈등은 선생님과의 갈등도 되지만 사실은 그 당시의 상황과 만드는 갈등이라고 봐야 합니다. 그 당시에 우리 주변에는 창남이처럼 어려운 사람들이 많았습니다. 그래도 창남이는 가난에 굴하지 않고 따뜻한 마음씨를 갖고 살며 자기보다 더 어려운 사람을 보살펴 줍니다.

지은이는 창남이의 따뜻한 마음씨와 나누는 삶의 소중함을 갈등을 통해서 보여줍니다. 세상이 이렇게 어려워도 우리에는 아직 따뜻한 정이 살아있다는 것입니다. 어려운 형편에 굴하지 않는 창남은 갈등을 이겨내고 서로 돕고 사는 우리 민족을 상징합니다. 어떠한 경우에도 가난에 질 수 없는 사람의 강하고 따뜻한 마음씨를 강조하고 있는 것입니다. 여기서도 창남은 갈등을 이겨내며 이야기를 끝맺습니다.

「수난이대」도 마찬가지입니다. 여기서는 만도의 갈등이 사건의 중심입니다. 전쟁에서 살아돌아왔다는 아들 소식에 기쁨을 감추지 못하며 역으로 마중을 나가는데, 만난 아들은 다행히 살아 있기는 하나 다리 하나가 없는 불구의 모습입니다. 이 일은 만도가 감추고 참고 살았던 지난날의 갈등까지 불러일으킵니다.

하필이면 자기와 같은 신세가 된 아들이 너무나 안타깝고 한편으로는 원망스럽고 미안해서 장애를 입은 아들을 외면하고 부정하면서 갈등을 키웁니다. 물론 아들 자체를 미워하는 것이 아니라 자기 뿐 아니라 아들에게까지 이렇게 큰 상처를 입히는 국가나 전쟁 등 어찌할 수 없는 배경 상황에 대한 원망과 분노를 애꿎은 아들에게 토해내는 것입니다. 만도의 갈등은 기구한 운명에 대한 갈등으로 크게 두 가지입니다.

인물	갈등	인물(혹은 배경)
만도	갈등1 : 팔을 잃음	일본이 일으킨 전쟁
만도	갈등2: 원망, 안타까움, 분노	아들 (자신의 의지와 상관없이 벌어진 전쟁에서 다리를 잃음)

그러나 만도는 갈등을 극복합니다. 술의 힘을 빌려 아들을 사랑하는 본심을 밝히고 삶을 포기하려는 아들에게 힘을 북돋아줍니다. 마지막에 강물을 만나자 아들을 업고 외나무다리를 조심조심 건넙니다. 성한 사람만큼 빠르고 안정적이지는 않지만 둘이 힘을 합치면 어쨌든 느려도 무사히 건너갈 수는 있으니 어려워도 해낼 수 있음을 보여줍니다. 이 장면에서 만도의 갈등은 사라지고 이 모습을 용머리재가 지켜보고 있다는 표현은 자연 만물과 초월적 존재가 만도의 달라진 생각을 응원하고 격려한다는 것을 의미하면서 갈등이 끝났음을 암시합니다. 앞으로 두 부자는 어려운 일이 닥쳐도 힘을 합쳐 반드시 이겨낼 것이라는 희망을 보여줍니다.

만도	갈등 해소 : 부자가 장애를 딛고 서로 힘을 합쳐 살아가려는 의지	아들

갈등은 이야기의 대부분을 차지하고 사건을 이끌어가는 계기가 됩니다. 그리고 대부분의 이야기는 갈등이 사라지면서 사건이 끝나고 결말을 맺게 됩니다. 그러니까 이야기가 끝나기 전까지는 계속 갈등이 있고 갈등이 이야기를 지배한다고 볼 수 있습니다. 그러나 갈등은 반드시 사라지는 것이 아닙니다. 이야기에 따라 갈등이 그대로 남은 채 끝나는 경우가 있습니다.

손연자의 「방구 아저씨」에서 괴목장을 둘러싸고 방구 아저씨는 일본의 앞잡이인 이장과 일본인과의 갈등이 생기고 결국 갈등이 절정에 이르러 방구 아저씨는 처참한 죽음을 맞고 이야기는 끝이 납니다. 갈등은 전혀 해소되지 못했지만 방구 아저씨의 죽음으로 갈등이 더 이어지지는 못하지요. 이렇게 갈등이 사라지지 않고 인물이 갈등을 이겨내지 못하면 대부분 슬픈 결말을 맺게 됩니다.

한겨울에 먹이를 구하기 힘들어 자식들이 굶을 위기에 한 꿩 부부가 위험한 들판까지 내려가 먹이를 구하려 한다. 눈밭에 잘 익은 콩 한 알이 떨어져 있는 것을 발견한 장끼가 콩을 먹으려 하자, 까투리는 불길한 예감이 들어 간밤에 꿈이 좋지 않다고 하며 먹지 못하게 말린다. 그러나 장끼가 계속 고집을 부리자 까투리는 안 좋은 꿈을 계속 이야기한다. 그러나 배고픈 장끼는 어떤 안좋은 꿈을 이야기해도 다 좋은 쪽으로 생각해버려 까투리는 답답해한다. 게다가 계속해서 콩을 못 먹게 하는 까투리에게 장끼는 버럭 화를 내고 남자를 방해하는 나쁜 아내라고 저주를 퍼붓는다. 결국 까투리는 장끼를 말리지 못하고 장끼가 콩을 집어 먹는 순간 그만 덫에 걸리고 만다. 까투리는 생각이 짧은 장끼를 탓하며 어쩔 줄 모르고 울부짖는다. 장끼는 덫에 걸린 다음에도 자기의 잘못은 생각하지 않고 까투리 탓만 하다가 목숨을 잃는다.

「장끼전」, 앞부분 줄거리 요약

우리 고유의 이야기인 「장끼전」도 마찬가지입니다. 위험한 먹이를 두고 아내와 갈등을 벌이던 장끼는 결국 욕심을 부리며 조심하지 않다가 결국 죽음을 맞게 됩니다. 갈등은 풀리지는 않았지만 더 이상 이어질 수는 없습니다. 갈등을 이끌어가던 인물이 죽었으니까요. 그래서 역시 비극이 되는 것입니다. 이렇게 비극은 보통 인물의 죽음이나 슬픈 결말로 갈등을 완전히 없애지 못하고 끝나는 경우가 대부분입니다.

이야기 이해하기 (3) 인물

1. 주인공

만화 영화를 보면 중심 캐릭터가 있습니다. 뽀로로, 꼬마 버스 타요, 로보카폴리, 신비아파트 등의 만화 영화에서는 가장 중심이 되는 캐릭터가 있고 함께 나오는 캐릭터들이 있지요. 이야기에서도 가장 중심이 되고 중요한 역할을 하는 인물이 있습니다. 그 인물을 주인공이라고 합니다. 주인공을 중심으로 주인공과 같은 생각을 하는 인물도 있고, 주인공과 반대되는 생각으로 주인공과 부딪히는 인물도 있습니다.

가령 흥부전에서 흥부는 사건의 가장 중심 인물이니까 주인공입니다. 그리고 흥부와 제비는 같은 생각을 하는 같은 편의 인물이고, 놀부는 생각이 반대되고 흥부와 부딪히는 반대편 인물입니다. 사건은 흥부를 중심으로 전개되고 이야기 전체도 흥부의 행동이 결정합니다. 이야기에서 흥부가 제비를 구해주지 않았으면 흥부는 계속 가난하게 살았을 것이고, 박씨를 얻고도 심지 않았다면 여전히 계속 가난했을 것입니다. 흥부의 결정에 따라 사건이 흘러가고 이야기가 결정됩니다. 그러니까 흥부가 주인공인 것입니다.

흥부의 선택

주인공에게 닥치는 사건	주인공의 선택	또다른 선택	새로운 결과
제비가 위험에 처한 걸 본다	제비 다리를 고쳐 준다	제비를 못본 체한다	부자가 될 수 없다
박씨를 받는다	박씨를 심는다	박씨를 버린다	부자가 될 수 없다
박이 열린다	박을 탄다	박을 타지 않는다	부자가 될 수 없다
놀부가 가난뱅이가 된다	놀부를 용서한다.	놀부를 내쫓는다	마음이 넓지 못한 사람이 된다.

프랑스의 소설가 생택쥐페리의 『어린왕자』에서 '어린왕자'는 사막에 불시착한 '나'에게 갑자기 찾아와서 양을 그려 달라고 귀찮게 합니다. 그러면서 자기의 여행 이야기를 들려줍니다. 나는 어린왕자와 이야기를 나누고 어린왕자의 말을 전달하는 역할을 주로 하기 때문에 사건을 겪고 사건을 풀어나가는 것은 대부분 어린왕자입니다. 그러니까 어린왕자가 주인공이지요.

어린왕자는 다른 별들을 여행하고 거기서도 많은 인물을 만납니다. 그리고 모든 인물들과의 만남을 '나'를 통해서 전부 전해주고 있습니다. 그리고 모든 만남은 어린왕자가 중심이 되어 이끌어갑니다. 주인공이기 때문입니다. 그리고 어린왕자는 마지막에 죽음을 맞게 되는데, 어린왕자의 죽음과 함께 이야기가 끝납니다. 주인공이 죽는 경우에는 대개 주인공이 죽으면 이야기가 마무리됩니다. 사건이 이어질 가능성이 거의 없기 때문입니다. 주인공의 죽음이 결말이 되는 사건이 되는 것입니다.

J. 웹스터의 『키다리 아저씨』는 제목이 키다리 아저씨니까 키다리 아저씨가 주인공일까요? 아닙니다. 키다리 아저씨에게 편지를 보내는 주

디가 주인공입니다. 왜 그럴까요?

키다리 아저씨는 주디의 재능을 눈여겨보고 대학에 보내주면서 한 달에 한두 번 정도 편지를 쓰라고 합니다. 그런데 외롭게 자라서 사람이 그리웠던 주디는 엄청난 양의 편지를 보냅니다. 이 편지 안에서 주디는 모든 사건을 이야기하고, 혼자서 키다리 아저씨를 상상하며 이야기를 만들어갑니다. 그리고 이야기의 결말은 키다리 아저씨를 직접 만나는 것이지요. 주디의 모든 행동이 편지로 나타나고 결국 키다리 아저씨와 만남도 이루어지면서 이야기는 끝나게 됩니다. 키다리 아저씨가 어떤 사람인지를 자기 혼자 상상하며 편지에 모든 것을 써서 독자에게 보여주는 주디는 사건의 가장 중심인물, 즉 주인공이 됩니다. 키다리 아저씨는 편지를 받기만 하고 사건에는 몇 번 나오지도 않으니 주인공이 될 수가 없습니다.

2. 반동인물

이야기에는 주인공과 갈등을 겪는 인물이 있습니다. 만약 주인공이 정의의 편이고 착한 인물이라면 반대인 성격으로 주인공을 괴롭히는 인물이 있을 것입니다. 쉽게 말해 주인공과 생각이 다른 인물, 주인공을 방해하는 인물, 주인공에게 나쁜 일을 하는 인물이 바로 반동인물입니다.

백설공주를 죽이려고 한 왕비, 신데렐라를 괴롭힌 새엄마와 언니들, 흥부를 쫓아내고 괴롭히는 놀부 등 주인공에게 큰 걸림돌이나 위험이 되는 인물입니다. 조금 다른 경우지만 『마당을 나온 암탉』에서 끊임없이 잎싹의 목숨을 노리는 족제비도 반동인물이고, 미국 소설가 화이트의 『샬롯의 거미줄』에서 방해꾼 들쥐 템플턴도 반동인물입니다. 물론 미국 소설가 마크 트웨인의 『톰 소여의 모험』에서 톰에게 복수하려 괴롭히다 죽음을 맞는 인디언 조도 반동인물입니다. 어린왕자에서 어린왕자를 죽음으로 몰고 가는 뱀도 반동인물이지요.

이야기	주인공	반동인물	역할
백설공주	백설공주	왕비	주인공을 죽이려 함
신데렐라	신데렐라	새엄마	주인공을 죽이려 함
흥부전	흥부	놀부	주인공을 괴롭힘
톰소여의 모험	톰 소여	인디언 조	주인공을 죽이려 함
마당을 나온 암탉	잎싹	족제비(사냥꾼)	주인공을 죽이려 함
해리 포터	해리 포터	볼드모트	주인공을 죽이려 함

이야기에 따라 반동인물이 없는 경우도 있습니다. 그러나 사건은 주인공이 갈등을 만들어가는 경우가 대부분이므로 대부분 반동인물이 있습니다. 반동인물은 주인공을 더욱 돋보이게 하거나 빛나게 하여 독자를 확실하게 주인공 편에 서게 하는 역할을 합니다. 만일 주인공이 죽거나 불행해지는 등의 비극이라면 주인공의 편이 되는 독자는 반동인물을 아주 미워하게 되어 주인공에 대한 안타까움이 커지기도 합니다. 어떤 경우든 반동인물 때문에 주인공이 더 주목을 받게 되는 것입니다.

때로는 반동인물이 강렬한 인상으로 스스로 주목을 받는 경우도 있습니다. 그런 경우 반동인물에게 오히려 더 큰 매력을 느끼게 됩니다. 그리하여 반동인물을 중심으로 새로운 이야기가 만들어지기도 합니다.

가령 「아기 돼지 삼 형제」에서 돼지들의 집을 날려버리다 셋째 돼지에게 된통 당하는 늑대는 어찌 보면 불쌍하기도 하고, 어리석은 면도 있어서 조금 새롭게 볼 수 있는 면이 있습니다. 그래서 이 늑대를 주인공으로 하는 새로운 이야기가 만들어지기도 하였습니다. 비슷한 예로 『피터 팬』에서도 악당인 후크 선장이 어리석기도 하고 재미있기도 하여 후크 선장을 주인공으로 하는 이야기도 새롭게 만들어진 적이 있습니다.

이처럼 이야기에서 주인공만큼 반동인물도 중요한 것을 알 수 있습니다.

3. 주변 인물

영화에도 주연배우가 있고 조연 배우가 있듯이 이야기에도 중요한 인물과 덜 중요한 인물이 있습니다. 주인공과 반동인물은 보통 매우 중요한 인물이고 주변 인물은 그보다 비중이 적은 인물입니다. 예를 들어 주인공의 친구나 가족, 가까운 사람 등이 됩니다. 주변인물은 대부분 주인공의 편이며 주인공과 갈등을 만들지 않는 경우가 많습니다. 그렇지 않고 주인공과 대립되는 주변인물도 있습니다.

주변 인물과 주인공과의 관계

대립 안 하는 인물관계	대립하는 인물 관계
톰소여의 모험 : 톰 - 허크, 베키 등 노인과 바다 : 노인 - 소년 어린왕자: 왕자 - 나 해리 포터: 해리 - 론 - 헤르미온느 - 해그리드 등 키다리 아저씨 : 주디 - 샐리, 줄리어, 지미 등	톰 소여 - 이모, 선생님 등 해리 포터 - 말포이 키다리 아저씨 : 주디 - 리페트 원장

4. 인물의 역할

인물은 지은이가 만들어낸 가상의 사람, 동물, 사물 등입니다. 그리고 인물은 지은이가 생각한 사건을 만들어가는 수단이라고 할 수 있습니다. 사건은 인물을 통해서만 나타납니다. 인물과 인물끼리 혹은 인물과 배경 사이에 갈등이 만들어집니다. 그리고 인물이 사건을 보여줍니다.

결국 이야기를 이끌어가는 유일한 방법이 인물을 등장시키는 것입니다. 인물이 사건을 이끌어가고 따라서 이야기를 만들어갑니다. 그래서 주인공, 반동인물, 주변인물 등 다양한 인물이 등장하여 사건이 벌어집니다. 물론 이야기의 배경 안에서요.

비행사가 별명인 창남은 집이 무척 가난한 친구이다. 어느 추운 날 체육 시간에 체육 선생님이 두꺼운 윗옷을 벗으라고 했는데 창남이만 옷을 벗지 않았다. 체육 선생님이 화를 내며 당장 옷을 벗고 샤쓰만 입으라고 하자 '만년샤쓰'도 괜찮냐고 되묻는다. 선생님이 만년싸쓰가 뭐냐고 묻자 아무 것도 걸치지 않은 맨몸이라고 대답한다. 왜 싸쓰를 안 입었냐고 하자 지금은 샤쓰가 없고 나중에 형님이 사 줄 것이라고 말한다. 결국 창남이는 윗옷을 벗지 않고 체육을 했다.

이튿날 추운 날씨에 창남이가 얇은 옷을 입고 양말도 안 신고 학교에 왔다. 체육 선생님은 왜 또 옷이 없냐고 물어 보았다. 그러자 동네에 불이 나서 집도 옷도 모두 타버린 사람들에게 자기 옷을 몽땅 줘버려서 옷이 없다고 했다. 친구들과 선생님은 창남이의 말을 듣고 조용히 고개를 숙였다.

「만년 샤쓰」, 방정환, 줄거리 요약

「만년 샤쓰」에서 주인공인 창남이는 가난하고 어려운 형편에서도 친구들을 잘 도와주고 유쾌한 말로 기분을 풀어주는 멋진 인물입니다. 그래서 이름이 비슷해서 생긴 '비행사'라는 별명이 너무나 잘 어울리지요. 게다가 집안이 아무리 어렵고 힘들어도 항상 긍정적으로 생각하고 해결해 나갑니다. 그래서 진짜로 옷이 없어 셔츠를 못 입었을 때도 맨몸을

'만년 샤쓰'라고 말하며 조금도 부끄러워하거나 슬퍼하지 않습니다. 그러니까 혼을 내던 체육 선생님도 그만 미안해지게 됩니다.

동네에 불이 나서 동네 사람들이 집까지 잃어버리자 자기 옷을 나눠주는 사건에서도 모두가 고개를 숙이게 만드는 행동을 보여줍니다. 주인공이 사건을 이끌어가는 것을 정확하게 보여주는 예입니다. 동네에 불이 난 것은 그냥 사건이지만 입고 있던 바지를 벗어주는 것은 주인공이 만든 사건이지요. 그래서 무서운 체육 선생님과도 처음에는 갈등이 생기지만 모두 사라지게 되고 창남이의 아름다운 마음씨에 감동하게 됩니다.

창남이의 반동인물인 체육 선생님은 처음에는 사정을 잘 모르고 창남이와 갈등을 일으키다가 창남이의 진심을 알고 나서는 착하고 남을 배려하는 마음씨에 감동하여 창남이에게 고개를 숙이게 됩니다. 체육 선생님의 등장으로 창남이의 좋은 성격이 더 잘 드러나게 되는 것입니다.

창남이의 어머니는 주변인물입니다. 항상 유쾌하고 긍정적인 창남이와 마찬가지로 자기도 불이 나서 피해를 입었지만, 집이 아직 남아있으니 집이 다 타버린 사람들에게 옷을 나누어 줍니다. 쉽게 생각할 수 있는 일이 아닌데, 이것을 보고 창남이네 가족은 모두 남을 배려하는 마음씨를 가지고 있구나 하고 짐작할 수 있습니다.

배경도 큰 역할을 합니다. 웃옷이 없냐는 체육 선생님의 질문에 창남이는 형님이 오면 사 주신다고 말합니다. 그리고 동네에 불이 났을 때도 어머니 옷과 자기 옷을 이웃에 나누어 주었다고 말합니다. 어머니 이야기는 하는데 아버지 이야기는 안합니다. 옷을 사주는 것도 집안의 의견을 결정하는 것도 아버지가 아닙니다. 어디에서도 아버지를 말하지 않습니다. 왜 그럴까요?

아무래도 아버지가 안 계시면 아버지가 계신 집보다는 조금이라도 더 어려운 것은 뻔한 일입니다. 더구나 '샤쓰'라는 일본말을 쓰는 일제 강점기 시대이니 아버지가 집안에서 아주 큰 역할을 했음은 당연한 일이겠지요. 아버지가 왜 없는지는 모르나 어쨌든 '아버지가 없다'는 배경은 창남이가 가난하다는 배경이 그럴 듯하게 인정되게 합니다. 아버지가 세상을 떠났는지, 멀리 일하러 갔는지 사정은 자세히 몰라도 현재 창남이 집에 아버지가 없다는 사실은 창남이에게 이로운 일은 아닐 테니까요. 그래서 창남이는 형편이 어렵고 아버지가 안 계셔도 꿋꿋하게 살아가는 아이임을 보여줍니다. 이것이 이야기 속 인물의 힘입니다.

아마 그 때 실제로 창남이 같은 형편의 아이도 많았을 것입니다. 그런 아이들이 이런 이야기를 읽으면 창남이가 되어 용기를 얻고 힘을 내겠지요. 몇 십 년이 지난 지금의 우리들도 이 이야기에 감동을 받고 남을 배려하는 마음을 가지는 것처럼요.

5. 인물의 성격

인물에게는 저마다의 성격이 있습니다. 사람이든 동물이든 사물이든 관계없이 인물이라면 모두 성격을 가지고 있습니다. 그 성격은 이야기에서 직접 설명해주는 경우도 있지만 그런 경우는 많지 않고, 대부분 이야기 속에서 대화와 행동을 통하여 드러납니다.

방정환의 「토끼의 재판」이라는 희곡에 인물의 대화와 행동을 통해 성격을 알 수 있는 부분이 있습니다.

호랑이 : 하하하, 궤짝 속에서 한 약속을 궤짝 밖에 나와서도 지키라는 법이 어디 있어?

나그네 : 그런 법이 어디 있소? 우리, 누가 옳은지 한번 물어보세.

소나무 : 사람들은 은혜를 몰라. 내가 맑은 공기를 마시게 해 주는데도 마

구 꺾지를 않나, 베어 버리지를 않나……. 호랑이야, 얼른 잡아먹어 버려라.

길 : 사람들은 날마다 나를 밟고 다니면서도 고맙다는 말 한 마디를 하지 않지. 코나 흥흥 풀어서 버리고 침이나 탁탁 뱉잖아? 호랑이야, 얼른 잡아먹어 버려라.

나그네 : 잠깐, 한 번 더 물어봐야지. 재판도 세 번은 해야 하지 않소?

토끼 : 아니지요. 호랑이가 이 양반 속에 갇혔는데 궤짝이 지나가다 보니까……. 아이고 모르겠네. 왜 이렇게 알 수가 없을까? 죄송하지만 좀 자세히 설명해 주세요. 눈으로 보면 쉽게 알 수 있겠는데…….

토끼 : 아뇨, 또 모르겠어요. 이렇게 큰 몸이 어떻게 이 궤짝 속에 들어가나요? 믿을 수가 없어요.

[…중략…]

호랑이 : 나그네님, 이번에는 정말 잡아먹지 않을 테니 한 번만 더 살려주십시오.

호랑이는 갇혀 있는 자기를 구해주기만 하면 은혜를 갚고 절대로 잡아먹지 않겠다고 약속하지만, 그 약속을 한 번에 깨뜨리고 나그네를 잡아먹으려 합니다. 이렇게 약속을 저버리는 말과 행동으로 호랑의 성격을 쉽게 알 수 있죠. 소나무와 길은 한 마디 말로 자신이 인간들한테 당한 기분 나쁜 경험을 이야기하며 무조건 호랑이 편을 들지요.

나그네는 불쌍한 호랑이를 구해주고도 도리어 목숨을 잃을 위기에 처하자 한 가지 지혜를 발휘하여 재판을 하자고 제안합니다. 토끼는 일부러 말을 못 알아들은 척하고 횡설수설하며 호랑이를 답답하게 만들어 스스로 다시 갇히게 만듭니다.

이러한 인물의 말과 행동으로 인물이 어떤 성격을 가지고 있으며 그것이 사건에 어떻게 영향을 미치는지 알 수 있습니다.

인물	말	행동	성격
호랑이	하하하, 궤짝 속에서 한 약속을 궤짝 밖에 나와서도 지키라는 법이 어디 있어? 나그네님, 이번에는 정말 잡아먹지 않을 테니 한 번만 더 살려주십시오.	구해주면 은혜를 갚겠다고 해놓고 나그네를 잡아먹으려 한다. 다시 갇혀서 또 은혜를 갚겠다고 한다.	거짓말을 하며 은혜를 모르고 안하무인하다.
나그네	우리, 누가 옳은지 한번 물어보세. 잠깐, 한 번 더 물어봐야지. 재판도 세 번은 해야 하지 않소?	호랑이를 구해준다. 잡아먹으려 하자 재판을 하자고 한다. 재판에 두 번 지니까 마지막 한 번이 남아 있다고 한다.	남을 불쌍히 여기고 동정심이 많으며 논리적이고 지혜롭다
토끼	아이고 모르겠네. 왜 이렇게 알 수가 없을까? 죄송하지만 좀 자세히 설명해 주세요. 눈으로 보면 쉽게 알 수 있겠는데……. 이렇게 큰 몸이 어떻게 이 궤짝 속에 들어가나요? 믿을 수가 없어요,	자기가 무슨 상황인지 잘 이해하지 못했다고 꾸며서 호랑이를 속여 다시 갇히게 만든다. 불쌍한 사람을 구해주려 하고 잘못된 일을 그냥 지나치지 않는다.	지혜롭고 정의롭다
소나무 길	소나무 : 사람들은 은혜를 몰라. 내가 맑은 공기를 마시게 해 주는데도 마구 꺾지를 않나, 베어 버리지를 않나……. 길 : 사람들은 날마다 나를 밟고 다니면서도 고맙다는 말 한 마디를 하지 않지. 코나 흥흥 풀어서 버리고 침이나 탁탁 뱉잖아?	자기가 사람에게 당한 안 좋은 기억만 생각하며 호랑이 편을 든다.	자기 생각만 하며 단순하다

옛날 이야기에서도 인물의 성격이 잘 드러나고 그것이 사건에 영향을 미치는 것을 볼 수 있습니다.

「혹부리 영감」에서 착한 혹부리 영감은 도깨비들 앞에서 노래를 부른 다음에 혹이 노래주머니라고 말하여 큰 부자가 됩니다. 거짓말이기는 하지만 지혜와 재치를 발휘하여 목숨도 구하고 재산도 얻은 것이지요. 그러나 욕심쟁이 혹부리 영감은 오로지 부자가 될 목적으로 도깨비한테 가서 노래를 부르다가 혹만 더 붙여 돌아옵니다. 욕심만 있고 지혜가 없었기 때문입니다.

「젊어지는 샘물」에서도 착한 할아버지는 욕심을 부리지 않고 샘물을 알맞게 마셔 젊어지게 되고 멋진 모습을 가지게 됩니다. 그러나 욕심쟁이 할아버지는 욕심을 너무 부려서 결국 아기가 되고 말지요. 이렇게 이야기에서 인물의 성격은 대화와 행동을 통해 나타나고 사건에 영향을 미치는 것을 알 수 있습니다.

6. 인물의 변화

인물에게는 특징이 있습니다. 첫째는 말과 행동을 한다는 것이고, 둘째는 성격이 있다는 것입니다. 그리고 셋째는 변신할 수 있다는 것입니다. 변신이라는 것은 신체적으로도 변할 수 있고 성격도 변할 수 있다는 것입니다. 물론 둘 다 변할 수도 있습니다. 인물의 변화는 사건에 큰 영향을 주게 되고 이야기의 재미를 크게 키우는 역할을 합니다. 흔히 부르는 말로 '반전'이라고 하는 사건의 방향 전환이 인물의 변화로 인해 일어나는 경우가 많거든요.

물론 변하지 않는 인물도 있습니다. 흥부전의 흥부, 신데렐라, 성냥팔이 소녀 등은 모두 처음이나 끝이나 똑같은 성격의 인물입니다. 이렇게 변화가 없는 인물을 평면적 인물이라고 하고, 변화하는 인물을 입체적 인물이라고 합니다.

미국의 소설가인 오 헨리의 「이십 년 후」를 보면 인물의 변화에 대해서 잘 알 수 있습니다.

한 경찰관이 저녁 시간에 순찰을 하다가 길에서 한 남자를 만납니다. 그는 미국 뉴욕에서 서부로 갔다고 말하며 이름은 밥이라고 합니다. 그는 돈을 많이 벌었다고 자랑하며 이십 년 전에 이 자리에서 다시 만나기로 약속한 친구인 지미를 기다린다고 말합니다. 담뱃불을 켤 때 잠깐 본 그는 험상궂은 얼굴에 흉터도 있습니다. 경찰관은 그와 헤어져 다시 순찰을 갑니다. 잠시 후 이십 년 전에 만나기로 한 친구가 나타났습니다. 둘은 반가워하며 이야기를 나누지만 밝은 곳에서 보니 그는 친구인 지미가 아니었습니다. 밥은 깜짝 놀라 누구냐고 묻는데, 그는 자기가 경찰이라며 밥을 체포합니다. 그리고 편지를 하나 건네줍니다.

"나는 아까 약속 장소에 자네를 만나러 갔었네. 그리고 자네 얼굴을 보고 현상수배범인 것을 알았지. 차마 친구인 내가 자네를 체포할 수는 없었네. 그래서 다른 경찰관을 보냈네. 지미로부터."

「이십 년 후」, 오 헨리, 줄거리 요약

이십 년 전에는 둘 다 착한 청년이었는데 그 긴 시간동안 한 친구는 경찰관이 되고 한 친구는 끔찍한 범죄자가 되어 만나게 됩니다. 두 인물은 이십 년 동안 변화하죠. 그리고 그 변화의 결과가 사건의 결말이 됩니다. 뭔가 두 친구가 다시 만나 이제부터 어떤 사건이 생길 것 같다는 독자의 생각을 완전히 깨뜨리고 사건의 급격한 방향 전환을 가져오면서 이야기는 갑자기 끝나버리지요. 이것이 반전입니다. 독자는 당황하고 뒷통수를 한 대 맞은 것 같은 충격에 빠집니다. 인물의 변화가 가져오는 사건의 급변화 때문입니다.

오 헨리의 또다른 소설 「다시 찾은 갱생」에서도 인물의 변화가 가져오는 긴박한 진행과 마지막 반전이 멋지게 어울립니다. '갱생'이란 사람의 마음이 변하여 완전히 다른 사람이 된 것을 말하는데 일반적으로 죄를 저지른 사람이 반성하고 새사람이 되는 것을 일컫는 말입니다.

유명한 은행 강도인 지미는 감옥에서 나오자마자 최고의 도구와 엄청난 솜씨로 은행의 금고를 털어 돈을 많이 모읍니다. 그리고 멀리 떨어진 도시로 가서 아리따운 아가씨를 만나 구두 가게를 열고 행복한 삶을 꿈꾸게 됩니다. 그 아가씨와 결혼하게 된 지미는 더 이상 은행 강도짓을 하지 않으려 결심합니다. 그래서 동료에게 자기의 금고털이 도구를 건네주려 들고 가다가 약혼녀의 아버지가 경영하는 은행에 들르게 됩니다. 약혼녀의 아버지는 신형 금고를 소개하며 자랑하고 있었는데, 한 아이가 장난으로 동생을 금고에 넣고 잠가 버려 아무도 열지 못하게 되었습니다. 아이의 숨넘어가는 소리가 들리고 모두가 발을 동동 구르며 어쩔 줄 모르던 그 때, 지미는 아이를 구하기 위하여 조금도 망설이지 않고 도구를 꺼내 금고를 엽니다. 그리고는 경찰관에게 자수를 하는데 경찰관은 모르는 사람이라고 하며 어서 약혼녀에게 돌아가라고 말하고는 가버립니다.

「다시 찾은 갱생」, 오 헨리, 줄거리 요약

이야기에서 주인공은 은행 강도입니다. 나쁜 사람이고 범죄자입니다. 남의 돈을 훔쳐 자기가 잘 사는데 썼습니다. 분명한 범죄입니다. 그러나 죄를 숨기고 만난 너무나 아름다운 아가씨와 자기의 기술로 일군 구두 가게 덕분에 평범한 삶의 행복을 깨닫고 범죄에서 손을 떼기로 합니다. 그렇지만 우연히 만난 거대한 사건은 그의 행복을 깨버릴 위험을 안은 폭탄입니다. 그는 선택해야 합니다. 은행 강도라는 사실을 영원히 숨기고 약혼녀와 결혼하여 행복을 누릴 것인가, 아니면 자기가 가진 모든 것을 잃더라도 무엇과도 바꿀 수 없는 소중한 생명을 구할 것인가. 선택은 너무나도 당연한 것입니다. 이 세상에서 사람의 생명보다 귀중한 것은 없습니다. 만약 그가 자기의 행복만을 생각하여 끝까지 아이를 구하지 않았다면 과연 행복할 수 있었을까요? 정답은 아마도 뻔할 것입니다.

그렇게 자신에게 주어진 모든 행복을 내던지고 오직 가장 중요한 한 가지만을 생각해 너무나 고귀한 일을 해낸 그를 경찰관마저 용서하게 됩니다. 사회의 법보다 더 우선적이고 소중한 그 무언가를 생각한 것이지요. 주인공의 변화가 어찌나 큰지 심지어 반동인물까지 주인공 편에 서게 만들어 버린 것입니다.

지미는 다시 행복할 것입니다. 그의 정체가 무엇인지 알게 되었다 해도 오로지 그가 아니었으면 누구도 아이의 목숨을 구하지 못하였을테니 그 숭고한 마음씨와 노력을 누구도 모른 체 할 수 없습니다. 사랑하는 사람이라면 더더욱 그렇겠죠. 지미의 앞날에 대하여 지은이는 친절하게 힌트까지 주고 있습니다. 바로 경찰관의 말 한 마디,

"저는 선생님이 누구신지 전혀 모릅니다. 좋은 일 하셨으니 감사드립니다. 그런데 저기 약혼자 분께서 기다리시는데요?"

그렇습니다. 과거에 은행 강도였던, 지금은 자기가 가진 모든 것을 희생하여 생명을 구해낸 영웅을 세상은 절대 버리지 않을 것입니다. 지미는 완전히 새사람이 되었습니다. 인물의 변화는 사건의 엄청난 변화를 가져왔습니다. 지미의 '갱생'이 시작된 것이죠.

인물의 변화는 많은 이야기에 나옵니다. 프랑스 소설가 빅토르 위고의 『레미제라블』에서는 장발장이 굶주림으로 인해 도둑질을 했다가 용서를 받고 새사람이 됩니다. 영국 소설가 로버트 스티븐슨의 『지킬 박사와 하이드 씨』에서는 겉모습과 성격을 변하게 하는 약에서 헤어 나오지 못한 지킬 박사가 결국 변한 모습인 하이드 씨로 인해 비극을 맞이합니다. 인물의 변화가 사건의 중심이 됩니다.

7. 작가의 의도

인물은 지은이가 만든 것이기 때문에 반드시 지은이가 말해주려 하는 것을 말해주고 보여줘야 합니다. 인물을 통해 지은이가 말하고자 하는 것이 나오는데 이것을 '작가의 의도'라고 할 수 있습니다.

프랑스 소설가 모파상의 「목걸이」에서는 주인공이 작은 오해로 인해 엄청난 고난을 겪게 되는데 주인공인 마틸드가 했던 오해에 작가의 의도가 숨겨져 있습니다.

예쁘게 꾸미는 것을 좋아하며 화려한 생활을 꿈꿨던 마틸드는 가난한 남편과 결혼하여 자신의 보잘 것 없는 생활에 실망하며 살아갑니다. 그러던 어느 날 남편이 가져 온 파티 초대장으로 인해 잠깐 마음이 들뜨지만 변변한 드레스 한 벌 없는 마틸드는 다시 풀이 죽게 됩니다. 남편은 그녀를 달래기 위해 드레스를 사 주지만 마틸드는 이번에는 장신구가 없다며 실의에 빠집니다. 남편은 부자인 친구 잔느에게 목걸이를 빌리라고 권하고, 마틸드는 잔느에게 멋진 다이아몬드 목걸이를 빌립니다. 마틸드는 모처럼 파티의 주인공이 되어 화려한 시간을 보내고 돌아오지만, 목걸이를 잃어버린 것을 알게 됩니다. 마틸드와 남편은 목걸이를 찾기 위해 샅샅이 뒤졌지만 결국 목걸이를 찾지 못하고, 똑같이 생긴 다이아몬드 목걸이를 사서 잔느에게 돌려줍니다. 그들은 엄청나게 비싼 목걸이를 사느라 빚을 많이 지게 되고 10년간 갖은 고생을 하며 빚을 갚게 됩니다. 10년이 지나 초라한 모습이 된 마틸드는 우연히 잔느를 만나게 되고, 잔느는 깜짝 놀라며 그 목걸이가 가짜임을 밝힙니다.

「목걸이」, 모파상, 줄거리 요약

마틸드는 한 순간의 허영심 때문에 인생을 망쳐버렸습니다. 허영에 들떠 아무런 생각 없이 목걸이를 빌렸고, 그것이 진짜인지 가짜인지 알아보지도 않고 덜컥 진짜라고 믿어버렸습니다. 즉 목걸이를 빌려준 잔느는 부자이기에 목걸이는 당연히 비싼 것이라고 혼자 오해를 하고, 비싼 목걸이를 사느라고 엄청난 빚을 지게 됩니다. 독자는 한번쯤 생각하지요. '왜 잔느에게 목걸이가 얼마짜리냐고 한 번도 묻지 않는 걸까? 그리고 목걸이를 잃어버렸다고 사실대로 말할 생각은 왜 하지 못한 걸까?' 그것이 바로 작가의 의도입니다. 잔느는 부자니까 당연히 비싼 목걸이를 가지고 있을 것이라는 혼자만의 오해, 잔느에게 도저히 목걸이를 잃어버렸다고 말하지 못하는 자신감의 부족, 거기서 마틸드의 끝없는 불행이 시작됩니다.

지은이는 마틸드의 어리석고 나약한 모습에서 분수에 맞지 않고 허영심을 부리는 사람들이 얼마나 위험한지를 보여주고 있습니다. 허영에 빠지면 정상적인 판단을 하지 못하고 스스로의 감옥에 갇히게 되는 꼴이라는 것입니다. 인물이 보여주는 작가의 의도, 무엇인지 알 수 있겠죠?

문학의 가치와 효과

우리가 문학을 읽는 이유는 다른 것 없습니다. 재미있기 때문입니다. 그러면 그 재미란 무엇일까요? 문학이 우리 삶에 필요한 이유는 무엇일까요? 문학이 주는 재미를 이해하고 재미를 느낄 수 있어야 문학 창작을 더 재미있게 할 수 있습니다. 여기서는 문학이 주는 재미를 크게 공감과 감동으로 생각해보았습니다. 공감과 감동을 알려주고 그것을 찾아보는 것이 문학에 빠져들게 하는 좋은 방법이라고 생각됩니다.

1. 공감

이야기는 아무 뜻 없는 사건의 나열이 아닙니다. 이야기에 등장하는 사건에는 반드시 이유가 있습니다. 그 이유는 대부분 이야기를 쓴 사람이 읽는 사람에게 알려주고자 하는 것입니다. 그러나 그것을 대놓고 드러내지 않기에 읽는 사람은 그것을 찾기 위하여 생각하는 노력을 해야 합니다. 그런데 그 노력이 너무나 재미있는 과정이기에 조금도 힘들거나 버겁지 않고 즐겁게 하게 됩니다. 그 가운데 공감이라는 것이 있습니다.

흔히 이야기를 읽을 때 "내가 이야기의 인물이라면 어떻게 했을까?" 하는 질문을 많이 받게 됩니다. 거기서 대답은 보통 두 가지입니다. 이야기대로 하거나 아니면 이야기와 다르게 하거나 둘 중 하나입니다. 이야기대로 한다면 글쓴이의 마음에 공감하는 것이고, 이야기와 다르게 하겠다고 생각한다면 공감에 상상을 더하는 것입니다.

이야기에 완전히 공감을 하면 인물에 동화되는 현상이 나타납니다. '그래, 나도 그렇게 할 것 같아.', '흥부가 복을 받는 것은 참 잘된 일이야.' 같은 감정입니다. 공감이 덜 되면 이야기에 불만을 가지게 됩니다. '내가 흥부였다면 절대로 놀부를 용서하지 않았을 거야.', '내가 심청이었다면 아버지의 눈을 뜨게 하기 위해서 바다에 몸을 던질 수 있었을까?'와 같은 감정을 가지게 됩니다. 물론 이야기에 완전히 공감하면 글쓴이가 전하고자 하는 메시지를 고스란히 받아들여서 감동을 크게 받고 작품을 많이 좋아하게 될 것입니다. 그러나 공감을 못했다고 해 서 문제가 있는 것은 아닙니다. 오히려 이야기에 대한 새로운 시각과 다르게 이해하려는 노력으로 이야기를 더 깊이 있게 읽고 자신의 생각을 다듬을 수 있게 됩니다.

『키다리 아저씨』에 이러한 부분이 나오는데, 여기서 주디의 말은 지은이가 말하고자 하는 아주 강력한 의견입니다.

키다리 아저씨

제가 말씀드린 불쌍한 가족에게 보내 주신 아저씨의 수표가 어제 도착했어요. 정말 감사합니다.

그 집 어머니는 그 작은 종이 조각이 100달러임을 알게 된 순간, "하느님, 감사합니다."라고 소리쳤어요.

"하느님이 아니에요. 이건 키다리 아저씨가 보내 준 거랍니다.(물론 저는 아저씨를 존 스미스 씨라고 말했어요.)"

그러자 그 어머니는 "그렇지만 그 분의 마음에 그런 생각을 갖게 만든 것은 하느님이십니다."라고 말했어요.

"그렇지 않다니까요. 그 분의 마음에 그런 뜻을 심은 건 저라니까요!" 하고 저는 쏘아붙였습니다.

어쨌거나 아저씨께는 하느님이 합당한 보답을 하실 거라고 저는 믿어요. 지옥에 갈 것을 1만 년은 면제해주시겠지요.

주디 올림

주디는 어느 가난한 가족을 도와달라고 키다리 아저씨에게 부탁을 합니다. 아저씨는 흔쾌히 그 부탁을 들어주어 큰돈을 보내주었지요. 그러나 도움을 받은 사람은 돈을 준 사람이 누구인지 물어보기도 전에 하느님에게 감사하다는 말부터 합니다. 주디는 그것이 마음에 들지 않았습니다. 읽는 사람에 따라 다른 생각과 이해를 할 수 있지만 지은이는 그 도움에서 하나님은 전혀 아무 일도 하지 않았음을 강조합니다. 그래서 도움을 줄 마음을 들게 한 것도 하느님이 아님을 강조합니다. 도와달라고 부탁한 사람은 주디이고, 실제로 도움을 준 사람은 키다리아저씨니까 도움에 관계된 그 누구도 하느님은 아니고 오직 사람이지요. 그런데도 도움을 받은 사람은 도와준 사람들에게는 고맙다는 말 한 마디 하지 않고 오직 하느님에게만 고맙다는 말을 연발합니다. 여기서 공감을 하거나 다른 생각을 하거나 선택은 온전히 읽는 사람의 몫입니다. 읽는 사람에 따라서 다르겠지만 어쨌거나 한 번 더 생각하게 만드는 힘은 가지고 있습니다. 그것이 문학의 역할이지요.

『홍길동전』을 읽으면서도 이러한 생각을 하게 됩니다. 홍길동은 탐관오리를 혼내주는 의적이 되지만 어쨌든 의적도 법을 어기는 도둑입니다. 남의 물건을 허락 없이 훔치는 것은 이유야 어떻든 도둑질이니까요. 그래서 홍길동이 의적이 된 것이 옳은가 그른가에 대하여 얼마든지 토론이 가능합니다. 지은이의 생각에 공감을 하거나 반대를 하거나 상관없이 이야기를 깊이 있게 읽게 만드는 것은 분명합니다.

일본 소설인 구리 료헤이의 『우동 한 그릇』에서도 가난한 가족이 부족한 티를 내며 우동 한 그릇으로 세 명이 나눠먹는 창피함을 무릅쓰고서까지 외식을 하는 것이 과연 옳으냐에 대한 논란이 있습니다. 보통 사람 같으면 그런 모습을 안 보여주고 싶으니 차라리 사먹으러 가지 않을 것이라는 생각이죠. 그 생각도 일리가 있습니다. 그렇게 작품의 생각에 동의를 하거나 이의를 가지는 것은 모두 감상의 방법입니다. 거기에는 정답이 없으며 어떻게 읽더라도 그것은 읽는 사람의 자유로운 감상입니다.

공감은 이야기에 빠져 들어 감동을 느끼게 하는 매우 중요한 과정입니다. 공감을 하게 되면 인물의 처지를 이해하고 심정을 알 수 있게 됩니다. 공감이 부족하면 이야기와 다른 생각을 하게 되면서 이야기를 찬찬히 뜯어보게 됩니다. 어떤 경우든 이야기가 만든 결과이며 그것이 생각을 다양하게 하고 삶을 풍부하게 하는 것은 분명합니다. 그것이 바로 문학의 가치입니다.

2. 감동

우리 삶에는 감동이 있어야 합니다. 사람들은 대부분 감동을 받고 싶어하고 감동 자체를 좋아합니다. 장애를 가진 사람이 장애를 극복하고 열심히 노력하여 성공을 거두었을 때 우리는 그 사람을 보면서 대단하다고 생각하고 응원의 박수를 보내며 앞으로도 잘 되기를 기원합니다. 그리고 그것을 보고 나도 용기를 내야겠다, 지금의 어려움은 별 것 아니구나 하는 희망도 얻습니다. 나보다 더 못한 상황을 이겨내는 사람에게 느끼는 감동은 내 삶에 큰 버팀목이자 희망이 됩니다.

이야기에도 감동이 있습니다. 쉽게 말해서 감동이 없는 이야기는 없습니다. 지은이가 말하고자 하는 무언가는 결국 감동으로 다가옵니다.

프랑스 소설가 알퐁스 도데의 「마지막 수업」은 나라를 빼앗겨 더 이상 자기 나라 말을 쓰거나 배우지 못하는 사람들을 보여 주며 나라의 소중함과 말의 소중함을 이야기합니다. 거기서 '아, 나라는 정말 소중한 것이구나. 혹시라도 우리나라를 빼앗기지 않도록 나라를 튼튼히 지켜야겠구나.'라는 생각을 하거나 '말이 저렇게 소중한 것인데 나는 이때까지 우리 말을 너무 함부로 쓰지 않았을까? 이제부터는 바른 말을 써야겠다.'라고 생각하는 것이 바로 감동입니다. 그래서 문학 작품을 삶의 거울이라고 이야기합니다. 마치 거울에 비쳐보듯이 자기의 모습을 정확히 알고 더러운 부분은 닦아내고, 잘못된 부분은 고쳐나갈 수 있다는 뜻입니다.

감동은 뚜렷하게 말로 표현하기 어려운 경우가 많습니다. 그냥 뭔지 정확히 말은 못하겠지만 그냥 가슴이 벅차오르거나 괜히 등줄기에 소름이 끼치거나 마음이 뿌듯하거나, 몸이 떨리거나 웃음이나 눈물이 나는 경우에 감동을 받은 것으로 생각합니다. 그런 감정의 변화가 사람의 생각을 변화시키고 삶을 더욱 풍부하게 가꾸어 줍니다.

감동은 이야기를 좋아하는 가장 큰 이유가 됩니다. 어떤 이야기를 읽고 감동을 받게 되면 당연히 그 이야기를 좋아하게 됩니다. 그러면 그와 비슷한 이야기를 찾아서 더 읽고 싶고 이야기를 읽은 느낌을 독후 감상으로 나타내고 싶어집니다. 그러면서 독서가 확대되는 것입니다. 문학은 독서를 자연스럽게 많이 하고 독서를 좋아하게 하는 좋은 방법이 됩니다. 그 과정에서 좋아하는 작품을 찾고 선택하는 능력도 길러집니다.

문학을 많이 읽으면 감동을 잘 받게 됩니다. 감동을 받으면 삶이 여유로워지고 모든 일에 자신감이 붙게 되지요. 그 감동의 영향으로 일상생활이 즐거워지고 재미있어지는 겁니다. 또한 감동으로 인해 자기가 좋아하는 작품을 찾아 읽으며 감동을 표현하려 노력하게 됩니다. 그러한 것이 문학의 힘입니다.

「마지막 잎새」에서 병에 걸려 마음도 약해진 존시는 창문 너머 보이는 나무에 몇 개 남지 않은 잎새가 다 떨어지면 자기도 죽게 될 것이라는 서글픈 생각을 합니다. 실제 병은 이겨낼 수 있는 것인데 가난과 절망으로 지친 존시는 그만 삶을 포기하게 된 것입니다.

이웃집에 사는 버만 노인은 젊은 아가씨의 잘못된 생각을 멈추게 하기 위하여 폭풍우 치는 밤에 아무도 몰래 영원히 떨어지지 않을 잎새를 만들어냅니다. 바로 자신이 그린 최고의 걸작이지요. 버만 노인의 희생으로 존시는 삶의 희망을 되찾지만 그 대신 버만 노인은 존시 대신 목숨을 잃게 됩니다. 읽는 사람은 버만 노인의 죽음이 헛된 것이 아니라는 것을 알게 되면 큰 감동을 느끼게 되고 버만 노인의 행동에 고마움을 느끼며 더불어 예술의 위대함도 생각하게 됩니다. 이렇게 마지막 잎새에서 감동을 얻게 되면 마지막 잎새를 쓴 사람의 다른 작품을 더 읽어보고 싶거나 마지막 잎새와 비슷한 감동을 주는 이야기를 더 찾게 될 것입니다. 그렇게 이야기에 대한 관심과 흥미를 높여 가면 이야기를 더 재미있게 읽을 수 있습니다.

이야기만 감동을 주는 것이 아닙니다. 당연히 시를 읽고도 깊은 감동을 받을 수 있습니다. 앞서 배운 김소월의 「엄마야 누나야」를 읽고 나서 감동을 받았을 것입니다. 말로 표현하기는 어려워도 무언가 가슴이 찡하고 벅차오르는 느낌은 있었을 것입니다.

감동을 주는 시를 살펴볼까요?

물새알 산새알

박목월

물새는
물새라서 바닷가 모래밭에
알을 낳는다
보얗게 하얀 물새알.

산새는
산새라서 수풀 둥지 안에
알을 낳는다
알락알락 얼룩진 산새알.

물새알은
간간하고 짭조롬한
미역 냄새

바람 냄새.

산새알은
달콤하고 향긋한
풀꽃 냄새
이슬 냄새.

물새알은
물새알이라서
아아, 날갯죽지 하얀
물새가 된다.

산새알은 산새알이라서
머리꼭지에 빨간 댕기를 드린
산새가 된다.

이 시를 그냥 가만히 읽어 보면 마음이 잔잔해짐을 느낍니다. 평화로워지고 고요해지고 앞서 배운 것처럼 머리 속에 어떤 그림이 그려집니다. 그러면서 그렇게 그림이 그려지는 풍경으로 조용히 들어가고 있다는 느낌을 받게 됩니다. 자기만의 수풀, 자기만의 바닷가를 그려보며 거기서 보이는 새들을 보고, 거기서 나는 냄새를 맡게 됨을 느낄 수 있습니다. 엄청난 감동을 받지 않아도 그냥 뭔가 일상과는 다른 느낌을 가지게 될 것입니다. 그것이 바로 시가 주는 은은한 감동입니다.

우리가 흔히 좋은 작품이라고 이야기하는 작품들은 거의 다 감동을 듬뿍 선사합니다. 그러한 감동은 읽는 사람에 따라 크기도 종류도 제각각이지만 사람들은 그 감동 때문에 꾸준히 문학 작품을 찾게 되지요.

이야기는 현실을 있는 그대로 보여주지는 않습니다. 기본적으로 '그럴 듯하지만 실제로는 없는 이야기'가 대부분입니다. 정말 어디엔가 있을 것 같지만 사실은 지은이가 만들어 낸 세계의 만들어낸 인물입니다. 그러나 그것은 단순히 그럴 듯 하게 만들어낸 것이 아니라 지은이가 보여 주고 싶은 세상의 어떤 현상을 담아내고 있습니다. 지은이는 주제를 생각하여 그것을 이야기의 인물, 사건, 배경에 녹여내고 주제를 드러내기 위한 작품 속의 세계를 만들어냅니다. 그러니까 작품 속의 세계는 그냥 완전히 새롭거나 허황된 것이 아니라 지은이의 의도를 보여주기 위해 설치되는 무대 같은 것입니다.

「방구 아저씨」에서 지은이는 일제 강점기에 일본의 무시무시하고 잔인한 폭력 통치와 그 아래 힘겹게 살아가던 우리 민족의 삶을 보여주기 위하여 방구 아저씨라는 인물을 만들어냈습니다. 그러니까 방구 아저씨는 단순한 동네 아저씨이기도 하지만 일제에 의해 고통을 받고 살아가는 그 당시 우리 민족을 상징하는 인물입니다. 그 고통과 어려움을 크게 강조하기 위하여 힘들게 고생만 하다가 죽은 방구 아저씨의 아내 이야기를 넣었고, 아내에 대한 미안함으로 아내를 상징하는 괴목장에 온 정성을 바쳐 죽음으로까지 그것을 지켜내려는 방구 아저씨의 노력을 보여줍니다. 그리고 결국 방구 아저씨는 목숨보다 소중한 물건을 지켜내지 못하고 처참한 죽음을 맞습니다.

평소에 방구 아저씨가 동네 아이들에게 웃음을 주는 착하디 착한 사람임을 보여주었기에 그 슬픔은 훨씬 더 생생하게 느껴집니다. 방구 아저씨의 죽음으로 우리는 일제에 대한 미움과 분노가 극에 달하고, 방구 아저씨에 대한 미안함과 가련함이 더욱 커집니다. 그러니까 지은이가 보여주려던 일본의 만행, 우리 민족의 슬픔 등이 또렷하게 드러나게 됩니다.

이야기의 세계	현실에서 상징하는 것	사건	보여주려는 것	우리의 느낌
방구 아저씨	아무 죄없이 일본에게 괴롭힘을 받는 우리 민족	괴목장을 끝까지 지키려다 죽음을 당한다.	독립 의지가 꺾이며 일본에게 고통받는 우리 민족의 슬픔	우리 민족이 불쌍하고 다시는 나라를 빼앗기지 말아야겠다.
괴목장	우리 민족의 독립 의지, 사랑, 순수한 마음	목숨을 걸고 지키려 했으나 결국 일본에게 빼앗긴다.	조선이 일본에게 많은 것을 빼앗기고 불행했다.	독립 운동과 독립 의지는 소중한 것이다.
이토 순사	일본의 폭력과 민족 말살 정책	방구 아저씨를 죽이고 괴목장을 가져간다.	일본은 잔인하게 우리 민족을 짓밟았다.	우리는 일본의 만행을 잊지 말아야 하고 일본은 잘못된 과거를 반성하고 사죄해야 한다.

우리가 사는 세상에서 찾은 모습을 다른 세상으로 만들어 보여주는 경우도 있습니다. 『해리 포터』에서는 호그와트라는 마법의 세계를 등장시켜 우리가 사는 세상을 '머글'로 조롱하고 얕잡아보는 마법사의 시각을 보여줍니다. 마법사가 말하는 머글들의 세상이란 우리가 살아가는 세상이며 마법사들의 눈에 비친 머글들의 한심한 모습이 우리가 사는 세상의 문제점입니다. 해리 포터는 머글들의 세계와 마법사의 세계를 넘나들며 문제들을 보여주고 해결하려고 노력합니다. 이야기에서는 마법사를 통하여 머글을 바라봄으로써 우리가 평소에 잘 느끼지 못하는 우리의 문제점들, 즉 산업 사회의 모순, 인간 경시 풍조, 황금만능주의 등을 되돌아보게 하고 있습니다.

또한 해리 포터의 좋은 친구들인 론과 헤르미온느를 통해 친구의 소중함을 보여주고, 대립되는 인물인 말포이, 볼드모트를 통해 악한 마음이 잘못되었으며 벌을 받는다는 것을 보여줍니다. 즉 언제나 정의의 편이 승리한다는 당연한 결과를 말해주는 것이지요.

사람이 사는 세상을 그대로 동물들의 세계로 옮겨 놓는 경우도 있습니다. 『샬롯의 거미줄』에서는 버림받아 죽음의 위기에 놓였던 돼지가 신비로운 거미를 만나면서 '대단한 돼지'가 되는 과정을 보여줍니다. 몸이 약하여 살아남지 못할 것이라 생각했던 돼지는 정성스러운 보호를 받으면서 누구보다 건강하고 뛰어난 돼지가 됩니다. 이야기에서 돼지를 사람이라고 생각하면 자연스럽게 지은이가 말하고자 하는 것을 찾을 수 있습니다.

『마당을 나온 암탉』에서도 사람들의 세상을 동물들의 세계로 만들어 보여줍니다.

> 사람이 먹을 달걀을 낳기 위하여 좁은 양계장에서 평생 알만 낳다가 죽을 운명인 잎싹은 자기가 낳은 알을 빼앗기는 것이 싫어서 언젠가 반드시 새끼를 키울 것이라는 꿈을 품고 양계장을 탈출하여 결국 오리알이지만 알을 품어 새끼를 키우고 훌륭한 길잡이로 만들어낸다.
>
> 새끼를 훌륭한 청둥오리로 키워 무리의 길잡이가 되게 하자 새끼는 잎싹을 두고 오리들과 함께 떠나버린다. 그 순간 잎싹은 자신의 또다른 꿈은 하늘을 나는 것이었음을 느낀다. 마침 굶주린 족제비가 다가오자 잎싹은 족제비의 새끼를 먹이기 위하여 기꺼이 족제비의 먹이가 되고 죽음의 순간 하늘을 날고 있는 자신을 발견한다.
>
> 『마당을 나온 암탉』, 황선미, 줄거리 요약

잎싹은 양계장의 다른 닭들은 생각조차 하지 않는 알을 품어서 새끼를 얻겠다는 희망을 버리지 않습니다. 그 희망은 어떠한 어려움에도 꺾이지 않고 열심히 노력하여 결국 알을 품게 됩니다. 비록 그것이 자신이 낳은 알은 아닐지라도 소중한 생명인 것은 변함이 없으니 꿈이 이루어진 것이지요. 그리고 그 알에서 나온 새끼를 잘 길러 훌륭한 길잡이 오리로 만들어냅니다. 자신의 꿈을 이루고 할 일을 다했다고 생각한 잎싹은 또다른 어미인 족제비가 새끼에게 젖을 주지 못할 만큼 굶고 있음을 알고는 기꺼이 자신을 먹이로 희생합니다.

잎싹의 모든 행동은 사람으로 생각하였을 때 완전하게 이해를 할 수 있습니다. 우리 주변에는 어려운 환경에서도 자신의 꿈을 포기하지 않고 노력하여 꿈을 이루는 사람들이 있습니다. 그리고 옳은 일을 위해 자신을 희생하는 사람들도 있습니다. 무엇보다 자기 자식을 소중히 여기며 목숨까지도 아까워 하지 않는 어머니들은 언제나 우리 곁에 있습니다. 그러한 사람들에 대한 생각을 '마당을 나온 암탉'을 통해서 하게 되는 것이지요.

시에도 시가 만든 세상이 있습니다. 우리가 살아가는 세상의 숨은 모습을 찾아내 보여주는 지은이가 만든 세상입니다.

섬집 아기

한인현

엄마가 섬그늘에
굴 따러 가면
아기가 혼자 남아

집을 보다가
바다가 불러주는
자장 노래에
팔 베고 스르르르
잠이 듭니다

아기는 잠을 곤히
자고 있지만
갈매기 울음소리
맘이 설레어
다 못 찬 굴바구니
머리에 이고
엄마는 고갯길을
달려옵니다

평화로운 섬마을은 많습니다. 그곳에서 하루하루 아이를 키우며 힘들게 살아가는 우리 어머니들도 얼마나 많을까요? 먹고 살기 위해서 일을 나가야 하는데 아이를 돌봐 줄 사람은 없는 상황에 그래도 아기는 울지 않고 씩씩하게 기다리며 그 모습을 바다가 지켜봐 주고 있습니다. 당연히 실제로 바다가 아기를 지켜주지는 못합니다. 아기는 외로움과 싸우다가 지쳐 잠이 들었겠죠. 그러나 파도 소리가 아기에게 들려주는 자장가라고 생각하면 얼마나 아름다운 일이며 또한 다행입니까? 그래도 엄마 마음에 조금은 위로가 되지 않을까요?

2연을 보면 눈물이 맺힙니다. 아기는 다행히 안전하게 곤히 잠들었지만 엄마 마음은 그것과는 다르지요. 갈매기 울음소리는 괜히 불안합니다. 혹시 갈매기 저 녀석이 우리 아이에게 무슨 해코지라도 한 건 아닐까요? 아니면 무슨 위험한 소식을 알려주려고 저리도 울어대는 걸까요? 아기가 지금 갈매기와 비슷한 소리로 울고 있는 것은 아닐까요? 굴바구니 채우려면 한참 멀었는데 불안한 마음 안고 엄마는 집으로 달려갑니다. 참으로 안타깝고 아름다운 어머니의 마음이 느껴집니다.

실제로는 없는 3연의 마음도 알아볼까요? 여기서부터는 우리들의 순수한 상상입니다. 허겁지겁 집으로 돌아온 엄마는 아기가 무사히 잠을 자고 있는 것을 보고 안도의 한숨을 내쉽니다. 그리고는 반도 못 채운 굴바구니를 보고 쓴웃음을 짓습니다. 그러나 이내 고개를 털고 아기 곁으로 다가가 조심스레 얼굴을 쓰다듬겠지요. "괜찮아, 굴은 다음에 더 따면 되지 뭐. 우리 아기만 무사하면 돼."

이것이 세상 모든 엄마들의 마음일 것입니다. 새삼 우리 어머니가 달리 보이지 않나요? 그리고 가난한 섬마을의 작은 행복과 평화가 느껴지는 듯합니다. 아픔과 어려움도 있지만 그렇게 행복을 이어가는 엄마와 아기의 모습이 잔잔한 감동을 불러일으킵니다. 그 모든 것이 지은이가 만든 세계를 통해 전해지네요.

있는 그대로의 세상을 다르게 만들어 주제를 드러내는 것이 문학의 표현 방법이며 그렇게 세상을 보여주어 독자에게 감동과 메시지를 주는 것이 문학의 효과이자 가치입니다. 우리가 문학을 읽는 것이 즐거운 이유는 이 때문입니다. 이제 문학의 매력에 흠뻑 빠져서 못 헤어나오겠죠?

부록

작가 김민중의 글모음

글을 공모하는 경우에 마침 생각난 것이 있어 하나 써 보냈을 때 뽑히면 상도 받고 기분도 좋습니다. 작가가 되고 가장 좋은 것은 내 글이 어디에선가 뽑혀 이름을 알리고 선물이 되어 돌아올 때입니다. 작가가 아니었다면 그런 기쁨을 누리지 못했을지도 모릅니다. 그래서 늘 학생들에게도 글쓰기의 도전을 강조했습니다. 독자 여러분도 어떤 기회가 왔을 때 주저하지 말고 글을 써 내는 도전을 해보라고 필자가 직접 써서 결과를 가져왔던 글을 공개합니다. 부끄럽지만 이렇게 앞선 발자국을 선뜻 내놓았으니 청출어람을 기대합니다.

자랑스러운 엄마의 나라,
자랑스러운 아빠의 학교

담임을 맡으면 개학 전에 항상 학생들의 이름을 익힌다. 그러기 위해서 학기 초에 제출하는 가정환경조사서를 유심히 살핀다. 거기서 우리 반에 한 명이 다문화 학생이라는 것을 알았다. 어머니가 베트남인이라는 것이었다. 이제 뭐 특별한 일도 아니고 다문화 학생들이 적지 않은 시대이다. 그러나 아직은 여전히 긴장된다. 대부분 다문화 학생은 가정에서 외국인 엄마와 보내는 시간이 많아 사실 우리말을 어려워하고 성적도 그다지 좋은 편은 아니었다. 경험상으론 늘 거의 그랬다.

그런데 등교하고 맞은 우리반 다문화 학생은 예상과는 완전 딴판이었다. 너무 똑똑하고 똑부러지고 활발하고 성실하고 에너지가 넘치는, 다문화라고는 조금도 생각할 수 없는, 다문화 이미지가 연상하는 부족함과 어설픔 그런 것이 조금도 없는 뛰어난 학생이었다. 심지어 외모도 동남아 혼혈 특유의 까무잡잡함 그런 것이라고는 하나도 찾아볼 수 없고, 하얗고 깨끗한 얼굴에 누가 봐도 완전한 한국인이었다. 단지 눈동자가 조금 갈색빛을 띄고는 있었지만 한국인도 갈색 눈동자 많이 봤으니 그다지 이상할 것도 없었다. 그냥 우리 반 24번 이현지였다.

단 하나, 키가 좀 작은 편이었다. 남녀를 통틀어 우리 반에서 제일 작았다. 혹시 처음에는 영양이 부족하거나 집에서 한국 음식을 잘 못 먹는 상황인가 싶어 조심히 관찰하고 잘 살펴봤는데 급식도 잘 먹고 건강상에 문제는 없었다.

"우리 아빠도 키 작아요."

그렇게 그 의문도 풀렸다. 작은 고추가 맵다고 현지는 공부도 잘했다. 수행평가도 척척 해내고 어려운 수학 문제 하나 틀리지 않았다. 수업 시간마다 손을 들 만큼 의욕적이고 발표도 잘했다. 속으로 의문이 생겼다.

'현지 어머니가 베트남인이 아닌가? 이름은 분명히 베트남 이름인데, 베트남에 사는 한국인이었나? 아니면 한국말을 무척 빨리 배우셨나?'

부끄럽게도 나는 여전히 다문화 가정에 대한 편견이 남아있어 일단 다문화 학생은 적어도 한국인 가정의 학생보다는 우리말을 잘 못하고 따라서 공부도 그렇게 잘하기는 어려울 것이라고 생각했다. 그런데 그 모든 선입견이 현지 하나로 깨어졌다.

"안~녕~하세~요~ 스생님, 현~쥐가~ 말은 잘 듣~나요? 너~무~ 까브러어가지고……."

코로나로 인해 대면이 불가능한 상황에 전화상담으로 현지 어머니를 처음 만났다. 발음만 들어봐도 영락없는 외국인이었다.

"네 어머니, 현지가 뭐든 참 잘합니다. 성실하고 바른 아입니다. 칭찬 많이 해주세요."

입에 발린 말이 아니라 사실이었다. 한국 아이들보다 더 잘하는, 조금도 다문화 티를 내지 않는 현지에 대고 칭찬 말고 다른 말이 필요가 없었다. 말을 하면서 그냥 나 자신의 잘못된 생각이 부끄러웠을 뿐이다.

코로나19로 인한 원격수업과 거리두기의 등교로 학교의 교육과정은 만신창이가 되고, 오늘이 학교에 오는 날인지 원격수업 날인지 학생들도 갈팡질팡하는 나날의 연속이었다. 나는 이처럼 큰 불행을 아무런 예고 없이 맞은 아이들에게 미안한 마음이 들었다. 어른들의 잘못으로 죄

없는 아이들이 괜히 즐거운 학교생활만 빼앗긴 것 같았다. 그런데 어찌 보면 새옹지마라고 이 상황은 길고 긴 인생에 다시없을 위기이자 기회였다. 갑자기 나타난 이름 모를 전염병 때문에 사상초유의 개학 연기에 이어 온라인 개학으로 이토록 오랫동안 집에 머무는 이런 학교생활이 언제 또 올 것인가? 아마 모르긴 해도 이것이 처음이자 마지막이 아닐까? 이런 절호의 기회를 놓쳐서는 안된다. 나는 결심이 섰다.

"우리 반은 책쓰기를 할 겁니다. 책쓰기가 대단한 것이 아닐지는 몰라도 우리에게는 특별한 일이 될 거에요. 지금 코로나로 답답하고 짜증나는 마음을 시를 쓰면서 위로하는 겁니다. 그리고 사람들에게 코로나를 이겨낼 수 있다는 희망을 전해주는 거예요. 우리는 작가가 될 겁니다. 억지로 하라는 것은 아닙니다. 하지만 함께 하다 보면 분명히 재미있을 거예요."

우리 학교 이름을 따서 중의적 의미를 가진 '작가의 서재'라는 동아리 이름을 지었다. 영문도 모르는 아이들에게 책을 만들 거라고 작가가 될 거라고 선포했다. 그리고 결국 그 꿈은 이루어졌다.

"콜럼버스의 달걀 알죠? 사실 알고보면 대단한 것은 아닙니다. 그렇지만 뭐든지 처음 하는 것은 그 자체로 대단한 거예요. 우리도 처음 맞는 이 코로나로 너무나 많은 것이 바뀌었잖아요? 그러니까 이런 상황에 우리가 하고 싶은 말을 생각해 봅시다."

교학상장으로 함께 시를 쓰면서 어쩌다보니 유튜버까지 되어 직접 영상을 찍어 보여주고 코로나 상황에 우리에게 일어난 변화, 우리의 생각 등을 시로 쓰는 방법에 대해 함께 고민하고 연구했다. 그리고 언제 어디서나 낭중지추가 꼭 있는 법, 현지가 멋진 작품으로 친구들의 길을 열었다.

여름 방학에 베트남에 간다고 했다./외할머니를 보러 간다고/그런데 코로나 때문에 못 가게 되었다.//간다고 할 때는 몰랐는데/못 가게 되니까/진짜 가고 싶다.//외할머니 너무 보고 싶다. (「베트남」, 이현지)

너무나 큰 감동과 고마움이었지만 또한 너무나 의외였고 당황스럽기도 했다. 보통 다문화 아이들은 자기가 다문화 가정인 것을 숨기고 싶어 한다. 엄마나 아빠가 친구들처럼 한국인이 아니고 외국인인 것을 부끄러워해서 최대한 그것을 숨기고 친구들에게는 절대로 알리고 싶어하지 않는다. 그런데 현지는 그런 아이들과 다르게 너무도 당당히 엄마가 베트남 사람인 것을 작품을 통해 모두에게 드러냈다. 참으로 기특하고 대견하며 자랑스러운 일이었다. 나는 또 한 번 부끄러웠다.

"현지가 참 좋은 작품을 썼군요. 우리도 그럴 때가 있죠, 그냥 하라고 하면 별로 하기 싫은데 못 하게 하면 괜히 더 하고 싶을 때가 있잖아요? 현지가 그런 마음을 잘 나타내서 우리가 쉽게 공감할 수가 있는 겁니다."

나는 아이들에게 시에서 가장 중요한 것은 주제를 나타내는 것과 공감을 하게 하는 것임을 강조했다. 그것을 현지는 정확히 지켜서 멋진 작품으로 구현해낸 것이다.

"베트남 진짜 좋아요. 우리 엄마가 그러는데 베트남에는 맛있는 과일도 많고 오토바이도 많다고 했어요. 이번에 처음 가는 건데……."

말을 잇지 못하는 현지를 보며 가슴이 저며왔다. 하루빨리 이 나쁜 코로나가 사라져서 현지를 애타게 기다리는 외할머니를 만날 수 있으면 좋겠다는 마음이 들었다.

그렇게 학생들이 부지런히 시를 쓰면서 책을 만들고 있을 때 교육청 공문을 하나 받았다. 다문화 학생 교육감 표창 추천이었다. 말과 행동이 바르고 귀감이 되는 다문화 학생을 추천하면 표창을 줄 수 있다는 것이었다. 나는 현지를 떠올렸다. 받으면 얼마나 기뻐할까?

'이렇게 다문화스럽지 않을 정도로 뛰어난데다 별다른 스토리도 없는

학생을 추천해도 될까?'

나는 다문화 표창쯤 되면 정말 TV에 나오는 인간극장처럼 엄청난 휴먼 드라마 같은 사연이 있어야 될 것이라고 생각했다. 그런 것이 하나도 없는 지극히 평범한 현지의 사연이 표창까지 받을 정도가 되나 싶어 걱정이 되었다. 그러나 교장선생님은 이런 나의 고민을 한번에 씻어주셨다.

"현지 학생이 평소에 보이는 행동이 중요하지요. 김 선생님 말씀을 들어보면 현지는 충분히 표창을 받을 만한 학생으로 보입니다. 그런 학생을 찾아낸 선생님의 노력 또한 대단합니다. 염려 말고 추천하세요."

나는 교장 선생님의 말씀에 용기백배하여 과감하게 추천장을 써내려갔다.

'품성이 반듯하고 매사에 적극적이며 책임감이 강하고 모범적임. 성실하고 활발하며 긍정의 에너지가 넘치는 학생임. 생각한 것을 문학적으로 형상화하여 감동을 주는 능력이 뛰어남. 창의적인 표현력과 생동감 넘치는 어휘력으로 우리말의 아름다움을 표현할 수 있음.'

내가 알고 느끼는 현지의 장점과 특성, 있는 그대로를 솔직히 썼다. 책을 열심히 읽으며 나와 함께 시쓰기의 재미에 빠져 멋진 작품을 써내는 현지가 그저 대견하다는 마음이었다. 만일 표창장은 아쉽게 못 받더라도 책은 꼭 만들어줘야지. 그리고 은근한 기대와 두려움이 뒤섞인 복잡한 시간이 흐르고 어느덧 그런 생각도 잊혀질 무렵 교장선생님의 전화를 받았다.

"김 선생님, 현지가 교육감 표창을 받게 되었네요. 잘됐어요. 교장실에서 시상하도록 합시다."

나는 뛸 듯이 기뻤다. 마치 내가 표창을 받는 듯한 기분이었다. 등교하는 날이 아니어서 집에 있는 현지에게 전화를 걸었다.

"현지야, 내일 아침에 상 받으니까 단정하게 입고 오너라. 알았지?"

뭐냐고 묻는 현지에게 떨리는 목소리로 그냥 내일 오면 알게 된다고 얼버무렸다. 그리고 현지는 대구광역시교육감의 빨간 도장이 선명한 표창장을 받았다.

"아이구 선생님, 제가 너무 고맙고 죄송해 가지고... 현지가 너무나 귀한 상을 받아왔네요. 생각도 못해본 건데... 선생님, 너무 좋습니다. 감사합니다. 감사합니다."

그날 저녁 걸려온 현지 아버지의 전화는 너무 과분한 감사인사라 부끄러웠지만 현지가 받은 표창을 저렇게 기뻐하시는구나 하는 생각에 기분은 너무나 좋았다. 이렇게 좋은 일은 당연히 시로 쓰고 싶은 것이다. 현지는 시쓰기에 더욱 박차를 가했다.

> 교육감 표창을 받았다./정말 뿌듯했다.//교장실에서/우리 교장 선생님에게 받아서/더 뿌듯했다. (「뿌듯해」, 이현지)

나는 무릎을 탁 쳤다. 그래 교육감이 어떤 분인지 아직 어린 현지가 알 리도 없고 알 필요도 없는 것이다. 나중에야 그게 정말 대단한 상인 것을 알겠지만 지금은 그냥 표창장에 다름 아니다. 오히려 처음 가보는 교장실에 눈이 휘둥그레 해진데다 전교생이 다 보는 가운데 자상하신 교장선생님께 상장을 받고 함께 칭찬에다 간식도 받았으니 얼마나 기분이 좋고 자랑스러웠겠는가. 이것이 진정한 아이의 마음임을 느낄 수 있었다.

현지 덕분에 우리 반 아이들은 시쓰기를 더욱 열심히 하게 되었다. 쉽고 재미있는 현지의 시를 보며 '나도 저렇게 쓸 수 있겠다'는 자신감을 얻었다. 우리는 매일매일 작품을 쓰고 부지런히 모았다. 그 결과 2020년 대구시교육청 책쓰기 출판도서 공모전에 응모하여 당당히 선정되었다. 『스파이 가족』이라는 제목을 달고 '작가의 서재' 우리의 시가 전국 모든 서점과 온라인 서점에서 정식 책으로 독자를 만나게 된 것이다. 정체 모를 전염병으로 인한 개학 연기, 2~3부제 등교, 원격수업이라는 황당하고 낯선 현실에서 마스크 너머의 희망을 전하는 우리의 이야기를 나눌 기회를 얻은 것이다. 우리의 책은 각종 언론에 소개되었고 교육장님도 직접 축하 전화를 주셨다. 책은 실제로 판매되어 수익금은 교육청을 통해 장학재단에 기부를 하게 되었다. 현지를 비롯한 우리 반 아이들은 정식으로 작가가 되었고, '작가의 서재'는 올해도 새로운 책을 준비하고 있다. 그리고 그 중심에는 어김없이 현지가 있다. 올해는 현지의 담임이 아니어서 희망하는 아이들만 모아 동아리를 구성했는데 아니나 다를까 현지가 손을 들었다.

"선생님, 시쓰기가 너무 재미있어요. 시를 쓰면 날아갈 것 같아요."

가족을 떠올려서 생각한 것을 표현하는 시간, 현지의 작품은 정말 날아갈 듯이 경쾌했다.

> 추석이 되면 친척들이 온다./나는 신나게 놀아서 좋은데 엄마는 한숨을 쉰다./엄마, 뭐가 걱정이야?/너는 돈을 받지만 엄마는 돈을 줘야 되거든. 애들도 많은데……/하다가/어머, 내가 무슨 소리야? 됐고 공부나 해!//괜히 나한테 성질이야! (「엄마의 걱정」, 이현지)

> 정성을 들여 요리를 했다./엄마가 맛을 보더니/"맛없어."//흥!/엄마는 얼마나 잘하길래?/엄마 것을 먹어봤더니/……//맛있구나! (「할 말이 없네」, 이현지)

> 우리 집에는 돼지가 산다./뭐든 많이 먹고 내가 남긴 것도 먹는다./더럽다./아무리 말해도 안 듣는다.//아빠만 아니면…… (「돼지」, 이현지)

올해도 현지와 함께 나의 동아리는 날개를 펼칠 것이다. 이번에도 과감하게 출판에 도전장을 낼 것이다. 이렇게 글쓰기를 잘하게 된 꼬마작가 현지가 있어서 언제나 든든하다. 그리고 작은 것 하나 가르쳤을 뿐인데 이렇게 잘 해내는 아이들을 보면서 그래도 내가 아주 못난 교사는 아니라는 위안을 얻는다. 다문화 가정에 대한 편견과 선입견을 타파하고 우리와 조금도 다르지 않다는 좋은 교훈을 준 현지가 올해는 꼭 베트남에 가서 외할머니를 만날 수 있기를, 그래서 내년에는 외할머니와 함께 했던 시간을 시로 쓸 수 있기를 간절히 바라본다.

(2021 다문화 교육수기 공모전 출품작)

비밀이 만든 보물

올해 우리 반에는 특별한 아이가 하나 있었다. 조금 생소하긴 하지만 어찌 보면 지극히 평범할 수도 있는 아이, 바로 탈북 학생이었다. 엄밀히 말하면 북한 출생은 아니지만 북한 사람인 어머니가 중국으로 탈북하고 거기서 만난 조선족 아버지와 함께 낳은 아이라서 법적으로 탈북 학생으로 분류된다고 한다. 정민(가명)이는 남학생으로 중국에서 태어나 다섯 살까지 살다가 우리나라에 온 탈북민이었다. 외모는 한국인과 전혀 다른 점이 없었고 우리말도 잘했다. 단지 글자를 잘 쓰지 못했고 학업 성적이 많이 낮았다. 그 외에는 다른 학생과 다를 바가 없었다. 어쨌든 탈북 학생을 처음 만나 조금 긴장되었는데 교감 선생님의 전화가 왔다.

"김 선생님, 학급에 탈북 학생이 하나 있지요? 그 학생이 탈북민인 걸 다른 학생들이 절대로 알게 해서는 안 됩니다. 어머니의 강력한 요청이 있었어요."

그 말을 듣자 긴장이 더욱 커졌다. 마치 대단한 특수임무를 맡은 기분이었다. 어쨌거나 엄청난 비밀유지와 보안을 요하는 일이 하필이면 내게 떨어진 것은 사실이었다. 그러나 누구를 원망할 일도 아니었다.

우려했던 일은 없었다. 학생들은 늘 정민이를 자신과 똑같은 한국인이라고 생각했다. 교우관계에도 아무런 문제가 없었다. 학부모 상담주간이 되어 다른 어머니들과 달리 상담 신청에 묵묵부답이었던 정민이 어머니께 먼저 전화를 걸었다.

"안녕하세요? 정민이 담임입니다. 정민이 어머니 되시죠?"

조심스럽게 이야기를 이어나가며 정민이의 학습 상황에 대하여 말씀을 드렸다.

"그런데 정민이 기초 학력 평가 결과가 조금 낮게 나왔습니다. 그래서 학교에서 방과 후에 공부를 좀 하면 어떨까 해서요."

기초 학습 부진 학생은 방과 후에 학습코칭을 받을 수 있어 거기에 참가하면 좋겠다는 이야기였다. 그런데 어머니의 반응이 예상 밖이었다.

"정민이는 초등학교 졸업하면 중국에 다시 와서 살까도 생각합니다. 그래서 별로 공부 못해도 신경 안 씁니다."

억센 북한 지방 억양으로 그런 말을 들으니 조금은 두렵기도 하고 당황스러웠다. 몇 번을 간곡하게 보충 학습이 필요하다고 설득하였으나 어머니는 완고했다. 결국 내가 두 손을 들어야 했다. 그렇게 전화를 끊고 며칠 후 다문화 학생 대상 대학생 멘토링 공문을 받았다. 정민이에게 좋은 기회다 싶어 알아보고 있는데 정민이 작년 담임선생님에게 전화가 왔다.

"대학생 멘토링, 저도 작년에 참 좋아 보여서 신청하려고 전화드렸는데 결국 거절하시더라고요."

그 말을 듣자 지난번 전화에서 보충 학습을 거절당한 일이 떠올랐다. 그때는 '나머지 공부' 같아서 싫다는 말에 결국 지고 말았지만 이번에는 다르다. 나는 솔직히 약간 오기가 생겼다.

'그래, 이번에는 꼭 설득을 하고야 말겠어!'

두려움과 망설임을 누르고 다시 전화기를 들었다. 그런데 정민이 어머니는 몸이 불편한 아버지 대신에 외지 직장에 머물며 특히 야간에 일을 많이 하시는 형편이라 낮에는 전화가 잘 안될 때가 많았다. 결국 퇴근 시간을 한참 넘겨 연결이 되었다. 이번에도 처음은 비슷했다.

"선생님, 저는 다른 아이 안 하는 특별한 것을 정민이한테 시키고 싶지 않아요."

그러나 나는 이번에는 지지 않았다. 마치 중요한 시험처럼 예상 질문과 답변을 작성해 옆에 놔두고 보면서 통화를 이어갔다. 전날 교육청 담당자에게 전화해 대학생 멘토링의 장점을 일목요연하게 정리한 것이다.

"정민 어머님, 이건 나머지 공부가 아닙니다. 보통 학생들도 학원 다니고 과외 많이 합니다. 돈을 많이 주면서 대학생 과외를 하는 경우도 많아요. 그런데 이건 그렇게 좋은 대학생 과외를 학교에서 더 안전하고 효과적으로 하는 거예요. 돈 주고도 배울 것을 공짜로 하니 얼마나 좋은 기회입니까?"

길고 끈질긴 설득 끝에 마침내 동의를 얻을 수 있었다. 그리고 어머니의 마음을 열기 위해 진심어린 상담을 이어가다 엄청난 사실을 알게 되었다.

"선생님, 선생님이 우리 정민이를 위해 정말 많이 수고해주시고 제 입장을 잘 이해해주시니까 드리는 말씀인데요."

원래 탈북민이고 소득이 많지 않아 정민이네는 기초수급대상자에 해당되어 지원을 받을 수 있는 수준이었다. 그러나 중국에서 들어온 정민이 아버지가 복잡한 사정으로 인해 불법체류자 신분이 되어 신청을 제대로 할 수 없었다고 했다. 그래서 고심 끝에 어머니는 아버지와 서류상 이혼을 결심하고 정민이에게 어머니의 성을 따르게 했다는 것이다. 즉 아버지와 함께 살고 부부 사이는 아무런 문제가 없지만 불법체류자인 아버지 때문에 지원을 하나도 못 받고 남들처럼 아버지의 성을 따르지도 못해 답답함과 억울함이 크다고 했다. 그리고 이제까지 학교에서 각종 혜택이나 신청을 권하면 혹시라도 아버지의 신분이 탄로날까 두려워 모두 거절해왔다는 것이다. 그러면서 이 사실을 아무에게도 알리지 말아달라고 부탁했다. 뭔가 퍼즐이 연결되는 느낌이었다. 그래서 탈북민이라는 사실을 절대로 알리고 싶지 않았구나!

"저를 믿고 어려운 말씀 해주셨으니, 반드시 기대에 보답하도록 하겠습니다."

그렇게 대학생 멘토링이 시작되었고 뒤이어 한국교육개발원에서 탈북 학생을 대상으로 하는 상담 공문이 왔다. 이번에는 조금 홀가분한 마음으로 전화기를 들었다. 지난번 통화 이후 신뢰 관계가 좋아진 정민이 어머니는 나를 믿고 정민이의 상담에 흔쾌히 동의를 했고 전문 상담사가 정민이에게 많은 도움을 줄 수 있었다.

나도 무언가를 해야 했다. 해마다 학생들과 책쓰기 동아리를 하며 학생들의 책을 만들어왔기에 올해는 정민이와 함께 하리라 마음먹었다. 어머니의 동의를 얻어 정민이를 책쓰기 동아리에 넣고 활동을 시작했다. 처음에는 정민이가 싫어했고 어려움도 많았다. 또래 남자애들처럼 활동적인 정민이는 방과 후에 동아리 활동 하는 것도 싫고 글쓰기도 죽기보다 싫다고 했다. 나는 그런 정민이를 설득하며 책에 재미를 붙일 수 있도록 여러 가지 방법을 썼다. 만화책을 좋아해서 만화책을 구해다 주고, 만화책으로 인해 책을 조금 더 친숙하게 생각하게 되자 글밥이 적고 재미가 있는 '윔피키드', '39층 나무집' 같은 책을 추천했다. 그러면서도 계속 동시집을 같이 읽혔고 동시쓰기에 대한 것도 가르쳤다. 물론 예산을 편성하여 정민이가 좋아하는 간식을 최대한 많이 사주며 즐거운 경험을 늘리도록 했다. 중국 태생인 정민이 입맛에 맞는 가지밥을 먹으러 가기도 했다.

"시라는 게 특별하고 대단한 게 아냐. 그냥 평소에 늘 보고 듣고 느끼는 것에 '번쩍님'만 오면 그게 시가 되는 거야."

문학적 창작 영감을 나는 '번쩍님'이라고 했고 그 말이 재미있다고 생각한 다른 아이들처럼 정민이도 차츰 시의 재미에 물들어갔다. 그리하여 정민이와 함께 우리 반 아이들과 일 년 동안 써온 작품을 모아 책을 만들기로 했다. 올해는 인성교육 중에서도 특히 효도에 관한 것을 교육하여 그에 관한 시를 써보는 시간을 많이 가졌기 때문에 효도 작품집으로 결정했다. 결국 우리 반 작품집 『효도, 어디까지 해 봤니?』를 출간하게 되었다.

"김 선생님, 아이들이 너무나 자랑스러운 일을 해냈으니 내가 직접 격려를 좀 하고 싶은데 괜찮을까요?"

교장 선생님은 우리 반 아이들을 교장실로 불러 직접 책을 건네주시고 준비한 간식도 나눠주셨다. 그러면서 아이들 작품을 하나하나 낭송하게 하시고는 여러분이 작가라고, 정말 대단한 일을 해냈다고 침이 마르도록 칭찬하셨다. 아이들은 교장선생님의 칭찬을 받고 부푼 마음에 상기된 표정을 감추지 못했다.

걱정과 두려움으로 맞았던 탈북 학생, 그러나 정민이와 함께 하면서 내가 더 많이 배우고 성장할 수 있었다. 소중한 비밀을 지켜주며 내가 할 수 있는 테두리 안에서 기쁨과 슬픔을 함께 나누는 것. 그리고 그 비밀이 만든 보물이 여기에 있다. 작은 노력이지만 교사로서 해야 할 일을 했고 그 결과로 아이들에게 기쁨을 주었다는 생각에 가슴이 뿌듯하다. 그리고 정민이 덕분에 내년에도 해야 할 일이 생겼다. 바로 우리 반 책을 또 만드는 것이다.

(2020 한국교총 교단수기 은상)

잊지 못할 편지

왁자지껄하던 아이들이 한순간 빠져나간 공허한 교실에서 물끄러미 창밖 하늘을 바라보면 가끔 떠오르는 얼굴이 있다. 이 순간 부족한 내가 선생님으로 이 자리에 있을 수 있음에 감사하며, 또한 나의 한계를 여실히 깨닫게 해준 조금은 아쉬운 기억으로 자리잡은 추억 하나이다.

초임 학교에서 처음 담임을 맡았을 때였다. 첫 발령을 교과전담으로 시작해 학급을 맡고 싶다는 생각이 너무나도 간절할 때 고맙게도 4학년 담임이 되었다. 무척이나 순수하고 예쁜 아이들 가운데 채연(가명)이가 있었다.

3월, 새학기 업무로 눈코뜰새 없는 오후에 어머니 한 분이 찾아오셨다. 우리 반의 채연이 어머니였다. 채연이는 젖살이 오른 볼이 통통하고 귀여운 인상의 여학생으로 얌전하고 눈에 잘 띄지 않는 아이였다. 어머니는 잠시 주저하시더니 아이가 아파서 찾아왔다고 말씀하셨다. 몸이 아닌 마음의 병으로 병명은 '선택적 함구증', 낯선 사람과는 말을 잘 하지 못한다는 것이다. 집에서 가족들과는 편하게 말을 하지만, 학교에서 친구들과 선생님과는 말을 거의 하지 않는다고 하셨다. 뚜렷한 원인도 치료 방법도 없어서 속만 앓고 있다고 말씀하시며 어머니는 결국 눈물을 보이셨다.

"서너살 때부터 그런 증상을 보이기 시작했어요. 말을 하게 되었는데도 집에서는 말을 하면서, 밖에서는 전혀 하지 않는 거예요. 병원에 갔더니 선택적 함구증이라고 하더라고요. 자기가 말하고 싶지 않은 사람과는 전혀 말을 하지 못한대요. 친구도 정말 친한 한두 명하고만 이야기를 해요."

집에서 동생이랑은 장난도 치고 웃으며 즐겁게 이야기를 하지만, 학교에 와서는 한 마디도 못하는 채연이. 원인은 알 수 없지만 아버지가 때로 너무 엄하고 무서워서 그런 게 아닐까 짐작된다고 한다. 그래서 채연이는 아버지와는 겁이 나 말을 더 안 한다고. 유일한 치료법은 약인데 그것도 부작용이 있어서, 약을 먹으면 말은 조금 늘게 되지만 행동이 통제 불가능할 정도가 되어 마구 장난을 치거나, 심하면 도벽도 생긴다는 것이다. 실제로 2학년 때 교실에 놓아둔 교생 선생님의 화장품 가방을 가져가서 교생 선생님은 당황하고 놀랐는데, 자기는 태연히 화장품을 바르면서 놀기도 했다는 것이다. 약을 먹으면 감정과 행동이 지나치게 활발해지고 훔치는 것에 대한 죄책감이나 거부감이 희미해지면서 물건을 훔치기도 한다는 것이었다. 물론 평소에는 전혀 그런 행동이 없다고 한다. 그래서 증상이 매우 심하면 약을 먹지만, 되도록 먹지 않는 것이 낫다는 것이었다. 결국 현재로서는 확실한 치료법은 없는 셈이었다.

교직 2년차에 접어든 햇병아리였던 나는 가슴이 먹먹하기만 하였다. 이른바 문제아나 일반적인 장애 아동과는 다르기 때문에 뚜렷한 해결방법이 떠오르지 않았다. 어머니는 3학년 때 담임선생님도 많이 노력해 주셨지만 결국 스스로 말을 하지 않으니 무관심해질 수밖에 없었다는 말씀을 하시며 속상해 눈물이 났다고 하였다. 나는 위로해 드릴 방법이 별로 떠오르지 않았지만, 그냥 최선을 다해서 좋은 친구가 되어 보겠다고 약속했다. 어머니는 젊고 활기찬 총각 선생님이라 채연이가 좋아한다는 말씀을 하시며 믿고 맡길 테니 잘 부탁한다고 하셨다. 그러면서 칭찬이나 격려를 바라지만 교육적 차원에서는 채연이에게 어떻게 대하여도 상관이 없다고 강조하셨다.

"선생님, 애가 말을 조금만 더 할 수 있다면 어떻게 대해주셔도 괜찮아요. 채연이가 선생님을 믿으니까 저도 그냥 믿을게요. 매를 드시거나 심하게 혼내셔도 돼요. 무관심하지만 않으시면 더 바랄 게 없어요."

나는 무거운 마음으로 채연이 어머니를 보내드렸다. 그리고 다음 날부터 채연이와의 길고 오랜 싸움이 시작되었다.

채연이는 당연히 발표를 하지 않았고, 억지로 시켜도 한참을 서있을 뿐 말을 전혀 하지 않았다. 그래도 성적은 상위권이었고, 아무런 문제 행동도 없었다. 차음에는 발표를 시키고 한참을 기다려보았으나 아이들이 지루해 하며 채연이를 원망하기 시작했다. 그래서 방법을 바꿨다. 말이 필요 없는 활동은 모두 열심히 했으므로 사소한 것도 많이 시켰다. 칠판에 수학 문제를 자주 풀게 하고, 미술 작품이나 일기 같은 것을 잘하면 공개적으로 칭찬을 많이 했다. 말을 걸어도 입술만 달싹거릴 뿐 대답이 없었지만 개의치 않고 매일 웃는 얼굴로 인사를 하고 농담도 건넸다. 어머니의 허락을 받아서 안아주고 볼을 꼬집는 등 장난도 걸었다. 볼이 통통해서 귀엽다고 웃으며 놀리기도 했다. 마음의 문을 굳게 닫아걸었던 아이가 조금씩 변하기 시작했다. 일기에 늘 가장 친한 친구와 가족의 이야기만 쓰던 채연이는 조금씩 나의 이야기를 쓰기 시작했다. 수업 시간에 해준 재미있는 이야기, 선생님의 목소리 흉내, 웃기는 춤을 춘 일 등 우리 선생님은 다른 선생님과 달리 재미있다는 이야기가 나왔다. 그럴 때마다 나는 정말 기뻐서 일기장에 재미있는 그림도 그려주고, 잘했다고, 고맙다고 칭찬을 듬뿍 쏟아놓았다. 음악 시간에도 변화가 있었다. 리코더를 잘 분다고 칭찬을 하면서 자주 시범을 보이도록 했더니, 어느 날 수행평가 시간에 내 앞에서 실제 노래를 부르는 것이었다. 이전에 없던 일이었다. 개미소리 같은 목소리였지만 입이 열리고 실제 노랫소리가 들리니 정말 뛸 듯이 기뻤다. 그렇게 채연이의 목소리를 처음 들을 수 있었다. 약간 떨리고 힘이 없긴 하지만 분명히 여느 아이와 다르지 않은 여자 아이의 목소리!

물론 채연이는 여전히 학교에서 말을 하지 않았고 내가 불러도 대답도 없었다. 집에 전화를 걸어 채연이가 받아도 아무 말 없이 끊기만 했다. 그러나 예전보다 자주 웃고 친구들과 공기놀이 같은 것을 같이 하기도 했다. 옆 반의 단짝 친구 외에 다른 친구와 놀기는 처음이라고 했다. 아이들이 채연이에게 가졌던 편견도 점차 사라졌다. 말을 하지 않지만 착하고 배려와 양보가 뛰어난 채연이를 좋게 생각하였다. 채연이 어머니는 올해는 약을 안 먹는다고, 약 없이 3개월을 넘겨보기가 처음이라고 그저 고맙다는 말씀만 수화기 너머로 되풀이하셨다. 여전히 안타까운 마음이었지만 조금이나마 위안이 되었다.

여름방학이 되자 잡다한 숙제를 없애주는 대신, 아이들에게 일기쓰기와 선생님께 편지쓰기 과제를 내주었다. 우편, 전화, 문자메시지, 전자메일 등 어떠한 방법이든 개학 전까지 한번만 선생님에게 연락을 하라는 숙제였다. 아이들은 환호성을 지르고 나는 내심 채연이의 연락을 기다렸다. 말이 아니라 편지니까 부담이 적어 연락을 할지도 모른다는 기대를 하였다. 그러나 채연이는 여름방학을 그냥 보냈다. 채연이를 빼고 모두의 편지를 받은 나는 속으로 실망을 많이 했지만 내색하지는 않았다.

2학기에도 채연이를 향한 나의 노력은 계속되었지만 채연이는 거의 제자리걸음이었다. 별다른 변화도, 나아짐도 없이 그저 더 나빠지지 않음에 감사해야 할 뿐이었다. 그리고 겨울방학이 되어 나는 여름과 같은 과제를 내주었다. 아이들의 반응이 좋아서 한 것일 뿐 이번에는 채연이를 염두에 두지 않았다.

그러나 해가 바뀌고 개학을 앞둔 어느 날, '황채연짱'이라는 장난기

가득한 아이디로부터 메일이 왔다. 분명히 채연이였다. 메일을 여는 내 손이 가늘게 떨렸다.

'안녕하세요. 저는 황채연입니다. 방학동안 잘지내셨어요. 네일 모래면 학교에 가네요. 건강하세요.'

자기의 방학 생활을 수다스럽게 늘어놓으며 어디어디에 갔는데 어떻더라는, 선생님이 보고 싶어 죽겠다는 여느 아이들의 내용에 비하면 정말 짧고, 문장 부호나 맞춤법도 틀린, 어쩌면 정말 성의 없는 단 4문장의 편지였지만 분명히 채연이가 보낸, 채연이가 처음으로 내게 보낸 의사전달이며 메시지였다. 그 짧은 편지를 읽고 또 읽는데 눈물이 났다. 채연이가 내게 편지를 보냈다는 그 사실이 그저 고맙고 감격스러웠다. 입으로 하는 말이 아니어도 분명히 채연이의 생각이 담긴 말이기 때문이다.

"이번 겨울방학은 여름방학보다 선생님에게 훨씬 소중한 시간이었어요. 여름방학에는 우리 반 편지가 다 오지 않았는데, 이번에는 우리 반 친구들이 전부 선생님에게 편지를 보내줬어요. 채연이가 처음으로 선생님에게 편지를 보내줬어요. 채연아, 고맙다."

개학날 나의 첫마디에 아이들은 환호성을 지르고 '황채연 짱!'을 연호했다. 그러나 채연이는 아무 말 없이 빙그레 웃기만 했다.

학년을 마치는 날, 마지막으로 채연이를 꼭 안아주었다. 편지 정말 고마웠다는 말도 잊지 않았다. 그렇게 눈물이 나는 것을 억지로 참으며 채연이와 마지막 인사를 나누었다. 그날 오후 채연이 어머니가 음료수를 사들고 오셨다. 한사코 사양하는 내게 어머니는 너무나 고마워서 드리는 마음이라며 이것만은 받아달라고 하셨다.

"선생님, 채연이가 여름방학에 선생님이 내주신 숙제를 할까말까 정말 망설이고 고민했었어요. 그러다 용기를 못 내서 그만 놓쳐버렸는데 겨울방학에 다시 기회를 주셔서 결국 해낼 수 있었답니다. 모두 선생님

덕분이에요. 어떻게 감사의 인사를 드려야 할지……."

채연이가 가족 아닌 이에게 편지를 보낸 것이 내가 처음이라고 했다. 어머니도 그렇지만 아버지께서 너무나 기뻐하셨다고 했다. 나도 정말 기뻤다는 말씀을 드리며 더 말을 잇지 못하시는 어머니를 보내드렸다.

그 후로도 채연이는 여전히 말을 하지 않았다고 한다. 나도 학교를 옮겨 더 이상 채연이 소식을 듣지 못했다. 지금쯤 반듯한 숙녀로 자라고 있을 채연이에게 좋은 치료법이 생기거나 정말 좋은 사람을 만나 조금이라도 나아졌기를 바랄 뿐이다.

채연이가 나에게 처음이자 마지막으로 한 말인 그 편지는 지금도 내 메일 영구보존함에 소중히 보관되어 있다. 사연을 모르는 사람에게는 아무것도 아닌, 그 짧지만 긴 편지를 볼 때마다 나는 채연이의 통통한 볼살, 수줍게 웃던 눈을 떠올린다. 그리고 부끄럽지만 순수했던 열정과 선생님으로서의 한계를 동시에 가졌던 그때를 아쉬워한다. 한마디라도 채연이의 입에서 나오는 말을 들어보고 싶어 최선을 다했지만 결국 이루지 못했던, 그러나 마지막에 마음을 담은 소중한 편지를 얻었던 그 때를.

잊지 못할 채연이의 편지는 가끔 타성에 젖을 때면, 다시금 나를 채찍

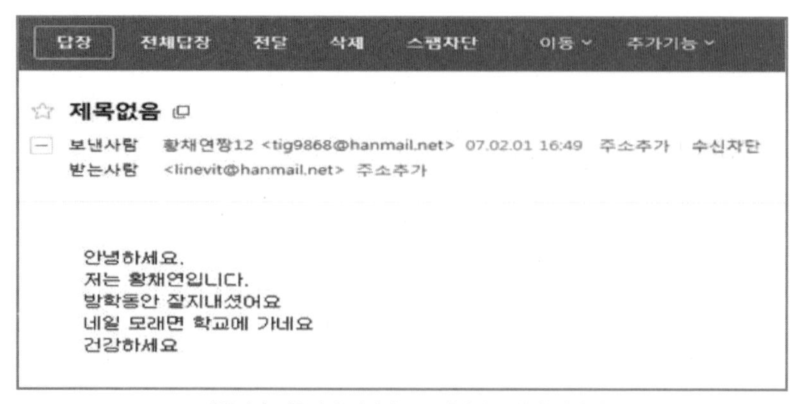

채연이가 처음이자 마지막으로 나에게 보냈던 이메일

질하고 꺼져가는 열정에 불을 붙일 수 있도록 하는 계기가 되고 있다. 그래서 나는 해마다 방학이면 나에게 편지를 쓰라는 숙제를 내며, 하나하나 답장을 해주면서 내가 우리 반의 담임이라는 것, 부족하지만 떳떳한 우리 선생님이라는 것을 되새긴다. 이 모든 것은 채연이로 인해 비롯된 것이니, 결국 나는 채연이에게 큰 도움은 되지 못하고 오히려 가장 큰 선물을 받은 셈이다.

(2011 아이스크림 교육수기 은상)

나의 모든 것이었던 가장 소중한 사람, 어머니

2007년 7월 9일이었다. 장마였지만 맑은 날이 계속되다가 그날따라 오후부터 날이 갑자기 흐려졌던 것으로 기억한다. 다음 날 학교에 행사가 있어서 전 직원이 늦게까지 열심히 근무를 하고 있을 때였다. 후텁지근한 교무실에서 서류뭉치와 씨름을 하고 있을 때 갑자기 휴대전화가 울렸다. 아버지였다.

"지금 엄마랑 병원 응급실에 있다. 괜찮아질 것 같으니까 당황하지 말고 천천히 와라."

짧은 한 마디였다. 때마침 한 달쯤 전에 친구들 모임에서 엄마가 식당 유리문에 손가락을 다쳐 응급실에 가신 적도 있어서, 이번에도 그런 종류의 사고겠거니 하는 생각에 크게 걱정은 하지 않고 학교를 나섰다. 자동차의 시동을 걸고 교문을 빠져나오는데 한여름의 여섯 시 답지 않게 하늘이 무척이나 어두웠다. 조금 이른 시간이지만 가로등이 켜졌으면 좋겠다는 생각을 하며 자동차의 라이트를 켜고 달리는데 왠지 조금은 불길한 예감이 들었다. 안 그럴거야 하면서도 혹시 크게 안 좋은 일이 아닐까 하는 생각을 지우기가 어려웠다. 그날따라 평소에 보기 힘든 참 어둡고 이상한 하늘 때문에 그런가 보다 하면서 서둘러 병원 응급실 문을 열었다. 그런데…….

"민중아, 엄마 못 살린단다!"

아버지의 울부짖음이 들려왔다. 순간 머리가 하얗게 되는 것 같았다. 새하얀 응급실 침대에 앞치마를 입고 단정하게 누워 있는 엄마는 움직임이 없었다. 그리고 의사와 간호사들이 엄마의 얼굴에 하얀 천을 덮고 있었다. 나는 눈에 보이는 것이 없었다. 달려가 의사들을 제치고 엄마 어깨를 잡고 흔들었다.

"엄마! 엄마! 눈 좀 떠봐라! 와 이카노! 엄마!"

엄마의 얼굴을 만지며, 볼을 때리며, 머리를 흔들며 그렇게 몇 분간을 미친 사람처럼 소리지르고 울부짖었다. 그리고 마치 드라마처럼, 영화에서 흔히 보던 장면처럼 옆에서 멍하니 서있는 의사의 멱살을 잡았다.

"왜 못 살려요? 우리 엄마 살려내요! 우리 엄마 멀쩡한데, 다친 데도 없는데 왜 못 살리냐고!"

의사는 내 손을 밀어냈다. 심장마비라고. 병원에 도착했을 때 이미 숨이 멎어 있어서 어쩔 수가 없었다고. 심장 마사지를 30분 넘게 했는데 아무런 변화가 없다고 했다. 나는 TV에 많이 나오는 전기충격기 같은 것은 왜 안 해보냐고 대들었다. 그러자 의사는 담담하게 말했다.

"그건 손으로 하는 심장 마사지에서 조금의 가능성이라도 있어야 하는 겁니다. 지금 그걸 시행하면 이미 돌아가신 분이기 때문에 가슴이 새까맣게 탑니다."

가슴이 새까맣게 탄다. 나는 힘없이 의사의 멱살을 잡고 있던 손을 놓을 수밖에 없었다. 그리고 힘없이 물었다. 사람이 이렇게 죽을 수도 있냐고. 그러자 이렇게 죽는 사람도 많다는, 자다가 죽는 사람도 있고, 걷다가 죽는 사람도 있다는 건조한 대답이 되돌아왔다. 그랬다. 의사에게는 우리 엄마도 그냥 흔히 보는 환자의 죽음일 뿐이었다. 나에게는 하늘이 무너지고 심장이 터질 일이었지만 의사에게는 늘 있는 일상일 뿐이었던 것이다.

"보호자가 빨리 발견하시고 응급실로 옮겼지만, 구급차 안에서 이미 사망하신 것으로 추정됩니다. 돌아가신 분을 여기 계속 두시면 곧 부패가 진행되기 때문에 빨리 영안실로 옮기셔야 됩니다. 우리 병원에는 영안실이 없으니까 가까운 병원으로……."

돌아가신 분, 부패가 진행된다, 영안실이 없다... 의사의 말이 머릿속에서 맴돌았다. 허탈한 웃음이 나왔다. 몇 분 전만 해도 멀쩡히 살아있던 사람이, 우리 엄마가 지금은 돌아가신 분이 되어 영안실로 가야 한다는, 이런 말도 안 되는 일이 현실이라고 일깨워주었다. 부패가 진행된다는 말이 귀에서 메아리쳤다. 우리 엄마가 시신이라는, 부패가 진행되는 그런 존재라는 것이다. 아직 환갑도 안 된, 오후 내내 외손주랑 놀아주고 온, 언제까지나 그냥 거기 있는 줄로만 알았던 우리 엄만데…….

구급차에 엄마를 싣고 영안실로 가는데 내 마음처럼 비가 억수같이 쏟아졌다. 학교에 전화를 거는데 손이 덜덜 떨렸다. 교감선생님께 말씀을 드리는데 울음을 멈출 수가 없었다. 마치 놀이공원에서 엄마를 잃고 미아가 된 아이처럼 그냥 눈물만 났다. 앞이 캄캄해 아무 것도 보이지 않았다. 단지 '나는 엄마를 잃은 것이다'라는 도저히 믿을 수 없는 사실만 머릿속에 되풀이되고 있었다.

장례식장은 정말 묘한 곳이었다. 엄마를 잃은 슬픔을 달랠 겨를도 없었다. 정신없이 이어지는 서류, 절차, 선택……. 가장 슬픈 순간이 가장 바쁘고 짜증나는 시간으로 바뀌는 곳이었다. 그래서 오히려 슬픔을 가장 잘 잊어버릴 수 있는 곳이 되는 것 같았다. 그래서 장례식을 하나 보다 했다. 그리고 그렇게 엄마를 보냈다.

엄마는 고된 시집살이를 하셨다. 유복한 집의 맏딸로 태어나 부족한 것 없이 젊은 시절을 보내다가, 일곱 살이나 많은 가난한 노총각인 아버지에게 시집와 홀시어머니인 할머니를 평생 모시고 살았다. 까탈스러운 할머니의 입맛과 성격은 엄마를 괴롭혔다. 드라마에서나 보는, 밥상을 엎는 할머니가 우리 할머니였다. 삼대독자인 집안에서 첫딸을 낳았다고 갖은 구박과 설움을 받았다. 그때마다 눈물을 감추고 자식들을 생각하며 썩어가는 속을 달래셨다고 한다. 생전에 엄마는 드라마 같은 것에서 시집살이 장면이 나오면 당신이 했던 것에 비하면 아무 것도 아니라고 쓴웃음을 지으시곤 했다. 마음 편히 여행이나 외출이라도 한 번 하실 수 없었다. 늘 할머니의 끼니와 건강을 염려해야 했다. 할머니는 엄마의 보살핌으로 장수를 누리시고 엄마보다 2년 앞서 돌아가셨다.

엄마에게 주어진 꿀맛 같은 휴식은 겨우 2년 뿐이었다. 그마저도 엄마는 다 누리지 못하셨다. 둘째 조카가 어릴 때부터 자주 아파 그 뒷바라지도 전부 엄마의 몫이었다. 돌아가시던 그날도 조카가 갑자기 아파서 급히 누나네에 들렀다 한시름 놓고 돌아와 저녁을 준비하시던 길이었다. 엄마가 쓰러진 곳은 부엌이었고, 그곳은 결국 엄마의 마지막 자리가 되었다.

단 한 번도 당신을 위해 값진 옷이나 장신구를 걸치지 않으셨고, 자식을 위해서만 존재하시던 우리 엄마는 마지막까지 당신 스스로를 위하여 아무 것도 하신 게 없었다. 돌아가시기 며칠 전 나에게 미안하다면서 남들이 너무 흉봐서 안 되겠으니 휴대전화 하나만 사달라고 부탁을 하셨다. 그게 뭐 대수라고 이제껏 사드리지 못한 못난 아들의 잘못인데도 그저 미안하다고만 하셨다. 아버지랑 같은 번호라고, 커플 폰이라고 어린 아이처럼 좋아하시며 단축 번호 1번에 아버지 번호를 넣으셨다. 그런 전화기를 엄마는 일주일도 채 못 써 보셨다. 그 전화기는 엄마의 유일한 유품으로 벽장 안에 넣을 수밖에 없었다. 그리고 그 때 열어본 벽장에서 나는 또한번 눈물을 쏟아낼 수밖에 없었다. 장롱 깊숙이 두꺼운 솜이불 사이에 신문지로 곱게 싸놓은 돈뭉치. 그것은 당신이 나중에 치아가 안 좋아져 틀니를 하게 될지도 모른다는 치과의사의 말을 듣고 그 비용으로 마련해놓은 것이었다. 어떠한 경우에도 자식의 짐이 되지 않으려 했던 엄마의 마음을 느끼는 순간, 죄책감에 가슴을 쥐어뜯었다. 어렵게 어렵게 그 돈을 모아 장롱에 넣으시며 흐뭇해하셨을 표정이 떠오르면서 엄마에 대한 미안함에 죄책감에 얼굴을 들 수가 없었다. 엄마는 그런 분이었다.

엄마가 떠나시던 그 날, 아침밥을 뜨는 둥 마는 둥 지각을 면하려 급히 나가는 나의 뒷모습에 대고 "일찍 오나?" 하시던 그 말씀에 나는 정말 성의 없게 "몰라요."하고는 엄마 얼굴을 한 번 돌아보지도 않고 나갔다. 그리고 그것이 생전 엄마의 마지막 말씀으로 남고 말았다. 엄마의 정성을 귀찮게 생각했던 이 못된 불효자는 얼마나 어리석고 나쁜 인간인가. 엄마는 얼마나 나를 원망하셨을까. 후회밖에 남지 않지만 이제 어쩔 도리가 없음이 안타까울 뿐이다.

값비싼 명품도 아닌 백화점 철 지난 할인상품 옷이라도 한 벌 사드리면 밤이 새도록 입어보시고, 우리 아들이 사준 거라고 동네방네 자랑을 하셨다는 우리 엄마. 남들 다 가는 해외여행 환갑이 다 되어서 겨우 가보게 되면서도 아들 덕에 간다고 미안하고 고맙다는 말씀만 되풀이하셨던 우리 엄마. 외손주 열심히 키웠으니 이제 친손주는 더 잘 키울 수 있을 것 같다 하시며 어서 장가가라고 독촉하셨던 우리 엄마……. 아들이 선생이라고, 키도 크고 잘생겼다고 친구들이 칭찬이라도 하면 괜히 어깨를 으쓱하셨다는 엄마 친구의 말씀을 들으며 엄마가 못난 아들을 얼마나 자랑스러워하셨는지 알게 되어 한없이 부끄러워졌다.

세상에는 별의별 일이 다 있다지만 그런 일이 하필 나에게, 우리에게 일어나 하루아침에 엄마를 잃을 줄은 정말 상상도 하지 못했고 상상하기도 싫었다. 그리고 4년이 지난 지금도 그 일이 마치 꿈만 같고 도저히 믿어지지가 않는다. 지금이라도 문을 열고 들어와 "밥묵었나?"하실 것만 같고, 내 뒤통수에 대고 "일찍 오나?" 하실 것만 같다. 하지만 이제 엄마는 그럴 수 없다. 엄마가 영영 돌아오지 못하시는 것이 아니라 잠시 긴 여행을 떠나신 거라고 스스로 위로하는 것밖에는 나를 위해서도 엄마를 위해서도 할 수 있는 일이 없다는 것이 못 견디게 안타깝고 미안할 뿐이다.

엄마에게 아무 것도 해드린 것이 없다는 죄책감에 남겨진 아버지께 더 잘해드려야지 하면서도 늘 바쁘다는 핑계로 여전한 나를 볼 때마다 엄마에게 더 미안해진다. 생전에 늘 아버지께 잘하라던 그 말씀도 지키지 못하는 것 같아 더욱 부끄럽다. 엄마가 편안하게 계시도록 아버지를 더 잘 모시고 열심히 살아가도록 해야겠다. 마지막으로 하늘에 계신 엄마에게 꽃 한 송이와 함께 못난 아들의 부치지 못하는 편지를 전하고 싶다.

어머니, 그 철없던 아들이 이렇게 컸어요. 작년에는 그렇게 소원이셨던 장가도 가서 일주일 전에 어머니의 첫 손녀가 태어났어요. 어머니 살아계셨으면 며느리는 얼마나 예뻐하셨을까, 손주는 오죽이나 귀여워하셨을까 생각하니 눈물이 앞을 가리네요. 어머니 손녀, 어머니 닮아서 눈도 크고 아주 예뻐요. 눈도 못 뜨는 젖먹이에게 "아가야, 너희 할머니는 너를 정말 기다리셨단다. 너를 세상에서 가장 예뻐하셨을 거야. 그렇지만 너를 못 보고 그만 먼저 가시고 말았구나." 하고 말했어요. 어머니, 손녀 보러 오셔야지요. 세상에서 제일 예쁜 어머니 손녀 여기 있는데요. 어머니 정말 미워요. 그렇게 훌쩍 가버리시면 어떻게 해요. 아들이 장가가고 아기 낳고 하는 것 다 보셔야지요. 그렇게 바라시던 손주도 생겼는데…….

엄마, 그렇게 가시게 해서 정말로 죄송해요. 저는 정말 못난 불효자예요. 엄마 없으면 아무 것도 못 하면서 엄마의 소중함을 모르고 함부로 대했어요. 엄마, 자식을 낳으면 부모 마음을 안다고 하잖아요. 자식을 낳아보니 엄마의 마음을 다는 몰라도 조금은 알 것 같아요. 엄마가 저를 얼마나 사랑하셨는지, 못난 저를 위해서 얼마나 희생하셨는지…….

엄마, 그곳은 지내기 어떠세요? 그곳에서는 제발 편안히 계세요. 아무 걱정 하지 마시고, 식구들 걱정 하지 마시고, 엄마만 생각하고 엄마만 위해서 사세요. 엄마는 언제까지나 제 가슴 속에 있어요. 이제부터라도 아버지 더 잘 모시고 열심히 착하게 살게요.

미안해요, 엄마. 그리고 한 번도 하지 못했던 말, 사랑해요, 엄마. 정말로 사랑해요. 나의 모든 것이었던 가장 소중한 사람, 우리 엄마.

(2011 이지웰복지재단 어머니 수기 공모전 우수상)

나를 치유하고 세상을 치유하는 글쓰기의 힘

글을 쓰는 것을 좋아해서 십여 년 전부터 교학상장으로 글을 쓰고 가르쳤다. 글쓰기가 고차원적 사고활동이며 삶에서 매우 중요한 부분임을 늘 강조했다. 무턱대고 하던 일이 해를 거듭할수록 형태를 갖춰 이제는 제자들과 함께 해마다 제법 그럴싸한 책을 내게 되었다. 이 과정에는 대구교육이 추구하는 인문독서교육의 힘이 컸다. 학교에서 해마다 학생 책을 낼 수 있게 예산을 지원해 주고, 잘된 책은 뽑아서 정식으로 출판해주기 때문에 열심히 할 의지가 생긴다. 십여 년간 해마다 책을 만들면서 자신을 돌아보는 성찰적 글쓰기만큼 좋은 인성교육을 접하지 못했다. 자의든 타의든 교사와 함께 글쓰기에 몰입하는 학생들은 예의를 갖추고 생각을 더 하며, 사회에 기여하고 더 나은 삶을 살려고 노력하는 것을 수차례 보아왔다. 작년에는 나도 대구교육청이 지원하는 출판의 기회를 얻었다. 코로나로 인해 혼란스러운 학교에서 황폐해진 학생들의 마음을 추슬러 함께 시를 써서 시집을 내게 되었다. 그렇게 우리들의 작품집 『스파이 가족』(2021, 바른북스)이 세상에 선을 보였다. 우리들이 즐거운 마음으로 낸 온전히 우리들만의 잔치였다. 거기에 세상이 호응했고 우리의 즐거움을 나눌 수 있는 힘을 얻었다.

출판을 한 번 해서 책이 나오니 저자가 된 학생들은 성취감과 함께 도전 의식이 더 커지고 나도 자신감이 붙었다. 적어도 내가 하는 일이 틀리지는 않았다는 확신이 생겼다. 올해도 글쓰기를 계속 한다. 그러나 우리의 상황은 코로나로 인해 여전히 암울하다. 여전히 코로나는 우리를 둘러싸고 있고 이제 빛도 공기도 바람도 모두 코로나를 섞어 놓은 것 같다. 우리 주변에 코로나가 들어가지 않은 것이 없다. 한마디로 코로나가 우리 생활을 완전히 지배했다. 답답한 마스크가 일상이 되고 보고 싶은 사람도 만나지 못하며 마음껏 뛰놀고 움직이는 자유를 잃고 학교에서 짝꿍과 어깨동무조차 할 수 없는 나날이 이어져오고 있다. 모두의 마음이 말로 다 못할 만큼 피폐해졌으며 특히 영문도 잘 모르고 한순간에 생소한 방역 현장에 던져져 손발이 묶이고 입조차 틀어막힌 아이들의 감정은 만신창이가 되었다. 무엇으로도 위로할 수 없고 어떤 방법으로도 치유가 되지 않는 코로나 블루는 학교를 혼란스럽게 만들고 교육활동에 큰 장애물이 되었다. 게다가 이 어둠은 좀처럼 새벽을 보여주지도 않는다. 완전히 사면초가인 상황이다. 그래도 알 만큼 성장한 어른인 나도 이 정도인데 아직 어린 아이들이야 오죽할 것이며 이들은 도대체 무슨 죄로 일상이 파괴되며 우울해져야 하나? 세상이 미워지고 아이들에게 미안한 마음이 가시지 않았다. 그래서 결심했다. 작은 도전이라도 자기를 돌아보고 주변을 아름답게 바라보는 글쓰기로 마음을 치유해보자, 대단한 효과를 얻지는 못하더라도 안 하는 것보다는 낫겠지. 그렇게 코로나의 한가운데서 우리에게 소중한 치유의 인문학, 성찰의 글쓰기가 출발했다. 우선 희망하는 학생을 모집했다. 내 범위에 있는 아이들 중에서 이십여 명이 자원했다. 아무런 인센티브도 혜택도 없는, 오직 글쓰기만 생각하는, 그야말로 자발적이고 뚜렷한 목표 의식을 갖춘 기특한 공동체가 형성되었다. 학교 이름을 넣고 책을 읽고 글을 쓰는 곳이라는 뜻도 되는 이름으로 '작가의 서재'라고 동아리 이름을 지었다. 그리고 수요일 오후에 모였다. 적어도 내가 맡은 몇 명의 아이들이라도 인문학을 더 잘 가르치고 코로나로 인해 답답하고 짜증스러운 상황을 타개할 힘을 불어넣어줄 수 있는 기회를 얻었다. 작은 발걸음이지만 소중한 노력이다.

스스로 글을 써보겠다고 모인 대견하고 기특한 아이들이다. 한 마디만 했다. "좋은 마음으로 좋은 글을, 읽는 사람에게 감동을 주는 향기가 나는 글을 쓰자."그리고는 작가들이 실제로 거치는 창작의 과정을 소개했다. 물론 가장 중요한 것은 독서다. 독서백편의자현이며, 양서를 읽는 것만큼 좋은 글을 쓰는 방법은 없다. 역시 가장 쉽고 보편적이면서도 막상 실천은 쉽지 않다는 점만 의식하면 된다. 그 다음은 무엇일까? 바로 이것이다. 창작의 영감을 얻는 과정, 허투루 보지 않기.

"오늘부터 우리는 우리 생활을 그냥 지나치지 않을 거야. 주변에 모든 것을 다 글로 쓸 거야. 그런데 절대로 그냥 쓰면 안 돼. 뭔가 글이 되는 것을 찾아야 돼. 읽는 사람의 마음을 움직이고 공감이나 감동을 불러올 수 있는 글."

그리고 영상 하나를 보여주었다. 스페인에서 만든 세계적인 사탕 브랜드인 추파춥스의 이야기였다. 추파춥스 창업자는 당시 사탕은 롤리팝 형태로 지름이 10센티 가량 되는 원 모양이 대부분이라 너무 커서 먹기 힘들고 먹을 때 녹아서 흘러내려 옷을 버리는 등 단점이 많은 것을 보고 사탕의 크기를 줄이고 막대를 꽂아 먹기 편하게 만든 것이다. 그런데 그런 획기적인 아이디어에도 판매가 부진하자 고민이 생긴 창업자는 친구에게 하소연을 하게 되었다. 그 친구는 흘러내리는 시계가 있는 '기억의 지속'이라는 그림으로 너무나 유명한 초현실주의 화가 살바도르 달리였다. 달리는 즉석에서 냅킨 위에 추파춥스의 브랜드 로고를 그려주었다. 로고는 무척 단순했다. 그러나 일반적인 과자회사의 그것과 단 두 가지만 달랐다. 첫째는 둥근 바탕이 아니라 데이지 꽃 모양으로 그렸다는 것, 둘째는 로고를 사탕 상자의 정가운데 놓는 것이었다. 이 로고 하나로 추파춥스는 날개돋힌 듯 팔려나갔고 여전히 전세계를 주름잡는 사탕 브랜드가 되었다. 달리가 생각한 것은 무엇이었을까? 바로 사람의 마음을 읽고 움직이는 것이다. 둥근 모양의 마크를 꽃 모양으로 바꾼 것만으로도 아이들은 사탕을 더 좋아하게 되었다. 둥근 모양보다는 꽃 모양이 더 예쁘기 때문이다. 그렇다. 사람은 본질적으로 예쁜 것을 추구하는 존재이다. 그렇다면 마음을 예쁘게 가꾸는 것이 인성교육의 본질이어도 되지 않을까? 또한 늘 둥근 것만이 익숙하고 그게 가장 무난하다 여겼는데 사실 사람들은 그 단순함을 조금 변형시킨 꽃모양을 더 좋아했다. 그게 해답이다. 익숙한 것에 약간의 변형을 가져오면 신선하고 새롭다. 그리고 그것은 사람의 마음을 움직인다. 그 상표를 사탕 상자의 한가운데에 꽂는다는 것은 그것만 봐도 사탕을 먹고 싶게 할 수 있다는 자신감이다. 아름다움은 예술의 본질이다. 글쓰기도 이와 같다. 아름다움은 사람의 마음을 움직이고 감동을 준다. 사람의 마음을 움직이는 글을 쓴다는 것은 삶을 더욱 풍요롭게 하고 세상을 보는 눈을 넓히게 하는 것이다.

글쓰기의 기본이자 전통적으로 바른 사람 됨됨이의 근본은 효도이다. 내 몸과 마음, 전체를 주신 부모의 고마움을 모르고 부모를 공경하지 않는 사람이 바른 인성을 가지는 것은 불가능하다. 매일 만나고 가장 가까운 사람이기에 오히려 소홀할 수 있는 사람, 부모란 그런 존재가 아닐까. 익숙한 것을 낯설게 보기, 부모를 시작으로 했다.

"엄마나 아빠와는 많은 이야기를 하잖아? 늘 집에서 만나니까 수많은 대화들이 기억에 남지 않고 그냥 지나치기 쉽지. 워낙 자주 만나니까 칭찬을 받을 때도 있고 혼이 날 때도 있지. 그런데 그때는 기분이 어때? 나는 칭찬을 받고 싶은데 엄마, 아빠는 왜 혼을 내시는 걸까? 그런 궁금한 마음이 들 때가 없었어?"

아이들의 마음이 바빠진다. 늘 있던 일, 늘 만나는 사람, 늘 하는 말에 대하여 다르게 생각하기 시작하니 그 자체만으로도 대단한 발견이 된다. 엄마, 아빠를 조금 다르게 보니 오히려 잔소리에 가려져 이제까지는 몰랐던 숨은 사랑, 감사, 헌신과 희생이 눈에 보인다. 그것도 그냥 형이상학적이기만 한 허황한 개념이 아니다. 눈에 보이고 손에 잡히는 관계 회복이다. 도덕책의 부모님이 아니라 나의 진짜 엄마, 아빠를 발견하는 시간이 되었다.

수학 공부를 하다가/잘 풀고 있어도/엄마가 오면//"이건 식을 써서 풀어야 해."/"안 해도 돼. 쉬운 거야."/"그래도 엄마 말 들어."//다 아는 거라 귀찮지만/엄마가 시키는 대로 한다.//그러니까 신기하게도/시험 문제 풀 때/실수를 안 한다. (「엄마 덕분에」)

전기장판을 켜고 자는데/새벽에 너무 더웠다.//알고 보니/엄마가 온도를 너무 높게 해 놓았다.//엄마의 사랑이 얼마나 뜨거운지/하마터면 굽힐 뻔 했다. (「엄마의 사랑」)

아빠 코고는 소리/쿨쿨 아니고/드르렁 드르렁 아니고/컥 커거컥 컥!//무서워/숨이 막힌 게 아닐까?//맨날 헬스 한다고/건강하다고 자랑하면서/숨도 제대로 못 쉬냐? (「코골이」)

우리 집에는 돼지가 산다./뭐든 많이 먹고/내가 남긴 것도 먹는다.//더럽다./그러지 말라고/아무리 말해도 안 듣는다.//아빠만 아니면……. (「돼지」)

부모님의 말을 겉으로는 듣지 않고 숨은 의미를 생각하게 한 것만으로 이렇게 남들과 다른 눈을 가지게 된다. 이렇게 부모님의 진정한 사랑을 알게 되면 효도가 저절로 몸에 익는다. 이런 것이 진정한 효도가 아닐까?

한 입 먹고/스읍! 하아, 하아/ "맵니?"/엄마가 걱정한다.//"아니, 하나도 안 매워."//엄마가 안 볼 때/재빨리 우유를 들이켰다. (「김치찌개」)

부모님에게 효도하라고 말만 골백번 강조해도 헛것이다. 눈에 보이고 손에 잡히는 효도란 부모님을 관찰하고 이해할 때 생기는 것이다. "엄마를 계속 관찰하니까 엄마가 정말 많은 일을 한다는 것을 알게 되었어요." "아빠는 정말 힘들게 일하는데 엄마한테도 맨날 혼나니까 불쌍해요." 그래, 좋은 것을 깨달았구나. 선생님도 바로 그 불쌍한 아빠란다. 조금 달리 보이지 않니?

부모님에 대한 생각을 하게 되면 다음은 자연스럽게 할배할매로 옮겨간다. 나의 부모님을 만들어주신 부모님이 조부모님이기 때문이다. 그런데 코로나 때문에 할아버지와 할머니는 더욱 더 멀어지게 되었다. 집 밖을 나갈 수 없고 특히 어르신이 코로나에 더욱 취약하니 더더욱 만나지 못한다. 집안 행사나 가족 모임도 어려운 형편이다. 소중한 혈육이고 조손의 정이 아무리 깊어도 한순간에 쉽게 만날 수 없는 사이가 되고 말았다. 거리두기의 가장 큰 피해자는 할아버지와 할머니이다. 그러면 만나지 못해도 통화나 SNS 등으로 더 자주 마음을 나누도록 해야 하지만, 사실 그게 말처럼 쉬운 게 아니다. 자주 봐야 정도 들고 거리도 더 가까워질 텐데 그러지 못해 아쉬운 마음이 크다. 아이들은 코로나 때문에 괜히 거리가 생긴 할아버지, 할머니를 그리워하는 마음을 전했다. 언제나 온전히 자기 편이라는 할아버지, 할머니는 가장 든든한 응원군이며 생각 만으로도 그리워지는 존재이다.

할머니의 잔치 국수/식당보다 더 맛있다./두 그릇 세 그릇도 먹는다.//엄마는 왜 이 맛을 못 내는 걸까?/손맛이라는데/엄마도 손 있잖아? (「손맛」)

할머니가 라면을 끓이셨다./"많이 먹어라."/"할머니도 드세요."/"우리 똥강아지 먹는 것만 봐도 배불러."//그런데/할머니 배에서/꼬르륵 소리 (「거짓말」)

외할아버지 댁에는/특이한 돌이 많다.//외할아버지가/하트 모양 돌을 주셨다.//거북 모양/동그라미 모양/예쁜 돌이 많지만//할아버지의 마음을 받았다. (「할아버지의 마음」)

할머니가 수박을 보내셨다./복을 부르는 복수박이라고 한다./할머니는 대단한 수박이 아니라고 하셨지만/복을 먹는 기분이다. (「복수박」)

할배할매의 정을 무엇으로 딱히 표현하기는 어렵지만 아이들이 느끼는 할배할매란 아낌없이 주는 나무의 현신과 다를 바 없다. 할배할매의 정을 다시금 한 번 더 되새겨 보는 것으로도 효의 마음가짐은 충분하다. 나는 '똥강아지'이며 할배할매가 그저 좋은데 그거면 됐지 뭐가 더 필요할까?

부모님이 나와 함께 낳아주신 형제는 가족이자 소중한 동료이며 평생의 동행이다. 사이가 좋을 때도 있지만 늘 티격태격하게 된다. 그래도 형제간의 우애는 지워지지 않는다. 형제는 무엇과도 바꿀 수 없는 친구이다. 흥부도 아무리 밉고 못된 놀부지만 잘못을 뉘우치자 형을 버리지 않았다. 아이들의 마음에서 그것이 보인다. 소중한 형제애, 거창한 것이 아니다.

동생과 다투었다./동생이 욕을 했다./엄마는 나만 혼냈다./너무 슬펐다.//그런데 동생이 위로해주었다./"언니, 괜찮아?"/"내가 사과할게. 사과는 맛있어."/그 말을 들으니 갑자기 웃겼다./여전히 화는 나는데//"뭐라는 거야?"/동생과 간지럼을 태우며 웃었다. (「황당해」)

동생 방에서 돈을 슬쩍했다./동생에게 들켰다./그런데 아무 말도 안 했다.//'왜 화를 안 내지?'/저금통에 넣으려고 보니/저금통이 텅 비었다./그래서 화를 안 냈군. (「당했다」)

"미미인형 사주세요."/동생이 산타 할아버지에게/소원을 빌었다./다음 날/아빠 컴퓨터에서/미미인형 검색을 발견했다./나는 동생 때문에/산타를 알게 되었다. (「동생 때문에」)

아무리 흔들어도/잡아당겨도/안 일어나는데//"밥 먹어라."/소리 들리면/일어난다. (「신기한 동생」)

누나가/막 혼내고/지적질을 해대면/맞는 말인 건 알겠는데/화가 난다.//그래서 대들려다가도/맞는 말이라서/할 말이 없다. (「누나」)

형제간에는 웃픈 사연이 얼마나 많은가. 미워할 일이 수없이 많아도 미워할 수 없는 깊은 애증의 관계가 형제임을 알 수 있다. 형제가 무엇인지 다시 생각해보는 계기가 되었다. 형제를 생각하는 글을 써 본 다음 이제는 싸우더라도 그냥 싸우는 것이 아니라 화해를 생각하며 싸운다고 한다.

어느 순간 나타난 코로나19는 일 년이 훌쩍 넘도록 사라지지 않고 우리의 생활을 완전히 파고들어 삶을 좀먹고 있다. 심지어 이제는 '위드 코로나'가 자연스러운 지경에 이르렀다. 이렇게 당연한 일상이 당연하지 않게 되어버린 기막힌 상황에서 답답함과 짜증을, 슬픔과 억울함을 예술로 형상화하고 유머로 승화시키려는 노력이 더욱 빛을 발한다. 지독하고 끈질긴 코로나, 그러나 우리는 지지 않는다. 글쓰기를 통해 극복의 의지를 더욱 굳게 다지고 상처입은 마음을 치유할 힘을 얻었다.

> 코로나 때문에/백만 명이 넘게 죽었다.//정말 무서운 바이러스다.//어쩌면 우리가/자연을 파괴하고/환경을 오염시켜//인간들도 당해보라고/신이 내린 벌일 수도 있겠다. (「천벌」)

> 코로나 전에는/말하면서 밥을 먹었는데//지금은/말을 못하고 밥만 먹는다.//말을 못하니까/예전엔 몰랐던/급식의 숨은 맛이 느껴진다. (「숨은 맛」)

> 마스크를 끼니까/얼굴이 잘 안보인다.//친구들의 얼굴을 못 보는 것은 아쉽지만/내 얼굴이 갸름해지고/표정을 감추는 것은 좋다. (「마스크」)
>
> 마스크를 쓰고/10분만 지나면/습기가 차서/얼굴이 따갑고/입술 주변도 빨개진다.//로봇 마스크가 있으면/리모컨으로 조종해서/바람도 나오고/약도 발라주면/참 좋겠다. (「로봇 마스크」)

글을 쓰는 순간에는 코로나에 대하여 다시 생각해보게 되고 그냥 식상한 늘 하는 말이 아닌 나에게 있어 코로나는 무엇인가라는 진정성 있는 물음을 던질 수 있다. 그런 과정이 쌓이면 단순히 싫고 답답하고 짜증나는 코로나가 내 삶을 성찰하는 계기가 된다. 당연한 것들이 당연하지 않은 세상이 기막혀서 나온 노래도 그런 맥락이다. 새옹지마라고 없었어야 할 코로나지만 지금 여기에 떡하니 있으니까 이왕이면 좋게 생각하는 것이 더 발전적인 결과를 가져올 것이다. 그것이 긍정의 힘이 아닐까.

아직 올해의 반도 지나지 않았고 학생들도 많은 작품을 쓰지 않았다. 아직은 글쓰기의 여러 가지 기초를 배우고 있는 단계에 지나지 않는다. 엄마를 시작으로 부모님, 조부모, 친구들, 학교 그리고 코로나 상황 등에 대하여 몇 개의 시를 썼을 뿐이다. 본격적으로 경험에 근거해 완성도가 높은 시를 쓰고 생활 속에서 주제를 발견해 이야기로 형상화하는 도전은 아직 진행중이다. 시간이 흐르며 코로나 상황이 호전될수록 활동이 더 적극적이고 활발해질 것이고 더 좋은 작품들이 많이 나올 것이다. 그러니까 게임은 이제부터다. 시작이 반이라는 생각으로 벌써 세상의 모든 것을 작품으로 빚을 생각을 한 우리들은 매일 성장하고 있다. 아이들의 진솔한 마음을 접하며 매일매일을 반성하는 나도 분명히 많이 성장하였다. 나를 치유하고 세상을 치유하는 글쓰기의 힘이 이렇게 강한 것이다.

바른 인성을 기르는 것은 무척 중요하다. 그것은 우리의 미래를 만드는 일이다. 바른 사람들이 많아져서 그것이 지극히 정상인 곳이 우리가 꿈꾸는 세상이다. 아름다운 사회를 만드는 작은 실천이 우리의 글쓰기임은 자랑스러운 일이라고 생각하며 마침표를 찍는다.

(2021 세대공감 교육수기 공모전 가작)

대구에 봄이 와도 그리던 그 봄이 아니러뇨

이런 일이 생기리라고는 정말 꿈에도 생각지 못했다. 대부분 심각한 일도 사실은 관련된 사람만의 일인 경우가 다반사이다. 어디어디에 산불이 나도 거기 사람이 아니면 사실 무신경하고, 많은 사람이 상하는 일이 생겨도 내가 있는 곳이 아니면 사실 잘 알지 못하고 관심도 없다. 대부분 일은 그랬다. 심지어 사는 곳 근처에 불이 나거나 범죄가 생겨도 잠깐만 몸을 떨 뿐 지나치면 그것도 망각이 지워준다. 그러나 이번은 다르다.

1월 중순쯤 뉴스에 난데없이 중국 우한이 어쩌고 우한 폐렴이 어쩌고 하기 시작했다. 나를 비롯해 대부분 한국 사람이 우한을 기본 적이 없을 것이고 우한이 어딘지도 모르는 경우가 더 많을 것이다. 그런데 우한이라니, 뭐 베이징이나 상하이도 아니고 어디 붙어있는 지도 모를 도시 이름이 심심찮게 등장하는 이유가 궁금했다. 듣기로는 거기에서 무슨 야생동물 시장에서 박쥐가 어떻게 무슨 바이러스를 퍼뜨려 난리가 났다는 거였다. 그래서 우한을 비롯해 중국 전체에서 사람들이 쓰러지는 무시무시한 상황을 보여주고 있었다. 그러면서 중국을 다녀온 사람은 보건소에 신고해야 하고, 중국에 가는 건 삼가라는 지침이 돌았다. 그러니까 사실 '그러려니'였다. 중국에 안 갔었고 안 갈 것이고 갔던 사람도 주변에 없어 나와는 거리가 먼 이야기였다. 물론 중국인을 막아야 한다, 중국인의 야만성이 문제다 등의 말은 떠돌았고 그래도 그것은 몇몇 전문가들이나 최소한 중국과 교류가 잦은 사람들만의 문제였다. 우리나라에도 우한 폐렴이나 괴질의 증상을 보이는 사람이 나타나기는 했지만 역시 수도권이었고 극히 일부에 지나지 않았다. 우리는 막연한 불안감 속에서도 안심했고 느슨했고 평안했다.

그렇게 1월이 흐르고 2월이 지나면서 완만한 확진자의 증가 흐름은 불안감마저 점차 무디게 만들었고 때마침 세계를 뒤흔든 우리 영화 〈기생충〉의 아카데미 작품상을 비롯한 4관왕 소식은 코로나19라는 이름을 가진 바이러스도 잊혀지게 만들었다. 그런데 그것이 화근이었다.

발렌타인 데이에 대구 시민은 생각지도 못한 분노의 선물을 받게 된다. 여전히 대구는 거의 청정지역이었는데 31번 확진자가 갑자기 진짜 혜성처럼 신천지라는 듣도 보도 못한 신흥종교 꼬리표를 달고 나타나면서 하루아침에 세상이 뒤집혔다. 청정지역이 물 건너 간 것은 아무 것도 아니었다. 31번, 신천지, 대구가 모든 매스컴을 점령했고 코로나에 무심했던 대구 시민은 일순간에 감염자, 보균자에 역적 취급을 받았다. 가뜩이나 정치적으로 좀 다른 노선을 걷던 지역이라 감정이 좋지 않았는데 울고 싶은 데 뺨 때린 격으로 수도권 중심의 시각에서 대구는 진정한 '고담 시티'로 거듭났다. 신천지 신도였던 31번 확진자로 인해 신천지 대구교회가 전국에 생생하게 알려지고 그녀가 입원한 한방병원은 코로나의 온상이 되었다. 모든 대구 시민은 일거에 코로나 바이러스로 낙인찍혔다. 자고 나면 대구의 환자는 우후죽순이었다. 우리 주변에 신천지가 그렇게 많은지 모를 정도로 많은 신천지 신도들이 차례로 확진자가 되었다. 그리고 신천지가 아니어도 대구 사람은 세상의 모든 욕을 다 먹었다. 뭘 그리 잘못했는지 모르겠지만 대구에 산다는 이유만으로 코로나의 원흉이 되었다.

그렇게 따가운 2월이 가고 봄이 왔다. 겨울과 함께 수그러들 줄 알았던 기세는 오히려 봄을 타고 더 활발해졌다. 그때까지 이란, 이탈리아 등 몇 개 나라에만 확진자가 있던 코로나는 일본의 호화 크루즈 사태를 시작으로 유럽, 미국 등 서방 세계를 집어삼키며 결국 WHO가 우려하던 팬데믹으로 발전했다. 그렇게 우리는 봄을 잃었다. 봄 대신 두려움을 얻었다. 그러나 두려움과 동시에 믿음과 희망, 의지, 용기 등도 함께 얻었다.

대구판 판도라의 상자는 봄을 날려보내고 편견과 원망과 손가락질을 주었지만 그로 인해 대구 시민에게는 더욱 더 단단한 결속력과 의지, 그리고 성숙한 시민 의식이 생겼다. 우리는 살아야했다. 확진자가 사망자가 되어가는 그래프가 올라가는 순간에도 그 모든 역경을 뚫고 살아남아야 했다. 편견과 욕설과 비난과 비방을 이겨내고 보건 당국과 정부의 지시를 칼 같이 지켜 확진자가 되지 않는 것만이 살길이었다. 대구라는 원죄를 지울 길은 그것뿐이었다.

사회적 거리 두기, 우리가 살 수 있는 유일한 동아줄이었다. 손을 씻고 마스크를 쓰고 악수를 하지 않았다. 직장을 가지 않았고 가까운 사람을 만나지 않았다. 학교는 문을 닫았고 식당도 휴업에 들어갔다. 우리가 배달의 민족인 것을 다시금 뼈저리게 느꼈고, 엄마의 집밥이 왜 그리도 소중한 말인지 왜 듣기만 해도 가슴이 따뜻해지는 마법의 단어인지 절실히 깨닫게 되었다. 가장도 자녀도 어디에도 가지 않고 온 가족이 삼식이가 되어 세 끼의 식탁에 함께 앉았다. 차도에 차가 사라지고 길거리에 사람이 사라졌다. 그러나 시간은 생각보다 더 길었고 지루했다. 의지와 인내심만으로 버티기에는 정말 버거웠다. 그래도 우리는 해냈다. 그리고 이제는 희망이 보이며 철저한 대비로 안전을 스스로 챙길 힘을 얻었다.

막연히 공부 잘 하고 머리 좋아 돈 많이 버는 사람이라 생각했던 의사들은 진정한 의사 선생님으로 코로나를 물리치는 슈퍼 영웅이 되고, 기계적이고 사무적인 사람으로 여기던 간호사들은 용감한 나이팅게일의 화신으로 온몸을 할퀴는 방호복을 벗지 않는 천사가 되었다. 보건 당국은 잠 한숨 못자고 국민을 지켜냈으며 의료진은 몸을 던지는 투혼으로 코로나를 막아냈다. 그리고 우리는, 시민들은 모든 순간에 함께 했다. 손을 씻고 마스크를 쓰며 거리를 두었고 만나지 않았다. 어디에도 가지 않고 집콕했으며 지루함이 괴로움이 되는 시간에 맞서 허벅지를 찔러가며 '확찐자'로 버텼다.

4차 산업혁명은 생경한 구호가 아니었다. 우리는 정말 IT 강국이었다. 학생들은 인터넷으로 개학을 맞아 학교를 다녔고, 직장인들은 재택근무가 실현되는 기적을 맞았다. 아프면 쉬는 것이 당연한 세상이 되었고 심지어 만약 확진자가 된다 해도 격리 수칙을 잘 지키면 생명을 지킬 수 있음을 알게 되었다. 그렇게 대구는 절망의 끝에서도 희망을 잃지 않았고 이제 긴 터널의 끝이 보인다.

코로나가 할퀴고 간 시간, 어느덧 사계절에 접어들었다. 너무나 당연하던 꽃놀이, 축제, 행사 등이 모두 사라졌다. 세상의 모든 즐거움은 누리지 못하는 것이 되었다. 어색하고 당황스럽지만 그 대신에 우리에게는 용기와 의지, 나눔과 위로라는 선물이 주어졌다. 지루하고 따분하던 일상이 사실은 지극한 행복임을 알게 해준 깨달음이 있고, 활기찬 다음 계절을 맞이할 희망이 있다.

소설가 오 헨리는 늘 같은 시간 같은 일정이 기다리는 퇴근 후의 샐러리맨의 일상이 아내의 갑작스러운 외출로 깨어지자 그 일상의 행복과 아내의 소중함을 깨닫고 아내에게 잘해주리라 다짐하다가 아내가 다시 돌아오자 다시 일상으로 돌아가서 아내를 두고 친구들과 내기 당구를 치러 가는 이야기로 독자들의 공감을 얻어냈다. 우리가 바라는 것이 그것이다. 코로나가 만든 이 비상이 사라지고 다시 우리들의 일상이 되돌아오면 언제 그랬냐는 듯이 친구들과 내기 당구를 치러 가야 한다. 늘 그렇듯이 우리는 답을 찾을 것이고 우리에게는 망각이란 것도 있으니까.

『눈먼 자들의 도시』 결말처럼 우리는 어느 순간 갑자기 눈을 뜨게 될 것이다. 거짓말처럼 코로나가 물러간 시간을 맞게 될 것이다. 일제가 우리를 유린했던 처참했던 시간과 같이 잊지 말고 기억하여 다시는 지지 말자. 그 창궐이 포악했을지라도 끝은 결국 소멸일 것이다. 몽테크리스토 백작의 말을 기억한다. '기다려라, 그리고 희망을 가져라'

(2020 대구 코로나 극복수기 공모전 수상)

문해력 저하, 독서와 바른 언어 사용이 열쇠

1. 글자 해독력과 낱말 이해력의 간극

우리나라에는 실제적으로 문맹이 거의 없다. 글을 읽고 쓸 줄 모르는 사람이 없다는 말이다. 가장 큰 이유는 세종대왕이 너무나 멋지게 만들어놓은 한글이다. 영특한 자는 이틀이면 깨치고 아둔한 자라도 열흘이면 충분하다고 했으니, 지구상에서 한국어를 모국어로 하면서 한글을 쓰지 못하는 사람은 없을 수밖에 없다. 그런데 진정한 문제는 한글만 안다고 한국어를 아는 게 아니라는 것이다. 한글은 문해력과 거의 상관이 없다. 엄밀히 말해 문자 해독력은 글자의 음가를 정확히 읽어내는 것이다. 가령 뜻을 전혀 몰라도 '잠수'라는 글자를 [jam-soo]로 읽고 발음할 수 있다. 그러나 읽는다는 것은 뜻을 아는 것이 아니다. 글자의 뜻을 이해하는 것은 음가를 발음하는 능력이 아니고 낱말에 대한 이해력, 즉 어휘력이다. '잠수'라는 말이 물속으로 들어간다는 뜻임을 아는 것이 낱말 이해력이다. 기본적으로 어휘를 많이 알면 읽고 쓸 수 있는 낱말이 늘어나서 언어 사용이 더 쉬워진다. 우리가 흔히 영어 공부는 단어가 대부분이라고 강조하는 것이 같은 맥락이다. 원어민처럼 유창한 문장을 구사하지 못해도 표현하고자 하는 뜻의 단어를 제시할 수 있으면 기본적인 의사소통이 된다. 내가 뜻하는 것을 나타낼 수 있는 것이다. 그러니까 어휘는 문해력의 기본이다.

2. 문해력을 지배하는 맥락

그런데 문해력은 어휘력이 전부가 아니다. 어휘는 또 실제 언어 사용 상황에서 거의 대부분 맥락에 올라탄다. 그러니까 문해력은 결국 일차적으로 어휘력, 그 다음으로는 문맥 이해력이 필수적이다. 이 두 개가 자유롭게 되면 상황에 맞게 어휘를 읽고 쓸 수 있는 것이다. 그런데 초등학교 학생은 문맥적 이해가 아직 어렵다. 그래서 단어적 이해에 중점을 두는 경우가 많다. 이것만 해도 어휘력이 늘어서 문해력에 큰 도움이 된다. 그러나 문제가 있다. 초등학교 학생들은 일상에서 흔히 쓰는 어휘의 뜻을 모른다. 정말 이것조차 모를까 하는 말도 모른다. 애국, 거래, 공정, 임대 등 일상적인 말의 뜻을 모른다. 정말 몰라서 문장에서 단어를 보면 뜻을 전혀 알지 못한다. 그런데 아이러니하게도 사회적 분위기와 교육의 영향으로 더 어려운 말은 잘 안다. 차별, 폭력, 평등, 치사하다, 고발, 신고, 고소, 보복, 범죄, 훼손, 항의, 성희롱 같은 말은 너무나 정확히 알고 늘 사용한다. 학교폭력, 체벌 등이 심각한 문제가 되면서 허구한 날 그런 교육을 하니 그쪽 계통의 말이 너무나 자연스러워진 탓이다. 주변의 언론 매체와 사회적 분위기가 그런 말을 자주 쓰니까 노출이 잦으면 당연히 이해가 높을 수밖에 없다.

이런 말들을 제외하면 학생들의 어휘는 지극히 한정적이다. 정말 기본적으로 가정에서 사용하는 말, 친구와 늘 쓰는 말, 학교에서 배운 어휘 등이 어휘 사용 범위의 전부이다. 여기에 필수적으로 독서가 들어가서 책에서 많이 접하는 말이 사용 가능한 어휘가 되어야 하는데 독서를 많이 하지 않아서 어휘가 별로 늘 기회가 없다. 예를 들어 독서 같은 간접 경험이 아니면 '사뭇', '흠씬', '짐짓', '벽난로', '달포', '귀동냥' 같은 말을 접할 기회가 흔치 않다. 이런 말은 독서를 통해서만 알게 되는 말에 가깝다. 국어 시간에는 독서하다가 모르는 말이 나오면 국어사전을 찾아보라고 하지만 그것은 수업에 한정되는 경우가 대부분이다. 일상에서 독서 중에 국어사전을 뒤적이는 모습은 거의 볼 수 없다. 그러니까 모르는 말은 모르는 대로 그냥 넘어가는 경우가 대부분이다. 그러나 이렇게라도 독서를 많이 해서 접하는 어휘가 늘고 어휘의 반복 접촉 빈도가 늘면 어휘력이 늘게 되는데, 문제는 어휘가 늘 정도로 독서를 하는 학생이 많이 없다는 것이다. 책 대신 학생들 눈과 손을 점령하는 것은 스마트폰이다.

3. 스마트폰이라는 달콤한 함정

문해력을 갉아먹는 주범은 사실상 스마트폰이라는 종합 매체이다. 스마트폰에서 만나는 초고속 인터넷 세상은 어휘가 완성되고 언어 사용 능력이 어느 정도 도달된 성인에게는 문해력에 별 영향을 주지 못한다. 문제는 아직 어휘력도 부족하고 문맥 이해력도 부족하며 독서도 많이 하지 않는 어린 학생들의 빈곤한 어휘의 탑이 스마트폰 언어가 몰아치면 다 무너진다는 것이다. 단적인 예로 학생들이 가장 자주 접하는 유튜브 영상에서 언어나 문자로 노출되는 어휘의 상당 부분은 신조어나 줄임말, 과장된 재미를 위한 표현이다. 가령 '개멋있어', '개노답', '꿀잼', '이거 실화냐?' 같은 이제는 식상할 수준까지 된 신조어들이 원래 그 자리를 차지해야 하는 '멋있어', '그러면 안 된다', '정말 재미있다', '이게 사실이야?' 대신 들어가 있어 기본적으로 원뜻을 알기도 전에 변형된 뜻부터 먼저 알게 된다는 것이다. 성인이야 원래의 뜻을 알고 신조어가 나오게 된 상황을 알아서 단순히 재미로 쓸 수 있지만, 학생들은 이런 신조어의 뜻을 실제로 정상적인 어휘로 바꾸지 못하며 뜻은 알지만 다른 표현으로 만들 수도 없다. 실제적인 언어의 장벽이다. '당근이지'가 더 익숙한 사람은 그게 '당연하지'에서 온 것을 알지만 어느 순간부터 '당근이다'를 '당연하다'의 뜻으로 쓰게 되는 것에만 익숙해지면 원래는 그게 '당연하다'였다는 것을 망각하는 것이다.

속도가 생명인 인터넷은 언어를 경제적으로 사용해야 그것이 이윤과 직결되기에 마구잡이로 줄여대고 학생들은 거기서 원래 말의 뿌리도 모르면서 경제적으로 오로지 줄이기에만 목적을 둔 말초신경을 자극하는 변형어를 저항이라고는 '1도 없이' 받아들인다. 여기에서 전통적으로 원래의 정상적인 말을 쓰는 책이나 교과서, 수업은 오히려 이해가 어렵고 줄이지 않아 지루한 것이 되는 주객전도가 만들어진다. '당연하다'가 '당근이다'인지 모르는 괴현상이 발생하는 것이다. 그러면 문해력이 쌓일 틈도 없이 무너지는 것이 먼저다. 이것은 방송을 비롯한 매체가 주도한 사회 분위기가 한몫 단단히 했다. 어느샌가 '한 턱 낸다'가 '한 번 쏘다'가 되어 이제는 그것이 더 자연스럽고, '들이대다'의 뜻이 변형되고, '1도 없다'가 더 자연스러우며 '개피곤'이라는 말이 공영방송의 자막에도 여과 없이 나온다. 당장 인터넷 신조어의 뜻을 알아야 언어 사용이 될 상황이니 정상적인 다른 어휘보다 눈앞의 신조어와 줄임말이 더 급하게 되었고 당연히 그것이 먼저 습득이 된다.

흔히 말하는 정상적으로 읽고 쓰는 문해력이 들어올 틈이 없다. '정말 재미있었다. 기억에 남는다.' 대신에 '꿀잼', '대유잼'이라고 쓰게 되니 문장이 단어 하나로 바뀌는 경제성에 묻혀 어휘가 늘 수가 없다. 인터넷 공간에서 경제적 원리로 만들어진 무리하고 억지스러운 언어가 그 편리성의 함정으로 오히려 일상을 지배하게 된 것이다. 어휘의 이해, 문맥의 이해는 당장 몰라도 되는 별 필요 없는 고리타분한 지식이 되고, 지금 당장은 매일매일 쏟아져 나오는 '내돈내산', '대환장파티', '자강두천', '넘사벽', '흠좀무', '자낳괴' 같은 오만가지 신조어가 더 급한 상황이 되었다. 이런 것들이 하루도 빠짐없이 언론 매체에서도 무분별하게 쓰이는 말이 되면서 우리가 알아야 할 정상적인 어휘는 자연스레 잊히고 뒤로 밀리는 것이다.

4. 신조어의 무리한 확장이 문제

영어에서도 이런 현상은 이제는 너무 자연스럽다. 'plz(please)', 'r u ok?(Are you ok?)', 'ASAP(as soon as possible)', 'SUV(sports utility vehicle)' 등 수많은 축약어가 있다. 물론 이런 어휘가 부작용만 있는 것은 아니다. 간편하고 속도가 생명인 세상에서 필수적이기도 하다. 그러나 문맹률도 높고 배우기도 어려운 영어와 달리 한국어는 한글의 배열 규칙이 단순하여 이런 축약어 없이도 얼마든지 어휘를 늘릴 수 있다. 그런데 요즘 학생들은 제대로 된 언어를 접할 기회는 점점 줄어들고 줄임말과 신조어의 홍수 속에서 이제는 원래 언어는 무엇인지도 모르는 지경에 이르렀다. '개꿀잼'을 정확한 다른 말로 표현할 수 있는 학생이 몇이나 될까?

늘 보는 유튜브에서 자막으로 깔리는 말은 대부분 말초 신경을 자극하는 줄임말이며, 일상 대화도 신조어가 아니면 안 되고 같이 하는 게임에서는 그들만의 은어가 판을 치는 상황에서 가뜩이나 주어나 목적어가 자주 생략되는 특성을 가진 한국어의 맥락 구조는 해석에 어려움을 주게 되니 문해력이 늘 수가 없다. 가령 '한 잔 하자'라고 하면 어디에도 무엇을 한 잔 마시자는 것인지 나와 있지 않지만 관용 표현으로 대부분의 목적어는 술이다. 한국어에서는 물 한 잔을 같이 하자고 권하는 경우는 거의 없다. 그런 말은 사용을 하지 않는다. 이것이 바로 언어의 맥락적 이해인데 이 자체도 배우기 어렵다. 그래도 꾸준히 배워나가야 한다. 그게 문해력을 키우는 것이다. 그런데 맥락을 무시한 신조 어휘들이 판을 치면 자연히 맥락 이해를 활용할 이유도 방법도 없어진다. 문해력에 치명적이다.

신조어로 대표되는 인터넷 언어에는 신조어 말고도 큰 특징이 있다. 바로 단순성이다. '꿀잼', '노잼'처럼 상황을 단순화해서 직설적으로 자극적으로 이해가 쉽게 표현하기에 어휘도 단순해진다. 대표적인 것이 '짜증(짱)난다'이다. 소설가 김영하는 '짜증'이라는 말 외에도 그런 기분을 표현하는 어휘가 얼마든지 있다고 했다. 그런데 학생들은 거의 쓰지 않는다. 짜증 나는 상황의 원인과 상태는 수백 가지라 얼마든지 다른 말로 바꿀 수 있어도 학생들은 오직 짜증만 쓴다. 이 무서운 단순성은 어휘를 쪼그라들게 해 문해력에 심각한 피해를 준다. '헐', '대박' 등도 같은 것이다. 좋든 나쁘든 어떤 상황에나 이런 말로 간단히 정리를 해버리니 다른 어휘를 사용할 틈이 없다는 것이다. 상황을 생각하여 판단하고 감정을 풍부하게 표현할 어휘를 찾는 노력이 필요 없으니 어휘가 늘 수가 없다.

5. 독서가 해법, 바른말 사용을 포기하지 말아야

당연한 말이지만 문해력의 해법은 독서뿐이다. 독서를 통해 정상적인 원래 어휘의 기초를 다져 놓아야 신조어가 밀고 들어와도 어휘력이 흔들리지 않는다. 어휘력이 풍부한 사람에게는 마구잡이로 쏟아지는 신조어도 단지 어휘의 확장일 뿐이다. 원래 가지고 있던 어휘가 훼손되지 않고 어휘를 더 늘리는 것은 어휘 재산만 늘어나는 것이라 큰 문제가 없다. 그러나 안타깝게도 현실은 학생들의 어휘가 충분치 않은 상태에서 신조어가 밀고 들어와서 얼마 있지도 않은 어휘의 기초가 다 무너지는 것이 문제이다.

정리하면 단순한 어휘의 반복, 인터넷 속도 경제 원리로 인한 무리한 조어 남발, 독서의 부족, 정상적인 언어의 노출 빈도 축소 분위기가 현재의 심각한 문해력 저하를 낳았다. 그런데 더욱 심각한 것은 원인은 대부분 아는데 해결을 위한 노력이 효과적이지 않다는 것이다. 일선 학교에서는 인문독서를 강조하면서 사실상 고리타분한 『구운몽』, 『백범일지』 같은 책을 필독서로 추천하는 실정이다. 좋은 책인 것은 알지만 어린 학생이 지금 굳이 읽어야 하는가 하는 의문이 들 때가 있다.

정말 유튜브와 게임을 이길 '꿀잼'인 책으로 아이들을 독서의 세계로 유도하는 것이 더욱 중요한 때에 원론만 고집하는 독서 교육은 정말 답답하다. 학교와 가정의 독서 교육이 학생들의 눈높이에 맞게 변화할 필요가 있다. 또한 어린 학생들에게 바른 어휘 교육과 더불어 사회 분위기도 정상적이고 성숙한 언어 사용으로 변해가야 할 것이다. '개피곤'이 언어유희랍시고 방송 자막에 버젓이 나오는데 무슨 바른 언어교육을 논할 것인가. '개피곤'을 보고 와서 교사에게 '개짜증'이라고 하는 학생에게 어떻게 바른 어휘를 가르치겠는가. 언어는 노출 빈도에 의해 습득이 결정된다. 바른 언어에 많이 노출되어야 바른 언어를 쓸 수가 있다. 기후 위기처럼 문해 위기이다. 심각성을 깨닫고 함께 노력해야 한다.

(2021 한국교육개발원 논단)

효도 코스프레

아버지는 파킨슨 씨 병에 걸렸다. 작년 가을에 진단을 받았다. 아버지는 혼자다. 어머니는 2007년 여름에 돌아가셨다. 환갑도 못 되었다. 그렇게 혼자된 지 벌써 십 년이 넘었다.

파킨슨 씨 병에 걸리기 전까지 아버지는 괜찮았다. 혼자서도 그런대로 괜찮았다. 그러나 병에 걸린 후로 아버지는 많이 약해졌다. 팔순인 아버지는 이제 더 살 재미도 없다고 입버릇처럼 말한다. 파킨슨 씨 병은 거동을 불편하게 만든다. 뇌 속 도파민의 생성을 막아 뇌가 몸을 조정하기 어렵게 한다. 마음먹은 대로 몸이 움직이지 않는다. 대학병원에서 오만가지 검사를 하고 나서 치료법이라고 내미는 건 약 뿐이다. 그 약도 별 효험이 있는 것은 아니다. 단지 진행을 좀 늦출 뿐인 듯하다. 참 고마운 것은 노인성 질환이라고 국가가 치료비를 거진 다 지원해줘 병원비도 약값도 정말 껌값이라 거의 부담이 안 된다. 국가가 이렇게 중요한 것임을 새삼 깨닫는다.

석 달에 한 번 가서 대학 교수의 5분 진료를 받고 약을 타온다. 그 약을 열심히 먹는다. 그래도 큰 차도는 없다. 의사도 별 변화가 없을 것이라고 한다. 아직 파킨슨 씨 병을 지배하지 못했기 때문이다. 그저 약 받아먹고 약 떨어지면 다시 병원 가서 약 받아오는 수준이다, 기름 떨어지면 주유소 가는 차와 비슷한 알고리즘이다. 서글프다.

불행 중 다행은 치매와 비슷할 수도 있지만 아닐 수 있다는 것이다. 아직은 정신이 깨끗하다. 알츠하이머와 달라서 뇌를 갉아먹진 않는다. 신체적 기능이 현저히 떨어지지만 정신은 그다지 변화가 없다. 나무늘보라고 생각하면 쉽다.

아버지 또래 친구들은 아직 다들 건강하다. 몇 분은 휠체어 신세라고 듣기는 했지만 정정한 분이 더 많다. 그래서 상대적 박탈감이나 억울함도 작지 않다. 그런 푸념을 들어주는 것도 효도라고 생각해서 답답한 마음을 함께 하고 듣고 있다.

객지에 나가 있는 장남을 대신해 막내아들인 내가 하는 효도라고는 몇 달에 한번 병원을 모시고 가는 것과 때때로 끼니를 챙기는 것뿐이다. 식사도 내가 만드는 것은 아니다. 그냥 함께 나가 한 끼를 사먹고 들어오는 것이 전부다. 그마저도 직장인이라 바쁘다는 핑계로 자주 못 한다. 직장에서 집으로 오는 길에 본가인 아버지 집이 있어 마음만 먹으면 매일 저녁이라도 같이 먹을 수 있다. 특별히 어디 가지 않는 이상 퇴근길에 아버지를 만날 수 있기 때문이다. 그런데 그것도 말처럼 쉽지 않다. 그래서 아버지 살림을 거진 맡아 돌보고 있는 누나가 특별히 부탁을 했다. 가끔 제대로 된 밥이나 같이 나가서 먹고 들어오라고. 그전까진 거의 끼니를 챙기지 않아도 될만큼 팔순의 아버지도 혼밥을 만들어 식사를 해결할 수 있었지만, 파킨슨은 그것을 방해했다. 밥을 하고 찌개를 데우고 설거지를 하는 것이 너무 힘들다고 한다. 화장실 가는 것도 혼자는 무서울 정도라고 하니 그 고충을 알 만하다. 노인들 불의의 사고는 거의가 낙상이라고 하니 아버지도 그것을 겁낼 수밖에 없다. 노인 사망사고의 대부분은 낙상임을 여실히 보여주는 증거가 온 국민이 다 아는 방송인 송해의 사망이다. 지병을 앓았지만 결국 직접적 사인은 낙상이다. 몸을 잘 가누지 못해 미끄러지거나 넘어지면 영영 일어나지 못 할 수 있는 것이다. 그래서 화장실과 목욕은 노인에게 치명적이다. 아버지도 그것을 힘들어하는 신세가 되었다.

같이 밥을 먹으러 갈 일이 생기고 부터는 아버지 집 근처부터 뭔가 먹을 만한 곳을 찾아야 했다. 그런데 공교롭게도 근처에 만만히 갈 밥집이 눈에 차지 않았다. 혼자서도 자주 찾는 순두부집을 빼면 그래도 나쁘지 않게 한 끼 든든히 먹을 식당도 없었다. 고깃집, 횟집 이런 것들이 대부분인데 고기를 매일 먹기도 그렇고, 회는 좋아하시지 않는다. 그래서 조금 멀더라도 먹을 만한 것들을 찾아서 이곳저곳 가보았다. 그런대로 유명한 칼국수, 중국집, 국밥, 김치찌개 등 한 그릇 음식을 몇 번 찾아서 먹었다. 그렇게 몇 번 가니 아버지는 말은 별로 안해도 다 만족해했다. 맛이 괜찮다, 먹을 만하다, 든든하다는 말로 집에서 만드는 혼밥보다는 확실히 좋아하는 빛이 역력했다. 그러기를 몇 차례 어느 날은 아버지가 머뭇거리다 말을 꺼냈다.

"자주 밥을 사주니 고마우니까 이제는 나도 좀 내자."

그거 한 끼 얼마나 한다고, 괜찮다고 아들 먹고 살 만큼은 번다고 해도 굳이 그러겠다고 했다. 계속 그래서 말리지 않았다. 그러니 요즘은 밥 먹기가 더 편하다고 하신다. 죽는 날까지 아들에게 얹혀 밥이나 얻어먹는 신세가 되고 싶진 않다고. 그래서 그러라고 했다. 그게 더 맘이 편하다는데.

가문이 대식가인 편이라 나도 잘 먹지만 아버지는 여전히 먹는 양이 적지 않다. 남자 어른 한 그릇 만큼은 거뜬히 비운다. 아버지와 마주 앉아 밥을 먹으면 부자지간에 그다지 살갑게 나눌 말이 많지는 않아도 근황 토크 정도는 자연스럽게 되고, 정치 이야기, 바이든 이야기, 남북관계 이야기로 시간도 잘 간다. 진정한 효도 코스프레다.

문득 예전 양영순 작가의 만화 『누들누드』가 떠올랐다. 부자지간에 만나서 아무 말도 하지 않고 밥만 먹고 헤어지는데 사실은 이미 저녁을 먹은 다음 만나서 또 먹는 거라 둘 다 소화제를 먹는다는 부자의 말 없는 사랑을 다룬 이야기다. 오 헨리도 그와 비슷한 이야기를 썼다. 「추수 감사절의 두 신사」라고, 해마다 추수 감사절에 같은 사람에게 밥을 얻어먹는 부랑자가 때마침 배가 터질 상태에서 그 사람을 만나 실신할 때까지 밥을 먹는데, 알고 보니 밥을 사주는 노인은 그 한 끼를 위해 돈을 모으느라 굶어서 실신하는. 그보다는 참 다행인 게 나는 타고난 대식가라 저녁을 한 그릇 먹은 후에 또 만나 먹어도 소화제 먹을 일은 없다. 그보다는 말도 더 하고.

아이에게 조부모라고는 친가 외가 통틀어 할아버지 혼자다. 그렇게 친하고 정겹고 소중한 관계는 아니지만 그래도 조손 관계인 사람 하나뿐인데 아버지가 없으면 그것 자체가 사라지는 것이다. 파킨슨 씨 병이라도 안고 오래 살면 좋겠다는 생각이다. 굽은 나무가 오래 선산을 지켜주길 바란다. 그래서 파킨슨 씨 병을 열심히 찾아보니 문인수 시인이 파킨슨으로 고생을 하면서도 16년을 살았다고 한다. 아버지가 앞으로 16년 더 살면 천수를 누리는 셈으로 칠 수 있다.

주말이라 저녁에 밥을 먹으러 나갈까 싶다. 거의 늘 집에 있는 아버지니 전화 한 번 해보면 금방 알 수 있다. 오늘은 어디 갈까 전화기 너머 아버지의 무심한 듯 설렌 듯한 목소리가 머리속에 들린다.

(2022 브런치 우수작품)

작가를 길러내는 작가 선생님

코로나로 얼룩진 시간 어느덧 3년이 지났다. 3년 전 서재초등학교에 부임했다. 부임과 동시에 코로나가 터졌고 학교가 문을 닫아거는 사상 초유의 일이 발생했다. 개학이 사라지고 교실만 있고 학생이 오지 않았다. 학교가 개점휴업을 했다. 교사가 할 일이 사라졌다. 이름만 있고 얼굴도 한 번 보지 못한 학생들이 나에게 4학년 3반 학생 명단으로만 남았다. 모두가 서로를 두려워했고 세상이 무서울 때였다. 그 누구도 그 무엇도 하지 못했다. 나는 그래도 작가라는 정체성의 나 스스로를 이용하기로 했다. 한창 바람이 일던 각종 온라인 학습 사이트를 기웃거리다가 온라인 클래스를 하나 열었다. 학생들을 가입시키고 출석을 확인했다. 그리고는 무작정 그날부터 글을 올렸다. 예전에 가르치던 학생들이 쓴 작품이었다. 시쓰기를 주로 가르쳐온 나는 학생들의 작품을 많이 가지고 있었다. 언젠가 학교가 열려서 우리가 다시 만나게 되면 여러분도 이렇게 시를 쓸 것이라고, 그러니까 마음의 준비를 하고 있으라고 얼굴 한 번 본 적 없는 학생들에게 선포를 했다. 동시에 나와 함께 하는 여러분은 작가가 될 거라고, 이 황당하고 답답하고 어이없는 상황을 헤쳐 나가는 작가가 되는 거라고 명랑의 '사즉필사 생즉필생'을 던졌다. 누군지도 모르는 담임이 갑자기 나타나서 글 쓰라고 작가 된다고 하니 전부 다 '이게 무슨 봉창 두드리는 소리인가' 싶었을 것이다. 그러나 뭐라도 해야 했다. 나는 매일매일 참고작품을 올렸다. 일단 읽어보기만 하라고 했다.

사실 학생들의 글쓰기 지도에서 제일 유용하고 필요하고 좋은 것은 또래의 참고작품이다. 대단한 수준이 아닌 그저 그들에게 고만고만한 작품을 읽게 되면 어느 순간 나도 저 정도는 쓸 수 있겠다는 자신감이 생긴다. 글쓰는 거, 시라는 거 별거 아니네, 나도 저 정도는 쓰겠네, 어렵지 않네 그런 마음이 들면서 '나도 한 번 써보고 싶다.' 거기까지 가면 반쯤 성공이다. 두렵고 주저하며 막막한 상태를 벗어나야 글을 쓸 수 있다. 그것을 작가인 나는 경험을 통해 알고 있고 그 경험을 제자들에게 나눠주고 싶었다. 그렇게 온라인에서 글쓰기 공부가 시작되었다.

학교도 열기 전이지만 우선 그럴듯한 이름부터 하나 지었다. 김춘수 시인이 말했듯이 이름을 불러줘야 꽃이 되는 것이다. 서재초등학교의 이름을 따서 중의적 표현을 의도해 '작가의 서재'라고 지었다. '서재'란 말의 중의를 살려 작가의 책방이거나 작가가 있는 서재초거나 동시에 의미할 수 있는 말이다. 이름이 마음에 들었다. 그래서 막바로 학생들에게 알렸다.

"우리는 작가의 서재입니다. 그러니까 이제부터 작가입니다. 따라서 글을 쓰도록 하겠습니다. 우선 지금 당장 우리에게 닥친 코로나를 가지고 써 봅시다."

코로나. 누구도 예측하지 못한 말도 안 되는 전대미문의 상황, 얼마나 답답하고 황당하고 억울하고 증오스러운 이름인가. 학생들 가슴에는 미처 하지 못한 말이 무척 많았다. 그것을 그대로 쏟아내게 했다. "선생님, 우린 코로나에 할 말이 진짜 많아요." "정말요, 진짜 죽여버리고 싶어요." 그래, 그 분노를 그대로 종이에 옮겨 담아라. 그러면 우리는 작가가 된다.

온라인에서부터 시작된 글쓰기는 학생들의 작품에 내가 답글을 달아주며 지도하는 것으로 발전했다. 지도라고 해봐야 별것 없다. "이 부분이 좀 그런데 이거 말고 다른 표현은 없을까?" 그거 하나면 충분했다. 답도 그들에게 있다. 내가 답을 줄 필요가 없었다.

가랑비에 옷이 젖듯 아이들의 글이 늘어가고 실력도 조금씩 쌓여갔다. 그렇게 시간이 흐르고 역시 전대미문의 온라인 개학이 시작되어 글쓰기 교실이 조금 더 활기를 띠었다. 학교 공부와 같이 하게 되니 예전에는 미온적이었던 아이들도 할 수 없이 반강제로 해야 하기 때문이었다. 물론 스스로 글을 열심히 써 온 학생들에게는 칭찬과 함께 등교하게 되면 포상하리라 약속했다. 처음에는 이게 뭔가, 우리가 왜 글을 쓰나, 글 써서 뭐하나 하던 아이들이 달라졌다. 툴툴거리며 "우리가 시를 왜 써요?" 하던 녀석이 "우리가 시를 제일 잘 써요!"라고 말하기에 이르렀다. 서로의 글에 관심을 갖게 되고 친구의 글이 내 마음을 말해주니 신기하고 그 공감이 고맙게 느껴졌다. 글은 나날이 늘어가고 표현도 나날이 늘어갔다. 그렇게 아이들의 글을 모아 그 해 대구시교육청 학생출판 지원에 응모했고 선정이 되었다. 코로나 시대를 뚫고 우리의 첫 책이 세상에 선을 보였다.

『스파이 가족』(2021, 바른북스)는 그렇게 우리 손에서 태어나서 다시 우리 손으로 왔다. 책이 나오는 날 나는 학생들에게 책을 나눠주며 말했다. "봐라, 내가 작가가 될 거라고 했지?" 별것 아닌 것 하나 가르쳤을 뿐인데 아이들이 너무 잘해주어 교육청 담당자와 심사위원들까지 한번에 사로잡은 매력 넘치는 책이 탄생한 것이다. 그러니까 내가 이걸 안 가르쳤으면 이 책이 세상에 나오지 못했을 것이라 생각하면 아찔하다. 이 얼마나 소중한 도전인가.

다음 해에는 스스로 책을 쓰고 싶다고 생각하는 아이들을 모았다. 딱 명량의 12척이 모였다. 이제는 주제를 바꾸었다. 학교가 문을 열었고,

코로나의 횡포 속에서도 우리는 살아가고 있다. 그리고 역시 한 번도 가보지 않았던 길, 온라인 수업에 대한 우리의 생각도 다양하게 피어나고 있었다. 그뿐인가. 마스크로 가려진 친구 얼굴, 칸막이가 둘러쳐진 교실, 대화 한 마디 못하는 점심시간, 사라진 현장체험학습……. 학교는 문을 열었지만 아직 사람 사이는 잠겼다. 이것은 우리가 그리던 학교가 아니다. 숨막히는 비상 상황의 학교, 과연 언제쯤 우리는 정상으로 돌아갈 수 있을까. 그런 안타까움과 서글픔을 희망으로 승화하며 동아리 시간에 모여 창작의 열기를 불태웠다. 우리의 두 번째 작품집이 또한번 출판되었다. 『언제쯤 할 수 있을까』(2022, 청개구리)는 제목 그대로 우리의 생활이 언제쯤 코로나 전으로 되돌아올 수 있을까라는 안타까움과 염원이 묻어나는 물음표이다. 언제쯤 친구 얼굴을 보고, 언제쯤 놀이공원에 가고, 언제쯤 대화하며 밥을 먹을 수 있을까라는 지극히 당연하고 평범했던 일을 언제쯤 다시 할 수 있을까라는 뜻이다. 코로나 상황을 적나라하게 묘사하면서 희망을 이야기한 가수 이적의 〈당연한 것들〉의 초등 버전이라 할 수 있다.

이 책은 출판과 동시에 지역 일간지를 도배했고, 결국 대구MBC에서 직접 취재를 오는 경지에 이르렀다. 올해 5월 우리는 대구 MBC '문화요'라는 프로그램에 어린이날 특집 지역 최연소 작가 특집으로 출연했다. 동시를 사랑하고 동시를 쓰는 어린이 작가의 일상은 전파를 탔다. 코로나를 이기는 문학의 힘을 과시했고, 글쓰기 인문학을 통한 성장과 반성, 대구 독서인문의 힘을 자랑스럽게 선보였다.

올해도 다시 동아리를 조직했다. 이제 3년째가 되었다. 첫해부터 꾸준히 나와 함께 하는 제자들도 몇이나 생겼다. 물론 처음 들어오는 학생도 있었지만 서당개 3년의 내공이 쌓였다. 이제는 코로나를 넘어 더 큰 것을 생각해야한다고 고민하고 있는 와중에 갑자기 전쟁이 터져버렸다. 평화의 시대에 평화로운 나라끼리 이 무슨 믿기지 않는 말도 안 되는 상황인가, 우리는 이것을 놓칠 수 없었다. 우리에게 직접 일어난 일은 아니지만 전쟁이라니, 어떻게 이 시대에 지구상에 전쟁이 있을 수 있을까. 나는 유네스코 세계시민교육 정신을 생각했다. 평화와 존중, 평등과 행복을 추구하는 유네스코는 반전을 기치로 내걸고 있었는데 말 그대로 전쟁이 터지니 좀 미안한 일이기는 해도 우리에게는 글감이 넘쳐나게 되었다. 초등학생들은 남의 나라 전쟁을 어떻게 받아들일까. 나는 아이들과 마주앉았다. 끝없이 오르는 물가, 불안한 유가, 텔레비전에서 보는 폭발과 상처, 피난과 난민, 전쟁은 우리에게 현실로 다가왔다. 나는 우리가 보는 전쟁을 생각해보게 했다.

"선생님, 마트에 가니까 지난 달에 3천 원 하던 김가루가 오늘 6천 원 해요. 이게 말이 돼요?"

유레카! 이것이 바로 우리가 보는 전쟁이다. 전쟁이 아니면 일어나지 않았을 일, 전쟁으로 인해 당장 우리가 입는 피해, 전쟁이 결코 남의 나라 일이 아니라는 것. 교사인 내가 의문을 던졌기에 아이들이 생각을 하게 되었고, 그것은 독자 모두가 공감하는 결과로 나타났다. 그것이 작가의 창작 과정임을 알게 된 것은 덤이다.

우리는 다시 펜을 들었다. 전쟁과 함께 코로나로 더욱 주목받게 된 지속가능한 환경, 기후변화로 촉발된 심각한 지구 자체의 위기, 그리고 최근 더욱 심각해진 학교폭력 문제까지. 우리는 실천하는 세계시민으로서 문제를 직시하여 고발하고 형상화했다. 그렇게 학생 작가들의 세 번째 책 『지금 우리가 할게요』가 만들어졌다. 이 책은 학교에서 제작하여 출판 지원을 신청한 결과 정식 책으로 나오게 되었다. 초등학생들이 세계시민의 관점으로 전쟁을 고민하고 형상화한 21세기 거의 최초의 책이라는 점에서 우리는 큰 자부심을 갖고 있다. 아이들은 전쟁을 이런 눈으로 보았다.

엄마랑 아빠가 싸운다//엄마는 러시아/아빠는 우크라이나//엄마가 막 퍼붓지만/아빠도 가끔씩 반격한다//누가 이길까?/어쨌든 빨리 끝나면 좋겠다. (「우리 집 전쟁」, 6학년 임○○)

경험을 형상화하는 이런 글쓰기는 무럭무럭 자라 올해는 대구광역시가 주관하는 제24회 효글짓기 대회에서 동아리 학생이 장원인 대구광역시장상을 받기에 이르렀다.

나는 작가이다. 동시를 쓰는 동시인으로서 내가 아는 것을 그냥 나만 알고 덮어두기는 너무 아까워 미천한 기술이나마 재능이라고 생각해 학생들에게 기부했다. 돈이 드는 것도 아니다. 내가 나눠줘서 손해 보는 것은 조금도 없다. 오히려 나조차 생각지 못한 기가 막힌 생각에 탄복하고 무릎을 탁 치게 된 순간이 한두 번이 아닐 정도로 문학적으로도 얻는 것이 더 많다. 진실로 내가 이것을 안 가르쳐주었다면 어쩔 뻔 했나 하는 생각이 자주 든다. 글쓰기의 기술은 다른 것이 없었다. 그냥 글을 쓸 때 내가 작가라고 생각하고 이 책이 나도 모르는 수많은 독자에게 읽힌다고 생각하고, 스스로 만족하는 글을 쓸 때까지 다시 쓰고 고쳐 써보라는 것뿐이었다. 그러기 위해서 이제까지는 별로 하지 않던 글을 다 쓰고 나서 다시 읽어보는 일을 강조했다. 독자의 입장에서 자신의 글을 보면 어떨 것 같은지 객관적인 눈을 갖도록 하였다. 별것 아닌 기술 같지만 이는 '콜럼버스의 달걀'이다. 막상 해 보면 별것 아닐 수는 있지만 세상 모든 사람이 다 하고 있는 것은 아니다. 창작은 그런 것이다. 콜럼버스의 달걀 같은 창작의 기술을 나는 학생들에게 알려주었고, 학생들은 그것을 바탕으로 자신만의 문학적 성취를 이룩해냈다. 나의 작은 재능에 제자들은 더 크게 보답을 해주었고 재능을 받아 정으로 돌려줬으니, 내가 정 기부를 받은 셈이다. 제자들이 아니었다면 보잘 것 없는 나 따위가 어찌 TV에 나올 수 있었을까.

내가 한 일이 대단한 것이라고는 절대 생각하지 않는다. 나눔의 숭고함과도 거리가 있다. 나는 선생이기에 가르치는 것이 당연한 직무이기 때문이다. 단지 남들이 가르치지 못하는 것을 가르칠 수 있어서 내가 조금 더 가르쳤을 뿐이다. 내가 작가가 되었기에 나처럼 작가의 꿈을 키우는 사람을 작가로 길러내는 것은 어쩌면 당연한 책무이다. 하지 않는다면 오히려 그것이 직무유기일 것이다.

코로나가 몰아친 사상초유의 혼란스러운 상황에서도 그 씨앗이 뿌려졌고 꾸준히 뿌리를 내려 꽃을 피우고 열매를 맺었다. 생각해보면 참으로 감격스러운 일이다. 보잘 것 없는 것을 나눠주었지만, 그래도 그것은 내가 가진 전부이고 누군가에게는 선한 영향력을 끼친 것으로 보인다. 그래서 앞으로도 작가를 길러내는 작가 선생님으로 계속 살아갈 용기가 생긴다. 초당에서 제자를 길렀던 다산 정약용 선생처럼 내가 걸어갈 길이다.

(2022 교육기부 수기 우수상)